Christian Schärf

Die Reise des Zeichners

CHRISTIAN SCHÄRF

DIE REISE DES ZEICHNERS

ROMAN

eichborn

Dieser Titel ist auch als E-Book erschienen

MIX
Papier aus verantwortungsvollen Quellen
FSC® C014496

Eichborn Verlag in der Bastei Lübbe AG

Originalausgabe

Umschlaggestaltung: Christina Hucke, www.christinahucke.de
Einband-/Umschlagmotiv: @akg-images
Satz: Dörlemann Satz, Lemförde
Gesetzt aus der Berkeley Oldstyle
Druck und Einband: GGP Media GmbH, Pößneck

Printed in Germany
ISBN 978-3-8479-0614-8

5 4 3 2 1

Sie finden uns im Internet unter www.eichborn.de
Bitte beachten Sie auch www.luebbe.de

Ein verlagsneues Buch kostet in Deutschland und Österreich jeweils überall dasselbe.
Damit die kulturelle Vielfalt erhalten und für die Leser bezahlbar bleibt, gibt es die gesetzliche Buchpreisbindung.
Ob im Internet, in der Großbuchhandlung, beim lokalen Buchhändler, im Dorf oder in der Großstadt – überall bekommen Sie Ihre verlagsneuen Bücher zum selben Preis.

»Lebt man denn, wenn andre leben?«
Goethe

BIOGRAFISCHE NOTIZ

Am frühen Morgen des 29. November 1777 brach der achtundzwanzigjährige Johann Wolfgang Goethe von Weimar aus zu einer Reise in den Harz auf. Er reiste unter falschem Namen, nannte sich Weber und gab sich als Zeichner aus. Einzig seine Freundin Charlotte von Stein weihte er vorher in dieses Unternehmen ein. Doch auch ihr verschwieg er den genauen Tag seines Aufbruchs. Inkognito wollte er in Wernigerode einen jungen Mann aufsuchen, der ihm zwei Briefe geschrieben hatte, auf die der Adressat jeweils keine Antwort folgen ließ. Nach dem Besuch der Bergbaureviere bei Goslar und Clausthal wollte Goethe am 10. Dezember den Brocken besteigen – als erster Mensch im Winter.

Am Abend des 16. Dezember war Goethe wieder in Weimar. Unmittelbar nach seiner Rückkehr vollendete er ein Gedicht mit dem Titel »Harzreise im Winter«. Es gilt als eines der rätselhaftesten und schwierigsten Gedichte aus Goethes Feder. An Frau von Stein schrieb er von der Reise mehrere Briefe, darunter die Zeilen:

> Mir ists eine sonderbaare Empfindung, unbekannt in der Welt herumzuziehen, es ist mir als wenn ich mein Verhältniss zu den Menschen und den Sachen weit wahrer fühlte.

ERSTER TEIL

1.

Das Gebirge, aus der weiten Ebene aufragend, von weißen Wäldern bedeckt. Buchen, Eschen, Tannen, mit Schnee beladen. Dazwischen, verstreut, Höfe, Weiler und Dörfer, versprengte Siedlungen.

Dünner Kaminrauch steigt aus einzelnen Schornsteinen auf. Als hauste dort eine kleine Schar Zurückgelassener, vor langer Zeit ausgesetzt und vergessen, ohne Verbindung zur übrigen Welt. Schmale Wege führen aus den Siedlungen hinaus, werden vom Wald verschluckt.

Eine eingeschneite Lichtung. Rings im dunstigen Hintergrund Nadelwald. Dicht gestaffelt unter dem Schneedach die schwarze Armee der Baumstämme. Düstere Enge unter dem weißen Behang. Ein klirrend kalter, diesiger Nachmittag, der sich zum Abend neigt. Dunkelheit mischt sich ins schwindende Licht. Tief hängende Wolkenmassen. In der Höhe kreist ein großer grauer Vogel.

Vom Waldrand her ein Reiter. Er kommt nur langsam voran. Von der Kälte erschöpft, setzt das Pferd schwerfällig einen Schritt vor den anderen und stößt regelmäßig die weiß dampfende Luft aus den Nüstern. Die Winter sind lang und frostig. Man schreibt den 30. November 1777, Schauplatz ist der südliche Harz.

Der Reiter ist eine Reiterin. Erst im Näherkommen

kann man die Frau unter dem weiten durchnässten Umhang erkennen. Sie reitet über das Feld, reitet vorbei, über die unberührte Schneefläche hinweg. Das dumpfe Stampfen der Hufe im Schnee. Es wird deutlicher, nähert sich, entfernt sich. Mund und Kinn der Frau sind mit einem dicken Schal umwickelt. Sie ist noch jung. Sie sitzt in gerader Haltung auf dem Pferd. Daran kann man den jahrelangen Reitunterricht erkennen. Und doch weicht sie von der Etikette ab. Sie reitet nicht, wie ihr mutmaßlicher Stand es verlangen würde, im Damensitz. Sie sitzt auf dem Pferd wie ein Mann.

Sie überquert die Lichtung. Der Ton der auf den Schnee aufschlagenden Hufe wird schwächer. Pferd und Reiterin verschwinden im Wald.

Noch immer kreist der Raubvogel über dem Areal. Die Dunkelheit nimmt mit jeder Minute, die vergeht, zu. Der Vogel in der Höhe stößt einen Schrei aus. Dann ist es ruhig. Eine unheimliche Stille, eine Stille, wie sie nur der tiefe Schnee erzeugen kann. Das Geräusch der bewegten Schwingen des Vogels legt sich einmal schwach hörbar darüber. Wieder ein Schrei. Fast dunkel jetzt.

Der Frost zieht an. Minuten vergehen, eine halbe Ewigkeit, seit einer Viertelstunde schon ist die Reiterin im Wald verschwunden.

Aus der Baumreihe, die sie aufgenommen hat, kommt ein Reiter hervor. Er überquert in entgegengesetzter Richtung das Schneefeld. Er ist nicht viel schneller unterwegs als sie. Nähert sich beinahe genauso langsam der Mitte der Lichtung. Er ist in einen dunkelgrauen Umhang gehüllt. Ein elegantes Kleidungsstück, auf dem die Feuchtigkeit an einigen Stellen gefroren ist.

Sein Gesicht ist fast zur Gänze von schwarzem Tuch verhüllt. Es bedeckt auch noch seinen Oberkörper und fällt über seine Beine und über seinen Rücken bis auf den Rücken des Pferdes. Sein breiter Hut ist ebenfalls schwarz. In seinen Haaren, die hinten zu einem stattlichen Zopf gebunden sind, hängen Eiskristalle. Er sitzt nicht so gerade im Sattel wie die Frau. Aber auch ihm ist die standesgemäße Haltung zu Pferde anzumerken. Auch er ist jung.

Er hat für seine Reise einen falschen Namen angenommen. Niemand soll ihn erkennen. Sein wirklicher Name ist seit Kurzem bekannt. Sein Gesicht ist es nicht. So kann er sich unters Volk mischen und herausfinden, was es umtreibt, was und wie es denkt. Vor allem, was es von ihm denkt. Wie einst die Kalifen im Orient, die als Bettler verkleidet auf den Markt gingen. Die Leute sagen, was sie wirklich denken nur, wenn sie sich in vollkommener Sicherheit wiegen.

Wer über ihn Bescheid wüsste, würde sagen, er sei jung und berühmt.

Feudale Herrscher waren oft jung, sehr jung zuweilen, wenn sie auf den Thron kamen. Aber ein Bürger musste etwas vorweisen, etwas erfinden, eine von alters her gültige und scheinbar unumstößliche Wahrheit widerlegen, bevor er wenigstens ein gewisses Maß an Bekanntheit erlangen konnte. Er aber ist jung und mit einem Schlag berühmt geworden, und das ist etwas noch nie Dagewesenes. Es kam wie ein Schock über die Zeitgenossen. Wie die Ankündigung von etwas noch viel Bedeutenderem, von dem noch niemand sagen konnte, was es wäre.

Ein besonderes Schicksal sei über ihn verhängt. Das hat er häufig und von verschiedenen Seiten gehört. Zuerst von seiner Großmutter. Die sagte das auch zur Schwester und zu anderen Kindern. Für die Großmutter war die Welt ein magischer Ort. Es konnten einem die wunderlichsten Dinge geschehen, und jedes Kind stand unter einem besonderen Stern. Dann aber sagte das auch das Fräulein von Klettenberg. Auch sie, die schöne Seele aus Frankfurt, glaubte an seine Einzigartigkeit. Eine Freundin der Familie, die im Jahre neunundsechzig zu ihm kam, als es ihm schlecht ging, so schlecht, dass sie ihn schon fast aufgegeben hatten, dass sie für seine Seele beteten und das wunderliche Fräulein ihm auf dem Krankenlager den Pietismus lehrte. Von da an kam ihm das Wort vom besonderen Schicksal immer wieder entgegen. Seitdem spekulieren immer mehr Menschen über sein Schicksal. Als sei es ihnen wichtiger als ihr eigenes.

Er glaubte dann irgendwann selbst daran. An den verheißenen Glücksstern, der über ihm stehe. Der immer heller leuchte, bis er ganz in seinem Licht erscheinen würde. Ein Anwärter für eine neue Himmelfahrt.

Er schiebt es auf die Kälte und die Müdigkeit, dass er zu fantasieren beginnt. Jetzt holt ihn wieder der Größenwahn ein. Berühmtheit und Himmelfahrt. Und eine Vision, die er manchmal hat: Klopstock als Gartenzwerg vor ihm im Schnee und er selbst hoch zu Ross. Der Alte schimpft von unten herauf. Alles werde zugrunde gehen, in die Barbarei werde man zurückfallen, und er, der Junge, sei ganz allein schuld daran. Der Reiter beachtet ihn nicht und reitet weiter. Der zeternde Gartenzwerg versinkt hinter ihm im Schneetreiben.

Seit er an einer Kreuzung den Wegweiser nach Quedlinburg gesehen hat, muss er immer wieder an Klopstock denken. Er geht dagegen an, versucht den Gedanken zu verdrängen, schafft es aber gerade nicht.

Klopstock steht ihm vor Augen in seiner ganzen überlebten Autorität. Niemand in Deutschland fühlt sich berechtigt, Goethe öffentlich zu kritisieren – außer Klopstock. Er muss bei Sinnen bleiben. Sein größter Feind ist die Selbstüberhebung. Weiter, einfach weiterreiten, alle Fantasien ausblenden, nicht nachdenken, nicht zurückdenken. Kein Genie mehr sein. Kein Genie mehr sein wollen. Kein Glückskind. Kein Höfling. Kein Liebhaber. Niemand mehr. Er gibt seinem Pferd einen Tritt in die Seite. Es zeigt keinerlei Reaktion und verändert sein Schritttempo nicht im Geringsten. Pferd und Reiter verschwinden zwischen den Bäumen. Möglich, dass ihm im Wald die Reiterin begegnet.

Niemand wusste in Weimar von seiner Abreise. Weder der Herzog noch die Stein. Er hat Zettel hinterlassen. Er liebt es, Zettel zu hinterlassen. Er sieht sie vor sich, die Zurückgebliebenen, mit seinen Zetteln in Händen, wie sie sich fragten, was seine Mitteilungen zu bedeuten hätten. Er würde nur wenige Tage allein unterwegs sein, zwei Wochen, mehr nicht, um dann zur Jagdgesellschaft des Herzogs hinzuzustoßen, die zur Wartburg nach Eisenach aufgebrochen war.

Der Vogel über ihm kreist immer noch. Goethe bringt sein Pferd zum Stehen. Er schaut hinauf. *Wie der Geier*, geht es ihm durch den Kopf, so wie der Flug des Geiers müsste sein, was ich mache. Schweben soll es, nach Beute Ausschau halten, erhaben, allein und unantastbar in der Höhe. Im Geheimnis bleiben.

Dem Geier gleich. Diese Worte gehen ihm durch den Kopf. Der Volksmund hier nennt Greifvögel kurzerhand Geier. Obwohl es im Harz gar keine Geier gibt. Ihm ist das bewusst, er nennt den Vogel trotzdem oder gerade deswegen Geier. Die Römer beobachteten den Vogelflug, um Zeichen des Schicksals herauszulesen. Der Geier, der sie faszinierte und den sie am genauesten beobachteten, gab ihnen am meisten zu denken. Könnte auch er das Kreisen des Vogels über sich deuten? Er ist kein Römer. Er sieht nur einen kreisenden Raubvogel und kann nicht sagen, was seine Flugbahn bedeutet. Es fällt ihm sogar schwer zu glauben, *dass* sie etwas zu bedeuten haben soll.

Die Lichtung hat er jetzt überquert. Er reitet in den Wald hinein. Niedrige Tannen, die dicht beisammenstehen. Der Schnee drückt ihre Zweige nach unten. Der schmale Pfad, den er einschlägt, wird durch die herabhängenden Äste noch enger. Manchmal streift ein Ast seine Schulter oder greift ihm ins Gesicht. Dann fällt der Schnee in kleinen, dichten Wolken wie zerstäubendes Mehl zu Boden. Hinter ihm schlagen die Äste zusammen. Den Schnee haben sie abgeworfen. Ich hinterlasse eine Spur, denkt er. Aber niemand wird sie finden, niemand ihr folgen.

In Nordhausen hat er gleich am ersten Tag viel gezeichnet. Die Stadtmauer, Gebäude, Menschen. Seit Nordhausen ist ihm kein Mensch mehr begegnet. Den ganzen Tag nur Kälte und Wälder. Im Wald ist es jetzt schon ganz dunkel. Leichter Schneefall setzt ein. Schnell ist die Spur, die er zieht, vom frischen Schnee gelöscht.

Auf der Lichtung ist es noch etwas heller. Die Reiterin ist zurückgekehrt. Der Raubvogel hat aufgehört zu kreisen und sich auf einem Baum niedergelassen. Schnarrende Schreie der Krähen, die zwischen den Bäumen auffliegen. Sie sieht ihnen nach. Wie sie schwarz die schwarzen Bäume umfliegen und in der Finsternis des Nadelwalds verschwinden.

Sie steigt ab, füllt mit den Händen Schnee in eine der Satteltaschen, holt dann aus der anderen ein Stück Papier heraus, eine kleine handgezeichnete Landkarte, auf der kaum etwas zu erkennen ist.

Mit dem letzten Schein des Tages versucht sie herauszufinden, wo sie sich befindet. Sie hat sich wohl verirrt. Die Karte gibt keine verlässliche Auskunft. Aber sie weiß, dass hier ein kleiner Ort ganz in der Nähe liegen muss. Da muss sie vorhin vorbeigeritten sein. Hat sie nicht Kaminrauch aus einer Mulde aufsteigen sehen? Sie war davon überzeugt, sie könne es noch eine Ortschaft weiter schaffen, doch in der hereinbrechenden Dunkelheit hat sie die Orientierung verloren. Also zurück. Jetzt erkennt sie die noch frische Spur eines Pferds, die vom Neuschnee schon wieder überdeckt wird. In der Richtung, in die diese Spur führt, müsste das Dorf liegen. Sie beschließt, ihr zu folgen, solange die herabsinkende Nacht es zuließe.

Gestern ist er aufgebrochen, allein zu Pferd. Es kommt ihm schon wie eine kleine Ewigkeit vor. Seidel, der Diener, hat ihm das Pferd morgens um fünf bereitstellen müssen. Seidel beschwerte sich über die frühe Uhrzeit. Er fluchte leise und spuckte aus. Fluchte lauter, während er das Pferd zäumte. Er schlug das Pferd mit der flachen Hand, wenn es nicht das tat, was er wollte. Das Pferd ging ein paar Schritte zurück, um den Schlägen auszuweichen. Der Diener fluchte wieder, spuckte noch einmal aus.

Er würde Seidel in die Wüste schicken, wenn er das hier hinter sich hätte. Doch der nächste Diener wäre vielleicht noch schlimmer. Manchmal fragt er sich, ob der Beruf des Dieners nicht bald aussterben werde. Er beschloss, jetzt nicht weiter darüber nachzudenken.

Es regnete heftig bei seinem morgendlichen Aufbruch. Hin und wieder ging der Regen in Schnee über. Schwere nasse Flocken, die seinen Mantel nach wenigen Minuten durchweichten. Die Feuchtigkeit drang ihm bald bis auf die Haut. Das Pferd kletterte den Ettersberg hoch. Oben hielt er an und blickte durch den dichten Schneeregen zurück auf das schlafende Weimar. Seine Stimmung verdüsterte sich. Etwas Bitteres stieg in ihm auf. Dieser Drang, sein Leben gegen das der anderen abzugrenzen, war in ihm gewesen, seit er denken konnte.

Was war das denn, dieses Wohnen und Schlafen, dieses Aufstehen und Weitermachen? In wessen Auftrag wurde das angestoßen und in wessen Interesse läuft es unentwegt weiter? Wem gehört denn die Zeit, die sie geliehen bekommen haben? Manchmal sprangen ihn Momente bitterer Verstörung an, in denen alles augenblicklich seinen Wert verlor. Herrschen und Beherrschtwerden? Geborenwerden und Überlebenwollen? Warum? Kein Mensch und auch kein Gott gaben darauf Antwort. Ein Gefühl zwischen Überdruss und Ekel stellte sich ein.

Es würde vergehen. Er würde es vergessen, wenn er erst unterwegs und weit genug von Weimar entfernt wäre. Der Aufbruch, das Abenteuer, die Ungewissheit, das Überstehen von Gefahr, das war es, was die düsteren Gefühle vertrieb. Jetzt aber, beim Zurückschauen auf die Stadt, aus der er Reißaus genommen hatte, erkannte er das Hoffnungslose, das ihn umgab und erschrak erneut darüber. Wie schon viele Male.

Warum leben, wenn andere leben? Diese Frage verließ ihn nie. Manchmal versteckte sie sich zynisch hinter den Masken des Alltags. Dann drang sie lange gar nicht durch die zähen Stoffmassen des Erlebten. Aber sie war immer da. Sie lauerte darauf, an die Oberfläche zu treten. Sie wartete darauf, sich dort auszubreiten wie ein Schuss schwarzer Tinte ins klare Wasser.

Dem Lenz allein traute er neben Cornelia zu, diese Wortfolge richtig zu verstehen. Damals zumindest. Heute würde er diese Frage nicht mehr vor ihm preisgeben. Auch Lenzens Scharfsinn scheiterte letztlich an ihr. Auch seine Vorstellungskraft war nicht groß genug, um ihr standzuhalten. Nachdem er festgestellt hatte, dass auch der Freund nicht begriff, was damit wirklich gemeint war, sank der einstige Bruder im Geiste rapide und unwiderruflich in seiner Wertschätzung.

Er ahnte, dass es diese Frage wäre, auf die er in seiner Lebenszeit eine Antwort würde finden müssen, es wäre die Bestimmung seines Wesens, die darin läge und aus der heraus er all seine Schriften schreiben und all seine Taten unternehmen würde: *Warum leben, wenn andere leben?*

Er kannte das Gefühl, das aus der Schonungslosigkeit dieser Worte hervorging, nur zu gut. Es war jedes Mal, als täte sich ein Abgrund vor ihm auf. Als stürzte man in eine unabsehbare Tiefe. Dieser Abgrund. Er begleitete ihn auf Schritt und Tritt. In Wetzlar war er so nah und drohend gewesen, dass er sich einen Dolch in den Nachttisch gelegt hatte. Jeden Abend beim Zubettgehen versuchte er, die Klinge einen Zoll tief unterhalb der linken Brustwarze in seine Haut zu drücken. Manchmal drangen ein paar Tropfen Blut aus der Stelle.

Die Idee eines Selbstmords aus eigener Anstrengung beschäftigte ihn. Beispiele dafür gibt es nur wenige. Die meisten Selbstmörder lassen äußere Kräfte auf sich einwirken. Die Römer stürzten sich in ihr aufgestelltes Schwert. Aber sich selbst aus freiem Willen und mit eigener Kraft den Dolch in die Brust zu stoßen, wer brächte das fertig?

Dann fand er es wieder lächerlich, einen Dolch im Nachttisch liegen zu haben. Wer war er denn, dass er vor sich selbst damit kokettierte, sich jederzeit erstechen zu können? Spielten nicht alle seine männlichen Altersgenossen mit dieser verbotenen Vorstellung? Und musste man nicht damit rechnen, dass einmal einer ernst machen würde?

Er hatte seine Pistole einem Assessor am Gericht geliehen, einem jungen Mann, den er kaum kannte. Der Kollege wollte verreisen und eine Pistole mitnehmen. Zu seinem Schutz, sagte er. Der Assessor war unglücklich verliebt, das wusste man in Wetzlar. Aber wer von den jungen Leuten war denn nicht unglücklich verliebt? Die Liebe war seit einiger Zeit zu einer Art Kult geworden, dem die Jugend bedingungslos huldigte. Bis zu seiner Rückkehr war Goethe fest davon überzeugt, der Assessor würde sich erschießen. Er tat es nicht und kam wohlbehalten von seiner Reise zurück. Goethe sah ihn verwundert an, als der das Gericht wieder betrat. Als habe er einen vor sich, den es gar nicht mehr geben dürfte.

Ein anderer Kollege vom Gericht hat sich dann just in diesen Tagen tatsächlich mit einer von Goethes Wetzlarer Freund Kestner ausgeliehenen Pistole erschossen. Auch dieser junge Mann war unglücklich verliebt.

Goethe hat das in seinen Roman übernommen und wurde mit der Geschichte berühmt. Er hat einen

Roman über die Selbsttötung aus unglücklicher Liebe geschrieben und schon geahnt, dass er damit einen Nerv treffen würde, der gerade überall bloß lag. Aber was dann passierte, hatte er nicht ahnen können. Einen Sturm der Begeisterung aus Ergriffenheit, wie es ihn noch nie gegeben hatte, löste das Buch aus. Binnen weniger Wochen wurde er zum Idol für eine ganze Generation. Sein Ruhm verbreitete sich in rasender Geschwindigkeit über ganz Europa.

Was seinen Ekel nur noch verstärkte. Später würde er schreiben, er habe sich vor dem Abgrund der Selbsttötung gerettet, indem er den Roman geschrieben habe. Während sich andere aufgrund der Lektüre dieses Buchs tatsächlich erschossen hätten. Auch diesen Zynismus sollte man ihm noch als brillante Volte auslegen. Warum leben, wenn andere leben?

Sein strahlender Stern ging auf, die fahle Sonne der anderen ging unter. So könnte man es sehen. Bald überstrahlte er alles, die Politik, den Klatsch, die Philosophie, die Literatur, das ganze Zeitalter. Eine neue Art von Einsamkeit stellte sich ein. Ein tieferes, kälteres, endgültigeres Alleinsein. War er denn noch er selbst, der Halbjurist aus Frankfurt, den die Juristerei nicht wirklich interessierte? Der Dichter der kleinen Blumen und der bunten Bänder, der in Sesenheim neben der Pastorentochter auf der Holzbank vor dem Pfarrhaus saß? War er nicht ein anderer geworden?

Jetzt hatte er wieder eine Pistole im Gepäck. Allerdings nur wegen der Gefahren, die ihm unterwegs begegnen könnten. Wegelagerer, Räuber, Tiere. Jetzt war er weit davon entfernt, die Waffe gegen sich zu richten. Auch wenn sein Lebensekel nicht gewichen war und anscheinend niemals weichen wollte.

Lebensekel, das Wort hat er von Wieland gelernt,

ausgerechnet von Wieland, der wie kaum ein Zweiter dem Leben seine behaglichsten Seiten abzugewinnen versteht. Für den ist es nur ein Wort, über das er verfügt, wie über viele andere Wörter auch. Ein Wort, das Wieland korrekt einzusetzen versteht, für das ihm aber die Erfahrung fehlt.

Weimar lag schlafend unter ihm, dunkel. Einer nach dem anderen würden sich die jetzt noch in ihren Betten liegenden Menschen erheben. Keiner von ihnen wusste, was der neue Tag wirklich bringen würde. Er wollte in ein paar Tagen zurück sein. Das hatte er sich vorgenommen. Aber vielleicht kehrte er auch nie mehr nach Weimar zurück. Vielleicht behielt ihn der Berg. Er lacht kurz auf. Seine alte Schwäche für Orakel.

Den Berg hatte er zu seinem Ziel erklärt. Gegenüber Charlotte. Den Brocken hatte er zu seinem Berg der Berufung gemacht. Wie es in der Heiligen Schrift heißt. Da wolle, müsse er hinauf, hatte er ihr erklärt. Als erster Mensch im Winter auf dem Gipfel stehen und auf das Leben herabsehen.

Es passt in ihr Bild von ihm. Sie nennt ihn manchmal ihren Jesus. Ein seltsamer Zug von Wertschätzung, findet er. Wenn sie ihn ›ihren Jesus‹ nennt, ist sie am weitesten von ihm entfernt, wird sie für ihn zu einer Fremden, ein wenig auch zu einer Verrückten. Sie will einen Heiligen ausgerechnet aus ihm machen, aus ihm, dem Frankfurter Patriziersohn, einen Anwärter für die nächste Himmelfahrt. Dass er berühmt, talentiert, klug und schön ist, bedeutet ihr nichts. In ihm lägen doch ganz andere Möglichkeiten, meint sie.

Hufgetrappel durchbrach die Stille auf dem Ettersberg. Ein Pferd sprengte samt Reiter durch die Dunkelheit heran. Der Mann galoppierte auf ihn zu. Er kam rasch näher und hielt in einem Abstand von etwa zehn Metern an, indem er die Zügel herumriss. Das heiß gerittene Pferd, das in der dunklen Kälte dampfte. Der weite Umhang des Reiters, der durch die Eisluft rauschte. Der ihn umwirbelte, als er das Pferd herumriss. Es drehte sich noch einmal um seine eigene Achse. Ging vorn leicht in die Höhe. Trabte unruhig hin und her, ohne dass der Reiter die Ruhe verlor. Er versuchte es zum Stehen zu bringen. Es gelang ihm nach einem kurzen Manöver. Das Pferd schien kaum zu bändigen. Es schnaubte schwer und beruhigte sich nur langsam.

»Ei der Daus, der Herr Rat. Schon so früh unterwegs?«

Goethe erkannte durch die Dunkelheit hindurch den jungen Mann sofort. Oberforstmeister Wedel. Wie immer hellwach, zuverlässig gut gelaunt und neugierig. Auch zu dieser frühen Stunde.

»Verzeihen Sie, ich lebte in der Annahme, seine Exzellenz begleiten den Tross des Herzogs nach Eisenach«, rief Wedel.

Goethe ließ eine Pause entstehen, bevor er antwortete.

»Wir leben oft in Irrtümern, verehrter Oberforstmeister. Ich werde nachkommen, der Herzog weiß das«, gab er knapp zurück.

»Aber der Herzog wird sich sans aucun doute langweilen ohne seine Exzellenz.«

»Wohl kaum. Bei der Jagd wird meine Abwesenheit ihm gar nicht auffallen. Sie wissen doch selbst, dass er alles vergisst, wenn das Jagdhorn erschallt.«

»Selbstverständlich. Ich bin auch schon ganz kribbelig, wenn ich an die vielen Wildschweine denke, die wir erlegen werden, Exzellenz. Es ist da wirklich alles voller Wildschweine. Die brechen rudelweise in die Dörfer ein, und sogar in die Häuser. Kürzlich, heißt es, habe ein Bauer ein Wildschwein in seinem Bett vorgefunden. Anstelle seiner Frau. Ha, ha. Aber jetzt wird aufgeräumt.«

Goethe sagt dazu keinen Ton. Oberforstmeister Wedel scheint das nicht zu irritieren. Er braucht Goethes Antwort nicht.

»So eine Sau zu erlegen ist doch das Schönste, was es gibt auf Erden, nicht wahr? Man drückt ab, das Schrot rast in den flüchtenden Körper, die Sau explodiert förmlich und der sterbende Leib stürzt mit einem Schlag dumpf zur Erde und bleibt in seiner ganzen Pracht liegen. Jagen, Goethe, das ist es, das ist das Leben, verstehen Sie? Die Wildsau ist tot und man selber lebt weiter, lebt, weil man sie erlegt hat, weiter, man verleibt sie sich ein, später, und spürt es dann noch einmal besonders stark, dass man lebt, weil man sie getötet hat.«

Wedel geriet schier außer sich vor Begeisterung. Goethe wusste nichts darauf zu antworten. Er war kein Liebhaber der Jagd. Wenn eine herzogliche Treibjagd durch ein Gebiet gezogen war, lag das Land verwüstet, die Ernte fiel aus, die Bauern verarmten, die Kinder hungerten. Aber so einen wie Wedel interessierte das nicht. Den interessierte nur seine kleine Erregung, der Nervenkitzel, die lange Vorfreude, das kurze Vergnügen.

Den Herzog interessierte auch nicht, was mit den Bauern geschah, wenn die Jagd durch ihre Ländereien gezogen war. Niemanden im gesamten Adel interessierte das. Das war schon immer so gewesen. Die betroffenen Bauern rührten sich nicht. Niemand führte Beschwerde. Alles war in Ordnung. Man konnte mit ihnen machen, was man wollte. Wenn einer von ihnen aus der Rolle fiel, kerkerte man ihn ein. Dann war wieder Ruhe. Jahrzehntelang. Aber irgendwann würde sich die Jagd umdrehen und dann wären sie die Beute, sie, die sich von Gott selbst eingesetzt glauben, würden in die Kerker wandern, würden gehängt, geköpft und gepfählt werden. Die Bauern würden staunend dabeistehen und es nicht begreifen, aber kein Gott würde sich der Herrschaft erbarmen.

»Dann also Weidmannsheil, Oberforstmeister Wedel!«

»Weidmannsdank! Eure Exzellenz hat sicher zuvor etwas sehr Wichtiges zu erledigen, wenn er sich das entgehen lässt«, sagte Wedel und Goethe glaubte ein kesses Zwinkern in seinem rechten Auge zu bemerken.

Uhrzeit und Ort sprachen für sich. Wenn jemand so früh bei diesem Wetter unterwegs war, dann hatte das aller Wahrscheinlichkeit nach mit einem geheimen Abenteuer zu tun.

Ging nicht der Herzog als Vorbild seiner Entourage voran? Es heißt, er sei, vor seiner Vermählung, schon bevor Goethe da war, nachts mit kleiner Begleitung über die Dörfer geritten und habe junge Frauen aufgesucht, deren Schönheit ihm in der Stadt oder unterwegs aufgefallen sei.

Er habe dann Erkundigungen eingezogen. Um wen es sich handle und wo und unter welchen Bedingungen die Erwählte wohne.

Dafür hatte er seine Leute. Die nannte man bei Hofe *Berater*. Die spürten jeden Leckerbissen auf. Wer eine mit gewissen Reizen ausgestattete Tochter hatte, musste darauf gefasst sein, blaublütigen Besuch zu bekommen. Grundsätzlich ohne Anmeldung ging der

Herzog in die Häuser. Meist blieb er nur eine knappe Stunde. Draußen, in einiger Entfernung, warteten die Begleiter, tranken Wein aus Schläuchen und spielten im Fackelschein Würfel und Karten. Dann kam der hochwohlgeborene Freier heraus und drängte zum Aufbruch. Zuvor stürmte er wort- und grußlos an den Zimmern vorbei, in denen die Eltern des Mädchens vor der Willkür der Majestät zitterten und hofften, dass es schnell und vor allem folgenlos vorübergehen würde.

Niemand fragte je danach, welche Folgen diese Besuche für die Frauen und ihre Familien hatten. Manchmal hörte man von Kindern, die ohne Väter bei ihren Großeltern aufwuchsen. Ihre Mütter waren sechzehn oder siebzehn Jahre alt. Einige Male in den letzten Jahren spülte die Ilm die ertrunkenen Leichen sehr junger Frauen an. Sie seien aus Gram ins Wasser gegangen, hieß es hinter vorgehaltener Hand. Weitere Nachfragen verboten sich. Nach seiner Heirat soll der Herzog seine Jagdgewohnheit eingestellt haben. Aber auch das ist nur ein Gerücht.

Goethe sah griesgrämig unter seinem breiten Hut hervor, der sein Gesicht fast ganz verdeckte, und schwieg. Wedel jetzt zu treffen war ihm lästig. Wedel würde in ganz Weimar von dem Treffen mit dem Geheimrat berichten und es entsprechend kommentieren. Es würde kaum jemanden geben in der Stadt, den das nicht interessierte.

Vor wenigen Monaten ist Goethe Legationsrat am Hof in Sachsen-Weimar geworden. Im Handumdrehen ernannt. Sämtliche Instanzen, die dabei mitzureden gehabt hätten, waren vom Herzog übergangen worden. Ein Gartenhaus an der Ilm gab's als Geschenk dazu. Der Neid, den er damit auf sich gezogen hat, war grenzenlos. Und ist es immer noch.

Freiherr von Fritsch, der mächtigste Minister im Geheimen Rat, stimmte gegen Goethes Berufung. Es nützte nichts. Die Mehrheit knickte ein und stimmte dafür. Doch niemand außer dem Herzog war wirklich dafür; der Hof kochte vor Missgunst. Eine versteckte Feindschaft, die sich seither zu einem öffentlichen Urteil verstetigt hat. Die ganze Stadt zerreißt sich das Maul über den Günstling. Womit hat er diese Förderung verdient? Wer ist er, dass ihm das alles in den Schoß fällt? Was hat er denn, das die anderen nicht haben?

Wedel spürte schnell, dass aus dem Mann nichts herauszuholen wäre.

Er fasste sich zum Gruß an den Hut und setzte sein Pferd in Bewegung. In Goethe sah er einen arroganten bürgerlichen Emporkömmling, der Weimar für seine Zwecke ausbeuten würde, um dann weiterzuziehen. Mit großem Vergnügen dachte der Oberforstmeister an die Möglichkeit, gerade diesen kapitalen Keiler zur Strecke zu bringen. Er sprengte in wildem Galopp in die Stadt hinunter. Sein schwarzer Mantel wehte wild hinter ihm her.

In den Häusern wurden erste Lichter angezündet. Der Tag begann und der Reisende war noch nicht weit gekommen. Er gab dem Pferd sachte Tritte in die Seite. Es trabte los.

2.

Nach einer halben Stunde lässt der Reiter den Wald hinter sich. Vor ihm erstreckt sich eine ausgedehnte Senke, an deren tiefster Stelle das Dorf liegt. Der Schneefall ist stärker geworden. Außerhalb des Waldes weht der Wind den Schnee waagrecht dem Reisenden ins Gesicht. Niemand, der es nicht muss, würde nach draußen gehen. Langsam steuert er das Pferd in die Senke hinunter. Auf das Dorf zu.

Seine Augen gewöhnen sich schnell an die Dunkelheit. Etwa auf halbem Weg erkennt er vor sich drei Gestalten, die zu Fuß unterwegs sind. Aus der Entfernung kommen ihm die drei wie Landstreicher, entflohene Strafgefangene, Verbannte oder Verdammte vor. Sie wirken so gebrechlich, als könnten sie sich kaum noch auf den Beinen halten. Er verlangsamt den Tritt seines Pferdes.

Es wird ihm ein wenig unheimlich, als er sich ihnen nähert. Ihre Kleidung besteht aus farblosen Säcken, die weit und lose an ihnen hängen. Der eine hinkt und hat den zweiten, offenbar orientierungslosen, an der Hand. Der dritte, dem ein Bein fehlt, versucht mithilfe zweier riesiger Krücken, die er unter seine Achseln geklemmt hat, Schritt zu halten.

Goethe hat die drei schleichenden Männer rasch eingeholt. Sie schauen zu ihm hinauf. Er sieht auf sie hinab. Aus der Nähe kann er sich ein besseres

Bild über ihren Zustand machen. Sie sind im Gesicht ganz schwarz vor Schmutz. Ihre langen wirren Haare starren vor Dreck. Ausgemergelt scheinen sie. Ihre Rücken sind gekrümmt. Der Hinkende trägt merkwürdigerweise eine Brille, ein Luxus, den man selten sieht und den sich selbst bei Hof nicht jedermann leisten kann. Mit einem straffen Band sind die Augengläser hinter seinen Ohren festgebunden. Die kleinen runden Gläser sind so dick, dass seine Augen wie große Murmeln hervortreten, wenn er einen ansieht.

Der Reiter spricht die Männer nicht an. Er würde am liebsten wortlos an ihnen vorbeireiten. Sie versperren aber wie unbeabsichtigt den Weg, indem sie träge von einer Seite auf die andere torkeln. Der mit den Krücken stellt diese so weit auseinander, dass Goethe nicht vorbeikann. Er müsste ins verschneite Gelände ausweichen. Von dem Pfad will der Reiter jedoch nicht herunter.

»Würden mich die Herren bitte vorbeilassen«, sagt er schließlich ohne Nachdruck und bemüht, Freundlichkeit in seine Stimme zu legen.

Er erhält keine Antwort. Die drei schleppen sich weiter, als hätten sie nichts gehört. Goethe wiederholt seine Frage. Jetzt dreht sich einer um und bleibt stehen.

»Verzeihen Sie, Herr, wir hören sehr schlecht«, sagt er mit brüchiger Stimme. »Was haben Sie gesagt?«

Goethe wiederholt seine Frage nicht.

»Unsere Ohren sind kaputt.«

Der Sprechende sieht Goethe scharf an.

»Die Trommelfelle geplatzt. Hat der Doktor gesagt.«

Wieder so ein scharfer Blick, als würde der Invalide auf irgendeine Rache sinnen und noch überlegen, ob er in Goethe das richtige Opfer gefunden habe.

»Die Musketen, wissen Sie, eine nach der anderen neben dem Ohr abgefeuert. Danach ist man taub.«

Goethe ist erleichtert. Offenbar hat er es mit Schwerversehrten zu tun, von denen keine Gefahr ausgeht. Er lässt sich zum Schein auf ein Gespräch ein.

»So, aber ihr seht mich doch kommen.«

»Wir sehen auch schlecht. Der da ist blind.«

Er zeigt auf den Mann, den er an der Hand hat. Von den dreien weht ein unangenehmer Geruch zu Goethe hoch. Instinktiv wendet er das Gesicht in eine andere Richtung.

»Blind?«

Der Sprechende dehnt den Mund zu einem gequälten Lächeln, sodass eine dunkle, beinahe schwarze Reihe von Zahnstümpfen darin erahnbar wird.

»Er wurde geblendet. Von den Österreichern. Das war ihre Spezialität. Haben sie von den Türken übernommen.«

»Für wen habt ihr gekämpft?«

»Für Preußen, Euer Gnaden. Für den herrlichsten aller Fürsten. Den alten Fritz, diesen räudigen Hund. Möge er bei lebendigem Leib verfaulen.«

Mit diesem deutlichen Wechsel des Tons hat Goethe nicht gerechnet. Die Kerle sind ihm nun doch nicht ganz geheuer.

»Und was macht ihr jetzt bei diesem scheußlichen Wetter unterwegs?«

»Wir müssen jeden Monat einmal nach Nordhausen, um unsere Invalidenrente abzuholen. Wir sind immer zwei Tage dafür unterwegs. Am ersten Tag laufen wir hin. In Nordhausen schlafen wir in Schafställen, holen unser Geld ab – wenn wir es denn bekommen – und gehen wieder zurück.«

Der Beinamputierte sieht Goethe jetzt besonders scharf von unten heraus an. Er stützt sich, als wolle er lässig wirken, auf eine Krücke und haucht:

»Einen nach dem anderen von Euresgleichen werden wir erledigen. Bis sie alle an den Bäumen hängen und die Alraunen ihnen aus den Augenhöhlen wachsen.«

Er grinst schaurig aus einem dichten Bart heraus.

Goethe läuft es kalt über den Rücken. Der Beinamputierte hängt jetzt so lässig auf seiner Krücke, als sei er seiner Sache ganz sicher. Plötzlich verliert er das Gleichgewicht, beginnt zu schwanken und versucht, sich an einer der beiden Gehhilfen festzuhalten. Doch es nützt nichts, er stürzt seitwärts in den Schnee. Der Hinkende beugt sich zu ihm hinab. Er versucht, ihn aufzurichten, doch ihm fehlt die Kraft dazu.

Der Hinkende stürzt über den Beinamputierten und fällt ebenfalls in den Schnee. Der Blinde, der vom Hinkenden losgelassen worden ist, beginnt zu jammern und querfeldein loszulaufen. Er tritt nach wenigen Schritten in ein Loch und fällt hin. Auch er bleibt liegen. Zuerst beginnt er, laut zu schreien. Dann ist er auf einmal ganz ruhig, als wäre er tot. Goethe sitzt regungslos auf seinem Pferd und schaut den dreien zu.

»Verzeihung, edler Herr, aber würden Sie uns helfen?«, fragt der Hinkende plötzlich aus seiner unkomfortablen Position heraus. Goethe rührt sich nicht. Der Beinamputierte und der Blinde liegen regungslos im Schnee, der Hinkende bemüht sich vergebens aufzustehen.

Soll er helfen? Oder ist das eine Falle? Und wo soll er mit dem Helfen anfangen?

»Bleiben Sie ruhig, ich werde Hilfe aus der Ortschaft holen«, sagt er dann und wendet sein Pferd zum Weiterreiten. Der Hinkende sieht entsetzt zu ihm hoch und gestikuliert mit den Armen.

»Bis dahin sind wir erfroren!«

Goethe steigt ab, bückt sich zu dem Hinkenden und hilft ihm auf die Beine. Mit einem kräftigen Satz steht der Mann vor ihm und fasst ihn mit beiden Händen an die Kehle. Goethe weiß sofort, dass er seinem Gegenüber ausgeliefert ist, dass der jetzt mit ungeahnten Kräften zudrücken könnte und alles wäre vorbei. Der zuvor scheinbar so kraftlose Mann hat auf einmal Bärenkräfte. Er lässt Goethes Hals wieder los.

»Da staunen Sie, was?«

Goethe staunt nicht nur, er ist vor Schreck wie gelähmt. Dennoch versucht er sich unbeeindruckt zu geben und möglichst schnell seine Hilfsaktion fortzusetzen. Er beugt sich zu dem Beinamputierten hinab, der schlagartig den Kopf hebt und ihn hasserfüllt anstarrt. Er spuckt aus, als sich Goethe bückt. Er verfehlt ihn knapp.

»Komm bloß nicht näher, du Arschgesicht«, sagt der Beinamputierte und Goethe sieht seine gefletschten Zähne, die schwarz und unvollständig aus seinem entzündeten Zahnfleisch ragen. Er lässt ihn liegen.

»Wer sind Sie?«, fragt der Hinkende, der jetzt Goethes Arm mit einer Hand gepackt hat und ihn fest umklammert hält.

Goethe hat das Gefühl, sein Arm würde abgebunden. Er spürt, wie sich das Blut darin staut und der Arm zu schmerzen beginnt. Jetzt zückt der Hinkende mit seiner anderen Hand plötzlich ein Messer und spielt vor Goethes Gesicht damit herum.

»Stich ihn ab«, presst plötzlich der noch immer im Schnee liegende Amputierte mit fast ersterbender Stimme hervor.

Der Hinkende lächelt.

»Immer mit der Ruhe«, sagt er. »Zuerst will ich wissen, mit wem wir es zu tun haben.«

»Das tut nichts zur Sache«, wehrt Goethe ab. Aber der Invalide mit dem eisernen Handgriff bleibt hartnäckig.

»Was treibt Sie bei diesem Wetter hierher, ans Ende der Welt?«

Goethe überlegt, welche Antwort jetzt die klügste ist. Er zögert einen Augenblick.

»Ich muss nach Braunschweig, ein Todesfall in der Verwandtschaft.«

»Und dazu müssen Sie den Harz durchqueren? Und überhaupt, ein Todesfall. Deshalb reiten Sie im Winter durch den Harz? Für den Toten können Sie doch nichts mehr tun.«

»Von Gotha aus ist es der kürzeste Weg.«

Der Invalide schaut sich den vornehmen Herrn genau an und hinkt dazu halb um ihn herum.

»Was tun Sie in Gotha?«

»Ich male.«

»Aha! Der Herr ist Maler, wie schön«, sagt er und lässt im selben Augenblick Goethes Arm los. Dieser tritt zwei Schritte zurück, fasst sich kurz an den schmerzenden Arm und ergreift dann die Zügel seines Pferdes.

»Was malen Sie denn? Lassen Sie mich raten. Nackte Frauen, die Sie auf Ihren Bildern als Madonnen ausgeben?«

»Ich muss weiter.«

»Geben Sie es zu, Sie malen sie zuerst, die Madonnen, und pudern sie dann nach allen Regeln der Kunst in Ihrem Atelier.«

»Ich male Landschaften.«

»Klar, Landschaften mit nackten Huren drin.«

Goethe versucht, sich ein solches Gemälde vorzustellen.

»Ich muss weiter.«

»Immer weiter, der Herr Maler, und grüßen Sie mir die Kunst, und vor allem Ihre Hurenmodelle, wenn Sie sie wieder treffen.«

Goethe schweigt.

»Warum stichst du ihn nicht ab?«, stammelt der Amputierte aus seiner Seitenlage. »Der hat bestimmt Geld dabei.«

»Sei still, du Tölpel«, sagt der Hinkende zu ihm. »Der Herr hier steht auf unserer Seite.«

Dann wendet er sich an Goethe und tritt ganz nah an ihn heran:

»Wissen Sie auch, was *ich* war, bevor ich an die Preußische Armee verkauft worden bin?«, fragt der Hinkende und lässt das Messer sinken.

»Nein.«

»Wollen Sie es wissen?«

Goethe antwortet nicht darauf.

»Sie wollen es also wissen? Oder doch nicht?«

Der Blick des Hinkenden geht in die Ferne.

»Ich war ein Dichter«, sagt er mit einem zynischen und selbstmitleidigen Grinsen, mehr in die Nacht hinein als zu seinem Gegenüber.

Goethe nickt, als wolle er damit andeuten, dass er gar nichts anderes erwartet habe. Jetzt nur nichts Falsches sagen, denkt er. Der Hinkende fährt nach einer kurzen Pause fort:

»Ich dichtete Oden an die Freude, Sonette an Phyllis und Doris und allerlei Feierliches. Mir war jede Nymphe zu Willen, das können Sie mir glauben. Ich hatte ein sagenhaftes Leben. Ich habe sogar einmal mit Klopstock zu Abend gegessen. Was sagen Sie dazu?«

Goethe nickt und verzieht den Mund zu einer anerkennenden Grimasse. Der andere nimmt das mit Genugtuung zur Kenntnis.

»Klopstock hat meine Poesie geschätzt. Er wollte etwas für mich tun. Mich bekannt machen. Dann kam der Krieg. Ich hatte damals einen Maler zum Freund. Der ist jetzt blind und liegt da hinten im Feld.«

Goethe schweigt. Sein Gesicht nimmt den Ausdruck von Betroffenheit an.

»Haben Sie noch einmal etwas von Klopstock gehört?«, fragt er dann, noch immer in der Absicht, für eine gemäßigte Stimmung zu sorgen.

»Nein«, kommt die Antwort kurz und knapp. Dann nichts mehr.

Der Hinkende wendet sich ab, als wolle er andeuten, dass er genug von dem Fremden habe und nicht weiter mit ihm sprechen möchte und auch sonst nichts von ihm will. Goethe steigt vorsichtig auf sein Pferd und reitet langsam los. Für einige Augenblicke glaubt er fest daran, in der nächsten Sekunde ein Messer im Rücken zu haben. Aber nichts Derartiges geschieht. Dann hinter ihm ein gedämpfter Schrei. Er dreht sich um und erkennt, dass sich der Hinkende, der sich als vergessener Dichter ausgibt, sein Messer in den linken Arm gestoßen hat und mit schmerzverzerrtem Gesicht seitlich in den Schnee kippt.

Der Reiter gibt seinem Pferd einen Tritt in die Seite. Es verfällt sofort in einen flotten Trab. Goethe fragt sich keine Sekunde, was nun weiter aus den drei Männern wird. Er ist froh, davongekommen zu sein.

Nur dass er diese Begegnung nicht recht einzuordnen weiß, beschäftigt ihn. Es scheint ihm plötzlich, als kenne er das Land, das er mitregieren soll, gar nicht, als habe er sich noch nie um die Menschen und ihre Fragen gekümmert und gerade jetzt ist ihm nicht ganz klar, ob er sich dafür wirklich einmal interessieren wird.

Als Goethe etwa fünfzig Meter entfernt ist, erhebt sich der Hinkende und ruft ihm etwas hinterher, das Goethe nicht gleich versteht. Er hält sein Pferd an, dreht sich halb im Sitzen zurück und blickt nach hinten. Jetzt kommt der Zuruf noch einmal:

»Ich war ein Dichter, Herr Maler.« Und nach einer kurzen Pause:

»Wir sehen uns wieder.«

Goethe gibt dem Pferd noch einen leichten Tritt in die Seite. Das Gefühl, davongekommen zu sein, in jeder Hinsicht davongekommen zu sein, durchdringt seinen ganzen Körper und lässt eine unerwartete Wärme in ihm aufsteigen. Das Gefühl, vom Leben bevorzugt behandelt zu werden. Auch jetzt wieder. Was ihm die Mutter immer gesagt hat: Der Wolfgang, ein Glückskind. Aber dann sagt er sich, dass es diese Instanz, *das Leben*, das so blind und ungerecht handelt, doch gar nicht gibt. Das Leben will doch, dass wir alles von ihm wollen, hat Lenz einmal zu ihm gesagt. Was für ein Satz! Man möchte ihm glatt zustimmen, aber irgendetwas stimmt daran nicht. Er schüttelt den Kopf. Es war der große Irrtum, dass sie das wirklich geglaubt haben. Dass das Leben wirklich von uns will, dass wir alles von ihm wollen. Lenz glaubt es immer noch. Schon erreicht Goethe die ersten Häuser des Dorfes.

Auf dem Marktplatz entdeckt er einen Gasthof. Alle Fenster sind erleuchtet. Lautes Reden und Lachen dringt heraus. Eine große Feier ist im Gange. Goethe klopft. Eine junge Magd öffnet. Sie ist hübsch. Goethe fragt, ob man noch ein Zimmer frei habe. Die junge Frau verneint. Alles sei belegt, wegen einer Festgesellschaft, illustre Gäste. Die Hohen Räte des Fürstentums seien versammelt, es gebe etwas zu feiern. Goethe ist erschöpft. Er möchte auf keinen Fall noch ein Dorf weiter ziehen und stundenlang nach einer Unterkunft suchen. Er entschließt sich zu einer wirksamen, aber bewährten Maßnahme.

Er zieht einen Geldschein aus der Hosentasche. Die Augen der Magd weiten sich, sie scheint nicht nur überrascht zu sein, sondern zutiefst betroffen. So viel Geld in einem einzigen Schein hat sie noch niemals gesehen. Er sieht sie an, sie lässt ihren Blick zunächst auf dem Geld ruhen und sieht dann mit ungläubigen Augen zu ihm auf.

»Meinen Sie nicht, dass in irgendeinem Winkel des Hauses noch etwas frei ist?«

»Na, ich werde doch noch mal den Wirt fragen müssen«, sagt sie.

Der Wirt kommt, groß, feist, er hat einen roten Kopf und im Nacken graue fettige Haare. Aus glasigen Augen blickt er seinen Gast mit ausdrucksloser Miene an. Dann entdeckt er den Geldschein und sogleich belebt sich sein Gesicht. Er schlägt sich an die Stirn, schüttelt über sich selbst den Kopf und erinnert sich sofort daran, noch eine Kammer zu haben, die der Reisende für diese Nacht beziehen könne. Es sei aber nur ein Verschlag neben dem Festsaal, in dem die große Gesellschaft jetzt feiere.

Goethe lässt das Pferd absatteln. Lässt es von

einem Burschen in den Stall führen. Bringt seine Sachen in die Kammer. Es handelt sich tatsächlich um einen Bretterverschlag. Darin befindet sich ein großes Doppelbett und an der Seite noch ein drittes, eher schmales Bett.

Die Festgesellschaft direkt nebenan ist so laut, dass man es in dem Verschlag jetzt kaum aushält. An Schlaf ist nicht zu denken. Goethe sitzt auf dem Doppelbett. Ganz offenbar ist dies das Schlafzimmer des Wirtsehepaars. Angesichts der Summe, die Goethe anbietet, kann der Wirt nicht Nein sagen. Aber Goethe muss sich vorsehen. Er hat sich als wohlhabend zu erkennen gegeben und gäbe ein gutes Opfer ab.

Er beschließt, in den Gastraum zu gehen und Essen zu bestellen. Er zieht die nassen Sachen aus und legt trockene Kleider an. Er richtet den etwas wirr gewordenen Zopf. Er zieht seinen Dolch und betrachtet sein Spiegelbild auf der Stahlklinge. Das Geld steckt er in die Hosentaschen. Er traut der hübschen Magd nicht so recht. Sie hat etwas Anmutiges und zugleich Verschlagenes. Eine merkwürdige Mischung, wie sie beim einfachen Volk oft vorkommt. Er gesteht sich ein, dass ihn diese Mischung durchaus reizen kann.

Zum Essen ordert er eine Kanne Wein. Ein zweiter Gast sitzt im Raum. Er erinnert ihn sofort an Lenz. Dieselbe kleinwüchsig zierliche Statur, derselbe nervös suchende Blick, der sich beim Eintreten von der ersten Sekunde an auf den Neuankömmling heftet. Goethe setzt sich möglichst weit von dem Gast entfernt an einen Tisch in der hintersten Ecke des Raums. Von dort aus kann er das Treiben aus dem Festsaal genauso gut hören wie aus dem Bretterverschlag. Von seinem Platz aus könnte er jetzt sogar durch ein Astloch in der Holzwand in den Raum hineinsehen. Er sagt sich, dass ihn das überhaupt nicht interessiert. Im nächsten Moment beugt er sich nach vorne und blickt durch das Astloch.

Er sieht Männer, nur Männer, höhere Stände, wie er an den Kleidern erkennt. Alle reden wild durcheinander. Dabei sitzen auch die Schreiber und Burschen der hohen Herren, auch sie standesgemäß und wie zu einem feierlichen Anlass gekleidet.

Der Wein muss schon seit längerer Zeit in Strömen fließen. Einige haben sich mit roten Köpfen in Rage geredet, wieder andere haben den Arm um ihren Nebenmann gelegt, lallen etwas vor sich hin und scheinen schon reichlich benebelt. Goethe wendet sich seinem eigenen Wein zu. Der Herr vom Tisch gegenüber spricht ihn mit einer für seinen zierlichen Wuchs ungewöhnlich festen und sonoren Stimme an:

»Sie gehören wohl nicht zu den hohen Herren, die drüben feiern?«

Goethe vermeidet es aufzuschauen.

»Nein«, entgegnet er, indem er an seiner Jacke herumnestelt und dabei nach unten blickt.

»Darf ich mich zu Ihnen setzen?«

»Nein«, murmelt er und hofft, der andere habe es verstanden.

Noch immer sieht Goethe den Mann nicht an.

»Danke, sehr freundlich.«

Der kleine Mann erhebt sich und kommt an Goethes Tisch. Er ist etwa dreißig Jahre alt und hat keine Haare mehr, was ihn älter erscheinen lässt.

»Darf ich mich vorstellen: von Gleichen.«

Jetzt erst sieht Goethe zu ihm auf.

»Angenehm, von Weber.«

Der Kahlköpfige sieht Goethe mit einem süffisanten Lächeln interessiert an. Der dreht den Blick in eine andere Richtung, um dieser Musterung auszuweichen. Dann fängt von Gleichen an:

»Lassen Sie mich raten, Herr von Weber, ich bin mir fast sicher, Sie sind Künstler.«

»Chapeau, wie haben Sie das erraten?«

»Da schauen Sie, was? Aber das ist kein Hexenwerk, sondern Wissenschaft. Es ist die Physiognomie, die es verrät.«

Goethe ahnt, dass er hier einen äußerst merkwürdigen Zeitgenossen getroffen hat. Vielleicht einen Gelehrten, dem die neuesten Theorien über den Menschen geläufig sind.

»Sagen Sie bloß, Sie sind ein Anhänger von Lavater«, sagt Goethe.

Er hat die Frage in einem eher gelangweilten Tonfall vorgebracht.

»Ganz richtig. Was für ein Fortschritt in der Menschenwissenschaft, nicht wahr? Kennen Sie Lavater auch?«

Goethe überlegt. Er muss sich entscheiden. Fährt er im Thema fort oder wiegelt er es ab. Dieses Zögern hält ein paar Augenblicke an, die Goethe wie eine Ewigkeit vorkommen. Der andere schaut ihm erwartungsvoll und herausfordernd direkt in die Augen. Schließlich weiß Goethe nicht weiter, weshalb er sich fürs Weitermachen entscheidet:

»Verzeihen Sie, dass ich das so frei bekenne, aber wenn Sie mich so fragen, dann muss ich zugeben, ich bin ein guter Freund von Lavater.«

»Oha! Das heißt, Sie korrespondieren mit einem Genie?«

»Allerdings. Ich habe ihn selbst in Zürich aufgesucht und kürzlich noch mit ihm physiognomische Studien betrieben.«

»Das ist ja ungeheuerlich! Sie sind also einer der wenigen Glücklichen, die exklusive Einblicke in die neue Wissenschaft genießen.«

»In der Tat«, sagt Goethe und versucht einen möglichst unbewegten Gesichtsausdruck dabei zu zeigen. Von Gleichen schaut ihn noch immer gespannt und erwartungsvoll an, als erwarte er ungeheure Neuigkeiten von dieser Zufallsbekanntschaft.

»Eine Wissenschaft, die vom Äußeren aufs Innere schließt«, fängt Goethe wieder an, »ist an und für sich fragwürdig. Das hat es jedenfalls noch nicht gegeben. Man darf keine voreiligen Schlüsse ziehen. Im Grunde muss man sogar vollständig darauf verzichten, Schlüsse zu ziehen. Man muss sehr genau beobachten. Und dann dazu in der Lage sein, die *richtigen* Schlüsse zu ziehen.«

»Das lässt sich hören«, ruft der andere aus, »Sie sprechen wie ein wahrer, alterfahrener Physiognomist.«

Goethe lächelt fein, als wolle er die Schmeichelei mit gebotener Selbstironie zulassen.

»Es ist gleichwohl eine Wissenschaft für wenige«, sagt er wie zu sich selbst, was ihm eine besondere Souveränität gibt und den Zuhörer in den Bann schlägt. Von Gleichen sieht ihn an, als habe er eine Art Naturwunder vor sich oder gerade eine seltene Spezies entdeckt.

»Es ist ein Glück für die Welt, dass die wenigsten Menschen als Beobachter geboren sind«, fügt er hinzu.

»Sie sagen es! Die Wenigsten, die Allerwenigsten – zu denen wir uns allerdings zählen dürfen«, ergänzt von Gleichen.

»Zweifellos.«

»Wenn Sie so versiert in diesen Dingen sind, werden Sie sicher erraten können, um was für ein Exemplar unserer Spezies es sich bei mir handelt?«

»Erraten? Ich bitte Sie, Verehrtester. Raten wäre doch wohl keine Wissenschaft.«

»Also ich meine erkennen, ergründen, erklären. Sie verstehen doch ...«

Goethe muss das Spiel jetzt weiterspielen. Er sieht sich den Gast mit der Ernsthaftigkeit des Fachmanns genauer an. Der wendet ihm abwechselnd im Profil seine beiden Gesichtshälften zu und gibt zu verstehen, dass es ihm mit dieser Untersuchung sehr ernst ist. Die Magd serviert Bratwürste mit Sauerkraut und wirft Goethe einen, wie er findet, vielsagenden Blick zu. Goethe gibt ihr den Blick zurück und glaubt, damit eine erste Form von Nähe zu der Frau hergestellt zu haben. Er schaut kurz von seiner Expertise auf und zu ihr hin. Wodurch er seiner Expertenrolle noch einen zusätzlichen Zug weltmännischer Lässigkeit verleiht.

Sosehr er sich bemüht, Goethe kann am Gesicht dieses Mannes einfach gar nichts ablesen. Er sieht immer wieder nur seinen Freund Lenz darin. In Lenz, diesem Ausbund an Unglück und Selbstüberschätzung, vermag er inzwischen nichts anderes zu sehen als den Willen zum Untergang. In von Gleichen aber sieht er noch nicht einmal das. Er scheint ihm die komplett nichtssagende Neuausgabe seines Straßburger Freundes zu sein. Doch Goethe weiß, wie man solchen Leuten eine Freude macht.

»Das Genie hat seinen Hauptausdruck nicht im oberen Teil der Stirn und nicht im Blick und im Ausdruck der Augen. Keineswegs ist das so, sondern, und jetzt hören Sie genau hin: Das Genie erkennt man an der gerundeten, gedrängten, etwas nach vorn gebogenen Nasenwurzel. Da wohnen seine fürchterlichen

Leiden und an dieser Stelle sind sie zugleich verschlungen in die Riesenkraft, die sie trägt. Und, mein Herr, ich sage es freiheraus: Eben diese Festigkeit und Fülle des Geistes sehe ich in Ihrer Nasenwurzel vollgültig inkarniert.«

»Parbleu, Monsieur, das sagt ein Experte, der mit Lavater korrespondiert, das ist ja extraordinabel. Sie sehen also in meinen Gesichtszügen Anzeichen für das Vorhandensein echten Genies?«

»Ohne jeden Zweifel! Kaum eine Nase hat mich bisher mehr und eindeutiger an die von Lavater so minutiös beschriebenen Gesichtszüge des Urgenies erinnert wie gerade die Ihre.«

»Sind Sie sicher?«

Goethe setzt eine ernste Miene auf, die zum Ausdruck bringen soll, dass er in solchen Dingen nicht zu Späßen neigt. Von Gleichen nimmt das Stichwort auf:

»Die Nase also, meinen Sie, sei der Ort, an dem man dies zweifelsfrei ablesen kann?«

»Unbedingt. Lassen Sie mich durchaus ein paar Worte über die Nase sagen. In unserer Wissenschaft ist die Nase von zentraler Bedeutung, wie man sich unschwer wird denken können. Denn die Nase ist ja der Stützpfeiler des Gehirns. Auf ihr ruht die ganze Masse des Stirngewölbes und drückt ihre Kraft darauf ab. Eine Konstruktion, mein Herr, welche sonst, nur gehalten von Mund und Wange, elend in sich zusammenstürzen würde. Die Nase ist also die Geniewurzel und die Kompetenzsäule, und da sie das Gehirn stützt, stützt sie den ganzen Menschen, weswegen man den Menschen an seiner Nase, und noch genauer: an seinem Nasenwurzelhauptstrang erkennen kann.«

Von Gleichen staunt nicht schlecht. Das scheint ihm wirklich allererster Kenntnisstand zu sein, frisch aus Zürich importierte Nasenwurzelwissenschaft, vorgetragen von einem Erleuchteten und Lavater ebenbürtigen Denker. Dieser fährt fort:

»Und nun betrachten Sie einmal Ihre eigene Nase. Dieses gleichermaßen Bestimmtheit wie Willenskraft demonstrierende Exemplar ist wahrhaft einzigartig. Damit könnten Sie ganze Kathedralen des Wissens und der Erfahrung stützen.«

Goethe entschließt sich, das Gespräch von der Theorie aufs konkrete Leben umzuleiten.

»Nach alldem, denke ich, sind Sie als Genie noch im falschen Metier. Denn anstatt in der Kunst, wo Sie zweifellos Großes würden vollbringen können, bewegen Sie sich in der Politik, wenn ich mich nicht vollkommen täusche.«

»Politik! Ach was, würde ich sonst hier in diesem gottverlassenen Nest sitzen?«

»Die Kollegen von nebenan feiern ja auch hier.«

»Trotzdem, stimmt nicht.«

»Soll ich noch einmal raten.«

»Ich bitte darum.«

Goethe gibt sich den Anschein, angestrengt nachzudenken.

»Mir fällt nichts anderes ein. Ich sehe den Politiker in Ihnen, der sein Genie an den Händeln der Welt vergeudet.«

»Ach so?«

»Ja. Für mich gibt Ihre Physiognomie, die gewiss die eines Genies ist, gleichwohl keine klaren Hinweise auf Ihre Stellung in der Welt.«

Der Fremde setzt eine bedeutende Miene auf:

»Genau das wollte ich hören.«

»Dann ist es ja gut.«

»Und warum wollte ich das gerne hören?«

Goethe findet ihn zudringlich, unangenehm, der Mann scheint sich für etwas Besonderes zu halten. Außerdem stinkt er nach altem Schaf.

»Sie werden es mir sagen«, sagt Goethe und beginnt, die Bratwurst zu schneiden.

»Weil ich Schauspieler bin.«

Goethe nickt ihm Bratwurst kauend zu.

»Ja, da staunen wiederum Sie nicht schlecht, was? Meine Physiognomie kann die unterschiedlichsten Expressionen annehmen und sie in kürzester Zeit in ein Kaleidoskop wechselnder Charaktere treten lassen. Eben darin besteht mein Genie.«

»Nochmals Chapeau! Daher also meine Ahnung, Sie seien Politiker. Aber gerade als Schauspieler würden Sie doch nicht so ganz und gar allein in dieser öden Gegend herumsitzen, oder? Haben Sie denn keine Truppe, die Sie zum Ruhm führen?«

»Nein. Ich bin allein. Ich arbeite allein. Ich führe Stücke für eine Person auf, Solodramen. Damit ziehe ich herum.«

»Solodramen, aha. Ich stelle mir das offen gesagt etwas seltsam vor.«

»Wieso seltsam?«, fragt von Gleichen, der auf diesem Gebiet anscheinend keinen Spaß versteht.

Goethe spürt, dass er sich auf dünnem Eis bewegt. Der Weimarer Hof wird immer wieder von Schauspielgruppen besucht, auch von sehr kleinen, manchmal nur drei, vier Mann starken Trupps, die mit allerlei Stücken und Späßen durch die Lande ziehen. Aber ein einzelner Mann als ein ganzes Theater – das hat Goethe noch nicht einmal früher auf dem Frankfurter Römer erlebt, wo übers Jahr so ziemlich alles auftrat, was sich, ob zu Recht oder zu Unrecht, zur darstellenden Kunst zählte. Da stand er als Kind oft staunend zwischen den Erwachsenen und sah den Komödianten zu, die die Leute zum Lachen bringen wollten, was ihnen meist mühelos gelang. Ein Solokomödiant war allerdings nicht ein Mal darunter. An so einen würde sich Goethe bestimmt noch heute erinnern.

Der Lärm im Festsaal nimmt zu. Die Feier erreicht anscheinend ihren Höhepunkt.

»Was wird denn gefeiert?«, will Goethe von der Bedienung wissen, als sie wieder eine Kanne Wein an den Tisch bringt.

»Irgendein Vertrag ist unterzeichnet worden«, antwortet die Dorfschönheit und strahlt Goethe aus ihren großen Augen an.

Dem Schauspieler entgeht das nicht; er beobachtet Goethe mit eifersüchtigem Blick und lächelt ihn an. Goethe spürt das Falsche in seiner Mimik so stark, dass er wegschauen muss. Das soll ein Schauspieler sein? Und noch dazu einer, der eine ganze Truppe von Komödianten ersetzen kann?

»Was haben Sie denn so in Ihrem Repertoire?«, fragt Goethe seinen Tischgenossen, er spielt den Interessierten.

»Allerhand, mein Lieber, allerhand. Mein Repertoire ist umfangreich. Aber an erster Stelle steht natürlich Shakespeare«, gibt der Tischnachbar mit zufriedenem Lächeln zurück.

»*Falstaff* ist meine Paraderolle, *Die lustigen Weiber von Windsor* mein meist gespieltes Stück. Aber mein Meisterwerk ist in der Tat *Macbeth*.«

Der Soloschauspieler lässt eine bedeutsame Pause entstehen und Goethe bemerkt, dass sie als Kunstpause gemeint ist, die zweifellos gleich von einer Kostprobe beendet werden wird. Dann legt er los:

»When shall we three meet again / in thunder, lightning or in rain?«

Goethe hat das Gefühl, er müsse schnell einschreiten, bevor die gesamte Tragödie vor ihm abrollt.

»Und sonst?«, unterbricht er den Deklamierenden, als der Luft holt und zum nächsten Satz ansetzt. Von Gleichen blickt ihn erstaunt an.

»Wie, und sonst?«

»Außer Shakespeare?«

»Die Leute wollen vor allem Shakespeare sehen. Die pompösen alten Franzosen kann man nicht mehr bringen. Die Monologe sind zu lang, die Sprache zu vertrackt, die antike Thematik überhaupt zu schwer für ein Solodrama. Aber Shakespeare, ich erwäge sogar *Heinrich IV*. auf die Bühne zu bringen. Was sagen Sie dazu?«

»Mit Rüstungen, Schlachtrössern und Armbrüsten?«

Von Gleichen schweigt und lächelt wieder sein falsches Lächeln, von dessen Falschheit er selbst wohl keine Vorstellung hat. Goethe wird neugieriger.

»Und deutsche Autoren? Da gibt es doch inzwischen auch ganz interessante Dinge.«

»Selbstverständlich. Aber Lessing oder Klopstock geben nichts her. Da dösen mir die Leute entweder weg oder sie geraten, vor allem bei Klopstock, in eine vollkommen unsinnige Ekstase. Man muss nur den Namen Klopstock nennen, schon fangen einige im Saal unaufgefordert an, ihn zu zitieren und danach fallen regelmäßig ein paar Damen in Ohnmacht. Gott behüte, alles nur nicht Klopstock. Nichts ist meinem Spiel so abträglich wie Klopstock und der Rausch der Empfindsamen, den seine Dichtung auslöst. Ich verstehe mich als ein Künstler neuer Art, müssen Sie wissen. Der Gefühlskult muss überwunden werden. Kälte ist mein Element. Aber das begreift noch niemand, dafür sind die Leute überhaupt noch nicht reif.«

»Haben Sie schon einmal daran gedacht, Goethe aufzuführen«, entgegnet Goethe.

»Ja, durchaus. Aber nicht den *Götz*. Zu turbulent. Ein einziges Durcheinander. Ziemlich überschätzt, finde ich.«

»Aha.«

»Ja, der *Götz* ist zudem ein Albtraum für einen Solokomödianten. Viel zu viel Personal. Man muss sich ständig umziehen oder die Maske wechseln und die Stimme verstellen. Aber der *Werther*, das wäre etwas für mich. Ich bin offen gestanden gerade dabei, den Stoff für die Solobühne umzuarbeiten. Die Leute sind verrückt danach. Sie wollen nichts anderes als den *Werther* lesen, an den *Werther* denken, den *Werther* sehen, ja manche versuchen den *Werther* aus dem Stegreif nachzuspielen. Sie deklamieren seine Monologe. Gäbe es den *Werther* nicht, müsste man ihn schreiben. Kennen Sie das Buch?«

»Hab davon gehört. Ich lese solche Sachen nicht. Keine Zeit. Und überhaupt: ziemlich larmoyanter Stoff, wie man so hört?«

»Was für ein Stoff?«

»Larmoyant.«

»Nein, gar nicht, Lärm gibt es erst zum Schluss, wenn die Pistole losgeht. Da fallen dann wieder die Damen in Ohnmacht oder täuschen eine vor und selbst die Männer seufzen auf, weil sie auch einmal so eine Heldentat vollbringen möchten, es aber nicht schaffen.«

»Ich meinte nicht lärmend, sondern jammervoll, sentimental, nichts für Kerle.«

»Na ja, wo gibt's denn heute noch richtige Kerle? Die ganze Kultur ist doch von hinten bis vorne verweichlicht. Überall laufen empfindsame Pimpfe herum und riechen an Blumen oder betrauern eine Liebe. Aber ich sage immer, man soll den Leuten das bringen, was sie wollen: As you like it! Oder etwa nicht? Haha.«

»Das hat der Dichter des *Werthers* wohl auch gedacht.«

»Sie sagen es. In meinen Augen ist dieser Goethe auch so ein Weichling, aber ein ziemlich durchtriebener. Kann ja nicht anders sein, wenn er sich in diese Heulsuse von Werther so einfühlen konnte. Damit hat er dann wieder den Jammerton der gesamten gebildeten Welt getroffen. Aber ich sag's Ihnen, von Weber, der Goethe hat diesen Ton getroffen, weil er kalt ist, nicht weil er selber darunter leidet.«

Goethe horcht auf. Von Gleichen scheint zumindest nicht dumm zu sein.

»Hm, muss wohl so sein. Wie sonst wäre der Erfolg zu erklären? Stimmt es, dass jetzt in manchen Städten die jungen Männer sich sogar wie Werther anziehen? In Leipzig, hab ich gehört, laufe man schon vorwiegend mit blauem Frack und gelber Weste herum.«

»Das habe ich schon gesehen, kürzlich in Hannover, wo ich eine Woche lang gastiert habe. Manche führen auch eine Pistole offen mit sich, streuen ganze Passagen aus dem Roman in ihre Reden ein und geben sie ungefragt zum Besten. Sie stören sogar meine Vorstellungen und deklamieren Partien aus dem *Werther* in den Raum. *Die lustigen Weiber von Windsor* sind ihnen jetzt zu läppisch, überhaupt die ganzen Shakespeare-Komödien sind ihnen zu oberflächlich. Sie wollen tiefe innere Erschütterungen, rufen sie, nicht diesen Quark aus Verheiratungsplänen und Verwechslungsorgien.«

»Auf diesen Geschmackswandel würde ich sofort reagieren und den *Werther* noch schneller einstudieren«, sagt Goethe und schaut der Magd nach, die gerade an ihnen vorbeigeht.

Ihr langes braunes Haar reicht bis zu den Lendenwirbeln. Die Spitzen schwanken bei jedem Schritt hin und her. Er führt seinen Blick langsam über ihren Rücken bis hinauf zum Hals. Sie dreht sich um, als hätte sie gespürt, dass er sie mustert und schaut ihn herausfordernd an.

Er weiß, dass sie auf sein Geld aus ist. Sie würde für einen weiteren Schein mit ihm in den Bretterverschlag kommen. Daran hat er keinen Zweifel. Er bestellt noch eine Kanne Wein.

»Was führt Sie in dieses Nest, wo Sie sonst in Städten wie Hannover spielen?«, fragt er den angeblichen Schauspieler.

»Das hier ist mein Rückzugsraum. Ich probe hier. Mariechen ist meine Verlobte.«

Er weist mit einer Kopfbewegung auf die Bedienung. Die lehnt entspannt am Tresen. So kommt ihr Dekolleté zur Geltung. Sie lächelt Goethe zu.

»Meist steht mir der Festsaal für die Proben zur Verfügung. Heute leider nicht.«

Aus dem Festsaal dröhnen Männerstimmen. Man grölt verschiedene Lieder durcheinander. Drei Musiker haben angefangen, auf Tröten und mit einer Laute zum Tanz aufzuspielen. Goethe blickt durch das Astloch. Die Musiker erinnern ihn an die drei Invaliden von unterwegs. Nur scheinen sie jetzt rasiert, frisch gewaschen und in saubere Kleider gesteckt worden zu sein. Und wahrhaftig, einem der Trötenspieler scheint ein Bein zu fehlen, sein rechtes Hosenbein hängt schlaff am Stuhl herunter. Ein anderer trägt eine Hornbrille. Der Dritte scheint aber keineswegs blind zu sein, sondern bearbeitet eine Laute, indem er konzentriert auf deren Hals und auf seine Griffe schaut.

Goethe ist perplex. Das kann doch nicht möglich sein!

Er schaut angestrengter durch das Loch und versucht, die Gestalten genauer in den Blick zu nehmen. Nun scheint die Ähnlichkeit noch größer zu werden. Er wendet sich von dem Durchblick ab und schüttelt sich, als wolle er den grotesken Eindruck der Ähnlichkeit zwischen den Musikern und den drei Invaliden verscheuchen. Er nimmt sich vor, vorerst den Blick durch das Astloch zu meiden.

Bei seinem einäugigen Spähen durch das Loch hat Goethe keine Frauen unter den Feiernden entdeckt. Also müssen die Männer wohl miteinander tanzen, denn jetzt geht ein ungeheures Stampfen und Trampeln los. Die Tröten machen einen ohrenbetäubenden Lärm. Die Laute geht im schrillen Getöse der Tröten völlig unter. Der Gesang der betrunkenen Männer wird zu einem Brüllen, in das immer mehr Feiergäste einstimmen und die Geräuschkulisse, die zu Goethe hinüberdringt, in eine Art Kampfgeschrei verwandeln.

Der Wirt trägt ununterbrochen neue Kannen Wein in den Festsaal. Ein junger Mann stürzt jetzt aus dem Saal heraus, rennt durch die Wirtsstube und schnurstracks auf die Ausgangstür zu. Die Tür bleibt offen stehen. Kalte Luft weht herein. Man hört, wie sich der Mann draußen übergibt.

Zwei andere Männer, ein alter und ein junger, verlassen kurz darauf den Saal und postieren sich an einer Wand in der Wirtsstube. Sie scheinen gar nicht wahrzunehmen, dass sich andere Menschen in der Wirtsstube befinden.

Der im vollen Ornat bekleidete Ratsherr, der einen riesigen Wanst vor sich herschiebt, versucht den jüngeren Mann an die Wand zu drücken und ihn auf den Mund zu küssen. Der wehrt sich nur halbherzig, der Alte versucht dem Jungen die Zunge in den Mund zu stecken, woran ihn vor allem sein weit vorspringender Bauch hindert. Der Junge dreht sein Gesicht immer wieder weg, ohne der Bedrängung ausweichen zu können.

Goethe und der andere schauen, den Kopf in eine Hand gestützt, dem merkwürdigen Geschehen an der Wand gleichmütig zu. Marie wendet sich ab. Der Alte fasst dem Jungen, der sich immer noch hin und her windet, plötzlich in den Schritt und an die Gurgel, fixiert ihn mit diesen beiden Griffen und beginnt, ihm unter erheblichen Mühen das Gesicht abzulecken. Der Widerstand des Jungen nimmt zu, man sieht, dass er das Andrängen des Alten nicht mehr ertragen kann. Plötzlich fährt er sein Knie aus und rammt es dem Alten mit Wucht zwischen die Beine. Der hebt mit beiden Füßen gleichzeitig vom Boden ab und stürzt mit einem johlenden Aufschrei wie ein gewaltiger Sack Mehl krachend zu Boden.

Der Junge verschwindet blitzschnell im Festsaal, während sich der Alte vor Schmerzen auf dem Boden krümmt. Der Wirt kümmert sich um ihn, kniet neben dem Stöhnenden nieder, fragt öfter, ob es denn schon wieder ginge und ob der Herr Rat einen Arzt benötige. Der aber rappelt sich unversehens auf, stößt den Wirt wie einen lästigen Hund zur Seite und stürzt zurück in den Festsaal.

Die Feier geht weiter. Goethe und der Schauspieler

kreuzen wie zufällig die Blicke. Keiner von beiden ist sich sicher, wie er den Blick des anderen zu deuten hat. Keiner scheint dem anderen zu trauen. Goethe tut so, als habe er das nicht bemerkt. Immer wieder sieht er durch das Astloch zu den Musikern hinüber.

Goethe, der sich von Weber nennt, erzählt von seinem Metier, der Naturmalerei.

Er berichtet von seinem fiktiven Leben in der Stadt Gotha, bekennt, dass er Kontakte nach Weimar habe, jedoch Goethe nicht persönlich kenne, ihn noch nicht einmal gesehen habe.

Sein Interesse an der Serviererin wird unterdessen größer. Während er mit dem Schauspieler spricht, streicht Marie um die beiden herum. Was mag in ihr vorgehen? So manche Bewegung beim Servieren und Abräumen hätte durchaus mit etwas weniger Einblick vonstattengehen können, denkt sich der Gast, für den die Anwesenheit Maries den einzigen Trost in diesem gleichermaßen turbulenten wie deprimierenden Wirtshaus darstellt.

Goethe ist sich nicht sicher, wie weit er gehen kann. Von Gleichen könnte unangenehm werden. Er hat den angeblichen Schauspieler von Anfang an für einen Verrückten gehalten. Wer ergriffe schon das Metier eines Solokomödianten? Wie kann man glauben, ein Stück, das für eine bestimmte Anzahl von Personen geschrieben worden ist, könne von einem einzigen Menschen dargeboten werden. Wer sollte sich Stücke ansehen, in denen ein Schauspieler ständig die Rollen wechselt, sich jede Minute umzieht und mit allerlei fadenscheinigen Manövern und improvisierten Hilfsmitteln die Handlung in Gang halten muss. Darüber denkt der Reisende nach, während das Rätsel mit den drei Musikern ihn weiter beschäftigt und er mit dem angeblichen Schauspieler eine Kanne Wein nach der anderen leert.

Später, als sich die Gesellschaft aufzulösen beginnt und es im Festsaal ruhiger wird, geht er nach draußen, um sein Wasser abzuschlagen. Auf dem kleinen Platz vor dem Wirtshaus knien Räte und Burschen gemeinsam im Schnee. Manche kommen nach dem Erbrechen nicht mehr auf die Beine.

Er stellt sich in die Reihe und schlägt sein Wasser ab. Als er wieder ins Wirthaus kommt, macht er am Tresen Halt, um bei Marie seine Zeche zu bezahlen. Er gibt ihr den anfallenden Betrag und lässt sie einen Blick in seine gut gefüllte Börse werfen. Sie sieht zuerst gar nicht, dann nur sehr flüchtig hin, und nickt dem Gast schließlich, ohne ihm in die Augen zu schauen, so vertraut zu, als sei zwischen ihnen alles geklärt. Goethe verabschiedet sich von dem Schauspieler, der im Weinrausch seinen Kopf auf den Tisch gelegt hat und zu schlafen scheint.

In seinem Verschlag angekommen, hört er nebenan die letzten dumpfen Geräusche vom Fest.

Er stellt sich vor, wie noch ein paar Betrunkene, die nicht von allein hochkommen, herumsitzen oder unter den Tischen liegen. Einige lallen vor sich hin, hört er, andere versuchen auf sie einzureden und wollen ihnen beim Aufstehen helfen. Die drei Musiker müssen verschwunden sein und haben wohl ihre Instrumente zurückgelassen. Irgendein Betrunkener versucht auf einer Tröte zu blasen, bis er von einem anderen angebrüllt wird, schlagartig damit aufhört, um gleich darauf wieder anzufangen.

Goethe schließt die Tür seines Zimmers nicht ab, legt sich ins Bett und wartet.

Er wartet lange. Die Betrunkenen haben sich nach

und nach auf ihre Zimmer zurückgezogen und sind wohl ausnahmslos sofort eingeschlafen. Es wird zunächst ganz ruhig im Wirtshaus. Dann hört er, wie zuerst ganz leise, dann immer lauter ein sonores Summen durch die beiden Stockwerke dringt, als interpretiere ein in seinen musikalischen Fähigkeiten limitierter Männerchor unermüdlich ein äußerst monotones Stück.

Goethe bleibt wach. Stockfinster ist's in seinem Verschlag. Aber was hört er da plötzlich von draußen? Es überläuft ihn kalt bei diesem Geräusch. Der Ruf eines Käuzchens tönt durch die Winternacht. Übertönt immer wieder das summende Schnarchen der in den oberen Stockwerken einquartierten Männer. Ihm wird ein wenig unheimlich. Immer wenn er den Kauz rufen hört, ist er sicher, der Tod sei nahe.

Seine Schwester Cornelia ist vor Kurzem gestorben. Auch sie hat sich vor dem Ruf des Kauzes gefürchtet. Diese Furcht hat ihnen die Mutter in den frühen Frankfurter Tagen beigebracht. Sie hatte es wiederum von ihrer Mutter und so fort. Keine dieser Frauen hat sich über Jahrhunderte hinweg gefragt, was es mit der Geschichte vom Käuzchen, das einen zum Mitkommen auffordert, eigentlich auf sich habe.

Er schließt die Augen. Das Käuzchen ruft abermals. Dem Ruf des Käuzchens folgen. Cornelias Bild tritt in seine Vorstellung, die Schwester, klar und deutlich in den Konturen ihrer Jugend. Nie wird er sie als alte oder auch nur als ältere Frau sehen. Sechsundzwanzig Jahre ist sie alt geworden. Wie blass und mager sie immer gewesen ist. Als hätte das Leben von Anfang an Abstand zu ihr halten und sich nie ganz auf sie einlassen wollen.

Er werde sie beschützen. Das hat er ihr einmal auf

dem Dachboden des Elternhauses geschworen. Als sie seine Hand an ihren noch ganz kleinen Busen führte. Als sie das am Rücken geschnürte Mieder öffnete und seinen Kopf auf ihre nackte Brust senkte. Als er eine der beiden Brustwarzen ganz sanft zwischen seine Lippen nahm.

Er hätte sie vor ihrem Ehemann beschützen müssen. Hätte verhindern müssen, dass sie den heiratet. Mit ihm fortgeht. Dass sie schwanger wird. Auch das. Die zweite Geburt hat sie umgebracht. Das Kind lebte. Schlosser, der Gatte, stand neben dem Bett der Toten, konnte nichts tun und wusste nichts zu sagen. Die Ärzte waren machtlos. Nach ein paar Tagen sagte Schlosser, man müsse sich damit abfinden.

Die Ehe hat sie zugrunde gerichtet. Das war ihm doch immer klar gewesen: Sie war für die Ehe nicht geeignet, schon gar nicht für diese Ehe. Schlosser hat sie mit seiner Ignoranz, mit seiner Geistlosigkeit, mit seiner Trockenheit zugrunde gerichtet. Aber wäre es denn möglich gewesen, dass sie bei ihrem Bruder geblieben wäre? Dass sie ein gemeinsames Leben als Bruder und Schwester geführt hätten? Lag das denn überhaupt im Bereich des Möglichen oder auch nur des Denkbaren?

Er sieht sie ganz genau vor sich, als Kind, als Jugendliche, die perlmuttfarbene Haut mit rosa Pickeln im Gesicht. Und dann als junge Frau. Zwanzigjährig. Eine Schönheit war sie nicht. Aber sie klug zu nennen, verweigerte niemand. Gebildet, das wurde ihr Attribut, bei allen, die sie kannten. Über das Maß der Weiber hinaus, wie Lenz es einmal feierlich ausdrückte. Klopstocks *Messias* zitierte sie mit Vorliebe. Auch sie war der Klopstockmode verfallen. Sie konnte die Newtonschen Gesetze und die Geschichte der Stadt Frankfurt auswendig hersagen. Die Gedichte des Bruders führte sie immer bei sich. Sie trug die Blätter manchmal auf der Haut mit sich herum, unter dem Mieder, unter dem Herzen. Selbst zu schreiben war ihr Traum gewesen. Es lag aber außerhalb des Vorstellbaren. Eine schreibende Frau, das sei schlimmer als die Erscheinung des Teufels. Behaupteten die Geistlichen wie die Gelehrten, wann immer man es hören wollte und die Leute beteten es nach. Haftete einer Frau der Ruch des Schreibens oder auch nur des Schreibenwollens an, betrachteten sie die Leute wie eine Verhexte.

»Sie ist klüger als du«, sagte Lenz einmal zu Goethe.

»Wenigstens zu klug für die Ehe«, gab Goethe zurück.

Jetzt fallen ihm die Augen zu. Er harrt noch immer, oder versucht es. Doch worauf? Marie würde nicht mehr kommen. Von Gleichen hält sie davon ab, sagt er im Halbschlaf vor sich hin. Umso besser, denkt er noch, bevor der Schlaf ihn mitnimmt.

Es ist noch dunkel, als er aufwacht. Sein Instinkt sagt ihm, dass es früh am Morgen sein muss. Derselbe Instinkt sagt ihm, dass er nicht allein ist. Etwas bewegt sich in seiner Kammer. Er wagt nicht, den Kopf aus dem Kissen zu heben, um nachzusehen, was es ist. Er stellt sich schlafend. Die Geräusche deuten darauf hin, dass sich jemand dicht vor seinem Bett bewegt. Und die Art und Weise, wie sich diese Person bewegt, macht ihm bewusst, dass es sich dabei keinesfalls um einen Mann handeln kann. Eine Frau zieht sich in seinem Schlafzimmer an. Er muss gar nicht hinschauen, um das zu wissen. Er wagt auch nicht hinzuschauen. Ist sie also doch noch gekommen? Hat er denn gar nichts davon mitbekommen? Ist überhaupt irgendetwas vorgefallen in dieser Nacht? Er kann sich nicht erinnern. Ihm scheint, er habe geschlafen wie ein Stein. Ein knappes, leises Räuspern. Ja, es ist eine Frau. Ganz offenbar eine jüngere Frau, die sich hier anzieht. Jetzt scheint sie sich einen schweren Umhang umzuwerfen. Will sie abreisen?

Die Tür geht auf, jemand verlässt den Verschlag. Stimmen. Der Wirt und eine junge Frauenstimme. Ein Bursche wird gerufen, das Pferd soll bereitgestellt werden. Das ist das Erste, was er versteht. Warum es denn noch nicht bereit sei, sie habe das doch gestern Abend für diese Stunde angeordnet. Die Stimme klingt herrisch, unduldsam. Der Wirt entschuldigt sich, klingt unterwürfig, dumpf. Dann entfernen sich die Stimmen.

Goethe ist außer sich vor Neugierde. Wer, um alles in der Welt, hat in dieser Nacht mit ihm das Zimmer geteilt? Inzwischen ist er sicher, dass es nicht Marie gewesen ist, die bei ihm war. Aber die Geräusche, welche die Frau beim Anziehen gemacht und ihre Stimme, die er aus der Wirtsstube vernommen hat, haben sonderbare Erwartungen in ihm geweckt.

Er springt in die Hose, wirft das Hemd über, knöpft es nur am mittleren Knopf zu und rennt ohne Schuhe aus dem Verschlag hinaus. So darf er sich auf keinen Fall zeigen, so darf er niemals vor sie hintreten. Er stürzt die Treppe hoch in den ersten Stock. Er hofft, von dort auf den kleinen Platz vor dem Wirtshaus sehen zu können. Tatsächlich findet er ein schmales Fenster, das vom Flur nach draußen auf den Platz blickt. Er versucht die Butzenscheibe zu öffnen, was zuerst nicht gelingen will. Das Scharnier ist verrostet, es klemmt. Er wendet Gewalt an, rüttelt an dem Fenster herum. Das Scharnier bricht. Er hat das Fenster in der Hand. Jetzt kann er hinaussehen.

Der kleine Platz im ersten dunkelgrauen Licht des neuen Tages. Die Konturen von Gegenständen und Menschen sind zu erkennen. Da erscheint sie. Sie reitet in voller Reiseausrüstung gemessenen Schrittes über den kleinen Platz hinweg. Er sieht sie nur von hinten, sie erscheint groß, wie sie in ihrem Sattel sitzt, ihr Haar ist hell und weht im Schneegestöber. Ihre ungewöhnliche Haltung fällt ihm auf. Sie reitet nicht wie eine Frau, nicht quer im Sattel sitzend. Breitbeinig wie ein Mann sitzt sie auf dem Pferderücken, und doch wirkt sie wie eine Comtesse im Sattel, denkt er, wie eine Marquise, nein, alles das trifft es nicht, nicht wie eine dieser Hofdamen, die ihre Manieren und ihre Etikette ausstellen. Diese Frau repräsentiert etwas anderes, etwas Selbstständiges geht von ihr aus, eine seltsam fremdartige Souveränität, die allein dieser erste Eindruck ihm vermittelt und die er bei einer Frau noch nicht gesehen hat. Sie ist keine Prinzessin, sagt er sich, sondern eher eine Amazone. Ja, eine Kriegerin – aber auf welchem Feldzug ist sie unterwegs, so ganz allein in der Einsamkeit des Harzer Winters?

Er bemerkt ein leises Geräusch und dreht sich um. Marie steht ein paar Schritte hinter ihm. Sie ist im Nachthemd. Barfüßig, mit aufgelösten Haaren steht sie da. Dann bemerkt er, dass er den zerbrochenen Fensterrahmen noch in der Hand hält.

»Das tut mir leid«, sagt er, »der Rahmen war wohl morsch.«

»Das macht nichts, hier ist alles morsch. Der Bursche kann's wieder richten«, sagt Marie. Ob er heute weitermüsse.

»Ja«, sagt er.

Ob er noch einmal wiederkomme, will sie wissen.

»Wahrscheinlich nicht.«

»Schade, Gäste wie Sie haben wir selten.«

»Wie meinen Sie das?«

Sie antwortet darauf nicht, senkt den Blick auf die Füße. Da sieht er jetzt auch hin.

»Nächste Woche bin ich auf dem Rückweg. Mal sehen, vielleicht komme ich hier wieder durch.«

»Das würde mich freuen«, sagt Marie, schaut ihm direkt in die Augen, dreht sich um und geht mit ihren bloßen Füßen den Flur entlang.

Saskia Freiin von Berlepsch ist in aller Frühe wieder unterwegs. Sie hat sich am gestrigen Abend noch einmal verirrt und war dann doch in Ilfeld angekommen. Drei Männer, anscheinend Kriegsinvaliden, haben sie schließlich bis zum Wirtshaus begleitet. Denen hat sie auf die Beine geholfen. Sie lagen wie erfroren auf dem Weg. Einer blutete ganz frisch aus einer tiefen Wunde am Arm, sein Ärmel, ja der ganze schäbige Umhang, in dem er steckte, war blutverschmiert. Sie sahen furchterregend aus, benahmen sich ihr gegenüber aber freundlich. Als fahrende Musiker haben sie sich vorgestellt. Und sie dann durch die stockfinstere Nacht bis ins Dorf geleitet.

Der Wirt hat ihr das Einzelbett im Verschlag zugewiesen. Als ihr Mitbewohner, den der Wirt angekündigt hat, hereinkam, hat sie schon geschlafen. Sie hat ihn gar nicht bemerkt. Erst am Morgen stellte sie fest, dass jemand in dem großen Doppelbett liegt. Sie hat aber so getan, als bemerkte sie es nicht. Sie muss nach Quedlinburg. Der Wirt hat ihr eine neue Wegbeschreibung gegeben. Ihre nächste Station wäre Wernigerode. Da wollte sie ohnehin durch, da hat sie etwas zu erledigen. Sie hofft, dass es kein Tauwetter gibt. Dass der Frost anhält, bis sie ihre Mission erfüllt hat. In Wernigerode, bei Susanna, wird sie nicht lange bleiben können.

Als sie im Wald und außer Sichtweite der Stadt ist, hält sie noch einmal an. Sie steigt ab, holt die Satteltasche herunter und füllt frischen Schnee hinein. Sie transportiert etwas in ihrer Satteltasche, das beständig gekühlt werden muss. Bis sie in einigen Tagen in Quedlinburg ankäme. Das Herz eines Menschen.

3.

Lenz war vor etwas mehr als einem Jahr nach Weimar gekommen. Es war Frühling, kurz vor Ostern, als er eintraf. Goethe, den er überraschen wollte, war noch unterwegs, auf einer Reise nach Leipzig, bei der er den Herzog begleitete. Er traf den unverhofften Besucher erst einen Tag später. Am Nachmittag fand er ihn schlafend auf dem Rasen in der Nähe seines Gartenhauses an der Ilm.

Wie ein krankes Kind, dachte Goethe, als er den Erschöpften, im hellen Sonnenschein vor ihm Liegenden betrachtete. Er beobachtete eine Weile, wie er schlief. Das Ausgeliefertsein des Schläfers mitten in der Natur rührte ihn. Er ließ ihn liegen und weckte ihn nicht. Vom Fenster des Gartenhauses aus sah er später, wie Lenz erwachte, sich umblickte und die Glieder reckte.

Lenz war so klein und schmächtig, als komme er aus einer anderen Welt, die nur entfernt an diese hier erinnert. Das wunderliche kleine Ding hatte Goethe ihn in Straßburg genannt. Da lag er nun in Wertherkleidung vor ihm, als sei er nach einem Kinderfest vergessen worden und vor Erschöpfung im Park eingeschlafen.

Lenz fühlte sich tatsächlich krank, als er ankam. Liebeskrank. Es war Ehrensache für einen jungen Mann seiner Generation, unglücklich verliebt zu sein.

Liebeskrank zu sein galt als ein gesellschaftliches Statussymbol, zumal nach dem *Werther*. Man kokettierte damit, unterhielt sich darüber, schrieb Gedichte, nicht nur, um sich zu therapieren, sondern auch, um das Leid noch tiefer zu empfinden. Lenz aber quälte es gerade unbeschreiblich. Er schien keine Heilung und keinen Trost finden zu können.

Zudem hatte er Schulden. Die wollte er in Weimar abbauen, und zwar mithilfe seines Blutsbruders. Goethe musste als Höfling doch jetzt reich sein. Und er würde nicht ablehnen können, wenn Lenz ihn um einen finanziellen Gefallen bitten würde. So war Lenz und so sollte er bleiben. Er konnte sich nicht vorstellen, was alle Welt für eine Binsenweisheit hält: dass beim Geld die Freundschaft aufhört. Und dass sich auch Brüder nicht unbedingt eine Frau teilen wollen, nur weil einem von ihnen das ganz natürlich vorkommt, wenn man mit dem Bruder in einer ›Ehe‹ lebt.

Klinger und Lenz waren von Frankfurt aus losgeritten, beide in Werthertracht. Die hatte zuerst Klinger sich zugelegt, in Straßburg schon. Das sei der letzte Schrei, hieß es, und Klinger, das perfekte Mannsbild, hielt auf sich. Später musste Lenz sie auch haben. Merkwürdig sahen sie darin aus, wie ungleiche Zwillinge, wie Riese und Zwerg, die miteinander auf Reisen gegangen sind, um das Märchen zu suchen, dem sie abhandengekommen sind.

Klinger kam ursprünglich aus Frankfurt und verschwand für ein paar Tage bei alten Freunden. Er hatte gerade sein neues Stück fertig und wollte es den Freunden vorlesen. Es sollte seiner Vorstellung zufolge den Titel *Sturm und Drang* tragen.

»Was für ein grotesker Titel«, sagte Lenz, als er davon hörte. Das klinge unfassbar umständlich, wie ein Wetterbericht oder ein Krankheitsbild.

»Du hast ja keine Ahnung, Kleiner«, gab Klinger, dem Kritik nichts anhaben konnte, ruhig zurück.

Lenz wusste in Frankfurt zunächst nicht wohin. Dann fiel ihm ein, er könnte Goethes Mutter besuchen. Wenn er Goethe selbst hier nicht sehen konnte, dann wenigstens Goethes Mutter. Sie war auf ihre Art auch eine Berühmtheit, zumindest in Frankfurt.

Er meldete sich an, was nicht nötig gewesen wäre. Sie empfing ihn sofort und sehr herzlich, obwohl sie ihn nur vom Hörensagen kannte. Allzu viel Ermutigendes hatte sie nicht über ihn gehört.

Goethes Mutter musterte den klein gewachsenen Besucher wie einen Sonderling, der uneingeladen ihre Gastfreundschaft in Anspruch nahm. Trotzdem wäre ihr niemals eingefallen, ihn wegzuschicken. Lenz hingegen benahm sich, als gehöre er zur Familie. Da er Goethe als seinen Bruder ansah, nahm er Goethes Mutter ohne weitere Umstände als seine eigene in Anspruch. Er erzählte ihr in sich überschlagendem Eifer von der gloriosen Zukunft, die auf die beiden Geniebrüder warte und die jetzt begänne.

Voller Begeisterung berichtete er Goethes Mutter von seinem Plan, in der Wertherkluft nach Weimar aufzubrechen. Die gute Frau wusste gar nicht, was er meinte. Was denn eine Wertherkluft sei, wollte sie wissen und sah den verblüfften Lenz dabei ganz vertrauensselig an.

Ob sie den *Werther* denn nicht gelesen habe, fragte Lenz zurück.

Nein, antwortete Frau Aja, für die neuen Grillen ihres Wolfgang habe sie bisher noch nicht die Zeit gefunden.

Lenz konnte es nicht fassen.

»Er war schon immer ein großer Puppenspieler gewesen«, sagte sie nach einer kurzen Pause.

Die Familie habe sich früher stundenlang die Stücke im Puppentheater anschauen müssen, die der Wolfgang geschrieben und manchmal spontan erfunden habe. Die seien oft unglaublich lang gewesen. Dabei sei leicht einmal der ganze Nachmittag vorbeigegangen. Nach einer Stunde habe niemand mehr zuverlässig zu sagen gewusst, worum es eigentlich ging.

Lenz hörte ihr mit so glühender Hingabe zu, dass er sich kaum klarmachte, was sie sagte.

Aber man höre ja viel vom Wolfgang und vom *Werther* und wenn die Leute sich jetzt schon danach kleideten, müsse sie wohl doch auch einmal hineinschauen in das Buch, sagte Goethes Mutter, als wolle sie damit das Thema abschließen.

»Unbedingt«, rief Lenz mit zitternder Stimme, »unbedingt!«

Sie nickte bekräftigend und lächelte.

Am liebsten hätte er sie für diese Einsicht umarmt, geherzt und geküsst. Lenz standen Tränen in den Augen. Das Leben ist einfach wunderbar, allein schon weil es Goethes Mutter gibt, dachte er. Dass es dazu auch noch Goethe selbst gibt, ist schlichtweg märchenhaft und eigentlich schon zu viel. Wieviel Dankbarkeit er dieser Frau entgegenzubringen hatte, ließ sich gar nicht ermessen. Da brach es aus ihm heraus. Er warf sich vor ihr auf die Knie. Schon schossen die Tränen hell und klar aus seinen großen Augen und liefen in breiten Bächen an seinen Wangen hinunter.

»Was hat er denn auf einmal?«, fragte Frau Aja, die Lenz in der dritten Person anredete. Sie blieb ganz ruhig.

Wenn ihr Sohn den *Werther* nicht geschrieben hätte, dann hätte er selbst es getan, schluchzte Lenz. Nun sei ihm der Bruder zwar darin zuvorgekommen. Es sei aber gleichgültig, wer von ihnen beiden den *Werther* geschrieben habe, vollkommen gleichgültig, nicht wahr?

Goethes Mutter nickte abermals.

Ein noch heftigerer Tränenschub erschütterte plötzlich seinen ganzen Körper.

Sie seien ja eins, rief er aus und warf sich in Frau Ajas Schoß.

Frau Aja lächelte erneut. Wie man über ein Kind lächelt. Sie streichelte mit Seelenruhe seinen Kopf, bis er sich beruhigte.

»Ach Herr Lenz, 's geht de Mensche wie de Leut«, sagte sie im Frankfurter Dialekt wie zu sich selbst und streichelte weiter seinen Kopf. Lenz nickte in ihren Schoß und schluchzte noch heftiger.

Sie legte ihn aufs Sofa und deckte ihn zu. Dann gab sie ihm einen Kanten Brot, an dem er herumkaute und sich nach und nach beruhigte. Er schlief lange und murmelte dabei immer wieder unverständlich vor sich hin.

»Der Wolfgang wird Augen machen in Weimar, wenn wir in Werthertracht daherkommen«, sagte Lenz zum Abschied gut gelaunt und voller Tatendrang. Frau Aja machte ihr naiv-verständnisvolles Gesicht, das ihr den Ruf der guten Frau vom Großen Hirschgraben eingetragen hatte.

»Ach, der Wolfgang«, sagte sie nur. »Hier hätt' er's auch schön habe könne.«

Sie begleitete die beiden Dichter bis an den Main und winkte ihnen mit einem riesigen weißen Taschentuch nach. Aus der Ferne sah es aus, als winke sie mit einem Bettlaken. Der Fluss lag glitzernd in einem Bett aus grünen Wiesen unter einem makellos blauen Himmel. Lenz träumte mit offenen Augen, während sie zur Stadt hinausritten. Das Taschentuch der Frau Aja segelte über ihnen mit und breitete bis zu ihrer Ankunft in Weimar seine schützende Macht über sie aus. Wenn er zum Himmel blickte, sah er es ganz deutlich. Klinger sah dort oben nicht einmal Wolken.

Goethe war keineswegs erstaunt, als er Lenz im Wertherkostüm im Park an der Ilm liegen sah. Hätte er gewusst, dass Lenz im Anmarsch sei, hätte er genau damit gerechnet. Er fand den Aufzug reichlich albern. Wollte er ihn ärgern oder verhöhnen?

Klinger hatte unterwegs plötzlich einen anderen Weg eingeschlagen. Auf seinem Ritt nach Sankt Petersburg erkannte er, dass die Strecke über Weimar ein Umweg wäre. Vor allem aber konnte er Lenz nicht mehr ertragen.

So kam Lenz als Werther verkleidet mutterseelenallein in Weimar an. Man sah diesen Aufzug inzwischen bei vielen jungen Männern in ganz Deutschland. In Weimar trug man die Werthertracht aber so gut wie gar nicht, größtenteils wohl aus Rücksicht auf den in der Stadt lebenden Autor. Und nun ritt einer in der literarischen Selbstmörderkluft durchs Stadttor und fragte nach dem Dichter des *Werthers*!

Die Selbstmordstimmung, die Lenz mit seiner Kleidung zum Ausdruck brachte, war nicht einmal gespielt. Er hatte sich kurz vor seiner Abreise nach Weimar in eine adlige Straßburgerin namens Henriette von Waldner verliebt und die feste Absicht gefasst, nach einem kurzen Aufenthalt bei Goethe wieder zu ihr zurückzukehren. Er musste Goethe vom Triumph seiner Eroberung berichten, und zwar nicht nur brieflich. Mit eigenen Augen sehen wollte er, wie der Geniebruder blass wurde, wenn er ihm die Nachricht überbrachte, dass er, Lenz, jetzt der Bräutigam der jungen Gräfin Waldner sei.

Der würde Augen machen! Schließlich hatte sich Goethe selbst einmal für Henriette interessiert. Gerade das spornte Lenz an. Er hatte kurz, aber heftig um Henriette geworben, plötzlich kannte er nichts anderes mehr. Nach wenigen Tagen schon wollte er ihr einen förmlichen Antrag machen.

Lenz erblickte in Gestalt dieses Mädchens das Glück seines Lebens. Er war jetzt ganz sicher. Wie schon einige Male zuvor. Er geriet außer sich, wenn er daran dachte, demnächst eine Gräfin zu ehelichen. Das wäre absolut angemessen, sagte er sich immer wieder und konnte es gar nicht fassen, dass sich so viel Angemessenheit tatsächlich bei ihm einstellen sollte. Ein Genie müsse mit einer Gräfin verheiratet sein, war ein Satz, den er sich mehrmals am Tag vorsagte.

Je mehr er an sie dachte, umso mehr wuchs in ihm die Gewissheit, es sei etwas von Goethe in Henriette. So wie er etwas von Goethe in Goethes Mutter sah, sah er etwas von Goethe auch in den Frauen, denen Goethe den Hof machte. Als habe sich die kurze Bekanntschaft zu Goethe in Henriettes Charakter, ihrem Ausdruck, ihrer Seele niedergeschlagen. Jeder Mensch, mit dem Goethe in Kontakt trete, bekomme zwangsläufig etwas von Goethe. Das war Lenz irgendwann aufgegangen und es wurde zu seiner festen Überzeugung.

Manche veränderten ihr Wesen derart, dass man hernach eher Goethe als sie selbst darin erkennen könne. Man müsse nur genau genug hinsehen und man erkenne etwas von Goethe oder man erkenne Goethe ganz und gar in diesen Leuten. Würde Goethe (was allerdings auch nach der Ansicht von Lenz nur mithilfe eines Wunders geschehen könnte) alle Menschen, die derzeit auf dieser Erde lebten, kennenlernen, müsste die Menschheit unweigerlich Goethe werden. Und wäre das so verkehrt? Er stellte sich das gerne vor: Alle Menschen seien ein wenig Goethe und würden, da sie unentwegt Goethe begegneten, täglich noch ein Stückchen mehr Goethe werden.

Gestenreich hatte er auf Henriette eingeredet, ihr seine Liebe gestanden und gepredigt, ihr das Blaue vom Himmel versprochen, ihr die aberwitzigsten Komplimente gemacht, sodass ihr ganz schwindelig geworden war. Das Hohe Lied Salomons werde er an Hoheit übertreffen, wenn er singen werde, wie er sie sehe, hatte er gesagt.

Unter vielem, wovon Lenz sprach, konnte sich Henriette gar nichts vorstellen. Fragen konnte sie den in Seligkeit Taumelnden auch nicht; sie kam nicht mehr zu Wort. In Frankfurt musste er dann erfahren, dass sie schon versprochen war. Kurz und knapp und gnadenlos eröffnete ihm das der Klinger, der es aus sicherer Quelle wusste.

Auf dem Ritt von Straßburg nach Frankfurt hielt Klinger es nicht für nötig, Lenz diese Information zukommen zu lassen. Obwohl Lenz auch da schon fast ununterbrochen von seiner neuen Liebe geschwärmt hatte. In Frankfurt sagte er es ihm dann plötzlich wie nebenbei, als sie kurz nach der Ankunft ihre Perücken frisch puderten. Schluss war's mit der großen Liebe. Ausgesungen das Hohe Lied. Klinger klopfte gleichgültig seine Perücke aus und zuckte mit den Schultern.

»Dann eben die nächste«, sagte er.

»Klinger, Mann, verstehst du denn nicht? Weißt du denn nicht, was das ist, Liebe? Es kann nur diese eine geben. Begreifst du das denn gar nicht? Wie soll ich denn jetzt weiterleben? Ich brauche auch so ein Wertherkostüm. Ich brauche auch eine Pistole«, rief Lenz durch die ganze Puderstube, sodass die anderen Anwesenden sich nach ihnen umdrehten und den Kopf schüttelten.

Klinger zupfte wie abwesend an seiner Perücke herum.

Was sollte er dazu sagen? Würde Lenz jetzt zu einem Rasenden werden? Klinger bereute es augenblicklich, ihm von Henriettes Verlobung erzählt zu haben. Lenz hätte es früh genug erfahren. Klinger, der ein tapferer Soldat und ein talentierter Dichter, aber ein jämmerlicher Psychologe war, entschied, es sei das Beste, dem Lenz so schnell wie möglich eine Wertherkluft zu besorgen.

Sie gingen noch am selben Nachmittag zu dem in Frankfurt und über die Stadtgrenze hinaus bekannten Herrenausstatter Hegel & Co. und verlangten den blauen Frack und die gelbe Weste, die erwartungsgemäß in Lenzens Knabengröße nicht vorrätig waren. Man ließ eine Wertherkluft maßschneidern, Klinger, für den Geld keine Rolle spielte, zeigte sich großzügig und bezahlte das Ganze, was wiederum Lenz mit keinem Wort des Dankes quittierte. Vielmehr nahm er an dieser Rüsche und an jenem Knopf Anstoß, fand das Blau seines Anzugs nicht annähernd so blau wie das in Goethes Roman beschriebene Originalblau der Werthertracht und besah sich fortwährend äußerst missmutig im Spiegel.

Bei der letzten Anprobe hellte sich Lenz' Stimmung

allerdings auf. Plötzlich schien er mit seinem Bild als Wertherdarsteller zufrieden zu sein. Klinger glaubte bereits, er könne wieder Scherze machen, nannte ihn einen gelackten Wellensittich, einen kurzen Stenz und einen federleichten Schwerenöter, schlug ihm auf die Schulter, sodass Lenz einseitig in die Knie ging und zupfte mütterlich an seinem Kostüm herum. Gleich darauf wechselte bei Lenz jedoch wieder die Stimmung:

»Warum hat sie mir nicht gesagt, dass sie verlobt ist?«, fragte er Klinger vorwurfsvoll, als sei er es, der Lenz verlassen habe. Lenz warf sich dem Freund schluchzend an den Hals und schlug mit seinen kleinen Fäusten gegen die gewaltige Brust des Gardeoffiziers.

Lenz schrie, er fühle sich vom Leben betrogen. Er sei von allen im Stich gelassen worden, und das nicht zum ersten Mal. Fortwährend ließen ihn alle im Stich, ausnahmslos alle, ja es sei das Gesetz seines Daseins, im Stich gelassen zu werden. Er müsse Goethe jetzt erst recht sehen. Nur Goethe könne ihm jetzt noch helfen. Vorerst war aber nur der zum Mitleiden kaum aufgelegte Klinger in der Nähe. Der schnäuzte sich gleichgültig in den Hemdsärmel und schüttelte den Kopf. Was für ein Zirkus wegen einer Frau! Wegen einer Frau!

Die Werthertracht stehe ihm jetzt besonders gut, sagte er zu Goethe, als der in Weimar vor ihm stand und Lenz sich Augen reibend langsam vom Rasen erhoben hatte. Sogleich stand er stramm und gerade auf der Wiese an der Ilm, um sich in der stechenden Aprilsonne gebührend bewundern zu lassen. Goethe fand ganz und gar nicht, dass ihm der Aufzug stand.

»Du bist zu mager dafür«, sagte er.

»War Werther denn fett?«

»Das nicht, aber eben nicht so mager wie du.«

»Dann müsst ihr mich hier gut füttern, damit ich die Statur deines Helden annehme.«

Schon in Straßburg hatte Lenz an den Freitischen, wann immer es möglich war, einen Nachschlag erbeten. Es wurde zu seiner Spezialität herauszufinden, wo die Freitische standen und wie man zu ihnen Zugang finden konnte. So schlug sich der Mittellose, der über kein Einkommen verfügte und keines in Aussicht hatte, durch. Die beiden jungen preußischen Offiziere, mit denen er ins Elsass gekommen war, hatten ihn als Stallburschen entlassen. Von seinem Vater war ihm jede Unterstützung gestrichen worden. Da stand er dann, im fremden Straßburg, fern der Heimat und einzig Herder und Goethe, die sich auch dort aufhielten, ließen ihn Hoffnung schöpfen.

Lenz, der Schmarotzer, der Nassauer, der Eckensteher, der immer jemanden suchte, der ihn mitnahm, der ihn aufnahm, der ihn durchfütterte. Das Dickwerden war keines seiner Talente.

Im Sommer fünfundsiebzig, noch bevor Goethe nach Weimar ging, sind die beiden Brüder Goethe und Lenz zusammen nach Emmendingen zu Cornelia gereist. Es war eine der überspannten Geniefahrten, die in dieser Zeit nicht wenige unter den jungen Dichtern unternahmen. Sie fühlten sich wie Götter. Herrscher über ein Reich, das ganz und gar von dieser Welt sein sollte, und doch nur in ihrem Kopf existierte. Täglich redeten sie sich in den Größenwahn hinein, setzten zu einem poetischen Höhenflug nach dem anderen an und stürzten sofort ab, wenn sich die kleinste Berührung mit der Wirklichkeit ergab.

Dann erlebten sie eine kurze Phase der Ernüchterung. Doch bald ging es wieder von vorn los. Sie schwärmten, umarmten einander urplötzlich grundlos, weinten ohne Anlass wie die Schlosshunde und deklamierten gleich darauf Passagen aus Shakespeare oder Verse Homers, um danach grölend über Streuobstwiesen zu hüpfen oder johlend aus Ruderkähnen heraus die Leute am Ufer zu erschrecken.

Ende Mai kamen sie an. Goethe zögerte, die Schwester und ihren Gatten zu sehen. Sie übernachteten zunächst außerhalb der Stadt. Zuerst mussten sie sich beruhigen, bevor sie dem nüchternen Beamten unter die Augen treten konnten.

Dann nahmen sie sich ein Herz und erschienen vor dem lang gestreckten Amtshaus. Cornelia stand blass in der Tür. In der kurzen Ehe schien sie verwelkt. Das sah Goethe mit großem Schrecken. Hatte er ihr nicht genau das prophezeit?

Der alte Trennungsschmerz durchfuhr ihn scharf und immer wieder. Er glaubte, Schlimmeres werde er nicht mehr durchzustehen haben, als was Cornelia ihm mit ihrer Heirat angetan hatte. Dieser Schmerz würde ihn nicht mehr verlassen. Er gehörte jetzt zu ihm dazu, war ein Teil seines Lebens geworden. Ein bestimmender Teil.

Nur zu gut wusste er, wie sehr auch sie darunter litt. Alles wusste er über sie. Er lebte in ihr. Sie hatten miteinander etwas ausgebildet, mit dem keine Ehe, keine Liebe und keine noch so tief beschworene Herzensnähe zu vergleichen wäre. Was sie verband, reichte weiter zurück als jede ihrer Erinnerungen. Es war, als verlöre man sich selbst, wenn man den anderen verlor, mehr noch, sich selbst zu verlieren wäre weniger schwer zu ertragen, als sich getrennt voneinander zu wissen. Die Schuld fraß ihn auf. Die Schuld, diesem einzigartigen inneren Bund nicht gewachsen gewesen zu sein, und Cornelia dem sicheren Untergang ausgeliefert zu haben.

Lenz wusste von alldem nichts. Er erkannte in Goethes Schwester augenblicklich den neuen, alles bisher Dagewesene überstrahlenden Fixstern am Firmament seines Gefühlsuniversums. Sie, die über das ganze gewöhnliche Weiberwesen hinauswies, die so viel Goethe in sich hatte, dass er versucht war zu glauben, sie habe mehr Goethe in sich als dieser selbst, die Zarte, die Schweigsame, die Verletzliche, sie war alles, was er jetzt wollte.

Ihr Mann, Amtsrat Schlosser, sprach von seinem neuesten Buch, *Ideen vom Selbstmord*. Lenz fand das geschmacklos.

»Da hat ihn doch hundertprozentig der *Werther* draufgebracht«, flüsterte Lenz dem Blutsbruder zu.

Goethe nickte knapp. Was sonst? Und überhaupt, der Schlosser! Trocken wie ein Schwamm im Sommer. Bar jeder Leidenschaft. Ein Bürokrat wie er im Buche steht. Und dazu noch moralischer Schriftsteller. Den *Katechismus der Sittenlehre für das Landvolk* hat er veröffentlicht, ein zweiter Teil war in Arbeit. Ein Menschheitsverbesserer. Dieser scheinheilige Philanthrop mimte den frommen Volkserzieher und sperrte gleichzeitig die Übergeschnappten und die, die so genannt wurden, in seiner Pforzheimer Besserungsanstalt ein.

Schlosser nahm die Dinge in die Hand, sah, wo es fehlte und redete jederzeit mit den Leuten, um herauszufinden, was sie dachten, was sie brauchten, wo er helfen könne. Der war wie vom Herrn selber bestellt. Gerade jetzt musste er die Leute über die Schändlichkeit des Selbstmords aufklären. Jetzt, da der *Werther* in aller Munde war. Jetzt, da der Selbstmord in Mode kam. Vor kurzem erst war Schlosser in Emmendingen zweiter Oberamtmann geworden.

»Zweiter?«, fragte Lenz.

Betretene Mienen. Schlosser schwieg. Lenz blickte triumphierend in die Runde. Er sei der höchste Beamte in Baden, sagte Cornelia, wie um sich selbst zu beruhigen.

»Als zweiter Amtmann. Das kann ja wohl nicht sein«, sagte Lenz mit leicht spöttischem Ton in der Stimme. Wer oder was denn dann der erste sei? König, Kaiser oder Gott? Ob ihr Mann denn über seine gesellschaftliche Stellung überhaupt korrekt informiert sei, wollte Lenz von Cornelia wissen.

Da könne er, Lenz, sicher sein, gab Cornelia mit schmalen Lippen zurück. Er müsse sich nur einmal umschauen. Das Amtshaus. Die Zimmerfluchten. Bedienstete. Die Ausstattung. Die üppige Besoldung ihres Mannes. Der Respekt, der ihnen entgegengebracht werde. Sie sagte das nicht, dachte es aber in jeder Einzelheit. Im Geiste sprach sie die Wörter: Bedienstete, Ausstattung, Respekt. Tränen standen ihr in den Augen. Niemand bemerkte es. Lenz grinste weiter überlegen und schüttelte ostentativ den Kopf, um sein Unverständnis über so viel eingebildete Geltung auszudrücken. Schlosser schwieg konsequent. Innerlich kochte er. Aber er ließ sich nicht das Geringste anmerken.

Was nahm sich dieser vom Ende der Welt hergelaufene Balte eigentlich heraus? Was war *der* denn? Ein Nichts, weniger noch als das. Ein Dichter behauptete er zu sein. Das behaupteten viele. Und nicht wenige verloren darüber den Verstand. Im Pforzheimer Zucht- und Armenhaus, einer landesweit gerühmten

Einrichtung, der Schlosser vorstand, die er zu inspizieren hatte und deren Hausordnung er festlegte, behandelten sie solche Subjekte mit dem Ochsenziemer. *Willkommen und Abschied* nannten sie das.

Und was für eine Dichtung das ist! In den Stücken dieses Lenz laufen junge Männer herum, die sich in einer schwachen Minute selbst entmannen. Die dann mit ihrer frischen Wunde in der Öffentlichkeit paradieren und Anerkennung heischend auftrumpfen: Ich habe mich kastriert! Na und, sagen die Leute im Vorbeigehen, – selbst schuld. Nur die Pfaffen, die loben den Kastrierten für seine Tat und behaupten, dass sie ihn ganz in die Nähe der Heiligen bringe und schlagen vor, er solle sich am besten noch blenden, damit auch die letzte Möglichkeit, vom Antichristen versucht zu werden, von ihm wiche.

In einem anderen Stück schneidet sich ein hoffnungslos überhitzter Engländer mit dem bezeichnenden Namen Robert Hot aus Liebeskummer mit einer Schere die Kehle durch. Was an sich schon ein groteskes Unterfangen darstellt und angesichts der generellen Stumpfheit der Scheren eine ungeheure Sauerei bedeutet. Noch mit der Schere am Kehlkopf röchelt der irre Angelsachse dem herbeieilenden Geistlichen zu: »Behaltet Euren Himmel für Euch!« Ein einziges Sichgehenlassen, genau wie in Goethes *Werther*, Verrohung, Verweiberung, Verdummung, befand Schlosser.

Das also war die Literatur von heute. Und nun saßen ihre edlen Repräsentanten bei ihm beim Tee. Der bis zur Groteske dünkelhafte Schwager und dessen kleinwüchsig-größenwahnsinniger Busenfreund. Taten so, als gehöre ihnen die Welt. Als wären sie wer.

Der Hausherr schwieg. Goethe auch. Dem war der Schlosser einmal lieb und teuer gewesen. Er kannte

Schlosser seit den frühesten Frankfurter Tagen. Damals blickte er zu dem zehn Jahre Älteren auf. Schlosser war Teil des Darmstädter Kreises der Empfindsamen um die Prinzessin Louise, zu dem auch Goethe so oft wie möglich pilgerte. Seit er Cornelia den Hof gemacht und noch mehr, nachdem er sie geheiratet hatte, war er ihm ein Graus geworden.

Einen geschlagenen Tag lang ging Schlosser über Land nach Darmstadt, um dem Kreis der Empfindsamen um die Prinzessin Louise beizuwohnen. Unterwegs machte er sich Notizen über das Leben der einfachen Leute. Er sah sich genau an, wie sie lebten und arbeiteten. Er führte Gespräche, fragte, wo es fehlte, versprach Hilfe, sprach Trost zu. Die ganze Zeit über war er Beamter. Als er in Darmstadt angekommen war und den Kreis der Empfindsamen betrat, wurde er zu einem Dichter. Allerdings einem Dichter, der wie ein Beamter dichtete. Schon damals fragte sich Goethe, was Schlosser da überhaupt wollte.

Empfindsam zu sein war eine Rolle, die der Mode entsprach, die Schlosser jedoch eher schlecht zu spielen wusste. Was er da zu besingen hatte, verabscheute er im Grunde. Frauen hielt er für *Papiergeschöpfe*, das war sein Ausdruck. Das zärtliche Getue zwischen den Geschlechtern, Tändelei genannt, verursachte ihm regelmäßig Kopfschmerzen und zuweilen geradezu Übelkeit.

Überall witterte er Verfall, nicht zuletzt da er der festen Überzeugung war, dass die Männer in der jetzigen Kultur verweichlichten. Gedichte zu schreiben oder zu lesen hielt er für pure Zeitverschwendung. Was der Mann geworden sei, sei er durch die Faust, nicht durch die Feder geworden, ließ er verlauten.

Schlosser gehörte einer anderen Generation an.

Im Darmstädter Kreis versuchte er sich notgedrungen an Schäferspielen und Gedichten auf Wein, Weib und Gesang. Man musste mitmachen. Dabei sein. Im vorgegebenen Rahmen kommunizieren, ganz egal mit welchem Grad von Talent. Als Empfindsamer blieb er unbeholfen und steif. Ohne Zauber. Aber er versuchte, sich in diese Spiele hineinzudenken. Weil es dazugehörte. Weil es schicklich war. Weil man nur so den Damen imponieren konnte, die den kriegerischen Typus neuerdings verachteten.

Er würde Cornelia zugrunde richten. Darin war sich Goethe sicher, seit er sie jetzt in ihrer neuen Umgebung gesehen hatte. Cornelia war Goethes Geschöpf. Er hat sie weiter in allen Fragen des Lebens unterwiesen, als sein Vater sich immer mehr von den Kindern wie vom Leben überhaupt zurückgezogen hatte. Nicht aus Pflichtgefühl gegenüber dem Vater oder ihr. Er liebte seine Schwester, jedoch nicht ganz so, wie ein Bruder gemeinhin seine Schwester lieben sollte.

Immer wieder aufs Neue suchte er nach der Frau, die Cornelia sein sollte, die Cornelia aber niemals war. Zwar vermochte keine seinem Anspruch standzuhalten. Doch immer wieder traf er auf Frauen, in denen er die Möglichkeit dazu sah. Augenblicke entschieden und schürten auf Dauer sein Interesse. Louise, als sie in Frankfurt aus der herzoglichen Kutsche stieg. Und dann Charlotte von Stein, deren zufällig ihm unter die Augen gekommener Schattenriss allein ihn schon in helle Aufregung versetzte.

Die Eheschließung mit Schlosser, jener verfluchte 1. November 1773, hatte sie auseinandergerissen. Cornelia und die Eltern folgten der Konvention. Goethe konnte nichts dagegen tun. Sie jammerte und klagte über ihr Schicksal, wenn sie heimlich zusammen waren. Beklagte das Unausweichliche, wollte, dass er sie heimlich nach Wetzlar mitnähme, und dort als Junge verkleidet bei sich unterbrachte und sprach später davon, mit Goethe im Gartenhaus an der Ilm zu sitzen und mit ihm im nächtlichen Park unter dem vollen Mond zu träumen.

Küche und Keller seien ihr noch fremd, hatte Schlosser einmal im Scherz gesagt. Gegenüber den Bediensteten wirkte sie apathisch, abwesend, nervös.

Auch Cornelia liebte den Bruder über alle Maßen. Er hat ihr den Horizont geöffnet. Hat dafür gesorgt, dass die Beschränkung, die den Frauen auferlegt war, aufgehoben wurde. Sie lebte in seinem Kopf und in seinem Körper. In ihm, dem Bruder, dem Mann, nur war Leben möglich. Was war denn das Leben der Frauen?

An manchen Tagen träumte sie davon, ganz und gar in den Bruder überzugehen. Seine Revolte war die ihre. Sein Denken ihr Denken. Sein Begehren mit ihrem identisch. Seine Sprache, seine Stücke, seine Literatur handelten von ihr. Er hat ihr eine Welt geöffnet und gleichzeitig ist sie in die Gegenwelt abgesunken.

Er schreibe jetzt an seinen *Moralischen Bekehrungen*, sagte Lenz, der auf die abgemagerte Cornelia einredete. Darin denke er fundamental über die Liebe nach. So tief wie noch niemand vor ihm.

Cornelia nippte am Tee. Sie sah ihn nicht an, saß gerade, bleich. Dann schluckte sie mühsam etwas anscheinend Hartes hinunter, sodass an ihrem dünnen Hals alle Sehnen hervortraten.

»Was gibt's denn dazu Neues?«, fragte sie mechanisch, damit Lenz in dieser schweigsamen Runde wenigstens eine Replik erhielt. Seine Antwort interessierte sie nicht. Sie hatte sich noch nie für die Liebe interessiert, wie andere sich dafür interessieren. So viel auch bei den Darmstädtern davon die Rede sein mochte. Seltsames Wortgeklingel war das in ihren Ohren. Die platonischen Zuneigungen, die ausgefeilten sprachlichen Zärtlichkeiten, die man dort pflegte, fand sie als Spiele reizvoll und durchaus angenehm. Das Körperliche, das dahinter lauerte, stieß sie ab. Sie empfand Ekel, wenn sie daran dachte. Und jetzt Lenz neben ihr, der selbstbegeisterte, liebestolle Zwerg, der vor Begehren bebte.

Gerade hatte er seine glühende Zuneigung für Cornelia entdeckt. Die Liebe springe ihn an wie eine Katze, sagte er abends vorm Einschlafen zu Goethe, der neben ihm lag. Sie sei auch so zuverlässig wie eine Katze, sagte Goethe und drehte sich zur Seite. Oft sei sie weggeblieben, wenn er auf sie gewartet hatte, flüsterte Lenz gedankenverloren. Und dann auf einmal ist sie ganz weg und kommt nicht wieder, versetzte Goethe im nüchternsten Tonfall und schloss die Augen.

Je länger Lenz in Cornelias Nähe war, umso begehrenswerter fand er sie. Sie war verheiratet, sie hatte ein Kind, ihr Mann war Oberamtmann in Emmendingen, nur zweiter, aber immerhin, es gab ja anscheinend keinen ersten. All das war Lenz gleichgültig, seine Genieverwandtschaft mit Goethe setzte für sein Empfinden eigene sittliche Maßstäbe und nur die zählten. Wenn sie wirklich auf dem Parnass geborene Zwillinge wären, dann müssten sie auch dieselben Frauen lieben. Und warum nicht die Schwester des Bruders?

Man müsse sich des Lebens der Geringsten annehmen, sagte Lenz. Dieses Leben müsse man schildern, nicht die Haupt- und Staatsaktionen von verrotteten

Fürsten und dem Gewürm, das immer noch an der Herrschaft sei.

Schlosser sah Goethe an. Der hob die Schultern entschuldigend in die Höhe. Er hatte bereits eine Voranfrage aus Weimar erhalten. Alle Anwesenden wussten davon. Außer Lenz. Der würde das am wenigsten verstehen. Daher sprach man nicht davon.

»Die Wünschelrute des Genies schlägt an den Fundgruben der Natur aus«, sagte Lenz plötzlich wie aus der Pistole geschossen zu Cornelia gewandt und rollte bedeutungsvoll die Augen. Sie fühlte ein Frösteln, das tief nach innen ging. Eine schmerzende Kälte, die sich in ihr ausbreitete. Und wieder Ekel vor all dem Überschwang. Sie nippte am Tee. Auch der war kalt.

Was er denn nun damit sagen wolle, fragte Schlosser ruhig. In Lenz stieg augenblicklich die rote Wut auf und verschaffte sich Luft.

»Nichts«, schrie er und knallte seine Tasse so hart auf die Untertasse, dass es schepperte. »Rein gar nichts! Wie soll man das einem zweiten Oberamtsmann erklären?«

Cornelias Lächeln erreichte nicht ihre Augen. Sie verzog nur den Mund zu einem süßsaueren Ausdruck.

Ja, das denke man immer, dass unsere Beamten nichts davon verstünden. Dem sei aber nicht so, jedenfalls nicht in jedem Fall, sagte sie.

Goethe machte eine knappe Handbewegung, als wolle er abwinken und der Schwester bedeuten, dass ihre Erklärungen zwecklos seien.

Schlosser blieb regungslos. Als Politiker war er es gewohnt, mit Angriffen umzugehen. Seine Taten sprachen für ihn und seine Weltsicht. Mit ihm ging es voran. Gerade hatte er die erste Feuerwehrspritze in Südbaden eingeführt. Er hat neue Industrien gegründet und für Arbeitsplätze in häuslicher Umgebung gesorgt, Strohflechter, Korbmacher, Töpfer. Er richtete Märkte ein, sorgte dafür, dass Sumpfland zu Weideland wurde, regelte die Abgabe des Zehnten neu. Sprach Recht, schlichtete Streit, wirkte als Standesbeamter, versuchte, einen Kindergarten zu gründen, war zu jedermann freundlich, kümmerte sich um Verwirrte, Verirrte, Verzweifelte und fütterte früh am Morgen höchstselbst die Hühner.

Er hatte auf nichts, was Lenz ihm vorhielt, etwas zu entgegnen. Schon den Versuch dazu hätte er für unter seiner Würde gehalten. Drei Jahre später, nachdem Cornelia gestorben war, sollte er den verwirrt im Land umherirrenden Lenz bei sich aufnehmen und ihn längere Zeit pflegen. Er trug ihm nichts nach. Sein Blick auf die Menschen und ihr Leben war ohne jede Illusion. Sie waren arme Sünder und wie groß auch immer ihr Hochmut wäre, so würden sie doch alle früher oder später in den Zustand der Hilfsbedürftigkeit zurückkehren, aus dem sie hervorgegangen waren.

Cornelia war ganz blass. Lenz fuchtelte stumm in gravitätischen Gesten mit den Armen herum, indem er den vernünftig sprechenden Oberamtmann pantomimisch nachahmte. Cornelia wollte etwas sagen, kam aber nicht zu Wort.

»Lass doch, Cornelia, ist bloß Spaß«, sagte Goethe.

»Spaß?« Lenz fuhr auf, erhob sich. Noch lese ihn niemand, aber wenn er erst einmal gelesen werde, werde sich alles ändern. Dann werden sie ihm hier nicht so einen Amtmann vorsetzen; der badische Erbprinz persönlich werde ihn dann empfangen. Wenn man ihn erst lese …

Das meiste von dem, was heute geschrieben werde,

sei morgen Makulatur, sagte Schlosser. Das müsse er, Lenz, sich doch einmal klarmachen, fügte er hinzu und lachte bitter, wie um diese Einsicht ein für alle Mal zu bestätigen. Goethe stimmte vorsichtig ein, indem er ein tiefes Brummen vernehmen ließ.

Lenz wurde puterrot. Was sich dieser zweite Oberamtmann herausnahm! Meint er denn, jeder Beliebige könne da mitreden! Auf dem Gebiet der Literatur sei der doch gar nicht zugelassen!

Er sprang wieder auf, zögerte kurz, blickte verstört in die Runde, stürzte wie ein Gejagter hinaus, rannte zum Brunnen und tauchte den Kopf ins Wasser. Mehrmals tauchte er den Kopf unter, riss ihn immer wieder prustend und nach Luft schnappend aus dem Wasser heraus, um plötzlich mit einem einzigen Satz ganz in den Brunnen zu springen.

Der Brunnen war tief. Lenz konnte nicht schwimmen, strampelte, zappelte im Wasser herum, er bekam den Brunnenrand nicht zu fassen, obwohl er einfach für ihn zu erreichen schien, er versank und kam wieder nach oben, streckte die Arme aus, spuckte einen Schwall Wasser aus und versank wieder. Goethe und Schlosser standen dabei, sahen sich die Szene eine Weile lang an, zogen schließlich mit gemeinsamer Kraft den triefenden Lenz aus dem Wasser und ließen ihn, erschöpft an den Brunnenrand gelehnt, zu sich kommen.

Am 5. Juni reisten sie ab. Goethe wollte weiter in die Schweiz. Lenz hatte von einem Pfarrer in den Vogesen gehört, der alle seine Stücke gelesen haben sollte. Das fand er unerhört. Den wollte er besuchen.

»Pass auf«, sagte Cornelia, »die Vogesen sind tückisch. Die Gegend ist sehr einsam, es gibt Wölfe, in manchen Gegenden sogar noch Bären in den Wäldern.«

»Mach dir keine Sorgen um den Jakob«, warf Goethe ein. »Die Bären haben mehr Angst vor ihm als er vor ihnen.«

Lenz würgte Goethe plötzlich von hinten, als sei er der Bär, verzog das Gesicht zu einer grausamen Grimasse und stieß schreckliche Laute aus. Goethe stöhnte, sank zu Boden und stellte sich tot. Lenz setzte seinen rechten Fuß auf den Brustkorb des Erlegten und triumphierte mit nach oben gereckter Faust und seitlich zum Mund heraushängender Zunge.

Schlosser fand die beiden lächerlich und sah dem Schauspiel mit unbewegter Miene zu. Cornelia lachte zum ersten Mal, seit sie da waren, auch mit den Augen. Dann sprang Goethe plötzlich auf, stellte sich auf alle viere, brüllte schaurig und ahmte ein rasendes Wildschwein nach. Lenz sprang hysterisch kreischend auf das Kanapee und trat nach dem grunzenden Aggressor, der auf allen vieren das Kanapee zu erklimmen suchte. Das Wildschwein schaffte es trotz der Gegenwehr auf das Kanapee und wurde seiner Beute nach kurzem Kampf habhaft. Das Opfer stieß röchelnd seine letzten hilflosen Schreie aus und sank dann der Länge nach aufs Sofa. Das Wildschwein grunzte zufrieden.

Lenz kam dann doch nur bis Straßburg. Seine Geldnot wurde immer größer. In Zürich sprach Goethe mit Lavater über Lenz. Der Junge sei krank, sagte Lavater. Man sehe es ihm an. Es gehe nicht mehr lange mit ihm gut. Er neige stark zur Intrige. Mit jedem Beliebigen bekomme er in kürzester Zeit Streit. Ein ganz schlechtes Zeichen sei das. Menschen, die gewohnheitsmäßig die Intrige pflegten, richteten sich unfehlbar zugrunde. Lenz zerstöre sich selbst.

Goethe wusste das. Im Prinzip. Aber als Lavater davon sprach, wurde es ihm endgültig klar. Er ging im November nach Weimar und Lenz blieb in Straßburg. Dort gründete dieser eine ›Gesellschaft‹, der er vorstand und bei deren Versammlungen er Vorträge über die Zukunft des Theaters hielt.

Lenz machte sich einen Namen in gewissen Straßburger Kreisen und verarmte darüber. Er galt als Kuriosität. Immer weniger Freitische öffneten sich für den merkwürdigen Redner, der weder Student noch Professor an der Universität war, sich aber aufführte, als repräsentiere er eine Art Generalkompetenz und als wolle er Wissenschaft, Gesellschaft und alles andere, ganz auf sich allein gestellt, einer radikalen Umwälzung unterziehen. In Straßburg konnte sich aber niemand erklären, weshalb eine solche Umwälzung notwendig sein sollte. Meist kamen gelangweilte Adlige und saturierte Bürger zu seinen Vorträgen, denen jede Umwälzung ein Graus wäre.

Goethe war über die Lage des Freundes kaum unterrichtet. Über längere Zeit erhielt er von ihm keine Briefe. Er wertete das als schlechtes Zeichen. Hätte Lenz auf irgendeinem Gebiet auch nur den geringsten Erfolg, würde er es dem Bruder im Geiste sofort mitteilen. Noch wusste Goethe genügend Raum zwischen sich und dem Unglücklichen. Aber irgendwann würden seine Schulden Lenz aus Straßburg vertreiben. Und wohin würde er sich dann wenden? Er hatte ja nur ihn.

So kam Lenz im Frühjahr sechsundsiebzig nach Weimar. Ohne Anmeldung, in Werthertracht, ausgezehrt und verzweifelt. Er wurde dem Herzog vorgestellt.

Der war begeistert, noch ein Genie am Hof zu haben. Lenz galt als Spaßmacher. Am Hof liebte man die Satire. Es war üblich, sich gegenseitig mit Spott zu überziehen. Auch der Herzog und seine Familie wurden davon nicht ausgenommen. Kleine spontane Stücke wurden aufgeführt, in denen sich der Hof selbst auf die Schippe nahm.

Für diese Scherze wäre Lenz genau der richtige Mann, sagte sich der Herzog. Der ideale Widerpart zu dem geheimniskrämerischen Goethe. Das Angebot des Herzogs war mehr als großzügig. Er öffnete die königliche Schatulle und ließ Lenz sofort Kost und Logis angedeihen. Darüber hinaus wurde ihm eine lebenslange Leibrente in Aussicht gestellt.

Tagelang lief Lenz in den Wertherklamotten herum. Er trank viel und fing beinahe jeden Abend Streit an. Am zweiten Abend seines Aufenthalts lieferte er sich mit dem Kammerherrn Einsiedel auf der Esplanade einen Faustkampf, bei dem ihm nach einem satten Faustschlag des Kammerherrn ein Eckzahn herausbrach, welchen Lenz mit einer Blutfahne ausspuckte. Lenz hatte bewusst die tätliche Auseinandersetzung mit Einsiedel gesucht, weil er gehört hatte, dass auch Goethe sich vorzugsweise mit dem temperamentvollen Kammerherrn schlug. Einsiedel war es gleich, mit wem er sich schlug, Hauptsache, es war etwas los. Mit so einem Gartenzwerg hatte er sich aber noch nicht gebalgt. Wie konnte es ein Kleinwüchsiger überhaupt wagen, es mit seiner hünenhaften Statur aufzunehmen? Offenbar war er Opfer einer eklatanten Fehleinschätzung seiner Kräfte. Das hatte er jetzt davon. Während Lenz noch den Eckzahn im Straßenkot suchte, als gäbe es eine Hoffnung, ihn wieder in seinen Kiefer einzupflanzen, war Einsiedel längst verschwunden.

Als nun dem hoffnungslos unterlegenen Lenz das Blut aus dem Mund rann, lief er fluchend die Esplanade hinunter, zum Frauenplan, sprang in den flachen Brunnen, der auf dem Platz stand, und kühlte sich darin ab.

Wenn Lenz nicht wusste, wohin mit sich, sprang er in einen Brunnen. Nun machte der Brunnen am Frauenplan Bekanntschaft mit dem Badegast. Den Ertrinkenden konnte er da nicht spielen. Schaulustige säumten trotz der nächtlichen Stunde den Brunnen, in dem er eine ganze Weile tobend herumplanschte.

Dann stieg er hastig aus dem Wasser und stürzte nass, wie er war, davon, rannte schnurstracks wie von sieben Teufeln gejagt in den Park an der Ilm, um Goethe in seinem schmucken Gartenhaus aufzusuchen und ihm zu klagen, wie übel man ihm in der Stadt mitspiele. Er wusste, dass sich der Bruder bei jeder sich bietenden Gelegenheit in seiner neuen Errungenschaft aufhielt. Auch an diesem schönen warmen Frühlingsabend konnte man ihn dort vermuten.

Doch Lenz musste vorsichtig sein. Vielleicht war Goethe nicht allein. Vielleicht war seine heimliche Geliebte, die Stein, bei ihm. Niemand hielt sich im nächtlichen Park auf. Niemand hätte den Park nachts zu betreten gewagt, nachdem man wusste, dass Goethe jetzt dort lebte. Selbst tagsüber mied das Volk von Weimar seit Goethes Einzug ins Gartenhaus den Park an der Ilm.

Lenz pirschte sich heran, sah schon aus einiger Entfernung Goethes charakteristischen Zopf im Fenster. Niemand hatte einen Zopf wie Goethe. Es reichte den Zopf zu sehen, und man wusste, es ist Goethe.

Zuerst sah es so aus, als sei nur der Zopf in diesem Zimmer, ohne seinen Träger. Der Zopf ging am

Fenster hin und her, der Zopf blieb stehen, der Zopf verschwand und kam zurück. Lenz, mit blutendem Zahnfleisch im Gebüsch sitzend, begann, diesen Zopf zu hassen. Er war so selbstsicher, so selbstverliebt, so abweisend elegant, und Lenz sah schmerzhaft deutlich in einem kurzen Augenblick, was er im nächsten Moment nur noch schwer würde erklären können: Dass das zur Schau getragene Selbstbewusstsein der einen der eigentliche Grund für den stillen Untergang der anderen ist.

Wenige Kerzen erleuchteten den Raum im ersten Stock, in dem sich allem Anschein nach noch eine weitere Person befinden musste. Lenz, im Gebüsch sitzend, erkannte zwei Schatten an der Decke. Er schlich näher heran, lauerte, horchte. Lange sah er nur die Schatten an der Zimmerdecke, dann hörte er Stimmen, eine männliche und eine weibliche Stimme konnte er deutlich unterscheiden. Von dem, was sie sprachen, verstand er kein Wort. Dann, nach schier endlosem Warten, trat plötzlich die zweite Person im Schein einer Kerze ans Fenster. Lenz erschrak. Er traute seinen Augen nicht. War er nun tatsächlich wahnsinnig geworden? Dort im Fenster stand nicht Frau von Stein, sondern Herzogin Louise. So hatte Lenz die junge Herrscherin noch nie gesehen. Stets erschien sie ihm blass und traurig, eine herausgeputzte, weiß gepuderte Randfigur, die hinter ihren Ehemann und die Herzoginmutter zurücktrat. Die von ihrem Mann nicht geliebt und von ihrer Schwiegermutter bevormundet wurde. Doch jetzt, wie stand sie da im Fenster?

Ihr Dekolleté schien gelockert, die Haare trug sie offen, ihre Haut strahlte im Licht der Kerze in einem zarten Aprikosenrot, als habe man sie gerade zu neuem Leben erweckt. Jetzt erst machte sich Lenz klar, dass die Herzogin eine Frau war. Dass auch sie ein Objekt des Begehrens sein könnte und nicht bloß eine Repräsentantin des Hofes. Dennoch, bei William Shakespeare und allen Heiligen, damit hätte er nicht gerechnet.

Nach wenigen Tagen hatte Lenz die Verzweiflung um seine vermeintliche Braut in Straßburg satt. In Weimar entdeckte er etwas viel Reizvolleres als die Trauer. Es dauerte nicht lange, da bat er darum, endlich Charlotte von Stein vorgestellt zu werden.

Ganz Weimar sprach hinter vorgehaltener Hand über das angebliche Verhältnis der Frau des Hofstallmeisters von Stein zu Goethe. Aber niemand wusste etwas Genaues.

Lenz wollte es herausfinden. Er ahnte seit seinem nächtlichen Spähen im Park Ungeheuerliches. Er vermutete, Goethe verstecke hinter den Gerüchten über seine Liaison zu Frau von Stein sein Verhältnis zur jungen Herzogin. Das traute er ihm zu. Goethe war raffiniert, raffinierter als man es sich vorzustellen vermochte. Vielleicht, fantasierte Lenz, hat Goethe auch mit beiden ein Verhältnis. Er witterte etwas. Er würde dahinterkommen.

Da wollte er mitmachen. Unter Brüdern wird geteilt. Sein Puls ging schneller, wenn er daran dachte. Das Leben bekam wieder einen Sinn.

Goethe zögerte, seinem Freund Lenz die Frau von Stein vorzustellen. Er schob es immer wieder um ein, zwei Tage hinaus. Einmal war sie unpässlich, ein anderes Mal auf ihrem Landgut oder bei einer Gesellschaft bei Hofe.

Goethe musste Charlotte heimlich sehen, wenn

Lenz abgelenkt war. Das wurde von Tag zu Tag schwieriger. Denn Lenz durchstreifte die Stadt von morgens bis abends in seinem maßgeschneiderten Selbstmörderkostüm, das ihm zum lässigen Freizeitanzug und zur Imponiergarderobe des Freidenkers geworden war. Immer ging er in der stillen Hoffnung, die Stein zu sehen, umher. Womöglich war er ihr schon begegnet, ohne sie zu erkennen. Er hatte ja nur eine Vorstellung und er wusste, die Vorstellung stimmt meist nicht mit den Tatsachen überein. Wenigstens die Zeichnung, die Goethe von ihr im April angefertigt hatte, wollte Lenz gezeigt bekommen.

Goethe verweigerte auch das. Das Bild sei noch nicht fertig, gab er zur Erklärung.

Schon nach wenigen Tagen war ihm Lenz lästig geworden. Er benötigte keinen, der sein Leben hier kritisch überprüfte und kommentierte und noch dazu glaubte, dieselben Rechte und Aussichten zu haben wie er selbst. Goethe sann ernsthaft darüber nach, wie er ihn loswerden konnte. Das war nicht einfach, da der Herzog mit Lenz in der kurzen Zeit seines Weimarer Aufenthalts bereits zahllose Geniestreiche ausgeheckt hatte, die sie zusammen mit Goethe demnächst ausführen wollten. Sie legten einen regelrechten Geniekalender an, dessen Einträge nach und nach abgearbeitet werden sollten. Keiner von beiden fragte danach, ob Goethe wirklich bei alldem mitzumachen gedenke. Man ging stillschweigend davon aus, dass er dabei sein würde. Schließlich war Goethe doch der Spiritus Rector des gesamten Genietreibens. Doch schon oft war dem Herzog ein neuer, feierlicher Zug an seinem Freund aufgefallen. Als sei er, Goethe, selbst der Herzog oder zumindest sein Stellvertreter. Er werde noch ganz und gar zeremoniös. Er versteife vor der

Zeit, sagte Carl August zu Goethe. Der verbeugte sich leicht und lächelte. Goethe liebte die Verstellung. Jede Gelegenheit zu einer Rolle war ihm recht. Und wie viel bot in dieser Hinsicht doch die Etikette des Hofes!

Lenz war dazu das genaue Gegenteil. Die Etikette war ihm nicht nur gleichgültig, er verachtete sie und ließ das jeden gefragt oder ungefragt wissen. Er benahm sich bei Hofe wie ein Berserker, schockierte die Hofgesellschaft, wo es nur ging und verletzte bei jeder Gelegenheit die Regeln, auf die man bei Hofe so sehr achtgab.

Doch der Herzog hatte seine schützende Hand über ihn gebreitet. Mit Lenz konnte er noch ganz andere Sachen anstellen als mit Goethe. Peitschen schwingend standen Carl August und Lenz im Schlosshof. Der junge Herzog, der sich so gern selbst zu den Genies rechnete, jauchzte vor Vergnügen. Sand und Staub wirbelten auf, als die meterlangen Peitschen wie wahnsinnige Vipern herumzuckten und knallend aufschlugen. Ein regelrechtes Konzert aus Lärm und Übermut veranstalteten sie da. Ohne Zaumzeug und Sattel jagten sie danach wie Indianer auf flinken Pferden durch die Stadt. Die Leute mussten sich vor ihnen in Sicherheit bringen, und sie selbst begossen ihre Streiche am Abend ausgiebig und ließen sie in heftigen Räuschen ausklingen.

Lenz war noch mehr Genie, als Goethe es jemals zu sein in Aussicht gestellt hatte. Goethe schien Carl August nur noch ein zweifelnder Prophet des eigentlichen Genies, das er offenbar nur anzukündigen gehabt hatte und das mit Lenz nun endlich in Weimar erschienen wäre.

Goethe sah sich das zuerst etwas ratlos mit an, schließlich hatte er diese Stimmung selbst mit heraufbeschworen. Sollte er unvermittelt den Apostel der Vernunft verkörpern? Schließlich stellte er den Bruder doch zur Rede, er musste es tun, denn er sah Ungemach am Horizont aufziehen.

Lenz war eines Abends auf dem Schimmel des Herzogs im ebenso grotesken wie unheimlichen Kostüm eines roten Dominos in den Ballsaal geritten und hatte mit Säbelhieben die Kerzen gelöscht. Die Hofdamen schrien vor Entsetzen auf. Lenz ritt kreuz und quer im nur noch vom Mondlicht erleuchteten Saal herum. Die Hofdamen drängten sich in einer Ecke zusammen. Dann näherte sich der berittene rote Clown den Damen. Denen kroch das Grauen durch Mark und Bein, als käme ein Abgesandter der Hölle auf sie zu und bestrafte sie für alle ihre Sünden, ihren Hochmut und ihre Privilegien. Kurzerhand nahm Lenz einer von ihnen mit seiner Säbelspitze die Perücke vom Kopf herunter, schwang sie durch die Luft und ließ sie auf einer atemberaubenden Flugbahn auf einen der soeben gelöschten Kandelaber schweben, wo sie wie ein alter grauer Lappen herunterhing. Das arme Opfer war unter der Perücke kahl. Noch einmal ging ein Aufschrei durch den Saal, diesmal weitaus schriller als beim ersten Mal. Die Gedemütigte stürzte zur Tür hinaus.

Der Herzog applaudierte spontan, als er den Vorfall noch am selben Abend zugetragen bekam. Auch noch am folgenden Tag, als er Lenz vor der Residenz traf, lobte er ihn für diesen außerordentlichen Geniestreich. Aber Goethe, der es nicht miterlebt hatte, nannte seinen Geistesbruder einen Rasenden. Schon jetzt, nach zwei Wochen, gebe es in Weimar mehr Leute, die ihn aus der Stadt wünschten als damals in Straßburg, und das wolle etwas heißen.

»Ach, Bruder«, sagte Lenz, »solange wir zusammen sind, kann uns nichts passieren. Dann fliegst du eben mit aus der Stadt hinaus und wir fliegen woandershin.«

Goethe schwieg dazu. Für ihn war die Geniezeit zu Ende. Lenz und der Herzog hatten es nur noch nicht mitbekommen.

4.

Der Assessor geht mit der Fackel voran.

»Man verläuft sich leicht«, sagt er.

In seiner Stimme liegt eine merkwürdige Ehrfurcht.

Er ist ein schlanker junger Mann mit langen gewellten Haaren und einem schmalen Gesicht. Von Weitem könnte man ihn für ein junges Mädchen halten. Sein Blick ist gleichermaßen angstvoll und entschlossen, die Augen, weit geöffnet, blicken an dem Besucher vorbei, in eine imaginäre Ferne.

»Die Höhle wurde zufällig entdeckt. Weil sich jemand verirrt hat. Ein gewisser Baumann war auf der Suche nach Erz und hat sich dabei verlaufen. Nachdem sein Grubenlicht verlöscht ist. Na ja, das kann nicht mehr als eine Kerze gewesen sein, damals. Er irrte drei Tage im Dunkeln und Feuchten herum und entdeckte dabei die Höhle.«

»Wie konnte er denn im Stockdunkeln wissen, dass er eine Höhle entdeckt hat?«

Der Assessor schaut auf, als habe er mit dieser Frage absolut nicht gerechnet. Nach einer Pause, die Goethe für eine solch einfache Frage ungewöhnlich lang erscheint, antwortet der Assessor:

»Woher soll ich das wissen? Es ist eine Legende. Das soll schon länger als zweihundertfünfzig Jahre her sein.«

Baumann habe nach drei Tagen und Nächten den

Ausgang und damit das Tageslicht wiedergefunden. Nach drei weiteren Tagen sei er gestorben.

Goethe muss sich bei jedem Schritt vorsehen. Es geht steil hinab. Der Untergrund ist glitschig.

»Vielleicht sehen wir den Grottenolm«, sagt der Assessor, »ein Tier ohne Augen, das in einer Wasserpfütze sein Dasein fristet.«

»Haben Sie schon einmal so einen Grottenolm gesehen?«

»Ich habe ihn entdeckt. Vor einem Jahr. Der wurde dann aber nicht mehr gesehen, auch nicht von mir. Bisher glaubt man mir nicht so recht, dass ich den Grottenolm entdeckt habe. Ich werde es aber beweisen. Seither beschäftige ich mich mit dem Grottenolm beinahe täglich. Meine Braut meinte immer, ich wisse alles über den Grottenolm. Aber das konnte sie natürlich gar nicht beurteilen. Ich beabsichtige jedenfalls, eine Abhandlung über den Grottenolm zu schreiben.«

Goethe fragt sich, was es über den Grottenolm zu wissen gäbe. Zwei Fragen kommen ihm spontan in den Sinn. Wie kann er sich in dieser absoluten Einsamkeit fortpflanzen? Und: Pflanzt sich der Grottenolm überhaupt fort?

Er fürchtet, der Assessor würde zu einem längeren Vortrag über den Grottenolm ausholen, wenn er ihm diese Fragen stellte. Anscheinend wartet er nur auf den richtigen Moment. Goethe sagt jetzt aber kein Wort mehr zum Grottenolm. Der Assessor ist enttäuscht, das merkt sein Besucher. Sie gehen schweigend weiter. Goethe beobachtet das Spiel des Feuerscheins, den die Fackel an die Höhlenwand wirft.

Sie betreten einen großen Saal. Steinsäulen ragen aus dem Boden oder hängen von der Decke. Goethe berührt eine der von der Decke herabhängenden glitschigen Nadeln mit der Hand.

»Stalagmiten und Stalaktiten heißen diese Gebilde«, sagt der Assessor.

»Ich weiß«, sagt Goethe.

Der Assessor hält die Fackel an eine skulpturförmige Steinformation, den sogenannten Mönch. Goethe schaut sich die Figur genau an. Mit ein wenig Fantasie kann man tatsächlich eine in sich versunkene Mönchsgestalt erkennen. Der Assessor leuchtet mit der Fackel die Wände aus. Was der Fackelschein erfasst, sticht aus der Finsternis heraus und verschwindet sofort wieder darin, wenn die Fackel weitergeht. Plötzlich taucht ein stehendes, mannshohes Tierskelett vor ihnen auf. Goethe weicht unwillkürlich einen Schritt zurück.

»Was ist das?«

»Der Höhlenbär.«

Goethe sieht sich erstaunt und von leichtem Schauder berührt das Knochenmonstrum, das da urplötzlich vor ihm aufgetaucht ist, an und bringt kein Wort heraus. »Die Spezies ist inzwischen ausgestorben«, fährt der Assessor fort, »das Skelett wurde in der Höhle gefunden. Man hat es aufgestellt, als kleine Attraktion und um den Besuchern ein wenig Angst einzujagen.«

»Sehr gelungen«, sagt Goethe, der wieder zur Sprache gefunden hat. Der Assessor geht weiter.

»Halt, kommen Sie noch einmal mit der Fackel zurück.«

Goethe hat im Schein der Fackel eine Gesteinsformation entdeckt, die ihm bekannt vorkommt. Es erinnert ihn an etwas. Er kann nur nicht sagen woran. Ein Bild vielleicht, ein Emblem, ein Wappen oder etwas dergleichen.

»Schauen Sie sich diesen Stein an! Sieht er nicht wie ein bekanntes Wappen aus?«

»Keine Ahnung«, antwortet der Assessor, »ich kenne mich damit nicht aus. Aber sehen Sie nur genau hin. Sie treffen überall auf Bekanntes. Die Figuren, die das tropfende Wasser über Millionen von Jahren aus den Steinen formte, erinnern, je länger man in der Höhle ist, immer deutlicher an Zeichen und Figuren, sie nehmen Formen und Bedeutungen an, sodass man versucht ist, diese Figuren zu deuten und wahrhaftig als Zeichen zu betrachten.«

»Über die Tropfsteine spricht die Natur mit uns«, sagt der Assessor nach einer kurzen Pause. Sein Profil wird plötzlich von der Fackel gespenstisch erleuchtet. Er sieht jetzt noch mehr wie ein junges Mädchen aus, aber eines, das dem Tod sehr nahe zu sein scheint. Seine Haut ist im Widerschein des Feuers weiß und zart, wie die Haut eines Toten. Gleichzeitig werfen die aufzüngelnden Flammen der Fackel krause Muster wie bewegliche Zeichen auf seine Gestalt. Es scheint, als setze sich sein Bild ständig neu zusammen, als erlange es keine endgültige Kontur. Er wirkt grazil bis zur Schwächlichkeit. Zerbrechlich, denkt Goethe. Doch seine Stimme ist so tief wie die eines viel älteren Mannes.

»Die Steine in der Höhle sind Buchstaben, Wörter und Sätze der Natur«, fährt der Assessor fort.

Man erblicke sie übrigens überall, diese Schrift. Auf den Flügeln und im Zug der Vögel. Auf Eierschalen, Wiesen, in den Wolken, im Schnee, in Kristallen und eben in den Steinbildungen.

Oder man betrachte die Feilspäne, die ein Magnet anzieht. Man könne diese Formationen deuten und danach forschen, was sie uns sagen wollen.

»Überall spricht die Natur zu uns in einer Sprache, die wir erst entziffern müssen. In Chiffren, verstehen Sie, Herr, in Chiffren und Hieroglyphen. Und wir haben noch nicht zu lesen gelernt.«

Er geht weiter, nachdem er diese Worte gesagt hat. Er scheint keine Antwort zu erwarten.

Über Elbingerode ist Goethe am zweiten Tag seiner Reise nach Rübeland geritten, um sich die Baumannshöhle anzusehen. Er soll das Bergbauwesen erkunden. Im Harz kann er sich darüber näher unterrichten. Seit alters her ist die Gegend berühmt für den Bergbau. Er hat vor, die Erzbergwerke bei Goslar zu besuchen. Das stillgelegte Bergwerk in Ilmenau soll wieder in Betrieb genommen werden. Goethe ist im Geheimen Konsilium für dieses Projekt neuerdings verantwortlich. Er hat vom Bergbau keine Ahnung.

Von Elbingerode aus schreibt er den ersten Brief an Charlotte von Stein in Weimar:

Nur die Freude die ich habe wie ein Kind sollten Sie im Spiegel sehen können! Wie doch nichts abenteuerlich ist als das natürliche, und nichts gros als das natürliche, und nichts pppppppppp als das natürliche!!!! Heut wie ich auf einer Klippe sas – Sie sollten sie sehn – Wo mich Götter und Menschen nicht gesucht hätten. Ich zeichne wieder den ganzen Tag und werde doch nichts mitbringen, wie gewöhnlich. Ich hab Sie wohl sehr lieb.

Er kennt Frau von Stein nun seit zwei Jahren. Am ersten Tag nach seiner Ankunft, dem 8. November, hat er sie in Begleitung des Herzogs wie zufällig auf der Straße getroffen. Selbstverständlich war das von Carl August arrangiert. Man wurde einander vorgestellt, tauschte Förmlichkeiten aus, versuchte so beiläufig wie möglich einander zu mustern. Goethe war von höflicher Begeisterung, Charlotte von kühler Zurückhaltung. Der Herzog vermittelte mit einer Reihe von Scherzen, über die nicht gelacht wurde. Goethe verbeugte sich beim Abschied tief.

Es wurde Dezember, bis er sie auf Gut Großkochberg besuchen konnte. Die Herzoginmutter, an deren Hof Charlotte von Stein Hofdame war, hatte das Treffen vermittelt.

Kühl und schön erschien sie ihm. Was er über sie wusste: Vierunddreißig Jahre alt, verheiratet mit Josias von Stein, sieben Kinder hatte sie zur Welt gebracht. Überlebt haben drei Knaben. Vier Mädchen sind gestorben.

Als er sie sah, war ihm gleich, als habe er sie schon einmal gesehen. Nicht sie, ihr Bild stand ihm vor Augen. Er kannte sie von einem Schattenriss, der ihm in Zürich von Lavater gezeigt worden war. Lavater sammelt diese Bildnisse. Sie sind Bestandteil seiner physiognomischen Wissenschaft. Er hat viele davon, Männer und Frauen. Aber warum hatte er ausgerechnet Charlottes Schattenbild in seiner Sammlung? Warum denn gerade die Physiognomie einer Hofdame aus Weimar? War sie denn so weit über die Grenzen hinaus bekannt?

Lavater erklärte es ihm nicht. Er, so Lavater damals in Zürich zu Goethe, wolle ihm eine besonders interessante weibliche Physiognomie zeigen.

Goethe war hingerissen. Silhouetten brachten ihn immer wieder aus der Fassung, diese besonders. Er verehrte manchen Schattenriss wie eine Ikone. Das Bild Charlottes wurde sofort zu seiner Lieblingsikone. Sie korrespondiere mit Zimmermann, dem Zürcher Modearzt und Salonmediziner, sagte Lavater. Schon seit Längerem unterhalte sie diese Korrespondenz, und er, Goethe, möge doch einmal raten, worüber man sich da so vorzugsweise austausche. Goethe zuckte mit den Schultern. Lavater lächelte spöttisch:

»Über den *Werther*. Zimmermann sagt, sie schreibe beinahe über nichts anderes als über den *Werther*.«

Auch Zimmermann hatte eine Silhouette von ihr. Goethe wollte sie sehen. Sie besuchten Zimmermann noch am selben Abend. Das Schattenbild, das Charlotte dem Arzt überlassen hatte, fand Goethe noch faszinierender als das erste.

»Sie bewundert Sie«, sagte Zimmermann.

»Ich bewundere sie auch«, gab Goethe zurück.

»Ohne sie zu kennen?«

»Ich kenne ihre Silhouette. Ich könnte einen ganzen Roman aus ihrem Profil herauslesen. Einen Roman über das Weltall.«

»Du bist ein Schwärmer, Goethe«, sagte Lavater freundschaftlich.

Goethe nickte. Er wusste es besser.

Als sie sich in Großkochberg begegneten, waren die Erwartungen hoch. Umso distanzierter fiel das Zusammentreffen aus. Sie wollte auf keinen Fall irgendein Zeichen ihrer Nervosität an sich erkennen lassen. Es war diese innere Erregung, die sie schon bei dem bloßen Gedanken empfand, dem Autor des *Werther* endlich Auge in Auge und ohne das Beisein Dritter zu begegnen. Kurz vor dem Treffen steigerte sich diese Verunsicherung zu einer Nervenkrise. Doch sie musste nach außen ruhig bleiben, kalt. Ihre Knie zitterten.

Auch er ließ seiner Begeisterung, sie kennenzulernen, nicht freien Lauf. Ein seltsames Vibrieren lag in der Luft, als sie ihn in dem kleinen Salon auf Schloss Kochberg empfing. Es war, als sei die ganze Geschichte auf diesen Moment zugelaufen. Nicht nur seine oder ihre, sondern alle Geschichte. Als sei ihr Treffen die Erfüllung eines Versprechens, das nicht bloß ihnen beiden allein galt, sondern auf unergründliche Art und Weise der ganzen Menschheit. Exemplarisch und symbolisch, so kam es ihnen vor, und vielleicht war diese ihnen beiden zukommende Fähigkeit zur verklärenden Überhöhung des eigenen Lebens jenes starke Band, das sie von nun an über lange Zeit zusammenhalten sollte.

Er war ein schlanker junger Mann, der Eindruck machte. Der in seiner Erscheinung einen Herrscher zu verkörpern schien, der vom Himmel gefallen war und sich über die weltlichen Machthaber aufschwingen würde. Frau von Stein wusste, dass die Zeit der Mächtigen abgelaufen war. Aber eine andere als die gottgegebene Herrschaftsform konnte sie sich nicht vorstellen. Also glaubte sie, dass die Zukunft einem Einzelnen gehören würde, dem Genie. Und dieses Genie kam eben jetzt bei ihr die Treppe herauf.

Da lag sie selbst auf den Knien ihres Herzens und durfte es auf keinen Fall zeigen.

Eine ganz eigenartige Schwäche überkam sie bei seinem Anblick. So viel Zukunft, die sich in einem einzigen Augenblick ihr eröffnete, hatte sie noch nie vor Augen gehabt. Als käme die Zukunft in einer ungeheuren Welle auf sie zu und überspüle sie. Jeder Widerstand in ihr drohte zu brechen. Eben deshalb durfte sie ihre Neigung noch nicht einmal im Ansatz erkennen lassen. Als er die Freitreppe zum Salon heraufstürmte, hatte sie mit den Tränen des Glücks und den Tränen des Zorns gleichzeitig zu kämpfen. Aber ihr Auge blieb trocken. Ihre Haltung blieb steif und fest, als sie ihn begrüßte. Das Korsett hielt sie brutal in der Hüfte umfasst und sorgte für eine kerzengerade Haltung. Ihre Frisur war streng in die Höhe getürmt. Sie zeigte wie stets einen leicht enttäuschten Blick, der Überlegenheit und Herablassung andeuten konnte. Von der britischen Linie ihrer Vorfahren hatte sie die steife Oberlippe geerbt. Keine Regung ging über ihre Züge. Sie beglückwünschte sich für die ausgeprägte Fähigkeit, ihre Gefühle zu kontrollieren.

Wie alt ist man mit vierunddreißig Jahren? Wenn man sieben Mal geboren hat. Wenn man eine Ehe durchlebt hat. Was bedeutet, dass man sie hinter sich hat. Dass man getrennte Wege geht, dass jeder sein Leben lebt. Zwischen Weimar, der Stadtwohnung, und Kochberg, dem Gut. Man konnte sich problemlos aus dem Weg gehen. Oberstallmeister von Stein. Ein grober Beau, der sie bald recht gleichgültig behandelte. Zudem neigte er zur Schwermut. Außerhalb seines Dienstes sprach er oft tagelang kein Wort. Ging mit gesenktem Haupt auf Gut Kochberg herum und beachtete niemanden. Ein unergründlicher Gram schien ihn zu quälen, ließ ihn in Schwermut versinken und eine Gestalt des Jammers abgeben, die ganz und gar nicht zu seiner stattlichen Erscheinung passen wollte.

Niemand konnte sagen, was mit ihm war. Er wusste es selbst nicht. Er war traurig und manchmal aufbrausend. Gleichgültig bis zur Apathie und dann wieder unversehens besitzergreifend. Er sprach tagelang kein Wort mit ihr und nötigte sie plötzlich zum Beischlaf. War er noch ein Mensch? Oder war er schon halb aus diesem Leben verschwunden und kehrte nur in Momenten rätselhafter Aufwallungen dorthin zurück?

Trotz seines passiven Charakters schwängerte er

sie Jahr für Jahr. Das Feld muss bestellt werden, war seine Redensart. Er sagte das ohne jede Ironie. Sie hat es überlebt, sieben Mal, alle Geburten. Das konnte nicht jede von sich sagen. Viele Frauen erreichten ihr Alter nicht.

Doch wie alt ist man, wenn man vier Kinder hat sterben sehen? Das war der atmosphärische Hintergrund ihres Lebens. Um sie herum starben Kinder. Oft kurz nach der Geburt, aber auch noch mit vier, fünf, oder acht Jahren starben sie einfach weg. Am Morgen lagen sie tot in ihren Bettchen. Oder sie wurden von einer Infektion in wenigen Tagen dahingerafft. Diphtherie war die häufigste Todesursache für die etwas Älteren. Unaufhaltsam gingen sie davon, zerfloss ihr zartes Leben unter den Händen ihrer hilflosen Eltern, in den Blicken der Geschwister, die vor den Sterbezimmern saßen und das Husten, das Stöhnen, das Röcheln und schließlich die Stille hörten.

Auch der kleine Jakob war schnell wieder von dieser Erde verschwunden. In Frankfurt, als sie Kinder waren. Die Erwachsenen nahmen es mit kurzer Trauer hin. Jakob war noch keine sieben Jahre alt, als er die Welt wieder verlassen musste. »Kosten für das Begräbnis des seligen Jaköbchen«, notiert Vater Goethe in sein Notizbuch, das der kleine Wolfgang heimlich las. Januar 1759. Ein Datum, das schnell verblassen würde. Man konnte es sich nicht leisten, lange um die toten Kinder zu trauern. Doch etwas Ungewöhnliches war an diesem Tag mit dem Bruder und der Schwester des toten Jaköbchen geschehen.

Wolfgang hatte sich nach Jakobs Ende mit Cornelia gegen den Tod verbündet. Wenn er käme, würden sie zusammenstehen. Er lauerte überall. Als Jakob starb, hielten sie sich lange eng umfasst, als könne sie das schützen. Und obwohl sie nichts wirklich zu schützen vermochte, wuchs etwas in dieser Umarmung heran, das die Ohnmacht zu überwinden schien. Diesen Moment im Januar 1759 vergaßen sie beide nicht, aus ihm schöpften alle nachfolgenden Momente ihrer Gemeinsamkeit die Bedeutung.

Sie standen zusammen. All die Jahre, bis Wolfgang zum Studieren nach Leipzig ging und Cornelia daheimbleiben musste. Da musste er sie verlassen. Sie lebte jetzt von seinen Briefen, flehte um sie, sog jedes Wort, das sie aus Leipzig erreichte, in sich auf.

Aber mit Briefen konnte er sie letztlich nicht schützen. Vor dem Tod nicht und nicht vor der Ehe, in welcher der Tod ihr so heimtückisch auflauerte. Nun hat er sie doch ereilt. Es hat alles nichts genutzt. Am 7. Dezember 1777 wäre ihr siebenundzwanzigster Geburtstag.

Überlebende waren sie beide, als sie sich in Kochberg gegenüberstanden, Goethe und die Stein. Überbleibsel des großen pausenlos weitergehenden Sterbens, das Leben hieß, er mit siebenundzwanzig und sie mit vierunddreißig. Sie hat vier Töchter hingehen sehen, er den kleinen Bruder. Seine geliebte Schwester sollte bald folgen. In ihren Blicken lag ein Ernst, den einer beim anderen sofort richtig deutete. Es war der Ernst des Wissens um den allgegenwärtigen Tod. Ein Ernst, der zudem aus der Notwendigkeit erwächst, ihn nicht hinzunehmen, ihn nicht zu akzeptieren. Widerstand zu leisten. Dazubleiben.

Doch wie viele Tage waren ihnen noch beschieden? Noch bevor die Schwester hingegangen war, hatte er Charlotte gefunden, in der seine Schwester weiterlebte. Auch mit Charlotte schloss er ein Bündnis, das über die Zeiten hinweg Gültigkeit haben sollte. Der Platz der Schwester, die er an Schlosser verloren hatte, wurde von einer anderen eingenommen. Von weit her war ihr Band geknüpft und gespannt. Es ließ sie an eine Liebe jenseits von Raum und Zeit glauben. *Ach, Du warst in abgelebten Zeiten meine Schwester oder meine Frau*, schrieb er ihr ein halbes Jahr nach Kochberg in einem Brief. Metempsychose, Seelenwanderung, wurde der Katechismus ihrer Gemeinschaft.

Was war das Bett, das er ab und zu mit der jungen Herzogin teilte, gegen den Himmel, den er immerfort mit Charlotte bewohnte? Louise hatte Cornelias Gestalt, ihre Blässe, ihre schimmernde Alabasterhaut. Charlotte aber barg das innere Geheimnis, das ihn mit der Schwester verband. Es war in sie übergegangen. Er hatte sie erkannt.

Viel später, am Tag ihres Begräbnis im Januar 1827, sollte er hinter zugezogenen Vorhängen zu Hause sitzen und sich die Ohren mit Watte verstopfen, während der Leichenzug im kalten Dauerregen durch Weimar ging. Da war ihre Allianz längst unter heftigen Schlägen zerbrochen und hatte sich auch schon wieder in mildes Verzeihen verwandelt. Ihr Begräbnis musste er übergehen. Er bekam heftige Kopfschmerzen, Übelkeit und Fieber, wenn er in schwachen Phasen die Macht des Todes glaubte anerkennen zu müssen. Er konnte es nicht. Er durfte es nicht.

»Man muss Schmerz und Weh besser ertragen lernen«, sagt der Assessor.

Sie sitzen in seiner Amtsstube. Der Assessor hat Goethe Likör angeboten. Goethe betrachtet argwöhnisch die tiefgrüne Flüssigkeit, die sich vor ihm im Glas befindet.

Er denke viel an seine Braut Sophie, bekennt der Assessor. Sie sei vor einem halben Jahr gestorben, mit sechzehn Jahren. Man sei verlobt gewesen, habe heiraten wollen. Seit sie dreizehn war, habe er sie gekannt. Er könne den Schmerz nicht ertragen, die Arbeit lenke ihn ab, manchmal, meist aber sehe er in der Tiefe der Erde, in die er hinabsteige, nichts als den Eingang in das Schattenreich, in dem er Sophie wiederfinden müsse.

Der Assessor nippt am Likör.

Goethe blickt sich in der karg eingerichteten Amtsstube um. Auf einem Schränkchen steht ein ausgestopfter Fuchs. Seine buschige Rute steht hinter ihm in die Höhe und wirkt wie ein Flugruder, mit dessen Hilfe er gleich abheben könnte. Sein Blick ist aufmerksam, voller Erregung, als müsse er sich vor Feinden in Acht nehmen. Er scheint vor Anspannung zu zittern.

An der Wand gegenüber etwa ein Dutzend Geweihe. Knochen, Trophäen. Überall der Tod und der Triumph der Lebenden über die Toten.

Oft blättere er alte alchemistische Papiere durch, die seine Vorgänger hier hinterlassen hätten, sagt der Assessor. Hundert, zweihundert Jahre seien die alt. Diese Menschen seien vom Aberglauben beherrscht gewesen. Der Stein der Weisen, den sie suchten, was sei er anderes gewesen als das Tor zum ewigen Leben?

Goethe schweigt. Im Fuchs raschelt etwas. Dann Ruhe. Und sofort wieder das kurze Rascheln. Mäuse, das können nur Mäuse sein. Der Fuchs ist voller Mäuse. Goethe läuft es kalt den Rücken herunter.

»Die Alchemisten …«, fängt der Assessor wieder an.

»Da raschelt etwas«, ruft Goethe dazwischen und weist auf das ausgestopfte Tier, als wolle er den Assessor auf diese Entdeckung aufmerksam machen.

Der Assessor winkt ab: »Da sind Mäuse drin«, sagt er und lächelt müde aus einem Mundwinkel.

»Überall in den ausgestopften Tieren hier leben Mäuse. Das sind Nester. Die Mäuse kommen durch winzige Löcher in der Naht in die Exponate und vermehren sich darin. Bis es zu viele werden und alles drinnen zerfressen ist, dann platzen die Exponate auf und die Mäuse fallen heraus, laufen panisch durcheinander und verschwinden unter den Holzdielen.«

Er habe auch schon versucht, sie auszuräuchern. Dann lägen die Mäusekadaver in den ausgestopften Tieren und dann müsse man diese auch aufschneiden, sonst stinke es irgendwann entsetzlich. Die Mäuse störten ja eigentlich gar nicht. Außer nachts, wenn er hier schlafe, was manchmal vorkomme, da sei das Rascheln besonders laut. Dann stelle er den Fuchs nach draußen. Wenn man ihn durchs Zimmer trage, spüre man deutlich, wie die Mäuse in ihm drin darauf lauern, was mit ihnen passiert.

»Sie glauben gar nicht, wie schwer der Fuchs ist. Heben Sie ihn doch einmal hoch.«

Goethe tut so, als habe er die Aufforderung nicht bemerkt. Ausgestopfte Tiere sind ihm ein Graus. Schon als Kind schreckte er immer instinktiv vor ausgestopften Tieren zurück. Menschen, die ausgestopfte Tiere in ihrer Nähe ertragen oder sie sogar bewusst aufstellen, machen ihm Angst.

Der Assessor gießt sich Likör nach. Goethe hat sein Gläschen noch nicht angefasst. Die grüne Flüssigkeit beunruhigt ihn. Das Zeug könnte uralt sein, grün geworden über die Jahrzehnte. Dem Assessor scheint der Stoff aber nichts auszumachen. Er kippt das nächste Glas in einem Zug.

»Ich habe ein Tagebuch für Sophie angefangen«,

sagt der Assessor. »Ich werde es so lange führen, bis mein Gelübde eingelöst ist.«

»Darf man erfahren, worin Ihr Gelübde besteht?«, fragt der Reisende.

Der Assessor schweigt und blickt abwesend vor sich hin. Goethe beobachtet ihn. Ein Milchgesicht, denkt er, das ständig über den Tod nachgrübelt. Etwas Bitteres liegt in seinen Zügen. Als habe die Erfahrung des Todes seiner Braut einen dunklen Flor um seine Augen gelegt. Durch die Vitalität des Zwanzigjährigen scheint die Resignation eines alten Mannes. Müde und voller Sehnsucht nach dem Tod sitzt er tagein, tagaus in seiner öden Amtsstube mit dem von den Mäusen zerfressenen Fuchs und denkt an seine gestorbene Geliebte.

Er müsse so sehr an Sophie denken, dass seine Liebe auch über ihren Tod hinaus von ihr empfunden werde, sagt der Assessor dann. Tief in der Erde nehme er mit ihrem Geist Kontakt auf. Stundenlang sitze er an ihrem Grab und gebe sich dem Gedanken an ihre Gestalt, ihren Körper hin – manchmal bis zu Empfindungen der Lüsternheit. Er reißt die Augen auf, als habe er gerade etwas Ungeheuerliches gesagt, und sieht sein Gegenüber mit diesen aufgerissenen Augen ein paar endlose Sekunden unverwandt an.

Seine Hauptaufgabe sei, alles in Beziehung auf sie zu sehen, alles Leben sei auf sie hin gerichtet, das Leben sei nur dazu da, dass an sie gedacht werde.

Goethe riecht am Likör. Dann stellt er das Glas wieder hin, ohne daraus getrunken zu haben.

»Bei ihrem Grabe fiel mir ein, dass ich durch meinen eigenen Tod der Menschheit die größte Treue vorführen kann, zu der die Menschheit fähig ist«, sagt der Assessor. Das sei sein Gelübde.

»Ihr nachzusterben?«, fragt Goethe und probiert jetzt doch den Likör. Sofort breitet sich ein fauliger, morbider Geschmack in seinem Mund aus. Er wird keinen weiteren Schluck mehr zu sich nehmen.

»Ganz genau«, sagt der Assessor und gießt sich noch einmal nach.

Ob er von Werther gehört habe, will Goethe dann wissen.

Ja, so der Assessor, wer habe denn nicht davon gehört. Aber das sei nicht seine Art. Er werde auf natürliche Weise seiner Braut nachkommen. Und zwar bald. *Werther*, das sei doch bloß Literatur.

Goethe bedankt sich und drängt plötzlich zum Aufbruch. Ob der Assessor noch Mitarbeiter hat, oder ob er mit dem toten Fuchs, der verstorbenen Braut und den Mäusen hier am Eingang der Höhle allein ist, kann er nicht in Erfahrung bringen.

Abends auf seinem Zimmer im Gasthof von Rübeland schreibt er wieder an Charlotte von Stein:

Mir ists eine sonderbaare Empfindung, unbekannt in der Welt herumzuziehen, es ist mir als wenn ich mein Verhältniss zu den Menschen und den Sachen weit wahrer fühlte. Ich heise Weber, bin ein Mahler habe iura studirt, oder ein Reisender überhaupt, betrage mich sehr höflich gegen iedermann und bin überall wohl aufgenommen. Meine Sachen trocknen am Ofen. Wie wenig *der Mensch bedarf, und wie lieb es ihm wird wenn er fühlt wie* sehr *er das* wenige *bedarf.*

Adieu dieser Brief geht erst morgen ab.

Wie eine Schlittenfahrt gehe sein Leben rasch weg; klingelnd und promenierend gehe es auf und ab. Gott weiß, wozu er noch bestimmt sei, dass er solche Schulen zu durchlaufen habe, hat er vor seiner Abreise zu Charlotte gesagt.

Manchmal sagt er Sätze, von denen er glaubt, dass Charlotte sie von ihm erwartet. Sie sieht etwas in ihm, von dem er nicht genau sagen kann, was es ist. Dass sie ihn Jesus oder mein Jesus nennt, irritiert ihn. Er ist nicht fest im Glauben. Er fürchtet das Kreuz, wenn es ihm begegnet. Und dann wird er von der Frau, die er liebt, Jesus genannt.

Sie will nicht, dass er neben ihr zu einem gewöhnlichen Mann wird. Sie möchte ihn in ihrer Nähe wissen, sicher sein, dass er ihr gehört, sie glaubt einen alleinigen Besitzanspruch auf Goethe zu haben.

Goethe findet das anstrengend. Er möchte etwas anderes. Er kann sich das alles auch anders vorstellen. Sich selbst, seine Rolle im Leben und seine Beziehung zu Charlotte. Sein innerer Bund mit ihr soll auch durch körperliche Nähe zum Ausdruck kommen.

Doch sie ist wie aus Eis. Seit er sie kennt, hat sich nichts an der Haltung verändert, die sie am ersten Tag ihrer Begegnung, jenem Dezembernachmittag von Kochberg, eingenommen hat. Das Schnürkorsett scheint ihr jetzt sogar noch fester zu sitzen. Ihre Abwehr gegen jede Art körperlicher Berührung empfindet er als Demütigung. Warum quält sie ihn? Warum glaubt sie, ihn erziehen zu müssen?

Er spürt, wie ihn das auszehrt. Schon zwei Jahre schmachtet er vor ihr als ein Liebhaber ohne Leib. Einen Verdammten der platonischen Liebe, hat er sich einmal genannt. Er sei der Sklave einer ganz und gar vergeistigten Leidenschaft, hat er zu Wieland gesagt. Der verstand nicht recht, saß inmitten seiner Kinderschar und hatte schon die hellblaue Schlafmütze auf dem Kopf.

Ob er an das Schicksal glaube, hat ihn Goethe gefragt. Unbedingt, hat Wieland geantwortet und zahnlos unter seiner Schlafmütze hervorgelächelt. Dann schrieb Goethe das Gedicht, in dem er das Besondere, das Einzigartige ihrer Liebe feststellte, schrieb es nur für sie und schickte es ihr als Brief: *Warum gabst uns, Schicksal die Gefühle, uns einander in das Herz zu sehn? Und in all dem seltenen Gewühle unser wahr Verhältnis auszuspähen?*

Sie hat den Brief immer in ihrem Nachttisch. Ob sie das Papier manchmal nachts mit den Lippen berührt, wenigstens das Papier?

Schicksal. Ihr Zauberwort. Darum geht es ihr. Daran glaubt sie. Ob er verstehe? Ja, gewiss. Auch er glaube doch daran, auch ihm gehe es jedenfalls darum, sagt er ihr. Um die Frage, was das Schicksal mit ihm vorhabe. Sein Schicksal zu befragen, versichert er ihr, sei der Zweck seiner geheimen Reise in den Harz. Würde er ein Minister werden, der die Erwartungen erfüllen könne? Würde aus ihm all das, was sie von ihm erwartet? Diese Fragen müsse er doch einmal klären. Sie quälten ihn ja selbst tagein, tagaus, diese Fragen. Man könne das alles doch nicht einfach so angehen.

Das sah sie ein. Das war für sie akzeptabel. Geradezu wünschenswert fand sie das. Tu, was du tun musst, mein Jesus. Sie verzog keine Miene. Ein Lächeln hätte er sich gewünscht. Was war er denn? Ein Schicksalsautomat?

Wie er das denn anstellen werde, das Schicksal zu befragen, wollte sie von ihm wissen.

Das könne er ihr erst nach der Reise sagen.

Sie zeigte sich verärgert. Wieso erst nach der Reise? Wenn er sie schon einweihe, dann möge er ihr auch seinen ganzen Plan offenlegen.

Der Berg sei die Bewährungsprobe, sagte er schließlich. Etwas Besseres fiel ihm nicht ein. Der Brocken sei sein Berg Horeb, der Berg der Berufung, das Orakel seiner Schickung. Noch keiner habe den im Winter bestiegen. Er wäre der Erste, der das versuchen wolle. Und je nachdem, ob es ihm gelänge oder nicht, werde er sein weiteres Schicksal aus diesem Unternehmen herauslesen.

Jetzt lächelte sie fein. Er las auch aus diesem Lächeln die Spuren leichter Verachtung. Da waren auch Spuren des Zweifels, ob er denn wirklich der Heilige werden könne, den sie in ihm sehe. Kein Wort der Warnung kam über ihre Lippen. Es war ein gefährliches Unterfangen, das wusste sie zweifellos. Doch sie wollte ihn so. An der eigenen Vervollkommnung arbeitend. Mit einem einzigen Ziel vor Augen. Der große Einzige begibt sich zum Berg der Berufung. Gut. Das ging ihr ein, damit konnte sie etwas anfangen. In diesem Moment hätte er sie hassen können.

Sie wollte in ihm nicht *noch* einen Mann. Sie wollte einen ganz und gar anderen Mann. Einen, der über das übliche menschliche Maß hinausging. Der neue Maßstäbe zu setzen verstand. Je strenger sie mit ihm war, je mehr sie sich und ihren Körper entzog, desto inbrünstiger verlangte er nach einem auch noch so kleinen Zeichen ihrer Zuneigung. Kälte war der Lohn, den sie ihm zu geben hatte. Doch wie kalt konnte eine Frau sein?

Die Ehe hatte sie enttäuscht. Ihr Mann, der schöne Josias von Stein, war am Ende doch nur ein ganz gewöhnlicher Höfling mit Gutsherrenmanieren. Josias war als junger Reiter eine Lichtgestalt und sie, Charlotte, die Schönste bei Hofe. Wen anders als sie hätte er erwählen sollen unter den sich für ihn bereithaltenden Hofdamen? Sie waren ein Traumpaar; in der

Stadt war der Ausdruck immer wieder zu hören. Es kam keine andere infrage. Auch weil sie die Einzige war, die sich ihm nicht wenigstens indirekt anbot. Sie musste er erobern. Die anderen standen Schlange. Und er eroberte sie tatsächlich, jedenfalls empfand er den Triumph als Eroberung und beglückwünschte und belohnte sich dafür ein halbes Jahr lang mit einer Reihe von Festen und Saufgelagen, deren Abfolge kein Ende nehmen wollte.

Aber kalt war sie, damals schon. Er sagte es ihr nach einem Jahr Ehe. Ihre Leblosigkeit ließ ihn schaudern. Er schüttelte sie, schlug sie einmal. Danach war es für sie ganz aus. Sie zog sich vollends aufs Formale zurück. Ihre Gestik wurde mechanisch, dem Protokoll gemäß, ihr Mienenspiel folgte der Etikette, auch im Privaten. Sonst gab es nichts mehr von ihr. Sie war die Rolle, die sie zu spielen hatte. In dieser Rolle könnte sie alles überstehen. Sie hatte sich geschworen, diese Ehe zu überleben, wie viele Geburten sie ihr auch auferlegte.

Nach der vierten Geburt hatte sie aufgehört, sich zu sorgen. Sollte das Schicksal mit ihr machen, was es wollte. Sollte der Herr seine Boten nach ihr aussenden und sie ins Himmelreich holen.

Statt den Engeln kam Goethe. Josias war in der Schwermut versunken. Von seiner Seite wäre keine Gefahr zu fürchten. Auch nahm er Dichter nicht ernst, hielt sie für verzärtelt, versponnen und impotent. Aus dem Frankfurter Genius wollte sie etwas machen, formen wollte sie ihn, den Leidenschaftlichen bremsen, den Selbstbezogenen öffnen, den Zweifelnden zum politischen Strategen erziehen.

Goethe weiß, wie er mit ihr umgehen und was er ihr sagen muss. Sollte sie es doch glauben, das Märchen vom Schicksalsberg. Ja, er will auf den Brocken, er hat diesen Plan gefasst und er wird ihn ausführen. Am Geburtstag seiner toten Schwester wird er den Berg herausfordern. Ein Bußgang sollte es werden, ein Gedenken, keine Bewährungsprobe. Vielleicht würde ihn der Berg bei sich behalten. Und Charlotte würde fortan über ihn denken, er habe das Schicksal herausgefordert und sei daran zugrunde gegangen.

Doch an diesem Tag würde sich keineswegs sein weiteres Schicksal entscheiden. Er würde den Aufstieg überleben oder nicht. Mehr würde nicht passieren. Mehr wäre an diesem Ereignis nicht abzulesen.

5.

Ein Frostvormittag in einem gottverlassenen Ort mitten im Harz. Vom Ortsrand her bellen Hunde. Aus der Schmiede hell klingende Hammerschläge wie unermüdlich wiederholte Aufrufe zum Jüngsten Gericht. Ein junges Pferd läuft frei herum. Es stand beim Schmied. Er hatte es schlecht angebunden. Aber er weiß, er muss es nicht suchen. Wo sollte es hin? Es käme von selbst zurück, nachdem es eine Weile durch die Straßen getrabt ist.

Es ist bitterkalt. In den Stuben bollern die Holzöfen, die Alten hocken auf Bänkchen neben den Öfen und schlürfen sauren Wein aus Tonbechern. Die Mägde waschen und schrubben, beziehen die Betten, bereiten das Mittagessen vor, schon brodeln dünne Suppen auf den Herden. Brot liegt in großen Laiben auf den Anrichten. Eine kleine Gruppe Zwiebeln dämmert auf einem Küchentisch. Zwei Kinder stehen davor, können gerade so über die Tischplatte sehen, suchen etwas Süßes und finden die Zwiebeln. Aus den Ställen das Muhen und Blöken der Tiere. Das Gackern der Hühner hinter jedem Haus. Das wohlige Grunzen der Schweine. Das irre Schreien der Böcke. Eine Gruppe von drei mageren Schweinen wird von einem jungen Bauern mit einem Stöckchen die Straße hinuntergetrieben. Immer wieder bleiben sie stehen und bohren ihre Schnauzen in den Schnee auf der Suche nach etwas zu fressen. Der Bauer flucht und schimpft mit ihnen, wenn er mit seinem Stöckchen ausholt, machen die Schweine einen Satz nach vorn und suchen sich sofort die nächste Stelle zum Verweilen. Ein anderer treibt ihnen eine Schar Gänse entgegen, die zu Sankt Martin noch verschont wurden. Sie werden die nächsten Wochen bis zum Weihnachtsfest nicht überleben.

Der Pfarrer tritt vor die Kirche, sieht die Szene, denkt, wie gut, dass die Gänse nicht wissen, dass sie bald sterben werden. Die Schweine wissen es auch nicht. Sie ahnen es erst kurz vorher. Wie gut der Herr vorgesorgt hat, wie sinnvoll alles eingerichtet ist. Er reibt die Hände ineinander, atmet drei, vier Züge der schmerzhaft kalten Schneeluft ein und verschwindet dann wieder in seinem Gotteshaus.

Der Nachtwächter sitzt jetzt in der Schenke und trinkt einen weiteren Schnaps. Er hat nicht mitgezählt, wie viele Schnäpse es inzwischen sind. Um zwölf Uhr ist er regelmäßig betrunken.

Schon um fünf Uhr früh hat er die Schlafenden geweckt. Zuerst die mit hohen Schulden. »Auf ihr Leute, erhebt euch vom faulen Lager und arbeitet, damit ihr eure Schulden begleichen könnt!«, ruft er ihnen jeden Morgen in die Fenster.

Überall in der Stadt kennt man die Verschuldeten, und jeden Morgen müssen sie ihre Schmach erneut hören, müssen mit anhören, wie die ganze Stadt es hört. Beim Gottesdienst werden sie schief angesehen. In der Stadt wechselt man die Straßenseite, wenn man ihnen begegnet. Beim Bäcker können sie nicht mehr anschreiben lassen und auch bei anderen Stellen gewährt man ihnen keinen Kredit.

Die alte Martha gehört nicht zu ihnen. Ihr Geschäft blüht. Im ersten Stock der Schenke hat die Hure des

Ortes ihren ersten Kunden. Es ist wie meist um diese Stunde der hoch verschuldete Dorfschreiber, der etwas später mit seiner Arbeit anfängt und jetzt im Hemd und ohne Hose vor ihr steht. Zweimal die Woche kommt er vor Dienstbeginn bei ihr vorbei. Er ist verheiratet, wie fast alle ihre Kunden. Bis zum Abend werden es sieben gewesen sein. Wenn es ein guter Tag wird, zehn. Kaum ein Kerl, der nicht wenigstens einmal die Woche bei ihr hereinschaut. Gegen Abend geht sie in die Schenke hinunter. Dann ist ihr Tagwerk vollbracht, dann macht sie als Wirtin weiter. Martha ist füllig und klein, sechsundfünfzig Jahre ist sie alt. In ihrer Kunst sei sie eine Könnerin, eine Ausnahmeerscheinung, heißt es, im ganzen Harz und von Göttingen bis Hannover ist sie bekannt und nur wegen ihr kennt man die Stadt im gesamten Umland. Bis nach Brandenburg ist ihr Ruf vorgedrungen.

Gelernt hat sie in Berlin. Manche Kunden wollen, dass sie mit ihnen Berliner Schnauze spricht. Andere bevorzugen einen slawischen Akzent, den sie auch beherrscht. Der Schreiber, den sie auf Niedersächsisch herumkommandiert, weil das besonders barsch klingt und weil er genau das möchte, legt Geld auf den Tisch, zieht sich die Hosen hoch und geht. Sie ist einer der Gründe für seine Verschuldung und dafür, dass jeden Morgen um fünf Uhr früh seine Schmach durch die Stadt tönt.

Martha kocht Tee. Im Grunde mag sie ihren Beruf, denkt sie wie jeden Morgen. Manchmal findet sie sich zu alt dafür. Und immer öfter muss sie das Lachen unterdrücken, wenn wieder so ein alter Adam vor ihr strammsteht. Das deutet sie als Zeichen der Erschöpfung. Ihre Professionalität lässt nach, sagt sie sich. Wie auch nicht? Ist es nicht immer das gleiche, ermüdende

Spiel? Den Männern muss geholfen werden, aber warum muss *sie* das immer machen? Andererseits kann sie die Stadt nicht im Stich lassen. Wer von ihren jüngeren Kolleginnen wollte sich in dieser Einöde niederlassen? Sie wartet, bis der Wasserkessel pfeift.

Man hört den schrillen Ton jeden Vormittag etwa zur selben Zeit in den Straßen. Dann wissen der Schmied, der Geistliche und der Nachtwächter, dass Martha ihre Arbeit aufgenommen hat und man im Laufe des Tages bei ihr vorbeischauen kann.

Sie geht mit der Teetasse zum Fenster und sieht hinaus. Blickt aufmerksam die Hauptstraße hinunter. Der Schnee hat alles verschluckt. Nichts und niemand außer dem Schweinehirten auf der Straße. Aber da, oha, wer kommt denn da geritten? Welch ein eleganter Fremdling beehrt uns denn heute Morgen so hoch zu Ross? Von hier kann der bei diesem Aufzug jedenfalls nicht sein. Umso besser, der macht einen vornehmen Eindruck und scheint Geld zu haben. Ein bisschen Abwechslung würde ihr ganz guttun.

Der Fremde reitet die Hauptstraße hinunter. Der Nachtwächter sieht ihn durch das Fenster der Schenke. Der Pfarrer bemerkt ihn von der Sakristei aus, der Bauer mit den Schweinen schaut ungläubig zu ihm hoch, als sähe er zum ersten Mal einen Fremden. Dieser hält sein Pferd an und grüßt den einzigen Menschen, der sich auf der Straße blicken lässt. Der Bauer hört augenblicklich auf, mit den Schweinen zu schimpfen.

»Guten Morgen. Wohin kann ich mich hier wenden, guter Mann? Ich suche ein Zimmer zum Übernachten«, spricht ihn der Reiter in breitem Hessisch an.

Der Bauer blickt stumpf und feindselig zu ihm hinauf. Sagt kein Wort. In ihm ist Leere, Nacht, Steppe, Wüste, kein Wort kommt ihm in den Sinn.

Der Reiter wartet eine Weile, dann treibt er sein Pferd an. Damit hätte er rechnen können, sagt er sich.

Er reitet langsam die gesamte Hauptstraße hinunter. Die Fachwerkhäuser an der Straße stehen in Reih und Glied. Dahinter in den Gassen geht es kreuz und quer. Dort hat jeder so gebaut, wie es ihm beliebte. Am Ende der Hauptstraße das Schulhaus. Kinder laufen heraus, toben herum, schreien durcheinander. Sie haben Pause, bleiben aber nicht lange in der Kälte und laufen gleich wieder ins Schulhaus hinein.

Eine stattliche, groß gewachsene Frau tritt vor das Haus. Sie hat eine lange weiße Pfeife in der rechten Hand. Eine dünne Rauchsäule steigt aus dem Pfeifentopf in die Höhe. Ab und zu führt sie die Pfeife gemächlich zum Mund und nimmt einen tiefen Zug. Sie sieht den Fremden näher kommen.

Der Reiter hält vor dem Zaun des Schulgartens an und grüßt sie, indem er eine Hand an seinen breiten Hut legt. Sie blickt ihn starr an, ohne eine Regung auf ihrem Gesicht. Offenbar ist man hier Fremde nicht gewohnt, denkt Goethe.

»Guten Morgen, mein Name ist Weber. Können Sie mir Auskunft geben?«

Sie kommt durch den schmalen Garten zu ihm an den Zaun. Zieht an der Pfeife. Bläst eine Rauchwolke schräg nach oben in die Luft.

»Guten Morgen.«

Sie blinzelt zu ihm hinauf.

»Ich suche ein Zimmer, einen Gasthof, ich muss hier übernachten.«

Die große Frau lächelt. Sie ist deutlich größer als er. Goethe schätzt sie auf fast zwei Meter. Sie hat breite

Schultern und ein nicht weniger breites Becken, eine Riesin in einem hellen schmutzigen Mantel, sie trägt offene rotblonde Haare, die ihr in wilden Locken über die Schultern fallen. In ihren Holzpantinen ist sie barfuß. Sie könnte vierzig sein oder auch erst dreißig. Ihre massive Statur lässt sie älter erscheinen.

»Es gibt hier nur eine Herberge, mein Herr. Ich sag Ihnen aber gleich, das ist ein Bordell. Wenn Sie so etwas suchen …«

»Eigentlich nicht. Aber wenn es nicht anders geht …«

»Kommen Sie doch erst einmal bei uns herein«, sagt sie. »Sie sind ja ganz erfroren.« Plötzlich breitet sich ein breites Lächeln über ihr ganzes Gesicht aus, als ginge in ihrem Innern ein Licht an und strahle kräftig aus ihr heraus.

»Ich bin seit den frühen Morgenstunden unterwegs.«

Er steigt ab.

»Dann wärmen Sie sich doch ein wenig an unserem Ofen im Schulsaal. Erlauben Sie, dass ich mich vorstelle. Mein Name ist Susanna. Ich bin die Lehrerin.«

Goethe betritt den Schulsaal. In fünf Zweierbänken sitzen zehn Knaben und starren ihn todernst an. Es ist bullig heiß in dem Raum. Dem Besucher bleibt kurz die Luft weg.

»Das ist der Herr Weber«, sagt Susanna. »Er wärmt sich bei uns ein bisschen auf.«

Keine Reaktion bei den Schülern.

»Könnte man ein Fenster öffnen?«, fragt Goethe schüchtern.

Die Lehrerin und die Kinder sehen ihn ungläubig an. Susanna geht nicht darauf ein.

Der Fremde nickt den Kindern freundlich zu. Sie

verziehen keine Miene und starren ihn weiter an. Er setzt sich neben die Bank am Ofen. Susanna schenkt ihm etwas Tee in eine Tasse und gießt einen Schluck Rum dazu. Sich selbst gießt sie dasselbe ein. Sie zündet ihre Pfeife wieder an und setzt sich an ihr Pult, das etwas erhöht an der Kopffront des Raumes vor einer kleinen Tafel steht. Die Kinder beobachten alles ganz genau, aber ohne jede Regung, ohne auch nur einen Laut von sich zu geben. Auf dem Pult liegt ein langer Rohrstock, der, wohl vom häufigen Gebrauch, schon ein wenig verbogen ist.

Auf einem Seitentisch entdeckt der Besucher einen Kuchen. Susanna bemerkt es, steht auf, geht zum Kuchen hin und schneidet ihn an. Sie schneidet zwei Stücke ab und gibt eins dem Besucher, das andere behält sie für sich. Goethe und Susanna beginnen den Kuchen zu essen. Immer wieder nehmen die beiden einen Schluck Tee. So sitzen sie minutenlang schweigend, von den Kindern stumm beim Essen und Trinken beobachtet. Weder Susanna noch Goethe kommt der Gedanke, dass die Knaben womöglich auch ein Stück von dem Kuchen haben möchten. Die ärmlich gekleideten Kinder, die Goethe in einem Alter zwischen vier und acht Jahren schätzt, erwarten etwas anderes von dem Fremden. Das denkt er zumindest. Warum sollte er sonst hier sein?

Goethe hat das Gefühl, gleich zu ersticken. Er schaut auf die Fenster, um herauszufinden, wie man sie öffnen kann. Susanna scheint das nicht zu bemerken. Sie wirkt gelöst, ihr scheint die stickige Hitze im Raum gar nichts auszumachen. In ihrer Unschlüssigkeit, was sie den ganzen Morgen noch mit den Kindern machen soll, kommt ihr der Fremde gerade recht.

»Wenn wir den Herrn Weber schon einmal dahaben, kann er uns ja etwas über sich erzählen«, sagt Susanna und schaut Goethe freundlich fordernd an. Ihr Gesicht verschwindet im nächsten Moment in einer Tabakdampfwolke.

»Selbstverständlich«, sagt Goethe und spürt, wie in ihm der Drang aufkommt, seine Rolle zu spielen.

»Na, dann erzählen Sie mal. Was führt Sie denn hierher?«

»Ich bin auf der Durchreise.«

Die Schüler schauen ihn an. Warten sie auf mehr oder warten sie auf nichts?

»Ich komme aus Gotha und bin unterwegs nach Braunschweig, zu einem Besuch bei meiner Schwester und ihrem Mann«, sagt er. Er hat keine Ahnung, ob das hier jemanden interessiert.

»Recht beschwerlich, bei dieser Jahreszeit«, ruft Susanna aus und schaut erwartungsvoll in die Klasse.

»Durchaus«, sagt Goethe. »Aber unumgänglich. Meine Schwester ist vor wenigen Tagen niedergekommen und ich soll der Taufpate des kleinen Erdenbürgers werden«, erklärt er.

»Wie schön, ein neuer Erdenbürger. Und alsbald Klippschüler, so wie ihr«, ruft Susanna aus.

Sie schaut immer wieder erwartungsfroh in die Klasse. Keine Regung bei den Schülern. Wie lauernde Tiere sitzen die Kinder in ihren Bänken. Goethe bemerkt die bloßen Füße in der ersten Reihe.

»Und was führen Sie mit sich im Gepäck, Herr Weber? Was haben Sie uns mitgebracht?«

»Leider nicht viel. Ich war auf einen Schulbesuch nicht vorbereitet. Aber meinen Zeichenstift und Papier habe ich dabei.«

»Was für ein günstiger Zufall, Sie sind ein Zeichner?«

»Richtig.«

»Nur so zum Spaß?«

»Nein, das ist mein Beruf.«

Goethe hat das Gefühl, als redeten sie miteinander wie Schauspieler auf dem Theater und sagten jeden Satz mehr fürs Publikum als zueinander.

»Ah! Ein richtiger Künstler sind Sie also?«

»Zeichner und Maler. Ursprünglich habe ich Jura studiert. Jetzt aber bin ich Hofmaler in Gotha.«

Jetzt wendet sich Susanna an die Zuschauer.

»Hört, hört ihr Racker, was wir für einen bedeutenden Herrn zu Besuch haben. Der wird uns was beibringen. Wir wollen gleich mit dem Lernen anfangen.«

Goethe wird es immer heißer. Am liebsten würde er seine dicken Kleider mit einem Schlag abwerfen.

»Friedrich, trete vor«, sagt Susanna. »Du sollst dem Herrn Weber für ein Porträt Modell stehen.«

Ein Junge aus der letzten Bank erhebt sich mit gleichbleibend starrer Miene. Er ist etwa sieben Jahre alt, wirkt abgemagert, hat lange, ungepflegte Haare, ist schlecht gekleidet und wie die anderen ohne Schuhe. Goethe kennt das aus seiner kurzen Zeit als Legationsrat in Weimar. Noch im tiefsten Winter müssen die Kinder der Strumpfwirker von Apolda mit bloßen Füßen laufen. Die Strumpfwirker können ihren Kindern noch nicht einmal Strümpfe anziehen. Er hat das im Geheimen Consilium angesprochen, nachdem ihn eine Expedition nach Apolda geführt hat. Regierungsrat Fritsch hat nur mit der Schulter gezuckt und ihn nicht einmal angesehen. Der Herzog hat eine Zote darüber gerissen. Ob sie frieren oder nicht, wen schert das? Ob sie leben oder tot sind, wen sollte das kümmern?

Susanna setzt Friedrich auf einen Schemel vor das Pult und bittet den Zeichner, sein Zeichenpapier für alle sichtbar an die Tafel zu klemmen. Goethe, der gerade noch steif gefroren auf seinem Pferd saß, bricht der Schweiß aus. Er hat das Gefühl, dass sein Gesicht glüht. Wie soll er bei diesem Unbehagen zeichnen? Aber war nicht das Zeichnen etwas, das er in jeder Lage beherrschte, nach dem er sich immer sehnte und dem er, so hoffte er, sein Dasein widmen werde?

Zeichnen war zu seiner zweiten Natur geworden. Nichts hat er so lange und so intensiv geübt wie das Zeichnen. Der Vater war der Meinung, Künste bestünden vor allem aus Techniken und jede Kunst sei zu erlernen.

Für das Erlernen des Zeichnens gab der Vater viel Geld aus. Da war ihm nichts zu teuer. Damals saßen überall in Frankfurt die Menschen in der freien Natur und zeichneten. Sie zeichneten das Mainufer und sie zeichneten die Mainbrücke. Den Römerberg. Die Hauptwache und die Zeil zeichneten sie besonders gern. Auch die engen Gassen des jüdischen Viertels. Sie fuhren vor die Stadt, in den Taunus, die Mainauen und bis hinaus nach Wiesbaden und zeichneten alles, was ihnen vor die Augen kam. Alte Gemäuer, Landschaften, Flusstäler, Porträts. Steine, Türme, Tore.

Der Kupferstecher Eben kam zu ihnen ins Haus, um Cornelia und ihn zu unterrichten. Sogar der Vater, der selbst nie gezeichnet hat, nahm schließlich bei Eben Unterricht.

Wie oft hat er seine Schwester gezeichnet. Nur die Mutter, die durfte er nicht abbilden. Die wollte das nicht. Die war eigen, abergläubisch war sie in vielen Dingen, auch in Bezug auf Abbildungen ihrer Person. Sie lebte in der Vorstellung, sie müsse dabei ein Stück von ihrer Persönlichkeit hergeben, das dann für immer verloren wäre. Viele Frankfurter bewohnten noch eine Welt, in der sie von solchen Ängsten beherrscht wurden.

Dann als Student in Leipzig ging es weiter mit dem Zeichnen. Unvorstellbar, den Unterricht abreißen zu lassen. Bei keinem Geringeren als dem Direktor der Leipziger Zeichenakademie, bei Oeser, ging er da in die Schule. Bei ihm lernte er, die Dinge einfach zu sehen und sie nach der Natur zu bilden. Nach der Natur und nach dem Gefühl, war Oesers Credo. Goethe beherzigte es. Oesers Grundsätze entsprachen bald auch seinem Ideal.

Der junge Zeichenschüler versuchte sein Möglichstes und blieb in seinen Bemühungen konstant. Auch wenn der Meister nie ganz mit ihm zufrieden war. Zu wolkig, zu weich, zu wenig konkret, lauteten seine Kritikpunkte. Aber der Student glaubte weiter an seine Berufung.

Auch später in Straßburg und in Wetzlar hielt man ihn in erster Linie für einen Zeichner und viele dachten, aus ihm müsse unausweichlich ein Maler werden. Goethe glaubte das selbst, mehr oder weniger. Ganz sicher war er sich seines Talents nie. Das quälte ihn unentwegt. Noch in seinen jüngsten Schriften setzte er sich damit auseinander. War nicht auch Werther ein Zeichner? Und scheiterte Werther nicht gerade daran, dass er seinen Dilettantismus nicht wahrhaben wollte?

In Weimar ist das Zeichnen jetzt groß in Mode. Wer etwas auf sich hält, besucht die Zeichenschule. Im letzten Jahr hat der Herzog einen neuen Direktor für die Akademie berufen. Auf Goethes Empfehlung hin kam aus Frankfurt Georg Melchior Kraus. Der hat in Paris gelernt und gilt als Vertreter des neuen Stils.

Die Damen der besseren Gesellschaft laufen scharenweise zu Kraus. Dessen Ruf, das mondäne Paris zu kennen und die dort vorherrschenden Moden studiert zu haben, eilte ihm voraus. Die Kurse der Freien Zeichenschule sind das ganze Jahr über ausgebucht. Es stört die Schülerinnen und Schüler von Kraus nicht, als Dilettanten angesehen zu werden. Sie suchen ein wenig Teilhabe an der großen Kunst, die in ihren Augen ohnehin nur für ganz wenige bis zur Gänze beherrschbar sei.

Aber Goethe strebt zur Meisterschaft. Mit weniger kann er sich nicht zufriedengeben. Wie oft haderte er mit sich, weil er spürte, dass es nicht ausreichen würde, was ihm an Talent mit in die Wiege gelegt worden war. Als Dichter hatte er diese Zweifel nicht. Was er auch hinwarf, wurde zum staunenswerten Ereignis, der *Götz*, der *Werther*, die Gedichte. Aber er wollte kein Dichter sein, oder doch nur in zweiter Linie. In erster Linie wollte er Maler sein und gerade auf diesem Gebiet fehlte ihm etwas.

Das Porträt des Jungen geht ihm trotz der Hitze, die im Raum herrscht, leicht von der Hand. Die Schüler sehen dabei zu, wie aus Linien in kurzer Zeit eine Gestalt ersteht. Goethe macht Bemerkungen zur Linienführung. Erläutert Grundsätze des Porträtmalens. Stichpunkte aus Le Bruns Affektenlehre kommen ihm in den Sinn. Aspekte aus den Ausdrucksstudien Piazzettas fallen ihm wieder ein. Er erklärt das alles so einfach wie möglich. Die Mienen der Schüler ändern sich nicht. Er weiß noch nicht einmal, ob sie ihn hören und verstehen.

»Wo haben Sie das gelernt, Maestro?«, fragt Susanna.

Goethe sieht sie erstaunt an, er hat mit dem italienischen Wort nicht gerechnet. Es hebt die Lehrerin mit einem Schlag aus der kleinstädtischen Enge heraus. Goethe vermutet, sie müsse schon weit herumgekommen sein, müsse die Welt kennen, Kreise, in denen man sich mit Maestro anredet, kennengelernt haben. Was aber hat sie dann in dieses Nest verschlagen?

»Ich habe in meiner Kindheit zwischen Malern gelebt«, erklärt er.

Er fragt sich, ob einer der Knaben ihn verstanden hat. Nicht bloß vom Wortlaut her, sondern tiefer, ob einer die Dringlichkeit seiner Worte gespürt und bemerkt hat, dass er gerade aus dem Grund seines Herzens gesprochen hat.

Susanna nickt und lobt die Zeichnung des Besuchers. Der spürt, dass seine Unterkleider schon ganz durchgeschwitzt sind. Der Tabakqualm, der sich im Raum verteilt, macht ihm das Atmen zusätzlich schwer. Er sinkt erschöpft auf den Stuhl. Susanna gibt Anweisung, die Schüler mögen ihr Papier und ihre Bleistifte aus den Pulten nehmen und sich jetzt nach den Anweisungen des Gastes gegenseitig zeichnen.

Wie auf ein Kommando kommt Leben in die gerade noch regungslos dasitzenden Knaben. Sofort fängt ein hektisches Gewühle in den Pulten an. Jeder sucht nach Zeichenpapier und Bleistift, kaum einer aber scheint fündig zu werden. Manche halten schließlich ein Stück Kreide in der Hand, andere finden Stummel von Kohlestiften, wieder andere gar nichts. Auch Papier ist knapp. Susanna scheint das nicht zu stören. Die Aufgabe ist gestellt.

»Haben Sie Lust, mit mir nach draußen zu gehen, während die Schüler zeichnen?«, fragt Susanna ihren Gast.

Goethe stimmt begeistert zu und ist als Erster an der Tür. Er atmet auf, als er ins Freie kommt.

Hinter dem Schulhaus erstreckt sich ein kleiner Garten mit alten Bäumen, Sträuchern und Beeten, zwischen denen sich schmale Wege hindurchschlängeln. Dort führt Susanna ihren Gast hinein. Neben ihr wirkt der schmale Goethe selbst wie ein Schüler.

»Ich habe auch einmal Zeichenunterricht gehabt«, sagt die Lehrerin. Goethe schweigt dazu.

»Das ist nun schon zwanzig Jahre her. Aber seitdem zeichne ich regelmäßig, nicht nur mit den Kindern in der Schule, sondern auch für mich.«

»Das ist schön«, entgegnet der Maler.

Sie gehen ein Stück schweigend nebeneinanderher. Hinter dem Gartenzaun beginnen Felder, die sich bis zu einem nahen Waldrand hinziehen. Dort steigen die Hügel an. Wie eine Insel der Zivilisation in der Wildnis liegt die kleine Stadt mitten im Gebirge. Die Einsamkeit scheint hier größer als anderswo, das Leben scheint für immer erfroren, Dauerfrost den ganzen Tag über, düstere Wolken hängen über den Wäldern.

»Wenn Sie eine Unterkunft suchen, ich kann Ihnen ein Zimmer für die Nacht anbieten. Ich lebe allein«, sagt sie.

Goethe ist überrascht.

»Was würden die Leute dazu sagen, dass Sie einfach einen fremden Mann in Ihr Haus aufnehmen?«

»Sie wollen mir doch nicht ernsthaft einreden, dass Sie das wirklich interessiert?«

Der Maler blickt zu Susanna hoch. Sie ist mehr als einen Kopf größer als er, noch dazu erhöhen sie ihre Holzpantinen. Ihm wird bewusst, dass er eine so groß gewachsene Frau in seinem ganzen Leben noch nicht gesehen hat.

»Warum sind Sie eigentlich hier? Die Strecke über

Wernigerode nach Braunschweig scheint mir ein Umweg zu sein«, sagt sie wie beiläufig.

»In der Tat. Es ist ein kleiner Umweg. Ich möchte hier noch einen Besuch machen.«

»Darf man fragen bei wem?«

»Bei einem Gelehrten, den man mir empfohlen hat. Jakob Plessing. Kennen Sie ihn?«

»Den Autodidakten? Den kennt hier jeder. Das heißt, jeder kann etwas mit dem Namen verbinden. Aber keiner kennt ihn tatsächlich. Was wollen Sie von ihm?«

»Er hat mir geschrieben. Mein Besuch ist gewissermaßen die Antwort auf seine Briefe.«

»Der Autodidakt schreibt einem Hofmaler in Gotha? Das passt wieder ins Bild.«

»Was für ein Bild hat man denn von ihm?«

»Sagen wir, ein seltsames. Er ist sehr eigen. Pflegt mit niemandem Umgang. Hochmut gilt als seine hervorstechende Eigenschaft. Manche halten ihn für geistig umnachtet. Andere meinen, er sei lediglich mit der Melancholie geschlagen.«

»Denken Sie das auch?«

»Ich kenne ihn eigentlich gar nicht. Man sieht ihn so gut wie nie. Aber ich hätte ebenfalls Anlass, geistige Umnachtung bei ihm zu vermuten. Im Sommer bin ich ihm einmal mitten im Wald begegnet. Er hat mich zuerst nicht bemerkt. Ich habe mich schnell hinter einem breiten Baum versteckt. Schon von Weitem habe ich ihn gehört, irgendein unverständliches Zeug vor sich herplappernd, so als sagte er Psalmen auf. Dann habe ich hinter dem Baum ein wenig herausgelugt und Sie glauben nicht, was er im Arm hielt.«

»Na?«

»Einen toten Fuchs.«

»Einen toten Fuchs?«

»Ja, er muss tot gewesen sein. Ich habe noch nie gesehen, dass jemand einen lebenden Fuchs auf den Arm nimmt. Er war tot, und Plessing redete auf ihn ein. Und dann verstand ich auch, was er sagte. Es waren Verse aus Klopstocks *Messias*.«

»Klopstocks *Messias*?«

»Ja, denken Sie sich, er sagte dem toten Fuchs Verse von Klopstock auf. Ich habe den Text sofort erkannt. Es kam mir so vor, als wolle er den Fuchs mit den Versen wieder zum Leben erwecken.«

»Haben Sie sich zu erkennen gegeben?«

»Ja, versehentlich. Ich bin, als er ein Stück weg war, hinter dem Baum hervorgetreten. Ein Ast brach unter meinem Tritt. Er fuhr herum und starrte mich mit einem entsetzten Blick an. In seinen Augen war die Panik eines gejagten Tiers. Sein Gesicht war ganz schwarz von Walderde. Als habe er sich damit eingerieben. Unsere Blicke kreuzten sich vielleicht eine Sekunde lang. Die werde ich aber niemals vergessen. Dann ist er mit dem Fuchs davongelaufen. Sagen Sie mal, was erwarten Sie sich denn von dieser Begegnung?«

»Das ist eine gute Frage. Ich bin offen gesagt nur ein Bote. Ich soll ihm Grüße bestellen.«

Susanna schweigt und scheint nachzudenken.

»Sagten Sie nicht eben, er habe Ihnen geschrieben?«

»Ja, mir auch. Noch mehr aber hat er sich an Goethe in Weimar gewandt.«

Er bemerkt seinen Fehler und versucht abzulenken. Er muss darauf achten, in seiner Rolle zu bleiben.

»Sie kennen diesen Goethe?«, fragt er.

»Ich hab den Namen schon einmal gehört. Weiß

aber nicht mehr genau, wo und in welchem Zusammenhang. Hat er nicht etwas Bekanntes geschrieben?«

»Einen Briefroman. Und eben darüber wollte Plessing mit ihm korrespondieren. Goethe hat ihm aber nicht geantwortet und nun mich beauftragt, da ich in die Gegend käme, ihm seine Antwort zu überbringen.«

»Was ist denn dieser Goethe? Geistheiler, Astrologe oder Irrenarzt?«

»Nichts von den dreien. Er ist gerade Geheimer Legationsrat in Weimar geworden. Jedenfalls möchte ich mich gerne für diesen Abend bei Plessing anmelden. Ich muss morgen weiter und habe nur einen Abend Zeit, Goethes Auftrag auszuführen.«

Sie zuckt mit den Schultern.

Goethe friert schon wieder in seinem schweißnassen Hemd. Sie gehen, ohne es zu verabreden, zum Schulhaus zurück. Die Schüler toben im Garten und im Haus herum. Kein einziger sitzt bei seiner Zeichnung. Keiner hat auch nur damit angefangen.

»Ihr könnt nach Hause gehen«, ruft ihnen Susanna zu. Ein Jubelschrei aus zehn Kehlen ertönt als Reaktion. Sofort laufen die Jungen ins Schulhaus, holen ihre Habseligkeiten heraus und verschwinden in Richtung Hauptstraße.

»Wollen Sie nun zum Gasthaus, um dort zu übernachten? Oder wollen Sie nicht doch für die eine Nacht bei mir unterkommen?«, fragt Susanna.

Sie erscheint dem Reisenden wie ein Wesen von einem anderen Stern. Sie hat etwas Grobes, Rohes in ihrer Gestalt, hohe, breite Schultern, Züge von einem schwer arbeitenden Mann, aber nicht nur, sondern im Gesicht zugleich auch anmutige Züge, die Bildung verraten, etwas Geheimnisvolles umgibt sie.

Ihr hellrotes Haar macht einen starken Eindruck,

der ihre Selbstständigkeit unterstreicht. Er müsste sie zeichnen, denkt Goethe. Das Eigenartigste aber ist ihre Unbefangenheit und Selbstständigkeit. Wer ist sie, dass sie sich so offen und frei gegenüber einem Fremden verhalten kann? Dass sie allein leben und während des Unterrichts Pfeife rauchen und Tee mit Rum trinken kann? Wie kommt sie dazu, sich solche Freiheiten zu gestatten, noch dazu in dieser abgelegenen Gegend, wo man vom Verhalten einer Frau doch genaueste Vorstellungen hat und Abweichungen keinesfalls tolerieren kann.

»Gut, dann werde ich Ihre freundliche Einladung annehmen«, sagt er.

»Ich zeige Ihnen meine Zeichnungen«, entgegnet sie darauf mit einem freudigen Lächeln. »Vielleicht können Sie ja etwas dazu sagen.«

»Verraten Sie mir noch: Wie kann ich mich bei Plessing anmelden? Ich muss ihn heute Abend sehen.«

»Ich schicke Friedrich hin. Er wohnt hier gleich gegenüber. Warten Sie hier, ich bin sofort wieder da.«

Er sieht sie mit ihren Holzpantinen durch den Schnee eilen. Ihre gelockten roten Haare wehen hinter ihr her. Was für eine Freiheitsfahne, was für eine Schrittlänge, denkt er und fröstelt.

Kurz darauf, noch bevor Susanna wieder aus dem ebenerdigen Bauernhaus herauskommt, schießt der kleine Friedrich daraus hervor und spurtet mit seinen nackten Füßen im Schnee die Hauptstraße hinunter.

Susannas Haus steht allein, an der Ausfallstraße der Stadt. Ebenerdiges Fachwerk auch hier, direkt an der Straße nach Osten. Dahinter ein Gelände mit einem großen Teich, das sich bis zu den Hügeln erstreckt.

»Das ist mein Reich«, sagt Susanna, »die Wiesen

und der Weiher, das hat man mir mit dem Haus überlassen, als ich hier Lehrerin wurde. Ich kümmere mich nicht weiter darum. Die Wiesen habe ich noch nie gemäht. Aber der Teich ist angenehm, im Sommer zum Baden und im Winter zum Eislaufen.«

»Besitzen Sie etwa Kufen?«

»Gewiss. Die Wasseroberfläche ist seit zwei Wochen zugefroren. Ich war schon oft mit den Kufen darauf.«

Goethe stellt sich die rothaarige Susanna vor, wie sie auf Schlittschuhen im Dämmerlicht über ihren zugefrorenen Teich gleitet.

»Wussten Sie eigentlich, wer das Schlittschuhlaufen in Deutschland eingeführt hat?«, fragt sie ihn.

»Sie sind wohl auch außerhalb der Schulstunden eine Lehrerin«, entgegnet Goethe spöttisch und tut so, als denke er angestrengt nach.

»Ich tippe auf die Schweden. Ich hoffe, ich bekomme auf meine Antwort keine Note.«

»Ach was, die Schweden, das ist eine glatte Sechs. Nein, Sie werden's nicht glauben, aber Klopstock war's.«

»Klopstock?«

»Klopstock!«

»Der Dichter? Auf dem Eis?«

»›Wie schweigt um uns das weiße Gefild / Wie ertönt vom jungen Froste die Bahn‹«

Also auch Susanna zitierte Klopstock auswendig. Goethe nickt ihr freundlich anerkennend zu. Er darf auf keinen Fall seine Klopstockabneigung durchscheinen lassen.

»Über Klopstock wissen Sie wohl ziemlich viel.«

»Jeder, der die Dichtung liebt, liebt Klopstock. Sie etwa nicht?«

Die Frage schreckt ihn auf.

»Doch, doch. Selbstverständlich. Ich stimme Ihnen vollkommen zu. Klopstock auf Eis … Natürlich!«

»Das Eislaufen ist nicht nur für mich eine Verbeugung vor dem Genius. Es ist das Erkennungsmerkmal der Klopstockliebhaber. Und Sie? Sind Sie etwa kein Eisläufer?«

»Aber wo denken Sie hin? Unbedingt! Eislaufen ist meine Leidenschaft. Schon seit frühester Jugend. Ich dachte eigentlich, das Eislaufen auf geschliffenen Kufen habe man in meiner Vaterstadt Frankfurt erfunden, also noch vor Klopstock. Seit ich denken kann, läuft man auf dem zugefrorenen Main Schlittschuh. So alt kann Klopstock noch gar nicht sein, als dass er das Eislaufen nach Frankfurt hätte bringen können.«

»Mag sein, aber Schlittschuhlaufen war vor Klopstock in Deutschland völlig unbekannt. Glauben Sie mir.«

Susanna zündet den Herd an. Sie hat noch einen halben Topf Suppe, die sie für ihren Gast warm machen will. Goethe freut sich auf die Suppe; er hat seit einer Ewigkeit nichts Warmes gegessen. Jetzt glaubt auch er, es sei an der Zeit, einen Klopstockvers einzustreuen: »›Winterluft reizt die Begier nach dem Mahl.‹«

Susanna kontert sofort mit dem Folgevers aus Klopstocks Eislauf-Gedicht: »›Flügel am Fuß reizen sie mehr.‹«

Darauf blicken sie schweigend in ihre Teller. Die Klopstockverse stehen im Raum wie imaginäre Kostbarkeiten. Es dauert etwas, bis Susanna wieder das Wort ergreift.

»Schade, dass ich nur ein Paar Kufen habe. Sonst könnten wir in der Dämmerung zu zweit Eislaufen. Das Eis ist schon seit ein, zwei Wochen dick genug. Es trägt.«

Susanna stopft Holzscheite in das Ofenloch und versucht mit dem Entzünden von Strohbündeln und dünnen Ästen, das Feuer in Gang zu bringen. Es herrscht ein angenehmes Schweigen. Das offene Ofenloch erleuchtet mit einem hellroten Schimmer den dunklen Raum. Goethes Erinnerung schweift ab, während das Feuer immer mehr Nahrung bekommt und im Ofenloch die Flamme langsam größer und ihr roter Schein kräftiger wird.

Januar vierundsiebzig. Wenige Tage, bevor er den *Werther* angefangen hat. Er ahnte nicht, welcher Wurf sich da in ihm vorbereitete. Er wusste wenige Tage vor dem Beginn des Schreibens noch nicht einmal, dass er es in Angriff nehmen würde. Das war eine Zeit, in der er keinen Halt finden konnte. Die ersten Wochen nach Cornelias Hochzeit. Nachdem sie weggezogen war. Er lungerte viel herum. Vertrödelte die Nachmittage. Saß in dem Dachzimmer des Elternhauses und schaute auf die verschneite Ebene bis nach Höchst hinüber. Abends pilgerte er zum zugefrorenen Main, um mit vielen jungen und einigen älteren Frankfurtern im Schein von Dutzenden am Ufer aufgestellten Fackeln Schlittschuh zu laufen.

Goethes Art, Eis zu laufen, war unter den Wintergästen am Main, zumal unter den jungen Frankfurterinnen, bald schon legendär. Er kam aus dem Dunkel wie ein Held übers Eis geglitten. Drang in den Schein der Fackeln ein, als sei diese Beleuchtung nur für ihn aufgestellt, mit über der Brust verschränkten Armen, mit langen Haaren und einem weiten purpurnen Umhang, wohl wissend, dass Purpur allein dem Kaiser gebührt.

Die jungen Mädchen bewunderten ihn. Sie warfen gerne Schneebälle nach ihm, um auf sich aufmerksam zu machen. Er ließ die leichten Geschosse an sich abprallen und genoss die Bewunderung. Es gab nicht wenige unter den männlichen Eisläufern, die ihn zum Teufel wünschten. Auch unter den Frauen waren welche, die ihn nicht ausstehen konnten. Zur Schau gestellte Eitelkeit wird nicht gern gesehen. Das wusste er. Er nahm es in Kauf. Die Provokation erhöhte für ihn den Reiz.

Die Mutter warnte ihn oft vor seiner Eitelkeit. Und doch war sie stolz auf den Wolfgang. Einmal hatte die Mutter Gäste, die sie zum Flussufer mit hinunternahm. Sie wollte ihnen zeigen, wie elegant der Sohn diese neue Kunst beherrschte. Schon von Weitem sah er im von einer Laterne schwach erleuchteten Halbdunkel des Ufers ihren karmesinroten Pelz als Farbfleck hervorstechen und näher kommen. Vorn war er mit zwei goldenen Spangen geknüpft. Hinten hatte er eine lange Schleppe, die man über die Schulter schlang und die bis über die Hüften fiel. Die Mutter kam manchmal, wenn er auf dem Main seine Kurven drehte. Er wusste, sie kam für ihn. Sie liebte seinen Anblick. Jetzt wollte sie ihn den Gästen zeigen. Die hatten schon so viel von dem famosen Sohn gehört, jetzt konnten sie ihn in seinem Element erleben. Genieaudienz auf dem Eis. Dazu zog Frau Aja selbstverständlich den Pelz an, den er so an ihr liebte.

In seinen Augen gab es nichts Eleganteres als gerade dieses Kleidungsstück. Es wirkte auch bei der Mutter, die sonst gern das Schlichte und Bescheidene hervorkehrte, geradezu majestätisch. Als er sie mit den beiden befreundeten Ehepaaren kommen sah, wusste er, sie hatte den Pelz wieder nur für ihn angelegt.

Nach kurzem Ausschauhalten entdeckten sie ihn.

Er beschrieb weit ausholend seine Kreise und drehte schließlich in großem Bogen auf die Besuchergruppe zu, die gekommen war, ihn zu betrachten. Da bat er die Mutter um den Pelz.

»Du wirst ihn doch nicht selbst anziehen wollen«, sagte sie halb im Scherz.

Doch, das wollte er. Und da sie ihm keinen Wunsch abschlagen konnte, gab sie ihm den Pelz. Er knüpfte ihn vorn mit den beiden goldenen Spangen und schlang die Schleppe über die Schulter. Im Fackelschein des Eislaufplatzes wirkte die rote Farbe inmitten all der dunkelgrauen Konturen, die im Schummerlicht der Tragelaternen und der Uferfackeln ineinander verflossen, noch stärker. Wie ein unwirkliches edles Wesen aus einer fantastischen Welt, das sich für einige Augenblicke ins profane Jetzt begeben hat, schwebte der junge Mann mit dem roten Pelz durch die zart erleuchtete Nacht.

Er fuhr mit seinen Kufen über den vereisten Fluss, weit hinüber ans Sachsenhäuser Ufer, entfernte sich, bis man ihn nicht mehr sehen konnte, näherte sich bald wieder aus dem Halbdunkel des Fackellichts den Besuchern an und immer sah man das Rot des Pelzes durch die schwach erhellte Finsternis leuchten. Gravitätisch wehte die seitlich herabhängende Schleppe dem Läufer hinterher, wie das Fell eines lebenden Fuchses durch die Winternacht.

Es machte seinen Lauf zu einer besonderen Aufführung. Gezeigt wurde die Selbstinthronisation des Genius. Wahrhaftig wie ein Göttersohn sei er übers Eis gekommen, hat seine Mutter später zu ihm gesagt. Der Pelz machte ihn zu einer überirdischen Gestalt. Er hob ihn über die sozialen Prägungen hinaus. Hätte man mir damals eine Krone aufgesetzt, schrieb er später über diese Zeit, ich hätte das für das Natürlichste von der Welt gehalten.

Es war die Zeit der schlafwandlerischen Sicherheit. Mit der er dann auch den *Werther* schrieb. In einem Zug, aus einem Guss, in fünf Wochen, die in seiner Erinnerung zu einer Stunde zusammenschmolzen. Eine Stunde, in der er in drei, vier lockeren Gesten die Weichen für sein ganzes weiteres Leben stellte.

Eines Nachmittags habe er plötzlich damit angefangen, sagte er später zu seiner Schwester. Dem Vater habe er wie meist die Prozessakten überlassen, die er selber zu studieren gehabt hätte. Nun lag dieser dunkle Nachmittag vor ihm, Mitte Februar. Ein Jahresaugenblick der Unentschiedenheit am Ausgang des Winters.

Wie von selbst flogen die Sätze aufs Papier. Widerstandslos flossen die Wörter aus der Feder. Er blieb dabei kalt. Als berichtete er von der Gefühlskultur fremder Stämme. Je kälter er wurde, desto leichter glitt seine Sprache dahin. Ein klingender Schlitten mit zwanzig unmäßig kraftstrotzenden, wie toll sich gebärdenden Hunden davor. Das Gelingen trieb ihn an. Doch er empfand kein Glück. Alles geschah aus dem tiefen Schmerz, in Gedanken an Cornelia, die er an Schlosser verloren hatte. Und je mehr er schrieb und diese Form ausfüllte, die ihm zuerst aus einer winzig kleinen Quelle entgegenleuchtete, klein wie ein Glühwürmchen, um dann immer heller zu scheinen, um schließlich alles zu überstrahlen, desto deutlicher wurde ihm auch, dass das Buch, wäre es demnächst fertig, niemals ersetzen könnte, was er hatte hingeben müssen. Kein Buch, keine Schrift wäre jemals dazu in der Lage.

»Wie kommt es eigentlich, dass man Klopstock die Einführung des Eislaufens in Deutschland zuschreibt?«

»Ich glaube, er hat es aus Kopenhagen mitgebracht. Es heißt, er sei in seiner Zeit in Hamburg den ganzen Winter auf der Alster zu sehen gewesen, eine Hand auf dem Rücken, mit der anderen rudernd. Seine Spezialität war es, während des Eislaufens zu rauchen. Kurze schmale Stangen habe er immer im Mundwinkel gehabt, sagten die Leute, die ihn gesehen haben. Damals als junger Eisläufer auf der Alster. In weißes Papier gewickelter Tabak, eine vollkommen neue Mode, die Klopstock hinreißend verkörpert haben muss.«

»Sie kennen Klopstock persönlich?«

»Ich gehöre zu seinem Kreis.«

Goethe sagt dazu nichts. Klopstock hat die literarische Welt mit seinen Oden und seinem Epos *Messias* vollkommen elektrisiert. Die Jüngeren hörten aus Klopstocks Versen die Signale zum Aufbruch in eine neue Zeit. Vor allem deshalb mochte der Vater nicht, wenn Cornelia wieder mit dem *Messias* anfing. Auch die Oden des Freigeists wollte er nicht hören. Er schwor auf Gellert, der war den Kindern aber zu altbacken. Klopstock klang für sie nach Aufstand, Gellert nach Ruhestand.

Klopstocks Ruhm ist seitdem noch gewachsen. Mit seinen dreiundvierzig Jahren ist er das entscheidende Stück älter, das zu seiner Verehrung durch die Jugend nötig ist. Er gilt zudem als politischer Hoffnungsträger. Für viele Enthusiasten des Gefühlskults ist sein Entwurf von der Gelehrtenrepublik eine realistische Alternative zur Fürstenherrschaft. Für Goethe ist Klopstock ein Mann von gestern. Nicht zufällig und nicht ohne Absicht hat er ihn und seine Dichtung bei einer entscheidenden Szene seines *Werthers* in den

Mittelpunkt gestellt. Bei der Nennung des Namens Klopstock während eines nächtlichen Gewitters auf einem ländlichen Ball kommt es zwischen Werther und Lotte zu einem Gefühlsausbruch. Die Tränen fließen. Überall bei den jungen Leuten fließen die Tränen. Schuld daran ist Klopstock. Die Droge des Zeitalters. Der zähe, schmerzende Splitter im Auge der Genies. Der Schönheitsfleck in der Herrlichkeit der Jungen. Die alternde Diva der empfindsamen Geste. Klopstock hält das Zepter des Dichterfürsten noch immer fest in Händen und verschwendet keinen Gedanken daran, es loszulassen.

Goethe und Susanna sitzen in der warmen Stube und essen die Suppe. Er hat plötzlich das Gefühl, schon oft mit Susanna so gesessen und Suppe gegessen zu haben. Minutenlang fällt zwischen ihnen kein Wort. Susanna bewegt sich dann zwischen Herd und Esstisch. Als sei ihr Gast gar nicht da. Etwas Blasiertes geht manchmal von ihr aus, eine übertriebene Selbstverständlichkeit, die sie in die ganz und gar nicht selbstverständliche Situation zu bringen versucht.

Jetzt stopft sie sich wieder eine Pfeife.

»Der Klopstockkreis«, sagt Susanna, »hat überall zwischen Hamburg, Dresden und Kassel Mitglieder, die sich untereinander kennen. Wenn wir verreisen, werden wir praktisch in jedem größeren Ort jemanden finden, mit dem wir uns sofort verstehen und bei dem wir absteigen können. Auch diejenigen, die sich nicht oder kaum kennen, liegen sich in den Armen und zeigen einander ihre Sympathie. Ein paar wenige Verse genügen als Erkennungszeichen. Oft brechen dann beide Seiten direkt in Tränen aus, obwohl sie sich nicht kennen und noch nie zuvor gesehen haben. Gerade vorgestern war eine junge Frau hier über

Nacht. Saskia. Sie hat auf dem Weg nach Quedlinburg bei mir Station gemacht. Wir haben uns vor einiger Zeit über den Klopstockkreis kennengelernt. Als wir uns zum ersten Mal gesehen haben, haben wir miteinander geweint und waren danach unzertrennlich.

»Saskia? Ein seltener Name.«

»Saskia ist auch eine ungewöhnliche Frau. Sie war schon mehr als einmal bei mir zu Besuch. Sie stammt von Schloss Berlepsch, gar nicht weit von hier. Ich zeichne sie jedes Mal, wenn ich sie sehe, weil sie mir so gut gefällt. Sie gefällt mir jedes Mal besser.«

Susanna sieht ihm ernst in die Augen. Als wollte sie ihm zeigen, dass ihr letzter Satz keineswegs als Scherz gemeint war.

»Und sie war allein auf der Durchreise?«

»Ja, Sie sind nicht der Einzige, der um diese Jahreszeit im Harz unterwegs ist.«

»Ist sie recht groß, sitzt wie ein Mann auf dem Pferd und trägt einen roten Schal?«

»Ja, das trifft zu.«

»Möglich, dass sie mir unterwegs begegnet ist.«

Goethe beginnt etwas zu ahnen. Eine junge Frau allein in dieser abgelegenen Gegend unterwegs, das kommt nicht häufig vor und im Winter so gut wie gar nicht. Gerne würde er eine nähere Beschreibung von Saskia erhalten. Er möchte die Zeichnungen sehen, die Susanna von ihr angefertigt hat. Er scheut aber davor zurück, Interesse für sie zu zeigen und direkt danach zu fragen.

Es klopft. Der kleine Friedrich steht vor der Tür. Der Autodidakt erwarte den Hofmaler Weber heute Abend um sieben Uhr in seinem Hause, richtet er aus.

»Dann haben wir ja noch etwas Zeit«, ruft Susanna

aus. Sie gibt dem Jungen ein Geldstück und wendet sich an Goethe:

»Interessieren Sie meine Zeichnungen?«

»Brennend.«

Er betrachtet ihre Arbeiten mit höchstem Interesse. Landschaften und Porträts. Auch städtische Architektur. Alles so naturgetreu wie möglich, ganz so, wie es die neuesten Schulen anregen. Sie zeigt Talent. Die Porträts scheinen ihm aussagekräftig, die Darstellungen insgesamt höchst konkret. Sie lassen viel von Art und Charakter einer Person sehen und Stimmungen aus den Landschaften hervortreten.

Susanna scheint einen guten Blick für das Typische einer Person oder einer Sache zu haben. Goethe schließt aus ihren Arbeiten, dass sie das Zeichnen bei bedeutenden Lehrern gelernt haben muss, wohl kaum in Wernigerode oder an einem anderen Ort im Harz.

Sie erläutert ihm manches Motiv, ohne allzu viel Nähe zu ihren Bildern durchscheinen zu lassen. Sie möchte nicht eitel wirken. Sie will zeigen, dass es ihr um die Sache geht. Goethe schätzt das. Er selbst ist eitel genug. Er verurteilt diese Schwäche an sich immer wieder. Er mag diese Zeichnungen und er mag die Person, die sie gemacht hat. Zugleich spürt er, dass Susanna in einer eigenen Welt lebt. Eine Welt, in der Saskia eine nicht geringe Rolle spielt. Er vermisst die Zeichnungen, die Saskia zeigen. Jetzt muss er doch danach fragen.

»Zeigen Sie mir auch Ihre Zeichnungen von Saskia?«

»O ja, gewiss, die habe ich in einer eigenen Mappe.«

Sie rührt sich nicht vom Fleck.

»Ich zeige sie ungern. Sie sind etwas Besonderes, sie sind mir sozusagen … heilig.«

Susanna lächelt verlegen, so als halte sie das Wort *heilig* zugleich für übertrieben und unbedingt passend. Sie nimmt einen kräftigen Zug aus ihrer Pfeife. Goethe sieht sich im nächsten Moment von Tabakdampfwolken eingehüllt. Er begreift, dass es sie Überwindung kostet, die Zeichnungen einem Fremden vorzulegen.

Doch plötzlich steht sie auf und geht zu einer unscheinbaren Kommode, öffnet die oberste Schublade und holt eine neue Mappe daraus hervor.

Saskia steht in kunstvoll geschwungener Schrift auf der Mappe. Es ist eine Sammlung mit Porträts nur immer derselben weiblichen Person. Meist handelt es sich um Kopfporträts. Es gibt aber auch Ganzkörperzeichnungen. Selbst Aktdarstellungen sind darunter. Goethe bewundert die Genauigkeit der Linienführung und die Variationsbreite; er erkennt bei jedem Bild sofort, dass es sich um dieselbe Frau handelt und bemerkt doch die Vielfalt der Motive und Perspektiven. Schon nach wenigen Augenblicken kommt ihm Saskia unendlich begehrenswert vor, ja er kann sich schon nicht mehr vorstellen, sich nicht nach dieser Frau gesehnt zu haben.

Schließlich entsteht das Gefühl in ihm, dass es sich bei den Zeichnungen, zumal bei der ansehnlichen Menge einer einzigen Person, um einen privaten Kult handelt. Als er die ersten Porträts, die letzten, die Susanna vor zwei Tagen gemacht hat, anschaut, läuft ihm ein Schauer über den Rücken.

Die Frau, die er da sieht, könnte auch seine verstorbene Schwester Cornelia sein. Jedenfalls ähneln die Darstellungen den Bildern, die er selbst von Cornelia gezeichnet hat, bis in die Einzelheiten. Hat er zunächst die Schönheit Saskias auf den Zeichnungen bewundert, so kommt ihm von diesen letzten Entwürfen eine seltsame Anmutung entgegen, die ihn noch tiefer in die Angelegenheit hineinzuführen scheint.

Er lässt sich nichts anmerken. Gewiss ist ihm, dass die Frau auf dem Pferd, die in Ilfeld mit ihm in dem Bretterverschlag übernachtet hat, die schöne Unbekannte war, von der Susanna wie von einer Geliebten spricht. Bei der Durchsicht einer schier endlosen Reihe ihrer Porträts erkennt Goethe, dass Saskia nahezu auf jeder Darstellung eine Ähnlichkeit mit seiner Schwester aufweist. Selbst die Akte erinnern ihn an Cornelia, an deren Körper er sich so gut erinnern kann.

Doch er beteuert vor sich selbst, dass diese Ähnlichkeit alles sei, was man dazu sagen könne. Er darf nicht mehr in diesen Fund hineinlegen, als er hergibt. Zufälle geschehen und die Ähnlichkeit der Frau auf den Zeichnungen mit seiner Schwester ist nichts weiter als ein merkwürdiger Zufall. Das sagt er sich bei klarem Verstand und weiß doch zugleich, dass er nicht einfach über die Sache hinweggehen kann.

6.

Der Autodidakt wohnt mitten in der Stadt. Etwas abseits des Marktplatzes im alten Pfarrhaus. Ein unscheinbares Fachwerkgebäude, bestehend aus Erdgeschoss und erstem Stock. An der Haustür ein schwerer eiserner Klopfer mit Löwenhaupt.

Der Reisende steht davor. Ihn fröstelt. Weniger wegen der Kälte, gegen die ihn ein dicker Mantel schützt, sondern weil er nicht weiß, was ihn erwartet.

Warum kommt er überhaupt hierher? Was will er von diesem Unglücklichen, der ihm zwei Mal geschrieben hat und den er keiner Antwort für wert hielt? In diesem Moment weiß er es nicht.

Die Gründe, mit denen er seinen Beruf gerechtfertigt hat, haben plötzlich keine Überzeugungskraft mehr. Achtundzwanzig Jahre und ein paar Wochen das Kreuz und Quer der Wege, die man entlangläuft, zurückläuft, abbricht und wieder aufnimmt, und dann findet man sich zu dieser Stunde an diesem Ort und weiß nicht, wie man dahin gekommen ist und keine Erklärung reicht mehr aus, das zu verstehen. Die Straßen der kleinen Stadt sind verlassen und stockfinster. In den Fenstern brennen vereinzelt Kerzen. Niemand ist ihm begegnet auf seinem Fußweg von Susannas Haus bis zum alten Pfarrhaus. In dem Plessing auf Besuch wartet.

Der erste Brief des Autodidakten war schon fast

ein Buch oder zumindest ein dickes Heft, das durchzulesen dem Empfänger mit jedem Absatz mehr zur Qual wurde. Da schreibt ein Mann, dem man seine Bildung anmerkte. Eine Gebildetheit, die das Schreiben geradezu ausstellte. Ein Eigendünkel der Bildung drang daraus hervor, der nur ins Unglück führen konnte. Starrsinn und hartnäckiges Beharren auf das eigene Rechthaben las der Empfänger aus diesen schier endlosen Zeilen. Wissenschaftliches Wissen, theologische Spekulation und philosophischer Scharfsinn sammelten sich in diesem Menschen, ohne dass ihn all die Weisheiten, Fragen, Thesen und Formeln weitergeführt hätten. Etwas von Grund auf Lehrhaftes, Dogmatisches haftete seinen Artikulationen an. Als sei er dazu verpflichtet, die Redeweisen der Wissenschaft gegen die Welt zu verteidigen und scharf gegen jede Verfehlung vorzugehen. Immer wieder musste er den Weg weisen. Missstände beseitigen, moralische Verfehlungen geißeln und logische Ungenauigkeiten tadeln. Was ihm augenscheinlich fehlte, war das schöpferische Talent, mit dem er sein Wissen hätte produktiv werden lassen können. Stattdessen gärte es in ihm. Seine gestauten Gedanken und unterdrückten Gefühle verlangten nach einem Ventil, das er schließlich in hochfahrender Besserwisserei und bitterem Weltrückzug fand.

Ein Brief, der einen derart ausschweifenden Monolog darstellt, kann keine Antwort erwarten. Doch war es genau das, was Plessing verlangte. Antwort. Deshalb schrieb er Goethe ein zweites Mal, nun einen Antwortbrief fordernd. Damit setzte er sich in den Augen des Empfängers endgültig ins Unrecht.

Der Türklopfer fährt dreimal auf die Eisenplatte nieder. Es klingt gespenstisch durch die stille Winternacht. Als würde sich der Geist von Hamlets Vater wieder einmal melden. Die Assoziation zaubert ein teuflisches Lächeln auf Goethes Gesicht. Hofmaler Weber steht vor der Tür und bittet um Einlass. Zuerst hört man von drinnen nichts. Dann trippelnde Schritte. Die näher kommen. Wie von einem Tier. Die Pforte geht langsam und quietschend auf. Goethe tritt einen Schritt zurück, um besser sehen zu können, wer ihm da öffnet. Vor ihm steht ein kleiner alter Mann, der einen Kandelaber mit drei Kerzen trägt und der die schlohweißen Haare zu einem dünnen Zopf geflochten hat. Die Kerzen beleuchten sein faltiges Gesicht. Er ist offensichtlich ostasiatischer Herkunft, vielleicht Chinese.

»Gestatten, Hofrat Weber«, sagt Goethe, »ich bin angemeldet.«

Der Chinese verbeugt sich tief, macht kehrt und trippelt den Flur hinein, um rechts in einem ebenerdigen Zimmer zu verschwinden. Sofort entwickelt sich in diesem Zimmer ein kleiner Tumult. Menschen springen von Stühlen auf, die krachend zurückgeschoben werden. Zwei Personen, erkennt Goethe durch den dunklen Flur blickend, verlassen das Zimmer, eilen in das gegenüberliegende, stürzen wieder heraus, als hätten sie den Leibhaftigen darin angetroffen und poltern wie Gejagte die Treppe hinauf.

Der Chinese kehrt zurück, verbeugt sich erneut und bittet Goethe mit einer Geste herein. Er führt ihn in das Zimmer, in dem er gerade die Insassen aufgeschreckt hat. Dort sitzt im Schein einer einzigen Kerze jetzt nur noch ein Mann auf einem Stuhl am Tisch. Er hat den Rücken zur Tür gekehrt. Er sitzt sehr gerade und von der Tür abgewandt. Rücken, Hals und Hinterkopf bilden eine merkwürdig starre Einheit. Diese

Rückansicht hat etwas Strenges und Verquältes, das wie ein Vorwurf an den Eintretenden wirkt. Es geht von dieser Gestalt eine Aufforderung, ihr zu helfen, aus, die im selben Zug hochmütig zurückgewiesen wird.

Als der Mann bemerkt, dass der Chinese mit dem Besucher in der Tür steht, dreht er sich um und blickt die beiden ohne die geringste Regung in seinen Zügen an. Graublaue Augen mit der resignierten Ausstrahlung eines Delinquenten, denkt Goethe.

Plessing erhebt sich, geht auf Goethe zu und gibt ihm die Hand. Er ist nicht größer als der Besucher.

Goethe fällt die asymmetrische Form seines Gesichts auf, bei der eine Seite wie durch die Einwirkung permanenter Schläge auf immer dieselbe Stelle leicht verschoben erscheint. Ein Augenlid hängt über den rechten Augapfel, was seinem Ausdruck eine gewisse Verschlagenheit verleiht. Die Nasenspitze ist ebenfalls leicht, aber unübersehbar nach links verschoben.

Der unwillkürlich von Goethe angestellte Versuch, Plessings Physiognomie mithilfe von Lavaters Lehre einzuordnen und zu deuten, misslingt. Es scheint, als habe er ein aus den Fugen geratenes Gesicht vor sich, ein Gesicht, dessen Teile sich selbstständig und unabgestimmt in verschiedene Richtung bewegt hätten und wie die auseinanderbrechenden Platten einer Eisfläche auseinanderdriften. Dem Gast fährt es bei dem teigigen, eiskalten Händedruck durch alle Glieder.

»Seien Sie willkommen, Hofrat Weber«, sagt Plessing mit einem Ernst, als habe er eine Bestattung vor sich. »Was führt Sie zu mir?«

»Ich danke Ihnen, dass Sie mich empfangen. Ich bin auf der Reise nach Braunschweig, wo ich meine

Schwester und meinen Schwager besuchen will. Meine Schwester hat gerade ein Kind geboren. Auf meinen Zwischenstationen habe ich es mir zur Gewohnheit werden lassen, die besten Gelehrten aufzusuchen, um mich ihnen bekannt zu machen. Man hat mir Sie als den bedeutendsten Mann der Stadt empfohlen, mein Herr.«

»Das freut mich«, sagt Plessing, der einen Zug von Befriedigung über sein Gesicht huschen lässt.

»Sie seien Maler, hat man mir gesagt.«

»Ganz richtig. Hofmaler in Gotha.«

»An diesem bedeutenden Hof! À la bonne heure!«

Es ist ein Ausruf der Begeisterung, den Plessing ohne jeden Nachdruck, geradezu im Tonfall des Bedauerns von sich gibt.

»Gewiss ein bedeutender Hof, dem anzugehören man sich glücklich schätzen darf«, fügt er tonlos hinzu.

Goethe verbeugt sich mit einer Geste der Zustimmung.

Plessing bittet seinen Gast, sich mit ihm an den Tisch zu setzen. Sie befinden sich in einem geräumigen Amtszimmer, wie man es bei protestantischen Pfarrhäusern häufig im Erdgeschoss antrifft. Goethe vermutet, Plessing habe hier gerade noch mit seinen Eltern gesessen, die bei Ankunft des Gastes fluchtartig den Raum verlassen haben. Der Chinese, der immer noch in der Tür steht, wird angewiesen, weitere Kerzen anzuzünden und Tee zu bringen. Er verbeugt sich und geht hinaus.

Goethe und Plessing sitzen sich schweigend gegenüber. Der Autodidakt scheint keine Anstalten machen zu wollen, die Konversation aufrechtzuerhalten. Goethe hält es dennoch für das Beste, erst einmal abzuwarten und nicht von selbst ein Thema anzuschlagen. Der Chinese kehrt zurück und verteilt drei Kandelaber im Raum, deren jeweils drei Kerzen er entzündet. So erscheint der Raum, in dem sie sitzen, plötzlich zwar heller, aber in seiner Gesamtwirkung nicht freundlicher.

Plessing hebt auf einmal wortlos den Kopf und sieht sein Gegenüber stumm und ernst an. Er mustert ihn geradezu. Wie man ein fremdartiges Phänomen betrachtet, denkt Goethe, einen Eingeborenen aus der neuen Welt oder eine groteske Missgeburt. In Goethe steigt eine leichte Angst auf, bei so viel Aufmerksamkeit auf sein Äußeres vielleicht doch erkannt zu werden. Er senkt den Blick.

»Sagen Sie, Hofrat Weber, wenn Sie in Gotha wohnen, dann werden Sie doch gelegentlich nach Weimar kommen. Sie werden diesen Ort, der sich so berühmt macht, doch wohl schon des Öfteren besucht haben.«

Goethe atmet auf.

»Ganz richtig, gelegentlich komme ich nach Weimar, vor allem, um an der dortigen Zeichenschule Kurse abzuhalten.«

Plessing versinkt darauf in ein schweres Grübeln und blickt düster zu Boden.

»Was haben Sie?«, fragt Goethe.

Plessing sieht zu ihm auf und, als bemächtige sich eine unkontrollierbare Erregung seiner gesamten Person, durchfährt ein Beben seinen Körper. Aus diesem anhaltenden Beben heraus sagt er mit schlotterndem Mund und zitternder Stimme:

»Dann kennen Sie Goethe!«

Goethe sieht ihn ratlos an und antwortet nicht.

»Ja, ganz bestimmt kennen Sie ihn. Auch er befleißigt sich des Zeichnens, wie man hört. Hat er etwa schon einen Kurs bei Ihnen besucht?«

»Nein.«

»Aber Sie kennen ihn doch!«

»Nein. Ich kenne Hofrat Musäus ganz gut. Ein vortrefflicher Mann. Aber Goethe? – Nein.«

»Das kann nicht sein. Das ist unmöglich. Sie müssen Goethe kennen. Wer nach Weimar kommt und mit dem Hof Umgang pflegt, der wird auch Goethe kennenlernen.«

Goethe sagt nichts. Plessing macht ihm Angst.

»Ha, ich spüre, wie Sie mir etwas verschweigen«, fängt er wieder an.

»Keineswegs. Was sollte ich verschweigen?«

»Dass Sie Goethe kennen«, ruft Plessing aus und springt von seinem Stuhl auf, um sich sofort wieder auf ihn fallen zu lassen. Er macht mit der rechten Hand eine abwehrende Bewegung, wohl um zu zeigen, dass er es gerade nicht so gemeint habe. Dann verstummt er wieder und blickt wie vorher neben sich zu Boden. Goethe nimmt sich erneut vor, das Schweigen nicht als Erster zu durchbrechen. Endlich hebt Plessing den Kopf, als habe er nach langem Nachdenken die Lösung eines Problems gefunden. Er schaut seinen Gast scharf an.

»Hier, ich habe eine Silhouette von ihm, einen Schattenriss, warten Sie.«

Ein Schreck durchzuckt den Besucher. Plessing steht auf und schlurft zu einem verschlossenen Schrank. Der Schlüssel fehlt. Er sucht ihn in einer Kommode, die neben dem Schrank steht. Er findet den Schlüssel in der Kommode nicht. Blut schießt ihm in den Kopf, Hitze steigt in ihm auf. Er bekommt wieder dieses Beben, beginnt dann zu fluchen und Schränke, Schlösser und Schlüssel zu verwünschen. Dann ruft er den Chinesen.

»Wo ist Himmel Herrgott noch einmal der verdammte Schlüssel für diesen verfluchten Schrank«, schreit er ihn an.

Ping tippelt zu der Kommode und holt den Schlüssel mit einem Handgriff heraus. Er lächelt, indem er Plessing den Schlüssel übergibt. Dieser bedankt sich nicht, sondern fordert den Chinesen mit einer herrischen Kopfbewegung auf, den Raum zu verlassen.

Plessing öffnet den Schrank, holt einen Bogen festes schwarzes Papier heraus und hält es hoch. Es enthält als Schattenriss die Seitenansicht eines jungen Mannes mit einem modischen Zopf. Goethe atmet auf. Das könnte jeder sein, stellt er fest, die Abbildung sieht ihm nicht ähnlich.

»Erkennen Sie ihn?«

Plessings Ton ist jetzt fordernd.

»Nein. Diesen Mann habe ich nie gesehen.«

»Das ist unmöglich. Dieser Schattenriss zeigt Goethe. Sie müssen ihn wiedererkennen.«

»Woher haben Sie denn den Schattenriss?«

»Das ist einerlei und tut hier nichts zur Sache. Also, erkennen Sie ihn?«

»Vielleicht ist es gar nicht Goethe und man hat Ihnen etwas Falsches verkauft.«

»Ach was, das Bildnis kommt aus sicherer Quelle. Ich halte es mir jeden Tag vor und rede mit ihm.«

Die Mitteilung treibt Goethe den Schweiß auf die Stirn.

»Selbst wenn ich Goethe in dieser Ansicht erkennen würde, was wäre damit gewonnen?«

»Ich hab's gewusst. Sie kennen ihn und wollen mir nichts von ihm erzählen.«

»Wahrhaftig, ich habe keine Lust, von Goethe zu erzählen. Er erscheint mir unbedeutend.«

Plessing erstarrt, seine Augen treten aus den Höhlen hervor, sein Mund öffnet sich halb, ein vorstehender Eckzahn schiebt sich über die Unterlippe. Er verharrt in entsetztem Erstarren:

»Unbedeutend? Goethe? Wollen Sie mich zum Narren halten?«

»In Weimar gibt es bedeutendere Männer. Knebel zum Beispiel.«

»Knebel? Nie gehört. Sie wollen mich zum Narren halten.«

»Nein, überhaupt nicht. Oder denken Sie an Wieland.«

Plessing schüttelt den Kopf und vergräbt das Gesicht in den Händen. Dann blickt er wieder auf und sagt:

»Gewiss, Wieland, ein bedeutender Mann. Aber Goethe! Sie wollen doch nicht Goethe hinter Wieland zurücktreten lassen.«

»Warum nicht? Wer kennt schon Goethe? Wieland kennt tout le monde.«

»Kennen Sie ihn nun oder kennen Sie ihn nicht?«

»Wieland?«

»Goethe natürlich!«

»Ich sagte doch, ich kenne ihn nicht.«

»Aber eben haben Sie doch zugegeben, dass Sie ihn kennen.«

»Keineswegs. Ich sagte nur, dass ich keine Lust habe, über ihn zu reden. Mir ist sehr wohl bewusst, dass alle Welt über Goethe redet und ich weiß einfach nicht, weshalb ich das auch tun sollte. Man sollte über Wieland reden, aber über Wieland redet kein Mensch.«

»Und Sie wollen nun hier bewirken, dass wir über Wieland und nicht über Goethe reden?«

»Eigentlich bin ich gekommen, um Sie kennenzulernen und nicht um mich über einen Mann zu unterhalten, den ich nicht kenne und der mir herzlich gleichgültig ist. Ich wollte auch nicht über Wieland mit Ihnen reden.«

Der Chinese kommt mit dem Tee herein. Er stolpert über die Türschwelle, stürzt ein paar Schritte vorwärts in den Raum, jedoch ohne das Tablett mit der Teekanne und den Tassen fallen zu lassen oder auch nur ein wenig Tee zu verschütten. Schließlich stellt er Kanne und Tassen sicher auf den Tisch. Plessing fährt erschrocken zusammen.

»Ping! Dieser Tölpel! Jedes Mal dasselbe Ungeschick. Wenn du nicht so alt wärst, würde ich dich auf einen Esel setzen und in deinen Urwald zurückschicken.«

»Aber ich bitte Sie«, beschwichtigt Goethe, »das kann doch jedem passieren.«

»Das passiert ihm andauernd. Schauen Sie sich den Tölpel an. Mein Vater hat ihn von einer Missionarsreise nach China mitgebracht. Die Missionare, die mein Vater begleitete, wurden getötet, noch bevor sie den Chinesen auch nur erklären konnten, was sie von ihnen wollten. Ping habe meinen Vater angeblich gerettet, heißt es, aber wir wissen bis heute nicht wie und warum.«

»Er sagt nichts dazu?«

»Er kann nichts sagen. Seit dreißig Jahren ist er hier und versteht nichts als die paar Worte, die unmittelbar mit seiner Tätigkeit als Hausdiener zu tun haben. Aber zurück zu Goethe.«

»Und Ihr Vater hat auch nichts erzählt?«

»Nein. Wir wollten über etwas anderes sprechen.«

»Ich finde, die Geschichte von Ping viel interessanter«, entgegnet Goethe. Der Chinese steht dabei, als warte er darauf, dass seine Geschichte erzählt würde. Plessing scheucht ihn hinaus.

»Also«, sagt Plessing in einem herrischen Ton, um dann fortzufahren: »Gleichgültig ist Ihnen Goethe, ja?«

Goethe nickt. Plessing schüttelt den Kopf, als habe er den puren Unverstand vor sich sitzen.

»Ich habe ihm geschrieben. Zwei Mal. Er hat nicht geantwortet«, sagt Plessing darauf, »ich habe eher das Gefühl, ich sei Goethe gleichgültig.«

»Das ist wohl möglich und zugleich schändlich von ihm. Es zeigt aber auch, dass ich recht habe, wenn ich nicht über ihn reden will. Er wird überschätzt, vor allem moralisch wird er überschätzt. In meinen Augen ist er ein ganz gewöhnlicher Egoist.«

Plessing winkt ab und erklärt:

»Mit seinem *Werther* hat Goethe gezeigt, dass er alle Verzweigungen und Windungen des Gefühlslebens kennt. Und dass er mit der größten Genauigkeit darüber zu schreiben versteht. So einen Menschen hat es noch nie gegeben. Er ist der Vorbote einer neuen Zeit. Und doch scheint er mir …«

»Ach was«, fällt ihm Goethe ins Wort, »Werther lässt sich gehen wie eine betrunkene Jungfrau. Und Goethe verherrlicht den Selbstmord. Was es noch nie gegeben hat, ist ein haltloseres Buch.«

»Es ist der Weltüberdruss, der ihn dahinrafft, nicht irgendeine Laune. Und kann man ihn nicht bis in die letzte Fiber nachempfinden, diesen Weltüberdruss? Ist Ihnen die Welt noch nie überdrüssig geworden?«

Goethe zuckt mit den Schultern.

»Das habe ich mich noch nie gefragt. Wenn man wie ich jeden Tag in der Natur ist und zeichnet, dann kommt einem ein solcher Gedanke gar nicht in den Sinn. Dann freut man sich immer wieder, dass die Welt da ist.«

Plessing überlegt, hebt langsam einen Arm und winkt erneut ab.

»Wie possierlich naiv! Aber Sie haben andererseits nicht unrecht, Herr Hofrat. Ich habe Goethe gegenüber in meinem ersten Brief dazu ausführlich Stellung genommen. Ich habe ihm geschrieben, dass man Werthers Selbstmord einmal von Grund auf erörtern müsste, gerade auch in den moralischen Aspekten. Ich habe mich dazu bereit erklärt, diese Erörterung mit ihm vorzunehmen. Und habe darauf keine Antwort erhalten. Ich habe mein Angebot wiederholt und auf die Dringlichkeit dieser Unterhaltung hingewiesen. Abermals keine Antwort.«

Goethe schüttelt verständnislos den Kopf.

»Da fragt man sich doch«, sagt Goethe wie zu sich selbst, »ob den das gar nicht interessiert, wie sein Buch moralisch bewertet wird und wie man die darin aufgeworfenen Probleme grundsätzlich lösen könnte.«

»Sie sagen es. Ich hätte ihm dazu durchaus einiges mitzuteilen. Denn glauben Sie mir, mit der Melancholie kenne ich mich aus. Noch mehr damit, wie man es jeden Tag wieder schafft, sich nicht umzubringen.«

Goethe überlegt einen Augenblick, bevor er sich zu einer Antwort entschließt:

»Sie dürfen sich nicht alles so zu Herzen nehmen. Auch das Schlechte ist nicht immer das, was es scheint. Und wissen Sie, Herr Doktor, der Mensch hält seinen Seufzer gern für das Echo der Welt.«

Plessing beugt sich ruckartig vor, als müsse er die Worte des Gastes wie ein Hund ein Stück Wurst in der Luft aufschnappen:

»Und ist er das denn nicht? Ist die Melancholie nicht auf dem Zustand der Welt begründet?«

Goethe befürchtet eine weltanschauliche Debatte voller Gemeinplätze und überspannter Theorien. Er gibt sich nachdenklich und entgegnet dann schleppend:

»Wir glauben immer, wir begreifen etwas. Aber machen wir uns nichts vor: In den meisten Menschen ist der Verstand eine kümmerliche Leuchte, die nichts als ihre Kläglichkeit bescheint. Würde unser Verstand durch eine kleine Flamme angezeigt werden, die hinter einer Glasscheibe in unserer Stirn flackert, so fände man sie bei den meisten erloschen.«

»Sie sprechen zuweilen gestelzt«, tadelt der Autodidakt seinen Besucher. »Ist das der berühmte Ton bei Hofe?«

Plessing nimmt die Teetasse in die Hand, die er bisher nicht angerührt hat und stürzt den Inhalt in einem Zug hinunter.

Dann fordert er mit einem urplötzlich aus ihm herausbrechenden Brüllen, das man dem Melancholiker mit der belegten Stimme zuvor niemals zugetraut hätte, das Erscheinen Pings.

Der Chinese steht augenblicklich in der Tür.

»Der Tee hat zu lange gezogen«, schreit ihn Plessing an.

Der Chinese lächelt und verbeugt sich. Offenbar hat er nichts verstanden. Mit einer Kopfbewegung schickt ihn Plessing wieder hinaus.

»Also ich finde den Tee ganz passabel«, sagt Goethe.

»Ich traue diesen Brüdern nicht«, antwortet Plessing, »sie haben mit ihren Macheten den Missionarsbrüdern meines Vaters die Köpfe abgeschlagen und sie vor dem Dorf auf Pfählen zur Schau gestellt, und dann bringt mein Vater diese Kreatur auch noch mit nach Hause. Ich warte nur auf den Morgen, an dem wir hier tot in unseren Betten liegen und unsere Köpfe draußen auf dem Gartenzaun stecken.«

»Ich bitte Sie, an so etwas darf man noch nicht einmal denken.«

»Wie soll man denn nicht daran denken, wenn man so einen Fremden im Haus hat, der nicht mit einem spricht? Ist die menschliche Geschichte nicht voller Gräueltaten? Ist es nicht so, dass einer beim anderen auf die Gelegenheit lauert, ihn zu beseitigen. Der Chinese spielt hier seit Jahrzehnten den ergebenen Diener. Aber in Wahrheit lauert er darauf, uns alle umzubringen und sich für die Jahre seiner Knechtung mit einem Blutbad zu rächen. Ja, Weber, glauben Sie mir, die Menschheit ist verworfen und verloren. Uns bleibt nur das Ideal.«

»Das Ideal?«

»Man darf das Ideal nicht aus den Augen verlieren«, sagt Plessing.

»Was meinen Sie damit?«

»Das Ideal ist ein dunkles Gefühl, das ich mit Leidenschaft verfolge wie eine Geliebte.«

»Wie eine Geliebte? Verfolgen?«

»Eine Geliebte, die einen niemals betrügen wird. Wohingegen uns die Geliebten aus Fleisch und Blut sofort betrügen würden, wenn sich eine Gelegenheit dazu ergäbe.«

Goethe nippt an seinem Tee. Er schaut sich im Raum um. An einer Seite ein Bücherregal, das bis zur Decke reicht. Auf einem der Regalbretter liegt zwischen den Büchern ein menschlicher Schädel. An der Wand über dem Tisch ein Gekreuzigter. Über dem

Fenster ein Hirschgeweih. Auf der Kommode ein kleiner schwarzer Gegenstand, den Goethe nicht richtig erkennen kann.

»Was ist das?«, fragt er den Gastgeber.

Der schaut zum Schrank hin und sagt:

»Ein Schrumpfkopf. Mein Vater hat ihn aus China mitgebracht.«

Jetzt erkennt Goethe den kleinen menschlichen Kopf auf dem Schrank.

»Warum haben Sie diesen schrecklichen Kopf hier im Zimmer liegen?«

»Er erinnert mich immer an die Überlegenheit der Europäer«, sagt Plessing.

»Sind Sie sicher, dass Ihnen diese Gedanken guttun?«, will Goethe wissen.

»Mir tut gar nichts gut, weder diese noch andere Gedanken.«

Goethe spürt, dass das Gespräch schwierig werden könnte. Er kann sich nicht entscheiden, ob er nur als Beobachter oder auch als Helfer gekommen ist.

»Warum leben Sie denn hier, in dieser Abgeschiedenheit? Bei Ihrer Bildung benötigt man Sie in den großen Städten, an den Universitäten oder in den Verwaltungen.«

»Es hat sich so ergeben. Ich habe lange an verschiedenen Orten studiert, in Göttingen, Wittenberg und Halle.«

»Und danach?«

»Unglücklicherweise habe ich am Ende meines Studiums mich ganz auf die Philosophie verlegt. Da war's um mich geschehen. Ich entwickelte den Drang, ich müsse die Werke aller Philosophen in den Originalsprachen lesen. Das führte mich vollständig aus der Welt heraus. Ich verlor jeden Kontakt. Ich saß, als sei ich dazu verurteilt, über den alten Schriften, die in Sprachen abgefasst waren, die ich gerade erst lernte, und versuchte Satz für Satz zu entziffern. Die Texte waren für mich unverständliche Gesetzestafeln, denen man tagein, tagaus zu huldigen hatte. Mein Geist wurde jedoch immer trüber, mein Leib immer müder. Darüber bin ich in die Melancholie gesunken und sitze noch immer an ihrem tiefsten Grund fest.«

Er kennt seinen Zustand, denkt Goethe, er kennt ihn ganz genau. Er weiß, dass er ihn ändern müsste. Aber er kann es nicht.

»Und keiner Ihrer Professoren hat Sie gewarnt?«

»Nicht einer. Die Professoren, scheint mir gar, wollten mich so haben, wie ich jetzt bin. Nur mein Vater, der hat immer gewarnt. Der ist ohnehin gegen die neuere Philosophie und in gewisser Weise auch gegen die alte. Mein Vater ist überhaupt gegen vieles. Dennoch gilt er als Reformer.«

»Tatsächlich?«

»Ja, er hat es in der Stadt durchgesetzt, dass der Friedhof nicht mehr unbedingt in unmittelbarer Nähe der Kirche liegen muss.«

»Das ist mir noch gar nicht aufgefallen.«

»Es ist auch noch nicht umgesetzt. Mein Vater ist Theologe. Er kümmere sich um die Menschen, behauptet er. Tatsächlich beschäftigt er sich seit zwanzig Jahren vor allem mit der genauen geographischen Lage von Golgatha und hat ein Buch über den Ursprung des Götzendienstes geschrieben. Möchten Sie, dass ich ihn Ihnen vorstelle?«

»Später vielleicht. Wir wollen doch den Herrn Vater nicht bei seinen Studien stören.«

Goethe zieht es das Herz zusammen. Er möchte

den Vater auf gar keinen Fall kennenlernen. Ihm wird klar, dass der Autodidakt, um nicht vollends zugrunde zu gehen, sein Elternhaus verlassen müsste.

»Haben Sie denn schon einmal daran gedacht, zu heiraten?«

»Gott bewahre! Was würde dann aus meinem Auftrag? Eine Ehefrau, das sehe ich doch bei meinen Eltern, ist das nächste komplette Zerstörungswerk, das die Schöpfung bereithält.«

»Nach den Professoren, nehme ich an.«

»Genau. Aber die Frauen sind noch gnadenloser, noch bösartiger als die Professoren.«

»Was haben Ihnen die Frauen denn angetan?«

»Nichts, Gott sei Dank. Und ich werde es auch nicht zulassen, dass es dazu kommt.«

»Haben Sie etwa Angst vor ihnen? Vielleicht sind Sie nur entwöhnt.«

»Ha, Sie an Ihrem Hof sind natürlich ununterbrochen von eitlen Damen umgeben, denen Sie zu schmeicheln gewohnt sind. Das ist alles nur Theater. Aber die Ehe, Weber, die Ehe, das ist der Ernstfall. Den übersteht keiner unbeschadet. Der Mensch wird von der Ehe zermalmt.«

»Man muss ja nicht gleich von der Ehe sprechen«, sagt Goethe und begreift, dass er einen schlimmen Pedanten vor sich hat. Die Philosophen meint er auf eine asketische und lebensverneinende Art und Weise studieren zu müssen und beim Umgang mit Frauen denkt er sofort an die Ehe, und zwar durchaus in ihren fürchterlichsten Ausprägungen.

»Aber Sie haben doch eben davon angefangen!«

»Ich habe es aber anders gemeint.«

»Ach ja?«

»Man muss es so sehen: Es gibt nur ein böses

Weib, aber jeder meint, *er* hätt's«, zitiert Goethe ein Sprichwort.

Er spürt, dass das Gespräch ein bisschen Aufheiterung vertragen könnte und denkt an seine lustige Mutter, die in jeder Lebenslage solche Sprichwörter parat hat und spontan dazu in der Lage ist, ein regelrechtes Feuerwerk aus Sprichwörtern abzubrennen. Dann kommt Heiterkeit auf und alle beginnen zu scherzen und selbst mit Sprichwörtern zu kontern. Der düstere Mann ihm gegenüber scheint sich das Leben zu einer regelrechten Hölle aus Einsamkeit, merkwürdigen Ansichten und selbsterlassenen Vorschriften gemacht zu haben. Auch das einfältige Sprichwort versetzt ihn in ein dumpfes Brüten.

»Das kenne ich«, entgegnet Plessing mit aufblitzender Schärfe, mit der er zeigt, dass er es nicht gelten lassen kann, wenn der andere einen Punkt macht.

»Der Volksmund sagt auch«, fährt Plessing fort und hebt den Zeigefinger: »Weiber sind anfangs leicht, werden aber immer schwerer.«

Goethe ärgert sich, dass der Pedant hier unbedingt das letzte Wort haben muss. Aber an Schlagfertigkeit mangelt es ihm nicht.

»Gut, wenn wir schon dabei sind, dann darf ich aus meiner Frankfurter Heimat die Losung des Tages ausgeben: ›Man soll von Weibern wie von Fischen stets das Mittelstück erwischen!‹«

Plessings Augenbrauen ziehen sich zusammen. Er starrt den Gast wieder an, als könne er nicht fassen, was der gerade gesagt hat. Goethe fürchtet, er sei zu weit gegangen und verflucht den allzu burlesken Frankfurter Humor, der in jeder Lage aufblitzen kann. Er bemerkt zunächst nicht, dass er einen viel schwereren Fehler gemacht hat.

»Sagten Sie eben: Frankfurter Heimat?«

Goethe verflucht seine Unaufmerksamkeit. Wenn er schon eine Rolle spielt, dann sollte er sie auch durchhalten. Zum Glück kommt Ping eben herein und bleibt in der Tür stehen.

»Noch mehr Tee«, schreit Plessing in seine Richtung.

»Also um diese Zeit darf es für mich gerne ein Gläschen Wein sein«, wirft Goethe ein und hofft, er könne das Thema auf den Wein lenken.

»Wein?«

Plessing glotzt mit erschrocken geweiteten Augen zu Goethe hin: »Wissen Sie, wie schädlich das Weintrinken ist?«

Goethe atmet auf. Er erwartet jetzt eine Suada gegen das Weintrinken und versucht noch zu provozieren, indem er ein weiteres Sprichwort seiner Mutter scharfmacht:

»Ach wissen Sie, es gibt mehr alte Weintrinker als alte Ärzte.«

Plessing rümpft die Nase. Goethe fragt sich, weshalb Plessing überhaupt auf seine Gesundheit achtet, wenn er derart unter dem Leben leidet. Der Autodidakt aber besinnt sich und nimmt das Thema nicht mehr auf.

»Wein haben wir nicht«, sagt er barsch.

»Wie schade. Mit Wein könnten Sie sich ein bisschen entspannen. Der ewige Tee verstopft die Gefäße.«

»Ach was, meine Gefäße sind in Ordnung. Lenken Sie nicht ab, Hofrat. Sie sagten Frankfurter Heimat. Das habe ich genau gehört. Wie alt sind Sie?«

»Achtundzwanzig.«

»Ich auch. Und Sie wissen sicherlich, dass auch Goethe achtundzwanzig Jahre alt ist.«

»Nein, das war mir nicht bewusst.«

»Wenn Sie aus Frankfurt kommen und achtundzwanzig Jahre alt sind, dann ist es unmöglich, dass Sie Goethe nicht schon in Ihrer Jugend kennengelernt haben.«

»Jetzt fangen Sie nicht schon wieder mit Goethe an!«

»Heraus mit der Sprache! Warum sind Sie hier? Haben Sie Nachrichten von Goethe für mich? Versuchen Sie nicht, diese Nachricht zurückzuhalten! Sonst kommen Sie hier nicht lebend heraus. Ich stehe in direktem Kontakt mit dem Weimarer Hof und kann mir jedwede Information verschaffen. Wollen Sie etwa meine Korrespondenz mit Goethe hintertreiben? Wollen Sie sich dem Austausch der besten Köpfe des Landes in den Weg stellen mit Ihren erbärmlichen Zeichnungen und Ihrem höfischen Geschmiere?«

Der Autodidakt rast. Sein Beben setzt wieder ein, diesmal noch heftiger als zuvor. Goethe begreift, dass sich der Mann in eine gefährliche Stimmung hineinmanövriert. Tatsächlich läuft Plessing jetzt puterrot an. Seine Haare stehen kerzengerade vom Kopf ab. Seine Adern am Hals schwellen an. Sein Eckzahn schiebt sich wieder über die Unterlippe. Er schlägt mit der Faust auf den Tisch, dass die Teetassen in die Höhe springen.

»Ha«, brüllt er, »Sie wollen mich prüfen, Sie wollen prüfen, ob ich es wert bin, mit Goethe zu korrespondieren, Sie sind ein Spion aus Weimar, Herr Hofmaler. Ein Maler geben Sie vor zu sein. Dass ich nicht lache. Malen Sie doch etwas, hier und gleich.«

Er schlägt noch einmal auf die Tischplatte. Goethe findet kein Mittel, um dem Choleriker entgegenzutreten, der sich immer tiefer in seinen Wahn hineinsteigert. Er brüllt die immer gleichen Vorwürfe vor sich hin, springt auf und läuft im Raum hin und her wie ein Ankläger, der einen lange verfolgten Beschuldigten vor sich hat und ihn endlich zur Rechenschaft ziehen kann. Der Besucher fürchtet, gleich könnte der Autodidakt handgreiflich werden. Plessing wirft einen Stuhl um, nimmt den Stuhl an einem Bein in die Hand und schwingt ihn über seinem Kopf.

»Rasender«, schreit Goethe und weicht zurück. »Was haben Sie vor?«

Plessing lässt den Stuhl laut polternd neben sich fallen.

Die Tür fliegt auf, Ping und die Eltern kommen herein, stürzen auf Plessing zu und versuchen ihn zu bändigen. Der schlägt um sich, wehrt sich, stößt die Mutter zur Seite, die über den umgeworfenen Stuhl fällt, sie schreit auf, Plessing stößt Verwünschungen in alle Richtungen aus, ringt mit dem Vater, scheint dabei Bärenkräfte zu entwickeln, denen der alte Vater nicht standzuhalten vermag und wird schließlich durch einen einzigen gezielten Griff des Chinesen außer Gefecht gesetzt.

Der Chinese platziert ihn auf einen Stuhl und hält ihm ein Duftfläschchen unter die Nase. Plessing verfällt darauf in ein starres Glotzen.

Die Eltern versuchen sich zu fassen, ordnen ihre Kleider und stellen sich vor dem Besucher auf.

»Verzeihen Sie bitte, Herr Hofrat, er ist schwermütig«, sagt der Vater und verbeugt sich vor dem Gast.

»Man hat mir Ihren Sohn als den herausragenden Gelehrten der Stadt beschrieben«, entgegnet Goethe.

»Das ist er auch, gewiss, das ist er«, bekräftigt der Vater.

»Aber es ist nicht immer einfach mit ihm«, fährt er

fort. »Hätten wir unseren guten Ping nicht, wir könnten mit Friedrich nicht fertigwerden.«

Goethe begreift, dass der Chinese eine Art Pfleger im Hause Plessing ist. Die Eltern werden offenbar schon lange nicht mehr mit ihm fertig.

Er muss an Clauer denken. Im Hause seines Vaters. Johannes Baltasar Clauer, der arme Hannes. So nannte ihn die Mutter. Clauers Eltern starben früh. Goethes Vater wurde zu seinem Vormund bestimmt und nahm den Geisteskranken samt Diener in sein Haus auf. Die beiden wohnten unterm Dach. Ihre Schritte hörte man jeden Tag. Vor allem die des Kranken, der unentwegt auf und ab ging. Manchmal gab es Ausbrüche, Brüllen und Toben. Der alte Diener hatte ihn zu beruhigen, schaffte es aber nicht immer. Dann stürzten oben Möbel um, Porzellan ging zu Bruch. Stimmen, Rufe, hin und her, dann wieder Stille, wie nach einem Kampf.

Die Kinder fürchteten sich vor dem Kranken. Vor allem Cornelia. Sie hatte solche Angst, ihm im Treppenhaus zu begegnen, dass sie jahrelang nur in Begleitung des Bruders oder eines anderen Familienmitglieds die Wohnung verließ.

Die Mutter nahm auch das leicht. Ach, der arme Hannes, pflegte sie zu sagen, der tut doch nichts.

»Gott liebt die Armen im Geiste«, fügte sie hinzu, bekreuzigte sich und lächelte verschmitzt.

Clauer hatte studiert und promoviert, hatte sein Leben aber ähnlich wie Plessing ausschließlich den Studien gewidmet und war darüber der Melancholie verfallen. Später, wie es in den Akten hieß, sei er »aus Anstrengung und Dünkel blödsinnig« geworden. Das Studieren habe ihn krank gemacht.

Für Cornelia wurde Clauer zum Vorboten großen

Unglücks. Das hat sie dem Bruder gesagt. Mit Clauer habe sich ein Schatten auf ihre Seele gelegt. Sie habe keine guten Ahnungen für ihr Leben, wenn sie an Clauer denke. Sie denke jeden Tag an ihn. Man durfte in ihrer Gegenwart seinen Namen nicht mehr erwähnen. Aber wenn Wolfgang und sie ganz allein waren, sprachen sie über den Unglücklichen.

Frau Plessing weint. Sie schämt sich für ihren Sohn. Niemanden könne man mehr zu ihm vorlassen. Man müsse jedes Mal mit einem Tobsuchtsanfall rechnen. Immer sei es derselbe Anlass, der ihn aus der Fassung bringe, ganz gleich wen ihr Sohn vor sich habe. Jeden Besucher führe er auf dieses Thema.

»Er gehört ins Tollhaus«, sagt der Vater. Die Mutter schluchzt noch heftiger.

»Hat er etwa von Goethe gesprochen?«, fragt der Vater den vermeintlichen Hofmaler.

»Immer wieder. Von Anfang an. Er wollte von nichts anderem sprechen. Das war der Auslöser für seine Raserei.«

»Daran habe ich keinen Zweifel«, gibt der Vater zurück. »Wenn es diesen Goethe doch gar nicht gäbe. Dann hätte mein Sohn vielleicht eine Chance, wieder gesund zu werden. Aber die Gedanken an Goethe und der Schmerz über dessen ausbleibende Antwort richten ihn zugrunde.«

»Ja«, sagt Goethe, »vielleicht wäre das besser. Aber wir können nun einmal nichts daran ändern, dass es Goethe gibt. Und wäre er tot, so könne man doch nicht ignorieren, dass es ihn gegeben hat.«

Der Vater nickt mit einem resignierten Blick. Die Mutter schluchzt. Ping lächelt.

»Ich darf mich dann verabschieden. Vielen Dank

für Ihre Gastfreundschaft«, sagt Goethe und macht Anstalten zu gehen.

Jetzt regt sich der Autodidakt auf seinem Stuhl. Er richtet seinen Oberkörper wieder in die anfangs eingenommene steife Haltung und sagt mit übertrieben ruhiger, leise säuselnder Stimme zu Goethe:

»Machen Sie mir doch die Freude und kommen Sie morgen früh zu einem Frühstück wieder. Wir haben uns ja noch gar nicht über meine Wissenschaft und mein Werk unterhalten. Das wollten Sie doch ursprünglich mit mir tun. Ich würde Ihnen dann auch die beiden Briefe an Goethe vorlesen. Ich habe Abschriften davon.«

Der Vater und die Mutter sehen Goethe erwartungsvoll an.

»Ja, kommen Sie uns doch morgen noch einmal besuchen. Er ist nicht immer so. Gerade vormittags ist er oft ganz gut gelaunt.«

»Danke. Ich will sehen, wie sich meine Lage gestaltet. Bei gutem Wetter muss ich reisen. Wenn es schneien und stürmen sollte, bleibe ich noch einen Tag in der Stadt. Ich werde Ihnen früh eine Nachricht zukommen lassen.«

Der Chinese führt ihn hinaus.

Die Nacht ist bitterkalt und sternenklar. Er geht durch die stillen Straßen. Über verschneite Plätze. Bleibt vor der großen Kirche stehen und schaut hinauf zum Schloss. Es ist dunkel, scheinbar unbewohnt. Im Mondlicht hängt es wie eine düstere Drohung über der Stadt. Auf einem Steg, der über das Flüsschen führt, bleibt er noch einmal stehen und sieht ins Wasser. Es fließt so schnell, dass es nicht einfrieren kann. Er betrachtet die Uferböschung. Er sieht den dunklen Strudeln im Wasser zu. Wie sie sich bilden, einen kurzen Tanz um die eigene Achse tanzen und sich dann wieder auflösen. An die Baumannshöhle muss er denken und an das Skelett des Höhlenbären, das dort in ewiger Dunkelheit steht. Er denkt an die wunderlichen Turm- und Stadtbefestigungen von Nordhausen, die er gezeichnet hat. An Stimmungsbilder der winterlichen Natur, die er geduldig festgehalten hat. An den Satz, den er vor ein paar Tagen notiert hat, als es dunkel wurde und der ihm, so einfach er klingen mochte, doch immer noch seltsam vorkommt: *Die Nacht kam leise und traurig.*

Mit jedem Atemzug in der kalten Luft scheint die Last seines Daseins abzunehmen, die bis gerade eben auf ihm gelegen hat. Die Furcht davor, dass die Welt nicht so sein könnte, wie man sie gern hätte oder wie man sie sich vorstellt. Die Last der vor Sehen und Hören geschalteten Erwartungen. Jetzt ist er nur noch Auge und Ohr. Alles was ihm begegnet, soll gerade so sein, wie es ist. Und so, wie es ist, will er es aufnehmen. Nicht, wie es sein soll oder wie er es zu sein wünscht.

Er wandert gemächlich durch die verschneiten Straßen, kommt am Rathaus mit seinen zwei spitzen Türmchen vorbei und entdeckt ein paar Schritte weiter die Schänke. Er beschließt, dort den Wein zu trinken, den er bei Plessing nicht bekommen hat.

Die Schänke ist voll. Als er eintritt, verstummen die Gespräche. Man dreht sich nach ihm um. Er ist deutlich eleganter gekleidet als die übrigen Gäste. Er fällt auf. Zu selten machen Reisende hier halt, als dass man nicht hinschauen müsste. Nachdem man ihn registriert hat, geht das dumpfe Murmeln der Gespräche wieder los.

An einem der hinteren Tische ist etwas frei. Da

setzt er sich hin. Eine ältere Frau bedient ihn. Sie betrachtet ihn sich genau. Goethe beachtet sie nicht. Er bestellt keinen Wein, die Stimmung, findet er, ist hier eher nach Bier. Geducktes Volk, das stumm beisammensitzt. Ab und zu ein Ausruf, eine Bestellung, dann wieder dumpfes Murmeln oder trübsinniges Brüten.

Die zwei Männer, die mit ihm am Tisch sitzen, starren ihn zuerst eine Weile an und beachten ihn dann nicht weiter. Mit dem zweiten Bier schiebt ihm die Bedienerin einen Zettel zu. Er liest: Erster Stock, Zimmer vier, das komplette Angebot. Er achtet nicht darauf. Verspürt keine Lust auf das Angebot.

Er holt einen Bogen Papier aus der Tasche, das Tintenfass und die Feder. Er sieht sich die Utensilien genau an. Wie sie beisammenliegen. Wie sie eine Konstellation miteinander bilden. Der weiße Bogen Briefpapier. Der Gänsekiel. Das Tintenfass. Dann beginnt er seinen zweiten Brief an Frau von Stein:

Mein Abenteuer hab ich bestanden, schön, ganz, wie ich mir's vorauserzählt, wie Sie's sehr vergnügen wird zu hören, denn Sie allein dürfen's hören, auch der Herzog und so muss es Geheimniss seyn. Es ist niedrig aber schön, es ist nichts und viel, – die Götter wissen allein, was sie wollen und was sie mit uns wollen, ihr Wille geschehe.

Er sitzt lange stumm am Tisch und sinniert über seine Erlebnisse der vergangenen Tage. Er faltet den Brief zusammen, verlangt nach Siegelwachs. Versiegelt den Brief und steckt ihn ein. Plötzlich steht er auf und möchte sofort bezahlen.

Die Serviererin kommt an seinen Tisch.

»Suchen Sie ein Zimmer?«

»Nein, ich bin versorgt.«

»Bei der Lehrerin untergekommen, oder?«

Es wundert ihn nicht, dass sich seine Einquartierung herumgesprochen hat. Aber Goethe möchte nicht darauf eingehen. Der kleine Friedrich wird ganze Arbeit geleistet haben.

»Passen Sie auf«, sagt Martha, »die Frau ist mit Vorsicht zu genießen. Das heißt, für Sie ist sie überhaupt nicht zu genießen. Sie liebt keine Männer.«

Goethe schweigt weiter.

»Das erzählt man sich hier. Das ist eigentlich bekannt. Aber Fremde können es nicht wissen. Also, wenn Sie etwas suchen, was Sie bei Susanna nicht bekommen können, bei mir würden Sie fündig.«

»Ich suche nichts.«

Goethe hofft, mit seiner barschen Art die Frau von seinem Tisch zu vertreiben, doch dann entfährt ihm eine Frage: »Wer ist Susanna?«

Martha zuckt mit den Schultern.

»Wir wissen bis heute nicht, woher sie gekommen ist. Eines Abends stand sie in ihren Holzschuhen vor der Tür des Bürgermeisters. Manche haben behauptet, sie sei aus ihrer Ehe geflohen. Wer weiß wo, irgendwo im Norden, ihrer Aussprache nach zu urteilen. Aber genau weiß das niemand hier. Zuerst wollte man sie wieder wegschicken. Aber die Frau des Bürgermeisters fand heraus, dass Susanna lesen kann. Wer kann das schon? Da hat man sie im Rat als Lehrerin eingesetzt. Das ist nun auch wieder zehn Jahre her. Eigentlich unterrichtet sie nur Lesen. Man fragt nicht danach. Sie ist froh, ein Auskommen und ein Unterkommen zu haben.«

Goethe wirft drei Münzen auf den Tisch. Martha greift danach und verlässt seinen Tisch.

Er will jetzt allein sein. Geht die Hauptstraße hinunter, Richtung Stadtausgang, dem frei stehenden Haus der Susanna entgegen. Er bemerkt nicht, dass ihm jemand folgt. In der Schänke hat er den Fremden, der ganz unauffällig gekleidet ist, nicht bemerkt. Ein Mann in mittleren Jahren. Er saß in einer Ecke, schräg neben dem Tresen und las in einer Zeitung, ohne auch nur einmal umzublättern. Kurz nachdem sich Goethe erhoben hatte, stand er selbst auf, verständigte sich mit einem kurzen Blick mit Martha und ging in den Schnee hinaus, dem Reisenden hinterher.

Der trockene Schnee knirscht unter Goethes Schritten. Stadtauswärts nimmt die Finsternis zu. Schwärze breitet sich um ihn herum aus. Als er die letzten Häuser der Stadt hinter sich gelassen hat, sieht Goethe aus der Ferne einen schwachen Feuerschein, gerade dort, wo er Susannas Anwesen vermutet.

Eine einzige Fackel erleuchtet den Garten hinter dem Haus. Als er näher kommt, erkennt er, dass sie am Rande des Weihers aufgesteckt ist. Schwach, wie das ferne Kratzen einer Feder auf Papier, dringen die gleitenden Geräusche von Kufen auf dem Eis zu ihm. Er pirscht sich heran. Bleibt versteckt hinter einem Baum stehen und betrachtet die merkwürdige Szenerie, die sich ihm darbietet.

In einem langen grauen Mantel, mit wehendem hellem Haar, die brennende Pfeife im Mund und mit einem um den Hals geschlungenen feuerroten Schal zieht die große Susanna auf dem nächtlichen Eis ihre Bahnen.

Mit weit ausgreifenden Schritten scheint die stattliche Frau übers Eis zu schweben. Einen Arm hat sie auf den Rücken gelegt, den anderen schwingt sie langsam auf und ab. Der Fackelschein und der Vollmond, unterstützt von tausend Sternen, tauchen ihre Gestalt in ein überirdisches blasses hellrotes Licht, das die dunstige Kälte durchdringt. Der heimliche Beobachter glaubt zu träumen. Susanna fährt dahin, als würde sie schon seit ewigen Zeiten so über den zugefrorenen Weiher gleiten, eine alterslose Göttin aus der germanischen Sagenwelt, die eine tief empfundene Sehnsucht seit Jahrhunderten in einem endlosen Winter übers Eis treibt. Eine Sehnsucht, die weiß aufsteigenden Rauch erzeugt und eine glühend rote Fahne hinter sich herwehen lässt.

Goethe beobachtet die Szene lange, so lange bis Susanna den Weiher verlässt, die Fackel nimmt, sie im Schnee löscht und im Haus verschwindet. Minutenlang bleibt er in diesen Anblick versunken.

Ihm entgeht, dass er die ganze Zeit über selbst von einem Dritten aus sicherer Entfernung beobachtet wird. Ein Mann in mittleren Jahren hat sich an seine Fersen geheftet. Einer, der herausfinden will, was diesen Reisenden in den winterlichen Harz geführt hat. Er ist Engländer und im Auftrag des Hauses Hannover unterwegs. Er soll ermitteln, welche geistigen Umtriebe im Land herrschen. Was die Gebildeten untereinander aushecken. Was im sogenannten Klopstockkreis getrieben wird. Wer seine Anführer sind. Was sie im Schilde führen. Welche Ideologie sie verfolgen.

In Hannover sind die Herrschenden darauf aufmerksam geworden, dass etwas vor sich geht. Man hat die Fühler ausgestreckt. Wehret den Anfängen, heißt es. Ein Netz von Spitzeln und Spionen überzieht das Land. Schon länger hat der Engländer Susanna im Visier. Dass jetzt dieser Fremde bei ihr aufgetaucht ist, kann kein Zufall sein.

ZWEITER TEIL

1.

Waagrecht am Horizont blickt eine fahle Sonne aus tiefblauem Himmel auf gerodetes Land. Schneekristalle glitzern wie Myriaden von Sternen in einem Firmament aus Eis. Tundra und Moore liegen darunter. Das Weiß löst sich in Schattierungen von Helligkeit auf, bei deren Anblick die Augen schmerzen.

Der Himmel ist an diesem Tag so makellos, als sei die Welt eben nagelneu ausgeliefert worden. Er ist von einem Blau, das, vom Schnee reflektiert, immer blauer wird, sich an den Rändern des Horizonts über helles Türkis in ein sphärisches Weiß mit violetten Schattierungen auflöst und das eine Sehnsucht erzeugt, die keinen Gegenstand hat und die niemals gestillt werden kann. Wohin wird sie uns führen? Dürfen wir ihr nachgeben? Müssen wir ihr nachgehen?

Die beiden Männer, die über diese Fläche ziehen, der eine hoch und elegant zu Ross, mit dunklem Mantel und schwarzem breitem Hut, der andere klein, unrasiert, zerlumpt und abgerissen, auf einem Esel sitzend, der einen Karren hinter sich herzieht, erkennen in der Ferne einen dunklen Punkt. Der Punkt kommt näher. Es ist ein Mönch, ein Benediktiner, der den Harz durchwandert.

Sie bleiben stehen und lassen ihn herankommen. Unter einer Mönchskutte könnte sich allerlei verbergen, das wissen die beiden. Der Mönch sei schon immer die beste Tarnung für Halunken gewesen, sagt der Kleine auf dem Esel. Er transportiert auf seinem Karren einen Schleifstein.

Der Mann hat sich Goethe als Scherenschleifer aus der Ortschaft Elend vorgestellt, der unterwegs in Richtung Goslar sei und, so lautete sein Versprechen, dem Ortsfremden den kürzesten Weg dorthin weisen könne. Er selbst wolle zum Richtplatz Dreizehn Linden, wo er sich um einen vor zwei Tagen Gehenkten kümmern müsse. Er habe es eilig, er müsse dort hin, solange noch etwas von der Leiche übrig sei.

Der Scherenschleifer gibt sich unterwürfig gegenüber dem noblen Reisenden, macht sich anheischig, ihn ein Stück des Wegs zu begleiten und leistet Abbitte für sein seltsames Gewerbe. Der Herr möge verzeihen, aber das mit den Toten gehöre zu seinem Geschäft. Das Zahnmetall der Verstorbenen und Hingerichteten müsse er bergen. Wer sollte es denn sonst machen? Manche hätten eiserne Kappen über den verfaulten Stümpfen, die nicht oder nur zum Teil verrostet seien und mit denen man noch etwas anfangen könne. Andere, Wohlhabende, hätten gar Goldkappen, rostfrei, die auf gar keinen Fall mit bestattet werden dürften. Die seien viel zu wertvoll. Außerdem müsse er die Eckzähne des Toten ziehen.

Goethe fragt nicht weiter. Das Geschäft des Scherenschleifers kam ihm schon immer recht seltsam vor. In Frankfurt waren die Scherenschleifer in seiner Kindheit auch Frisöre, Zahnärzte und Kanalreiniger. Manche haben sogar öffentlich operiert, gewöhnlich mit mäßigem Erfolg. Aber wer erwartete schon Erfolg von einer Operation? Es waren Vorführungen auf öffentlichen Plätzen, die den Leuten das Grauen vor dem Hinsiechen und dem Verfall einflößten und von der Kirche aus eben diesem Grunde geduldet wurden.

Der Scherenschleifer war nach seinem frühen Aufbruch aus Wernigerode der erste Mensch, der ihm auf dem Weg nach Goslar begegnet ist.

Die Strecke durch den Nordostharz sei vor allem zwischen Altenau und Goslar sehr einsam, sagte der Scherenschleifer. Man müsse aufpassen, dass man sich nicht in den Hochmooren verirre. In diesen düsteren Gegenden habe man schon häufig menschliche Skelette entdeckt, ausnahmslos Wanderer, die nicht mehr aus den Sümpfen herausgefunden hätten. Er, der Scherenschleifer, wolle gar nicht darüber nachdenken, wie viele von Frühjahr bis Herbst im Moor versunken seien. Man dürfe sich diese Todesart nicht einmal vorstellen, so grauenhaft sei sie. Man versinke ganz langsam, müsse er wissen, langsamer als langsam, man könne nichts mehr dagegen tun, komme einfach nicht mehr aus dem Morast heraus, das Rufen um Hilfe verhalle ungehört. Es sei wie eine unendlich lang dauernde Hinrichtung.

Man sollte meinen, diese Gefahr bestehe gerade jetzt nicht. Scheinbar sei alles mit einer dicken Eisschicht abgedichtet. Dennoch lauere die Gefahr weiterhin, da das Moor stets wärmer als die übrige Umgebung und niemals fest zugefroren sei. Daher sei eine ortskundige Führung gerade in dieser Gegend notwendig, betonte der Scherenschleifer.

Goethe ist an diesem Tag nicht nach reden zumute. Er fühlt sich schlecht. Er musste aus Wernigerode so früh und so schnell, fast fluchtartig weg, um nicht noch einmal von Plessing oder seiner Familie konfrontiert zu werden. Vielleicht wären sie ihm über Nacht auf die Schliche gekommen. So etwas kann passieren. Der

Vater liegt im Bett, wacht auf und plötzlich dämmert ihm, wer der Gast an diesem Abend tatsächlich nur gewesen sein konnte. Er sagt es dem Sohn und der vergisst sich und alles um sich herum.

Goethe wollte noch am Abend in Goslar sein, um am nächsten Tag in die Bergwerke einfahren zu können. In Wernigerode war keine Zeit mehr, sich um einen Boten zu kümmern. Nun war er auf Auskünfte angewiesen, die er unterwegs einholen musste. So geriet er an den Scherenschleifer als an den erstbesten ortskundigen Reisenden, der des Wegs kam.

In der Nacht war er wach gelegen. Stundenlang wälzte er sich im Federbett, das ihm Susanna bereitet hatte, hin und her. Er hinterließ Susanna ein Zettelchen des Dankes, unterschrieben mit Weber, Hofmaler, Gotha. Zum ersten Mal seit er sein Inkognito angenommen hatte, war es ihm unangenehm, es zu benutzen. Er fühlte sich unehrlich und niedrig gegenüber der Lehrerin, die so gut zeichnen und so sicher übers Eis gleiten konnte. Aber er war einfach nicht dazu in der Lage, seine Identität gerade gegenüber einer Anhängerin des Klopstockkreises preiszugeben. Jetzt stellt er sich vor, wie Susanna sein Zettelchen in Händen hält und sich fragt, wer dieser rätselhafte Herr wohl wirklich gewesen sein mag.

Der Mönch kommt auf die beiden zu. Es ist ein groß gewachsener schlanker Mann, dessen Tonsur in eine natürliche Kahlköpfigkeit übergeht und der in einer schwarzen Kutte mit spitzer Kapuze steckt. Er trägt einen ledernen Rucksack und stützt sich auf einen Knotenstock. Der Bruder geht mit bloßen Füßen in seinen Sandalen. Goethe erkennt Frostbeulen an seinen Zehen. Dennoch schreitet er in seiner schwarzen Kutte kräftig aus. Die von den Frostbeulen verursachten Schmerzen scheinen ihm nichts auszumachen. Schließlich bleibt er vor den beiden stehen und rammt seinen Stock in den Schnee.

»Gott zum Gruß«, ruft er so freudig aus, als könne er sich nichts Schöneres vorstellen, als gerade diese beiden Menschen hier zu treffen.

Goethe und der Scherenschleifer nicken fast unmerklich und schauen den Bruder argwöhnisch an. Der bleibt ganz unbedarft und strahlt unumstößliches Gottvertrauen aus.

»Wohin des Wegs?«, möchte der Mönch wissen.

»Nach Goslar«, antwortet Goethe knapp und blickt weiter skeptisch auf den Wanderer hinunter. Was treibt einen Benediktinermönch in dieser Jahreszeit über den Harz, fragt er sich.

»Ich komme aus der Richtung. Bis Goslar werdet ihr es heute nicht mehr schaffen.«

»Ach ja? Ich dachte, wir wären ganz in der Nähe.«

»Das täuscht, wenn man nur auf die Karte schaut. Vor allem mit dem Esel wird es schwierig. Ihr müsst noch durch die öde Mulde.«

»Die öde Mulde?«

»Ja, kennt ihr die denn nicht? Dort unten ist der Platz der Dreizehn Linden. Wer den meiden kann, der tut es.«

»Genau, da wollten wir eigentlich vorbei«, sagt Goethe etwas forsch und handelt sich einen strengen Blick des Scherenschleifers ein.

»Wer seid Ihr?«, will jetzt der Scherenschleifer von dem Mönch wissen und legt ein Maximum an Misstrauen in seine Stimme.

»Verzeihung, ich habe mich noch gar nicht vorgestellt: Bruder Golo von Hildesheim, leitender Gärtner in der Abtei von Sankt Michaelis.«

Er verbeugt sich leicht.

»Und wohin wollt Ihr?«, setzt der Scherenschleifer nach.

»Ich bin nach Quedlinburg unterwegs.«

Goethe zuckt zusammen.

»Nach Quedlinburg?«

Offenbar scheint diese Stadt das Ziel so mancher Reisender um diese Jahreszeit zu sein. Er denkt an Saskia, dann an Susannas Zeichnungen und an die Ähnlichkeit des Modells mit seiner Schwester. Alles das schießt ihm in einer Sekunde durch den Kopf, ohne dass er sagen könnte, was ihn daran so verwirrt.

»Seid Ihr bei den Dreizehn Linden vorbeigekommen?«, will der Scherenschleifer von Bruder Golo wissen.

»Ja, das ist zu Fuß etwa eine Stunde von hier.«

»Hängt da noch einer?«

»Allerdings. Kein schöner Anblick, kann ich euch sagen. Ich habe ein Gebet für den armen Sünder gesprochen. Es ist eine Unsitte hier im Herzogtum, die Hingerichteten so lange hängen zu lassen. In Hildesheim und anderen umliegenden Orten ist man da schon weiter. Aber sagt, wer seid *ihr*?«

Goethe stellt sich als Hofmaler Weber vor, woraufhin sich Golo tief verbeugt. Der Scherenschleifer hält es nicht für geboten, sich vorzustellen und blickt weiter misstrauisch aus seinem dichten schwarzen Bart heraus zu dem Geistlichen hinüber.

»Bis zur Einsiedelei werdet ihr es heute auf jeden Fall noch schaffen«, sagt der Mönch, der die feindselige Haltung des Scherenschleifers vollkommen ignoriert.

»Habt Ihr dort übernachtet?«, will Goethe wissen.

»Ja, ich komme von dort. Drei sehr gastfreundliche

Männer bewirtschaften das Haus. Wenngleich, viel gesprochen haben sie nicht mit mir. Aber das ist der Menschenschlag hier im Harz. Daran bin ich gewöhnt. Ich frage mich nur, wovon sie eigentlich leben. Allzu viele Gäste werden dort nicht vorbeikommen. Dennoch haben sie an Speisen und Getränken alles da, was das Herz begehrt.«

»Bruder Golo«, schaltet sich Goethe ein, »sagt mir doch: In welcher Absicht reist Ihr nach Quedlinburg?«

Er weiß, dass er kein Recht hat, das zu erfahren, aber seine Neugierde ist geweckt, und er kann sie nicht im Zaum halten.

»Verzeiht, mein Herr, aber das ist privat, darüber kann ich nicht sprechen. Es geschieht sozusagen nicht im Dienst des Herrn, aber auf jeden Fall mit der Billigung und dem Wohlwollen Gottes. Ut in omnibus glorificetur Deus«, antwortet Golo ruhig.

Man verabschiedet sich mit knappen Gesten voneinander. Goethe und der Scherenschleifer ziehen weiter. Der Mönch bleibt eine Weile stehen und sieht ihnen nach. Dann setzt auch er seinen Weg fort.

Goethe, der sich in die Gesellschaft des zwielichtigen Gesellen begeben hat, weil der sich als ortskundig ausgegeben hatte, könnte jetzt allein weiterreiten, zumal er bei gutem Trab bis zum Abend doch noch in Goslar ankommen könnte. Mit dem Esel des Scherenschleifers wäre das nicht zu bewerkstelligen. Doch es reizt ihn zu sehr, den Scherenschleifer hinunter in die öde Mulde und zum Richtplatz Dreizehn Linden zu begleiten. Sein Verstand wehrt sich gegen den Reiz des Grauens, aber der Reiz ist größer.

Nachdem sie die Hochfläche überquert haben, lenken sie die Tiere in einen Wald hinein. Der Weg geht hier längere Zeit talwärts ab. Jetzt treibt der Scherenschleifer seinen Esel an und setzt ihn in Trab. Der Schleifstein rattert in dem angehängten Wagen über den Schnee. Goethe trabt hinterher. Gleichzeitig trübt das Wetter ein. Eine schwere Düsternis legt sich binnen Minuten über das helle Licht des Mittags und kündet vom nahenden Abend.

Am Grunde des Talkessels erreichen sie den Richtplatz. Schon aus der Entfernung erkennen sie den Ort an den auffliegenden Krähen, die sich dort in großer Zahl eingefunden haben. Als sie den Galgen sehen, durchfährt Goethe ein Grauen, wie er es nicht für möglich gehalten hatte. Er weiß plötzlich nicht mehr, wohin er den Blick wenden soll, ein akuter Schwindel befällt ihn, sein Gleichgewichtssinn versagt, er glaubt vom Pferd zu stürzen, ohne etwas dagegen tun zu können.

Am stärksten Ast einer der dreizehn Linden hängt ein Toter, von dem die zerhackten Füße zu sehen sind, der aber ansonsten als menschlicher Leichnam nicht zu erkennen ist, da er über und über von schwarzen Vögeln bedeckt wird, die sich mit beflissener Gier an ihm zu schaffen machen.

Dieser Anblick hätte schon ausgereicht, um Goethe den Magen umzudrehen. Was aber dann passiert, steigert sein Grauen noch. Der Scherenschleifer holt aus seinem Handwagen eine kleine Klappleiter und nähert sich, mit einer Zange ausgerüstet, in aller Ruhe dem Galgen. Ein Schwarm von Vögeln fliegt auf, als er näher kommt. Der Scherenschleifer kümmert sich nicht um die Tiere, die ihn umflattern. Eine zweite Gruppe von ihnen bleibt auf der Leiche sitzen und hackt weiter mit den Schnäbeln darauf ein.

Da der Hingerichtete durch den Dauerfrost der

letzten Tage gefroren ist, scheint es sehr mühsam für die Vögel, Stücke aus dem toten Leib zu reißen. Mit einem Arm verscheucht der Scherenschleifer die restlichen Vögel und postiert seine Leiter nah an dem Toten. Goethe erkennt jetzt, dass der Leichnam bereits vollkommen zerfetzt ist. Die Augenhöhlen sind leer und starren von hart gefrorenem schwarzem Blut. Ein Gesicht ist nicht mehr zu erkennen. Die Kleidung ist völlig von der Gestalt abgelöst und liegt in Fetzen weit verstreut im Schnee. Hautfetzen und Muskelstücke hängen überall von dem Toten herunter.

Der Scherenschleifer lässt sich von dem Anblick nicht abstoßen. Ebenso wenig irritieren ihn die regelmäßig die Leiche wieder anfliegenden Vögel, die sich nun auch auf ihn setzen und die er sofort wieder verscheucht, worauf sie nur ein paar Flügelschläge ausführen und gleich wieder zurückkehren.

Er klettert die Leiter hinauf, öffnet dem Leichnam mit einiger Kraftanstrengung den Mund, reißt schließlich die gefrorenen Kiefer krachend auseinander und schaut in den Schlund des Gehenkten. Wie ein sachkundiger Zahnarzt sucht er den Mundraum lange ab, scheint jedoch nicht zu finden, was er sucht.

Während er so konzentriert die Zahnreihen untersucht, wird auch er ganz von den Krähen zugedeckt. Sein Kopf verschwindet unter ihren schwarzen Federn. Dann nimmt er seine Zange aus der Hosentasche heraus. Die Vögel fliegen kurz auf. Er beginnt damit, dem Toten die vier Eckzähne zu ziehen.

Das scheint sehr mühsam zu sein, es dauert lange. Während der Scherenschleifer konzentriert an der Leiche arbeitet, setzen um ihn herum die Krähen ihr mühsam dem Frost abgerungenes Mahl fort, als hätten sie ihn als einen der ihren akzeptiert.

Goethe starrt unverwandt auf die Szene, von der er den Blick einfach nicht abwenden kann. Das panische Gefühl befällt ihn, am äußersten Ende der bewohnten Welt angekommen zu sein.

Während Frau von Stein daran glaubt, dass er in metaphysischer Mission unterwegs sei, um sein Schicksal zu befragen und als glorioser Erstbesteiger des winterlichen Brocken heimzukehren, sieht er einem Barbaren dabei zu, wie er, eskortiert von fünfzig gefräßigen Krähen, einem hart gefrorenen Gehängten die Eckzähne zieht.

Nach getaner Arbeit steigt der Scherenschleifer die Leiter hinab, wischt sich mit einem von Schmutz starrenden Lappen den schmierigen gelblich weißen Krähenkot vom Kopf und von den Kleidern, klappt die Leiter zusammen und geht zu seinem Karren zurück, wo er Leiter und Zange verstaut. Goethe kniet im Gebüsch und übergibt sich.

»Daran gewöhnt man sich«, sagt der Scherenschleifer, der stolz die vier Eckzähne präsentiert.

»Man muss die Eckzähne mit den Wurzeln ziehen. Sie dürfen auf keinen Fall abbrechen. Bei Tiefgefrorenen ist das besonders schwer.«

Goethe kniet noch immer und würgt, obgleich er schon alles von sich gegeben hat.

»Mehr war nicht zu holen, kein Eisen, kein Gold, war wohl ein armer Hund, der Kerl«, fährt der Scherenschleifer fort.

Goethe richtet sich wieder auf und schaut sich die Eckzähne an, die braun sind und faulig aussehen. Dann sieht er zu dem Gehängten hinüber, der schon wieder über und über mit Krähen bedeckt ist.

»Was geschieht mit den Eckzähnen?«, fragt er, kreideweiß im Gesicht.

Der andere lacht auf und lässt dabei sein eigenes verfaultes Gebiss sehen.

»Das wissen Sie nicht? Die Eckzähne werden zu Pulver zermahlen, das die adligen Herren kaufen. Sie schütten es in ihren Wein und nehmen es zu sich, um besser und länger ihrer hochwohlgeborenen Lieblingsbeschäftigung nachgehen zu können. Die Nachfrage ist groß, kann ich Ihnen sagen.«

»Ein Aphrodisiakum also«, sagt Goethe und ärgert sich im selben Augenblick über die gelehrte Wortwahl, die er mehr würgt als artikuliert.

»Ein was? Keine Ahnung, wie das heißt. Also, Eckzähne sind mehr für den niederen Adel. Die Reichen nehmen Stierhoden oder getrocknete Tigerpenisse aus Indien. Aber die sind verdammt teuer, das kann ich Ihnen flüstern. Wer sich das nicht leisten kann, der muss eben Eckzähne von Toten aus dem Harz nehmen. Wenn Sie mich fragen, Herr, ich kann auch ohne das Zeug immer und überall.«

Goethe ist völlig erledigt. Wenn er gewusst hätte, was ihn bei den Dreizehn Linden erwartet, wäre er allein weitergeritten und hätte diesen Ort des Grauens niemals gesehen. Aber seine Neugier ist immer stärker als seine Vorsicht.

Kurz nach Einbruch der Dunkelheit erreichen sie ein einsames kleines Fachwerkhaus, das am Rande eines Hochmoors steht. Die Fenster im Erdgeschoss sind erleuchtet, aus dem Schornstein zieht feiner Rauch.

Das sei die Einsiedelei, sagt der Scherenschleifer. Hier könne man übernachten. Morgen früh müsse er zurück nach Elend. Aber von der Einsiedelei aus werde Goethe den Weg nach Goslar leicht alleine finden.

Sie klopfen und hören, wie sich sogleich ein pochendes Geräusch nähert, als würde in regelmäßigen Stößen Holz auf Holz gerammt. Ein unrasierter Mann mit einem Holzbein öffnet. Das Holzbein steht blank vor ihnen, ohne mit einem Hosenbein kaschiert zu sein. Der Kerl im schmutzigen weißen Hemd kommt Goethe sofort bekannt vor. Er führt die beiden Neuankömmlinge mit pochenden Schritten in die Wirtsstube, während ein zweiter, der humpelnd an ihnen vorbeihuscht, nach draußen eilt, um das Pferd und den Esel zu versorgen.

In der Wirtsstube steht ein dritter Mann, den Goethe auch schon gesehen zu haben glaubt. Er trägt eine primitive Brille und glotzt hinter seinen dicken Gläsern die beiden Gäste unbewegt an.

Als der Hinkende mit seinem Holzbein durch den Raum poltert, überkommt Goethe die ungute Ahnung, es hier mit den drei Invaliden vom Weg nach Ilfeld zu tun zu haben. Aber sie sehen nun wesentlich gepflegter aus, eher ähneln sie den Musikanten vom Festsaal, in denen er auch schon die drei Invaliden erkannt zu haben glaubte. Auch scheint es so zu sein, als seien ihre jeweiligen Behinderungen nun anders verteilt. Wahrscheinlich irrt er sich in seiner Ahnung. Er hofft es.

Der Scherenschleifer, der sich um das Personal nicht weiter kümmert, gibt an, er werde den billigsten Verschlag zur Nacht nehmen und bestellt zugleich eine Portion Schweinebauch und Bier. Der Typ mit der Brille verschwindet darauf in der Küche.

Der vornehme Gast hat keinen Appetit. Er lässt sich ein Zimmer im ersten Stock zeigen und zieht sich zurück. Diese Nacht mit den vier dunklen Gestalten muss er heil überstehen, sagt er sich. Dazu wäre es am besten, wenn er wieder in die Wirtsstube hinunterginge und sich mit den Leuten unterhielte. Doch er traut der Sache nicht.

Zwar ist er nicht sicher, dass es sich bei den drei Bewirtschaftern der Einsiedelei um die drei Invaliden von Ilfeld handelt, aber wenn es so wäre, dann hätte er nichts Gutes zu erwarten. Einem Typ wie dem Scherenschleifer, der Toten die Zähne zieht, ist ohnehin nicht zu trauen.

Goethe beschließt, unmittelbar die Flucht zu ergreifen. Auch wenn es inzwischen schon dunkel geworden ist, sollte er auf jeden Fall weiterreiten. Er sollte den Weg nach Goslar einschlagen, den ihm der Scherenschleifer beschrieben hat. Er sollte sich nicht aufhalten lassen.

Vielleicht ist es auch allen dort unten gleichgültig, was er tut. Er hängt seinen Mantelsack über die Schulter, nimmt einen Kerzenhalter mit einer brennenden Kerze darin und steigt die Treppen hinunter. Alles ist still. Als sei niemand im Haus. Er geht durch den Flur auf die Wirtsstube zu. Die Dielen knarren laut bei jedem Schritt, sodass sein Näherkommen unüberhörbar bleibt.

Er öffnet die Wirtsstube, geht durch die Tür und wird sofort gepackt. Die Kerze stürzt zu Boden und erlischt. Zwei Männer greifen ihm an beiden Seiten unter den Arm und zerren ihn durch die Stube. Der dritte hat ein langes Messer gezückt und hält ihm die Klinge ins Gesicht. Die Stube ist hell erleuchtet, es brennen mindestens zwanzig Kerzen. Man schleift Goethe zu einem Stuhl und setzt ihn gewaltsam hin. Beide Männer halten ihn weiter von hinten gepackt.

Jetzt erscheint der Scherenschleifer mit der Zange in der Hand. Das hätte er sich ja denken können, dass der auch hinter seinen Eckzähnen her ist, geht es Goethe durch den Kopf. Der Scherenschleifer holt einen mächtigen Kandelaber, an dem alle Kerzen brennen, nimmt ihn in die rechte Hand, tritt vor sein Opfer hin und leuchtet es aus. Dann sagt er in beinahe übertrieben ruhigem Ton:

»So mein Lieber, jetzt wollen wir mal sehen, was bei Euch zu holen ist. Die braunen Stümpfe des Toten von vorhin waren ja nicht gerade eine Offenbarung. Ihr seid jung, bei Euch ist besseres Material zu erwarten. Wenn Ihr Euch nicht wehrt, wird alles halb so schlimm. Ihr verliert vier Zähne und zieht Eures Weges.«

Goethe fühlt Panik in sich aufsteigen. Er möchte seine Eckzähne auf jeden Fall behalten. Außerdem hält er die Theorie für unbewiesen, dass Eckzähne gut für die männliche Potenz seien. Höchstwahrscheinlich ist der Scherenschleifer nur ein billiger Handlanger einer Betrügerbande, die im Harz ihr Unwesen treibt und die falsche Potenzmittel an unwissende Aristokraten verkauft, die keine anderen Sorgen haben, als bei ihren Orgien die eigene Standfestigkeit zu verbessern.

Er muss etwas sagen, er muss Zeit gewinnen, vielleicht kann er den Verrückten noch umstimmen. Er will die Schurken seine Angst auf keinen Fall spüren lassen und versucht, souverän zu wirken:

»Jetzt hören Sie mal zu, Meister. Ich bin Wissenschaftler und ich habe noch nie gehört, dass man aus menschlichen Eckzähnen ein Potenzmittel herstellen kann. Das ist sogar ganz und gar unmöglich. Was sind das für Thesen? Nirgends nachzulesen. Sind Sie sicher, dass Sie nicht einer Finte aufsitzen?«

»Hört, hört, jetzt ist der Herr Maler auch noch Wissenschaftler. Und bei Potenzmitteln kennt er sich besonders gut aus. Er hat wohl regelmäßig welche in Gebrauch«, ruft der Scherenschleifer triumphierend aus und blickt Anerkennung heischend in die Runde seiner drei Komplizen. Von denen kommt ein dumpfes Lachen der Zustimmung, mit dem sie den durchschlagenden Humor ihres Anführers glauben würdigen zu müssen.

Goethe wehrt sich gegen den Griff seiner beiden Bewacher, die sofort fester zupacken. Der Scherenschleifer leuchtet ihn wieder an:

»Es tut gar nicht so weh, wie Sie denken. Ich habe dafür ein Händchen und außerdem jahrelange Erfahrung. Außerdem, wenn die Zähne jetzt herauskommen, haben Sie später keine Probleme mehr mit ihnen. Ich empfehle Ihnen also, schön den Mund aufzumachen und die Sache über sich ergehen zu lassen. Ansonsten müssen wir Sie kaltmachen, damit wir einigermaßen komfortabel an die Zähne herankommen.«

»Sie sind ja völlig verrückt«, schreit Goethe, den Panik erfasst. Er wendet den Kopf zur Seite.

»Schnauze jetzt! Und Maul auf!«

Goethe presst die Lippen zusammen, die ihm der Scherenschleifer auseinanderdrücken will, was ihm mit den Händen aber nicht gelingt. Einer der drei Männer nimmt Goethe hinten am Zopf und zieht seinen Kopf zurück. Der Bedrohte dreht den Kopf wieder zur Seite. Das bringt ihm einen herben Faustschlag auf den Unterkiefer ein.

Der Scherenschleifer läuft im Gesicht rot an. Seine Zornesader auf der Stirn tritt stark hervor. Vor Wut bricht ihm der Schweiß in ungewöhnlicher Heftigkeit aus. Ein Rinnsal seines Schweißes tropft Goethe aufs Gesicht und übers Hemd.

Goethe lässt durch den Schlag den Kopf hängen,

presst aber weiter die Lippen zusammen. Der Peiniger kommt wieder nicht an ihn heran.

»Machen wir ihn doch kalt«, ruft der Kerl mit dem Messer aus. Er könne das drüben im Schuppen besorgen.

»Lass man, das ist wie immer Chefsache«, sagt der Scherenschleifer und wischt sich den Schweiß von der Stirn.

»Auf geht's«, brüllt er dann sofort.

Goethe wird vom Stuhl hochgerissen und nach draußen gestoßen, über den Hof hinweg in ein Nebengebäude. Durch den Faustschlag ins Gesicht ist er immer noch leicht benommen und wehrt sich nicht gegen die Männer, die ihm ans Leben wollen. Der Messerträger geht mit einer Fackel auf den Schuppen zu und stößt die Tür auf. Die drei Handlanger versuchen mit hinterherzukommen. Goethe wird in den Schuppen hineingestoßen, der Scherenschleifer folgt gemächlich mit der Fackel, er ist sich seiner Sache vollkommen sicher.

Die drei Männer wissen, was sie zu tun haben. Sie kennen die Situation nur zu gut. Sie warten draußen und lauschen gespannt auf das, was geschieht. Manche Opfer winseln um ihr Leben, andere versuchen alles, um sich auch in aussichtsloser Lage zur Wehr zu setzen. Es ist jedes Mal anders und das Ergebnis ist immer dasselbe: vier Eckzähne, die der Bande ganze zwei Silbertaler einbringen sowie eine Leiche, die in der öden Mulde verscharrt wird oder im Moor verschwindet. Irgendwo werden diese Leute vermisst, aber hier hat noch niemand nach ihnen gefragt.

Zuerst ist es sehr ruhig im Schuppen. Die drei Männer spitzen an der Holzwand die Ohren. Plötzlich rumpelt etwas gewaltig, sie fahren zurück, eine

Stimme schreit drinnen hell auf, sie schauen sich verwundert an. War das der Leibhaftige? Weder ist es die Stimme des Opfers noch die des Scherenschleifers. Noch einmal Rumpeln, noch einmal dieser triumphale Aufschrei. Den drei Kerlen wird mulmig, irgendetwas stimmt hier nicht. Dann fällt ein Schuss. Ein gewaltiges Krachen, als hätte man eine Kanone abgefeuert. Danach ist es wieder ruhig. Die drei warten. Im Schuppen bewegt sich nichts. Der mit dem Messer öffnet vorsichtig die Tür und streckt den Kopf hinein.

Sogleich wird erneut geschossen, die Kugel schlägt knapp oberhalb des Schurken in die Tür ein und reißt sie aus den Angeln. Der von der Kugel Verfehlte fällt vor Schreck zurück, springt sofort wieder auf die Beine und ergreift humpelnd die Flucht. Der mit dem Holzbein springt dem mit der Brille auf den Rücken. So schnell sie können, laufen die drei Strolche ins Moor hinein, das hinter dem Haus beginnt.

Nach einigen Minuten kommt Goethe unversehrt aus dem Stall heraus, gefolgt von Bruder Golo. Der hat der Sache misstraut und ist den beiden ungleichen Reisenden bis zur Einsiedelei gefolgt. Was er durch die erleuchteten Fenster beobachten konnte, hat seine Vermutung bestätigt. Als Goethe in den Stall geführt wurde, hatte er sich dort schon verschanzt und gewartet, bis der Scherenschleifer die Fackel in einer dafür vorgesehenen Halterung feststeckte. In diesem Moment sprang er wie ein schwarzes Gespenst aus seinem oben im Schober liegenden Versteck hoch, schrie hell auf und jagte dem Scherenschleifer damit einen satanischen Schrecken ein. Der starrte nur noch auf die schwarze Gestalt, die hoch über ihm auf dem Heuschober erschienen war. Gleich darauf feuerte Golo die erste seiner beiden Pistolen auf den verblüfften

Halunken ab. Der Scherenschleifer gab nicht einmal mehr einen Laut von sich, wurde von der Pistolenkugel zwei, drei Meter nach hinten geschleudert und hatte ein faustgroßes Loch in der Brust. Die zweite Pistole hat Golo wenig später auf den Typ mit der Brille abgefeuert, der die Tür öffnete und den er knapp verfehlte.

Goethe steht unter Schock. Er kann es noch gar nicht fassen, dass die Bedrohung vorüber ist, und blickt den Mönch ungläubig an. Dann kommt ihm das Bewusstsein für die Situation zurück.

»Danke, Bruder Golo, das war knapp. Wo habt Ihr so gut schießen gelernt?«

»Da staunt Ihr, was? Seit wann kann ein Mann Gottes mit Schusswaffen umgehen, he? Ich bin seit Jahren im Hildesheimer Schützenverein aktiv. Ich gehe inkognito hin, einen Mönch würden sie nicht aufnehmen, ich gebe mich aber als Zivilperson aus und nenne mich Gustav Gärtner, Bauer aus Itzum. Es heißt zwar in unserer Regel: bete, arbeite und lies, aber in meinem Fall müsste es eher heißen: bete, arbeite und schieß. He, he. Außerdem hat der Herr in der Bibel den Gebrauch von Schusswaffen nicht ausdrücklich verboten.«

Im Keller der Einsiedelei finden die beiden kistenweise Wein, Mett- und Blutwürste und Brot. Sie beschließen, über Nacht dazubleiben. Die Rettung des Malers Weber, als den sich Goethe auch jetzt noch ausgibt, muss ausgiebig gefeiert werden. Sie sitzen bis in die Morgenstunden zusammen, verschlingen gierig die Blutwürste, lassen auch von den Mettwürsten kaum etwas übrig und laben sich am Wein. Dabei erfährt Goethe von Bruder Golo dessen Geschichte.

2.

Seit über zwanzig Jahren habe er die Gärten des Klosters Sankt Michaelis in Hildesheim, vor allem den hinter der romanischen Kirche liegenden wunderbaren Margaretengarten, gepflegt. Das sei ein recht großes Gelände, welches er Jahr für Jahr in ein kleines Paradies verwandelt habe.

Kurz nachdem er diese Tätigkeit begonnen habe, damals noch als einfacher Gärtnermönch, habe eine Delegation der Zisterziensernonnen vom Kloster Marienrode den Margaretengarten besucht. Unter den vier Frauen sei eine Novizin namens Adele gewesen, deren Jugend man zwischen den drei reiferen Nonnen geradezu gespürt habe und die sich immer im Hintergrund gehalten habe, die ihm, Golo, aber gerade deshalb besonders aufgefallen sei.

Trotz ihres Ornatgewands habe er keinen Zweifel daran gehabt, dass Adele von besonderer Schönheit gewesen sei. Ihre Pupillen seien helles Bernstein gewesen, das ein schmaler dunkelbrauner Ring umschlossen hielt, was Adeles Blick eine unvergleichlich einprägsame Wirkung verliehen habe. Kurz, er habe sich schon an diesem Tag allein wegen des Blicks in ihre Augen unsterblich in Adele verliebt, was er auch daran habe feststellen können, dass ihm abends bei seiner Andacht in der Zelle nicht Gott, sondern sie erschienen sei.

Es sei ihm, Golo, jedoch ganz und gar unwahrscheinlich erschienen, Adele noch einmal zu treffen. Er habe ja nicht einfach ins Kloster Marienrode gehen können und nach ihr fragen, ja er habe seine Leidenschaft weder bei seinen Mitbrüdern noch bei den Nonnen in welcher Weise auch immer bekennen dürfen und habe diese ganz und gar für sich behalten müssen.

So sei der Sommer des Jahres 1755 fast vergangen gewesen, ohne dass er auch nur einen Tag nicht an Adele gedacht und sie in seine Gebete mit eingeschlossen habe.

Plötzlich, an einem Dienstag Ende August etwa um drei Uhr nachmittags, sei sie vor ihm im Margaretengarten gestanden. Sie habe ihm im Auftrag der Äbtissin eine Reihe von Pflanzen mitgebracht. Man habe ihr, Adele, erst vorgestern das Amt der Vizeklostergärtnerin übertragen und ihr erster Gedanke sei gewesen, die Zusammenarbeit mit den Benediktinern mit einem Besuch in Sankt Michaelis zu bekräftigen.

Die Zusammenarbeit mit dem Margaretengarten gehörte ohnehin zu den vordringlichsten Aufgaben der jungen Gärtnerin. Ja, die Äbtissin habe ausdrücklich betont, sie Adele, möge Golo als ihren Lehrmeister in Kräuterkunde ansehen, denn darin sei er eine Kapazität. Sie möge, sooft sie es für geboten halte, bei ihm Rat einholen.

Man stelle sich das vor, rief Golo aus, was für eine Fügung des Himmels. Von nun an habe er Adele Briefe schreiben und sie regelmäßig zum Austausch über die Gestaltung der Gärten treffen können.

Im Margaretengarten befanden sich drei kleine Pavillons, die sein Vorgänger im Stil der englischen Gärten hatte bauen lassen, eine Anlage, die damals in Mode war und gerade das Vorbild des französisch-geometrisch angelegten Gartens ablöste. Eines Nachmittags im September, als Adele wieder in ihrem Einspänner nach Sankt Michaelis gefahren kam, gingen sie, er in der schwarzen Kutte mit der spitzen Kapuze, sie im schwarzen Ornat, im großen Areal des Gartens umher und sprachen über Pflanzen, die den Winter im Freien überstehen könnten. Als Golo, der darüber viel zu sagen wusste, befeuert vom schüchternen Charme und von der von keinem Gewand der Welt zu verdeckenden Schönheit seiner Begleiterin, in Fahrt gekommen war und für die unterschiedlichen Maßnahmen der Pflege sogenannter winterharter Gewächse die passenden Worte suchte, sagte Adele, sie fühle sich plötzlich so schwach und würde sich gern kurz in einen der Pavillons setzen. Selbstverständlich gewährte Golo ihr diesen Wunsch, der nichts anderes als sein eigener war, den auszusprechen er aber niemals gewagt hätte.

Nun, so Golo, sei in diesem Pavillon überhaupt nichts geschehen. Aber das sei es eben gewesen. Es wurde noch nicht einmal etwas gesprochen. Sie beide hätten nur so dagesessen, auf den Holzbänkchen, die an den Wänden ringsum liefen. Golo sei zu schüchtern gewesen, Adele auch nur anzusehen und in dieser im Grunde intimen Zurückgezogenheit das Wort an sie zu richten. Er hatte doch ein Keuschheitsgelübde abgelegt und sie auch. Es wäre Verrat am Glauben und an der Kirche gewesen, wenn einer von ihnen eine andere Leidenschaft als Gott gehabt hätte.

Irgendwann jedoch hätten sich ihre Blicke wie zufällig getroffen. Das helle Bernsteinbraun ihrer Pupillen, umrandet vom dunkleren Ring, habe auf ihn wie ein Magnet gewirkt. Adele habe ihn mit ihrem

Blick förmlich in sich hineingezogen. Sie sahen sich an und sagten kein Wort, minutenlang, kein Lächeln, keine Verlegenheitsgeste, nur ernstes Schauen. Als sie hinausgingen, berührte er wie aus Versehen ganz kurz mit seiner Hand die ihre. Wieder traf ihn ihr Blick.

Dann ging sie, ohne dass man die Frage der winterharten Gewächse hinreichend erörtert gehabt hätte.

Sie war zwanzig, er, Golo, dreißig Jahre alt gewesen. Der Klostergarten wurde ihr Liebesgrund, die Pavillons zu den Orten ihrer Vereinigung. Für den Meister der Kräuterkunde wurde Adeles Körper zu einem Herbarium, dessen Erkundungen nie enden sollten. Sie lernte so schnell und so viel, dass sie binnen Kurzem in Marienrode von der Vizegärtnerin zur Obergartenschwester mit besonderer Berücksichtigung der Kräuterlehre aufstieg.

Damit waren Golo und sie von ihren Tätigkeiten her gleichgestellt und hatten allen Grund, ständig neue Termine zu vereinbaren. Auch konnten sie sich bei Symposien über Gartenkunst, Kräuterkunde und Wurzelwerk, die halbjährlich in den umliegenden Klöstern stattfanden, ganz offiziell sehen.

Nach der ersten Zeit ihres Zusammenseins, nachdem die erste Welle der Leidenschaft über sie hinweggegangen war, verstand es Adele, ihre Liebe auf eine neue Ebene zu heben. Sie brachte eines Tages ein Exemplar von Klopstocks *Messias* mit, aus dem sie sich fast jedes Mal vorlasen, wenn sie sich sahen. Sie lasen nichts als den *Messias* und hatten nach einigen Wochen schon den Eindruck, als sei Klopstock ihr einziger Vertrauter auf dieser Welt, als sei er der Gewährsmann ihrer Liebe und in gewisser Weise die sie legitimierende Instanz.

Zwischen Golo und Adele begann im Herbst 1755

eine Liebesgeschichte, von der zwanzig Jahre lang niemand erfuhr und von der bis zum heutigen Tag, bis zu dieser Nacht in der Einsiedelei, niemand erfahren hat.

Er, Weber, sei der erste Mensch überhaupt, dem Golo davon erzähle. Keiner von beiden, so Golo, habe am Geheimnis dieser Liebe etwas ändern wollen. Instinktiv hätten sie gewusst, dass das Verbot ihrem Zusammensein einen zusätzlichen Reiz verlieh, der sich über die Jahre nicht abnutzte. Dass dieses Verbot nicht von Gott selbst habe kommen können, sei ihnen immer bewusst gewesen.

Dann sei sie krank geworden, vor etwa zwei Jahren hätten die Schmerzen im Unterleib angefangen und seien immer schlimmer geworden. Sie habe geschrien vor Schmerzen, die Mitschwestern seien ständig bei ihr am Bett gesessen und hätten gebetet, mehr könnten sie nicht tun, sagten sie, und er, Golo, habe irgendwann nur noch dafür gebetet, dass es vorbei wäre.

Es ging aber nicht so schnell vorbei.

Adeles Leiden überstieg in seinen Augen das Menschenmögliche. Er flehte und haderte. Herr, warum hast Du sie verlassen, warum hast Du uns verlassen? Es nützte nichts.

Anfangs durfte er nicht zu ihr. Monatelang sah man keinen Grund, weshalb man den Gärtner von Sankt Michael zu ihrem Krankenbett vorlassen sollte. Dann bat Adele selbst inständig darum. Sie habe ihm etwas mitzuteilen, bevor sie stürbe. Wahrscheinlich ahnten die Nonnen, was der Hintergrund dieses Wunsches war, aber keine sagte auch nur ein Wort zu Golo und auch er bewahrte Stillschweigen. Man ließ sie allein.

Sie gab ihm zwei Papiertütchen. Eins sei für ihn, das andere möge er selbst nach Quedlinburg bringen und im Klopstockhaus im Geburtszimmer Klopstocks unter den Dielen hinterlegen. Beide Tüten enthielten eine lange Strähne ihres hellbraunen Haars, das die Farbe ihrer Pupillen hatte. Sie hatte es unter dem Schleier wachsen lassen, eine Tatsache, von der wiederum nur Golo wusste, der ihr Haar so liebte.

»Im September ist sie gestorben«, sagt Golo. Goethe sitzt dicht neben ihm, fühlt sich betrunken und kämpft mit den Tränen.

Zweiundvierzig Jahre sei sie alt geworden, davon seien sie zweiundzwanzig Jahre lang ein Paar gewesen. Und nun werde er ihren letzten Wunsch erfüllen.

Ein tiefes Schweigen breitet sich im Raum aus. Goethe weint still. Als Golo es bemerkt, legt er den Arm um den neuen Freund und tröstet ihn.

»Sagen Sie, Golo, ist es eigentlich üblich, dass man im Klopstockhaus die Reliquien von Toten begräbt?«, fragt Goethe mit tränenerstickter Stimme.

»Ich habe nie davon gehört. Ich muss selbst sehen, ob das möglich ist. Adele war über solche Dinge besser informiert. Sie hatte Kontakt zum Klopstockkreis und hat auch mich dort eingeführt. Aber die Korrespondenz mit dem Kreis unterhielt allein sie. In gewisser Weise ist Klopstock derjenige, der unserer Liebe das Siegel der Wahrhaftigkeit gegeben hat. In seinen Versen fanden wir uns wieder. Sie gaben uns den Halt, den wir brauchten, um Jahrzehnte der Verschwiegenheit gegenüber den Klöstern und der Kirche durchzuhalten. Durch ihn und seine Poesie wurde uns klar, dass unser Handeln kein Verstoß gegen die Gebote Gottes darstellte, sondern dass uns auch die irdische Liebe, ja auch die Lust in der Liebe zur Verherrlichung Gottes geschenkt wird.«

»Bruder Golo, hören Sie. Ich muss Sie ins Vertrauen ziehen. Sie haben mir das Leben und die Eckzähne gerettet und außerdem möchte ich eine Information von Ihnen erhalten.«

Golo lächelt verständnisvoll. Er ist ganz und gar bereit, sich ins Vertrauen ziehen zu lassen.

»Mein Name ist nicht Weber, sondern Goethe.«

Er hält inne, um die Reaktion zu beobachten, die sein Eingeständnis beim Gegenüber hervorruft. Golo lächelt weiter wie zuvor. Anscheinend kennt er den Namen Goethe nicht, oder es beeindruckt ihn nicht besonders, neben Goethe zu sitzen.

»Ich bin hier im Harz unterwegs, um den Brocken zu besteigen, um die Harzer Bergwerke zu erkunden und um einen Besuch zu machen, der schon hinter mir liegt. Vor allem aber brauche ich Kenntnis darüber, was im Klopstockhaus vor sich geht. Können Sie mir schreiben?«

»Wissen Sie, Goethe«, fängt Golo an, »es ist mir einerlei, ob ich das Leben eines Hofmalers oder das eines bekannten Schriftstellers rette. Vor Gott sind alle gleich. Selbstverständlich kann ich Sie darüber unterrichten, wie sich das im Klopstockhaus mit den Reliquien verhält. Wohin soll ich Ihnen schreiben?«

Goethe gibt ihm seine Weimarer Adresse. Dann überlegt er:

»Nein, ich brauche die Informationen noch während der Reise. Schicken Sie von Quedlinburg aus einen Boten nach Torfhaus am Brocken. Dort werde ich etwa am 9. Dezember sein. Ich werde wohl am 10. Dezember den Brocken besteigen.«

Golo nickt und sieht Goethe ernst an.

»Das will ich tun. Heute ist der 4., höchstwahrscheinlich werde ich morgen Abend in Quedlinburg ankommen. Das passt alles. Sie werden am 9. Dezember Nachricht erhalten.«

»Danke, Bruder Golo. Es ist ein Trost, dass vor Gott alle Menschen gleich sind.«

Am nächsten Morgen herrschen strahlender Sonnenschein und eisige Kälte. Als sie sich trennen, umarmen sich Golo und Goethe lange. Goethe nennt Golo inzwischen Gustav. Golo hat ihm als Beweis ihrer innigen Freundschaft noch in der Nacht angeboten, ihn so zu nennen. Auch Adele habe ihn Gustav genannt. Sonst aber nenne ihn niemand so oder habe ihn je so genannt. Auch würde ihn niemand je wieder so nennen. Er, Goethe, sei also jetzt der einzige Mensch unter der Sonne, der ihn, Golo, Gustav nenne. Goethe bietet Golo daraufhin an, er möge ihn Götz nennen. Es sei das erste Mal, dass er jemandem dies anböte, und wahrscheinlich sei es auch das letzte Mal. Niemand außer ihm, Gustav, würde je wieder in den Vorzug kommen, ihn, Goethe, Götz nennen zu dürfen. Wieder umarmen sie sich. Gustav!, sagt Goethe. Götz!, sagt Golo.

Sie verabschieden sich mit dem Versprechen, miteinander in Kontakt zu bleiben und sich bald wiederzusehen. Zunächst soll Götz Gustavs Brief am Fuße des Brocken erreichen. Dann soll Gustav zu Götz nach Weimar kommen und in seinem Gartenhaus wohnen, so lange er wolle.

Sie ahnen in diesem Augenblick nicht, dass sie sich nicht mehr wiedersehen werden. Auch sollte Goethe niemals eine Nachricht von Bruder Golo erhalten. Golo sieht Goethe lange nach, wie er über das Schneefeld in Richtung Goslar davonreitet. Als er außer Sicht ist, geht Golo in den Schuppen, wo der tote Scherenschleifer liegt und untersucht seinen Leichnam. Er findet ein Leinensäckchen voller Eckzähne an seinem Gürtel, löst es ab und nimmt es an sich. Dann macht er sich mit Adeles Haarsträhne im Gepäck und zwei frisch geladenen Pistolen im Rucksack nach Quedlinburg auf. Er lässt die Tür des Schuppens offen stehen, auf dessen Dach sich schon eine Anzahl von Krähen versammelt hat.

Goethe steht die Erkundung der Bergschächte von Rammelsberg bevor. Bei einem Steiger in Goslar ist er zur Übernachtung angemeldet und wird am nächsten Tag mit ihm in den Schacht einfahren. In Gedanken ist er vorerst noch mit anderen Fragen beschäftigt. Wieder Klopstock. Wer ist eigentlich nicht in seinem Kreis? Der Alte reguliert die Stimmung im Land. Wenn es eine neue Literatur in diesem Land geben soll, denkt Goethe, dann müssten zuerst Klopstock und der Kult der Empfindsamkeit überwunden werden.

Im Spätsommer siebenundsiebzig hat Goethe seine Farce *Der Triumph der Empfindsamkeit* auf dem Weimarer Liebhabertheater aufgeführt. Leider hat dieses Stück niemand verstanden, nicht einmal Wieland, der ausnahmsweise auch nicht von sich behauptete, er habe es verstanden. Aber auch Herzogin Louise, für die es eigentlich geschrieben worden war, hat es nicht verstanden. Goethe las es an ihren ratlosen Blicken ab. Ihr Ehemann verstand es ohnehin nicht, sondern träumte während der Aufführung in bewegten Bildern von seiner nächsten Wildschweinjagd.

Zuletzt hat es Goethe auch nicht mehr verstanden. Das musste er sich eingestehen. Die Handlung erschien ihm plötzlich ganz verworren und versponnen und ohne jeden Sinn. Doch ganz gleich, wie das Stück von jedem Einzelnen aufgenommen worden ist, es wurde von niemandem als Satire begriffen. Es ging als ein neues Empfindsamkeitsgemälde durch, allerdings eins, das keinerlei Empfindungen auslöste, sondern nichts als Ratlosigkeit zurückließ. Schlecht nachgemachter Klopstock, schrieb ein Kritiker hernach. Goethe hätte ihn am liebsten auf der Stelle erwürgt.

Klopstocks Regime der weichlichen Jünglinge und der schmachtenden Jungfrauen hat sich nach Goethes fester Überzeugung überlebt. Klopstock hat ihn nach den ersten Erfolgen mit dem *Götz* und dem *Werther* wie einen neuen Propheten begrüßt und mit besonderer Freude quittiert, dass Goethe in den lyrischen Oden seine, Klopstocks, Verskunde virtuos umzusetzen verstand. Auch gab Klopstock aus Karlsruhe, wo er sich zwischenzeitlich aufhielt, seine gönnerhafte Zustimmung zu Goethes Wechsel an den Weimarer Hof. Zwar hatte ihn niemand um eine solche Zustimmung gebeten, Klopstock aber betrachtete es als seine genuine Aufgabe, diese Akzeptanzadresse zu verschicken.

Er sah sich nicht allein als Primus unter den Gelehrten und Dichtern. In dieser Rolle wuchs ihm darüber hinaus das Amt des obersten Erziehers zu.

Daher erteilte er ungefragt gut gemeinte Ratschläge zum Umgang mit dem jungen Herzog. Er gab diese Ratschläge privat in Briefen und öffentlich in Zeitungen. Er gab sie wohl auch, um selber im Gespräch zu bleiben und weil er spürte, dass sich ein neues Stück mit neuen Protagonisten ankündigte, bei dem ihm vielleicht nur noch die Rolle des polternden Alten, der am Rande der Szene aus seinem Lehnstuhl grollt, zugewiesen würde.

Was sich in Weimar zusammenbraute, gefiel Klopstock überhaupt nicht. Es war nicht zu leugnen, dass sich die Aufmerksamkeit des Publikums neuerdings dorthin richtete, wo sich Goethe aufhielt. In Klopstocks Augen fehlte Goethe jedoch die Reife, um solche Aufmerksamkeit zu rechtfertigen. Daher schaltete er sich als väterlicher Freund ein.

Klopstock schrieb an Goethe einen Brief, dessen mahnender Tonfall in der Sentenz gipfelte: *Was wird denn der unfehlbare Erfolg sein, wenn er fortfährt? Der Herzog wird, wenn er sich ferner bis zum Krankwerden betrinkt, anstatt, wie er sagt, seinen Körper dadurch zu stärken, erliegen und nicht lange leben.*

Mehr direkt als indirekt warf Klopstock Goethe vor, den Herzog in den gesundheitlichen Ruin zu treiben. Grundsätzlich forderte Klopstock von den deutschen Gelehrten und Dichtern, dass sie eine Vorbildfunktion einnähmen. Sein Traum war, dass die Gebildeten dereinst das Zepter der Herrschaft schwingen und die geschwächte Aristokratie ablösen würden. Aus diesem Einfall wurde seine Theorie von der Gelehrtenrepublik, mit der er durch die Lande zog, und für die ihn selbst die Fürsten priesen, weil sie spürten, wie hinreißend utopisch sie war.

Nun aber sah er in Goethe einen Dichter, der in seinem dekadenten Benehmen genauso verwerflich auftrat wie die Fürsten selber. Mit einem solchen Personal könne man keine Gelehrtenrepublik aufbauen, ließ er sich in lauten Selbstgesprächen im weitläufigen, menschenleeren Karlsruher Schlosspark vernehmen, wo er ab und zu die sieben Dackel des badischen Erbprinzen ausführte.

Als er genug davon hatte, diese Dinge mit sich selbst und den blaublütigen Hunden zu besprechen, die, wie toll an ihrer Leine ziehend, ihn durch die spätbarocken Parkanlagen schleiften, entschloss er sich zu dem zitierten Brief nach Weimar und konnte sich schließlich nicht zurückhalten, dem Schreiben folgenden Zusatz zu geben: *Die Teutschen haben sich bisher mit Recht über ihre Fürsten beschweret, daß diese mit ihren Gelehrten nichts zu schaffen haben wollen.*

Auf diesen Zusatz hätte Klopstock besser verzichtet, denn Goethe fühlte sich nicht nur davon bevormundet, sondern noch dazu im politischen Sinne gerügt, und Kritik, Rüge oder gar Zurechtweisung war etwas, das Goethe niemandem je verzeihen konnte.

Daher antwortete er Klopstock mit dem äußersten Maß an Arroganz, das ihm in seinen jungen Jahren zu Gebote stand: *Glauben Sie mir, daß mir kein Augenblick meiner Existenz überbliebe, wenn ich auf all solche Briefe, auf alle solche Anmahnungen antworten sollte* …

Dass er den berühmten Klopstock wie einen von vielen Briefschreibern behandelte, die dem vielbeschäftigten Goethe unaufgefordert ihre Meinungen überbrachten, schlug dem Fass den Boden aus. Dass er ihn noch dazu in die Kategorie derer einordnete, denen zu antworten, ihm die Zeit zu schade ist, bildete den Gipfel der Unverschämtheit.

Mit einer solch harschen Replik hätte Klopstock, der selbst ernannte Heiland der Zartbesaiteten, niemals gerechnet. Er war es gewohnt, dass man ihm zu Füßen lag, dass man sich gegenseitig den Puls fühlte und dabei seinen Namen hauchte und dass man ihn nicht zuletzt wegen seines Epos *Der Messias* selber wie einen Messias anbetete.

Er tobte, fluchte, zürnte fernab in der badischen Residenz, riss die Fenster des Karlsruher Schlosses auf und brüllte Vergeltungsschwüre in die stille Stadt hinein. Am liebsten wäre er dem Weimarer Dünkelaffen sofort an den Kragen gegangen, aber die Entfernung zwischen ihnen war groß genug, um ihn nach ein paar Tagen, in denen sich die auszuführenden Hunde keine Dummheiten erlauben durften, auf einen weiteren Brief herunterzukühlen, in dem es in einer etwas umständlichen Formulierung, die zeigt, dass er die vollständige Kontrolle über seinen Satzbau noch nicht wiedererlangt hatte, hieß: *Sie haben den Beweis meiner Freundschaft so sehr verkannt als er groß war; so erklär ich Ihnen hierdurch, daß Sie nicht werth sind, daß ich ihn gegeben habe* …

Damit war das Kapitel Klopstock für Goethe abgeschlossen. Er müsse jetzt nur noch recht bald das Zeitliche segnen, sagte Goethe kurz darauf zu Wieland, als sie wieder einmal auf seinem Gut zusammensaßen und aus tönernen Bechern kuhwarme Milch tranken, die Wielands Frau gerade selbst gemolken hatte. Mit Wieland redete Goethe gern ganz offen über alles, denn dieser weise Mann widersprach nie. Wieland kräuselte skeptisch die vom Milchbart überzogene Oberlippe, wiegte den kleinen Kopf unter der rosaroten Schlafmütze, die für den Sonnabend vorgesehen war, hin und her und gab mit mildem, zahnlosem Lächeln zu bedenken, dass man so über niemanden, nicht einmal über Klopstock reden dürfe. Obgleich man andererseits, so Wieland, nachdem er Goethes missbilligenden Blick wahrgenommen und den Milchbart mit der Zunge abgeleckt hatte, dem Genie, das Goethe sei, einen gewissen moralischen Spielraum …

Da hatte Goethe die Wohnküche des Dichters schon verlassen, hatte der Frau für die Milch gedankt, saß zu Pferd und stürmte davon.

3.

Als es so weit war, dass Lenz endlich zu Frau von Stein vorgelassen werden sollte, als Goethe keine Ausflüchte und Ablenkungsmanöver mehr einfielen und er sich dem Wunsch des Freundes wohl oder übel beugen musste, war die Baronin abgereist.

Das war auch für Goethe eine Überraschung. Er hatte das Zusammentreffen des Busenfreunds mit der Herzensdame so lange hinausgezögert, bis diese tatsächlich zu ihrer jährlichen Kur nach Bad Pyrmont aufgebrochen war.

Es scheine ihm fast, als habe Goethe absichtlich so lange mit dem Vorstellen gewartet, damit es nur ja nicht zustande käme, bemerkte Lenz.

Nein, gab Goethe zurück, er habe den genauen Termin ihrer Abreise nicht gewusst. Charlotte mache aus vielem ein Geheimnis und lasse sich nicht in die Karten schauen.

»Dann passt sie ja erstklassig zu dir«, entgegnete Lenz verärgert.

Goethe fand die Reaktion leicht übertrieben. Aus welchem Grund hatte sich dieser Eindringling eigentlich zu beschweren? Er verhielt sich gerade so, als habe er ein festgeschriebenes Recht, sich in die bestehenden Verhältnisse in Weimar einzumischen.

Lenz war noch über andere Dinge unzufrieden und zeigte das ganz offen. So hatte der Herzog über die anfänglich für den Goethe-Freund ausgelobte Leibrente kein Wort mehr verlauten lassen. Seltsam ruhig war es um ihn geworden, am Hof und in der Stadt. Niemand schien sich mehr um Lenz zu kümmern. Aus der Umgebung des Herzogs wollte keiner mehr Streit mit ihm anfangen. Schließlich legte er sogar das Wertherkostüm ab, weil er das Gefühl hatte, es mache ihn lächerlich.

Dann lamentierte er Goethe gegenüber, der Herzog habe ihm die Gunst entzogen und werde ihn bald ganz fallen lassen. Goethe müsse intervenieren. Müsse sich für ihn einsetzen. Viele Geniestreiche seien, wiewohl geplant, so doch noch nicht zur Ausführung gekommen. Hatte nicht Carl August bei der Planung dieser Taten freudig mitgewirkt und Lenz laufend dazu ermuntert, weitere Vorschläge zu machen? Und nun? Kein Sterbenswort mehr darüber. Der Herzog weilte ständig auf Reisen oder verschanzte sich in seine Arbeitsgemächer. Wozu er, Lenz, denn eigentlich noch gut sei, hier an diesem jämmerlichen Hof, in diesem Kaff, wo einem die Schweine den Gehweg streitig machten und frei laufende Gänse die Passanten bedrohten?

Im Bewusstsein des Unglücks setzte Lenz' Größenwahn wieder ein, der leicht in einen schlimmeren Zustand übergehen konnte. Goethe erkannte, dass etwas getan werden musste, um Lenz von sich selbst abzulenken.

Dabei kam der dringende Hilferuf einer kleinadeligen Familie sehr zupass. Ganz in der Nähe, in Berka, wurde ein Hauslehrer gesucht. Es handele sich um eine alteingesessene Familie, die den einzigen, hoffnungsvollen Sohn einem erfahrenen und mit den neuesten Tendenzen des Zeitgeists vertrauten Hofmeister überantworten wolle. Lenz könne dort in kurzer Zeit ein kleines Vermögen verdienen. Die Familie suche schon seit Langem nach einer geeigneten Person für diese Aufgabe, aber, da man die allerhöchsten Maßstäbe anlege, konnte noch niemand Geeignetes gefunden werden. Nicht zuletzt deshalb habe man dem gesuchten Hofmeister ein ungewöhnlich hohes Salär in Aussicht gestellt.

Er, Goethe, habe, als ihm das zu Ohren gekommen sei, sogleich Lenz ins Spiel gebracht. Rückhaltlos habe er seine zahlreichen Vorzüge hervorgehoben, habe seine pädagogischen Kompetenzen gepriesen, seine theologischen Kenntnisse gelobt und ihn alles in allem auf das Wärmste empfohlen. Vonseiten der Familie zeige man sich äußerst interessiert. Man stufe Lenz als Glücksfall ein, auch wenn man ihn persönlich noch gar nicht kenne.

Lenz sagte nach ein paar Tagen Bedenkzeit zu. Er war sich darüber im Klaren, dass er für eine Hofmeistertätigkeit nicht geeignet war. Mit begriffsstutzigen Heranwachsenden hatte er keine Geduld; er wurde schnell aufbrausend und sogar handgreiflich. Jede Art von verminderter Auffassungsgabe löste Wutausbrüche in ihm aus. Unkenntnis trieb ihn zur Weißglut. Unkonzentriertheiten brachten ihn zum Brüllen. Falsche grammatische Formen und vergessene Vokabeln ließen bei ihm Schaum vor den Mund treten.

Er hatte es einmal einen Tag lang in Straßburg mit einer Anstellung als Hauslehrer versucht und war kläglich gescheitert. Aber vielleicht wäre es wirklich das Beste, wenn er sich jetzt für einige Zeit aus Weimar zurückzöge, dachte er. Danach wäre auch Frau von Stein wieder von ihrer Kur zurück und im Frühherbst könne dann eine neue Epoche des Geniewesens beginnen.

Goethe schlug ihm freudig auf die Schulter. So sehe er den Freund am liebsten, sagte er. Diese Entschlusskraft, verbunden mit Schaffensfreude, mache ihm, Goethe, Hoffnung, dass es mit Lenz bergauf gehe.

Was er dem Freund nicht erzählte, war die Tatsache, dass der in Berka von Lenz zu unterrichtende Jüngling unter einer schweren Störung litt, die dafür sorgte, dass sich alle bisherigen Hauslehrer trotz ungewöhnlich guter Entlohnung nach kürzester Zeit wieder verabschiedet hatten. Der sechzehnjährige Friedrich, der extrem faul, von träger Auffassungsgabe war, der in seinem Erscheinen recht unappetitlich wirkte und in seinem bisherigen Schülerdasein gerade einmal notdürftig Lesen und Schreiben gelernt hatte, litt unter zwanghafter Onanie.

Auch Lenz gab sich der Selbstbefriedigung hin, vielleicht über die Maßen, wie er manchmal dachte, hatte sein Laster jedoch unter Kontrolle, wenn er unter die Leute ging. Immer wieder überprüfte er, ob seine Haltung noch gerade sei und tastete, ob sich schon weiche Stellen an seiner Wirbelsäule gebildet hätten.

Friedrich pflegte sich in Anwesenheit des Hofmeisters, am liebsten während des Lateinunterrichts, zu befriedigen. Anscheinend führte der Klang des Lateinischen bei ihm unmittelbar zur völligen Enthemmung. Es dauerte keinen halben Tag, bis Lenz die Bekanntschaft mit dieser unterrichtsbegleitenden Vorliebe machen musste. Während der neue Hofmeister laut die unregelmäßigen Verben beugte, holte Friedrich wie nebenbei sein Geschlechtsteil aus der Hose und bearbeitete es in aller Ruhe. Dabei grinste er dem Lehrer feist und dummdreist ins Gesicht.

Nach zwei Tagen, an denen Lenz zunächst konsterniert war und sich dann darüber klar wurde, dass diesem Jungen nicht zu helfen war, meldete Lenz den Eltern das Verhalten seines Schützlings, die es längst kannten und nichts anderes erwartet hatten, als dass auch der neue Hauslehrer damit konfrontiert würde.

»Was soll nur aus dem Jungen werden, Herr Lehrer?«, lamentierte die Mutter. Er werde Rückenmarksschwund bekommen und eines Tages aufgrund von Knochenerweichung in sich zusammenbrechen. Dann werde die ganze Welt wissen, was er getrieben habe. Viele Laster ließen sich verheimlichen, dieses nicht. Alle die gebückten und gebeugten Männer, die man in fortgeschrittenen Jahren durch die Straßen schleichen sehe, stellten doch den regelmäßigen Missbrauch ihres Leibes offen zur Schau und könnten gar nicht mehr verbergen, wie sehr sie sich in früheren Jahren haben gehen lassen. Was werde man dann auch von ihnen, den Eltern, denken, die das bei ihrem Sohn nicht zu verhindern wussten?

»Es ist mir egal, was man von Ihnen denken wird, wenn Ihr Sohn sich das Mark aus den Knochen herausonaniert hat und an Knochenschwund dereinst auseinanderbricht«, sagte Lenz.

Er werde sich das auf keinen Fall weiter mit ansehen. Entweder Friedrich höre auf, sich in seiner Gegenwart selbst zu befriedigen, oder er quittiere sofort den Dienst.

»Nein, bitte, bitte, Sie sind unsere letzte Hoffnung«, rief die Mutter aus. »So viele Hofmeister haben uns schon verlassen, nur weil sie Friedrichs schlechte Angewohnheiten nicht hinnehmen wollten. Was heißt auch schon Selbstbefriedigung? Das klingt so ungeheuerlich, so abgrundtief verworfen und schlecht. Es ist doch auch nur beim Latein. In allen anderen Fächern ist er ein gelehriger Schüler. Und glauben Sie mir, er ist ein guter Junge. Man muss an ihn glauben, sonst richtet er sich tatsächlich zugrunde. Versuchen Sie es doch noch einmal mit ihm.«

Lenz fragte sich, ob man hier noch von einer schlechten Angewohnheit sprechen könne oder ob es sich nicht schon um eine Spielart von angeborener Blödigkeit, geistiger Umnachtung oder konstitutiver Debilität handle. Schließlich ließ er sich noch einmal erweichen, sein Lehramt fortzusetzen.

Am nächsten Morgen, als Lenz die Lernstube betrat, saß Friedrich schon mit erigiertem Glied in seinem Stuhl und hielt es dem Hauslehrer erwartungsvoll entgegen. Lenz wandte sich ab. Friedrich grinste seinen Hofmeister feist an, während er sein Glied langsam mit einer Hand rieb und gleich darauf auch noch übertrieben laut zu stöhnen anfing, wobei er gespielt wollüstig verzerrt lateinische Vokabeln vernehmen ließ.

Lenz stand zuerst mit offenem Mund und ungläubigem Staunen vor dem Phänomen. Kalter Schweiß brach bei ihm aus, er begann zu frösteln und gleich darauf schoss ihm das Blut in den Kopf. Einen Augenblick später fuhr er aus der Haut, sprang mit einem Satz über den Tisch, auf dem aufgeschlagen die Lateinsachen lagen, schnappte sich das lange hölzerne Lineal, das ebenfalls dabeilag und schlug damit nach der Erektion des lateinische Vokabeln stöhnenden Schülers.

Lenz verfehlte ihn knapp. Der Verfolgte schrie auf, drehte sich weg, stieß aber mit dem Penis hart am Tisch an und sprang vor Schmerzen schreiend halb gebückt und mit beiden Händen seinen Penis umfassend, im Raum umher, indem er mehrmals entsetzt »Mein Ding, o Gott, mein Ding!« ausrief.

Lenz verfolgte ihn weiter und schlug ihn mit dem langen Lineal auf Hintern und Rücken, dass es jedes Mal entsetzlich klatschte, wenn er ihn traf. Er vergaß sich. Immer wieder klatschte das hölzerne Lineal auf die speckige Haut des Jungen, der in der Mitte des Raumes niedersank, sich zusammenkrümmte und jämmerlich schrie. Einen hereinstürmenden ältlichen Diener, der dem Jungen zu Hilfe eilen wollte, schleuderte Lenz mit ungeheuren Kräften, die Hass und Abscheu bei ihm freigesetzt hatten, kurzerhand gegen das Bücherregal, wo er inmitten der herabstürzenden Bücher wie tot liegen blieb. Dabei stieß der rasende Hauslehrer Verwünschungen und Beschimpfungen aus, befahl dem Gepeinigten, er solle laut und mehrmals Mea Culpa, Mea Culpa Maxima sagen und hieb ununterbrochen auf den sich am Boden wälzenden Jungen ein, bis das Lineal bei einem besonders hart ausgeführten Schlag in der Mitte durchbrach.

Friedrich lag wimmernd auf der Erde, Lenz warf das Stück der zerbrochenen Holzlatte, das er noch in Händen hielt, in dessen Richtung und verschwand aus dem Hause der Familie. Als Friedrichs Eltern am Mittag von einem Einkauf mit der Kutsche zurückkamen, fanden sie den Sohn mit Striemen auf Hintern und Rücken weinend vor dem Schreibtisch liegen und entdeckten den benommenen Diener zwischen den herabgestürzten Büchern.

Wie eine Unterrichtsstunde derart entgleisen konnte, wollte ihnen zunächst nicht einleuchten, bis der Diener erklärte, der Hauslehrer habe schon in den ersten Minuten seines Unterrichts vollkommen die Kontrolle verloren und sei gegen Friedrich und alles

Mobiliar und nicht zuletzt gegen ihn, der habe helfen und retten wollen, wie ein Wahnsinniger vorgegangen.

Sofort entschloss sich der Vater, nach Weimar aufzubrechen, um Beschwerde beim Herzog persönlich einzulegen. Er wurde nicht vorgelassen, wurde an Freiherr von Fritsch verwiesen, der zufällig im Schloss weilte und bekam die Auskunft, man kenne keinen Hofmeister namens Lenz. Außerdem sei Hofmeister zu beschäftigen Privatsache und könne bei einem Scheitern des Arbeitsverhältnisses nicht bei höherer Stelle beklagt werden.

Naturgemäß sprach sich die Sache in Weimar herum und kam bereits am Abend auch Goethe zu Ohren. Er wartete auf die Rückkehr des gescheiterten Pädagogen, der aber nicht kam. Goethe wartete zwei, drei Tage, aber nichts geschah. Kein reumütiger Lenz kam des Wegs und bettelte um Wiederaufnahme in Weimar. Sollte Lenz einfach weitergezogen sein? Hatte sich das Problem mithin von selbst erledigt?

Die Gelegenheit war jetzt günstig, eine Besucherin zu empfangen, deren Kommen sowohl bei Frau von Stein als auch bei Lenz für Irritationen gesorgt hätte. Im März, kurz bevor Lenz in Weimar eingetroffen war, war Goethe an der Seite des Herzogs nach Leipzig gereist und hatte die Schauspielerin Corona Schröter getroffen, die in ganz Mitteldeutschland einen einzigartigen Ruf genoss. Sie galt als eine der zugleich talentiertesten und schönsten Frauen, die sich je auf deutschen Bühnen haben sehen lassen und Goethe, der die bis zur Verzückung gesteigerten schwärmerischen Berichte seines Herzogs über die Mimin aufmerksam angehört hatte, wollte sie unbedingt kennenlernen.

Auch Corona war versessen darauf, den gerade

neu aufgegangenen Stern am literarischen Himmel in Leipzig begrüßen zu können. Sie hatte schon einige seiner Stücke auf die Bühne gebracht. Seine Texte lebten in ihrem Gedächtnis und viele Passagen auch in ihrem Herzen. So kam es zu einer enthusiastischen Begegnung zweier Menschen, die sich noch nie gesehen hatten, aber schon sehr viel übereinander wussten.

Goethe sah sein Ingenium zum ersten Mal in einer Künstlerin gespiegelt, die vom selben Ehrgeiz getrieben war wie er. Die Darstellung, der Ausdruck, der Stil standen für beide über dem Leben, das sich mit seinen Ansprüchen und Zumutungen den Forderungen der Kunst unterzuordnen hatte. Entsprechend hatten sich auch andere Menschen dieser Priorität der Form und dem Selbstbewusstsein ihrer Vertreter zu beugen.

Für Goethe ergab sich somit eine neue erotische Konstellation. In Corona Schröter lernte er den Typus der ebenbürtigen Frau kennen, die weder eine zu beschützende Schwester noch eine empfindsame Prinzessin noch eine abweisende Gouvernante war, sondern tatsächlich ein gleichrangiges Gegenüber, bei dem man die Anerkennung der eigenen Person in offener Auseinandersetzung erstreiten musste, ohne je über sie zu verfügen.

Stundenlang sprachen sie in Leipzig über das Theater. Goethe verfiel sogleich auf die Idee, Corona an den Musenhof in Weimar zu lotsen, um sie dort dauerhaft als Darstellerin seiner eigenen Stücke neben sich in den weiblichen Hauptrollen auftreten zu lassen. Schon sah er seine dramatische und theatralische Produktivität durch Coronas künftige Mitarbeit aufs Äußerste gesteigert. Schon erblickte er in ihr die Vollenderin aller seiner Fantasien, die sich auf das Drama bezogen.

Ein gar nicht so kleines Problem ergab sich allerdings bei dieser von Goethe offen betriebenen Werbung um die bezaubernde Diva: Der Herzog war verrückt nach ihr. Wenn er auch das Verhältnis, das seine Frau Louise mit Goethe unterhielt, ignorierte, so ließ er seinem Hofgenie in Sachen Corona Schröter nicht das Geringste durchgehen. Goethe musste also vorsichtig sein.

Der Zeitpunkt, sie jetzt kommen zu lassen, um ihr Weimar, das Liebhabertheater und vor allem ihren Gastgeber Goethe selbst schmackhaft zu machen, war einfach zu günstig. Lenz, der sich sofort wieder eingemischt hätte, war verschwunden, die Stein weilte zur Kur und das herzogliche Paar hielt sich zu Verwandtschaftsbesuchen am Darmstädter Hof auf.

Zuvor in Leipzig war es das erste Mal, dass Goethe das Mittel der Eifersucht einsetzte, um Frau von Stein, die ihn mit ihrer Kühle und Distanz schier zur Verzweiflung brachte, zu provozieren. Von dem ersten Treffen mit Corona Schröter berichtete er brieflich in aller Offenheit und sprach dabei kaum verdeckt auch sein Problem an, das er mit Charlotte hatte. In der Nacht des 25. März sechsundsiebzig verstieg sich Goethe nach einem hitzigen Gespräch mit der Schauspielerin, in deren Verlauf er sie mitten in einem Streit spontan auf den Mund geküsst hatte, sogar zu einem regelrecht boshaften Brief an Charlotte.

Er ließ sich, mit dem Hinweis, dass es schon spät in der Nacht sei und er wegen der reizenden Gesellschaft, die er genossen habe, erst jetzt dazu komme, seiner Herzensdame in Weimar zu schreiben, mit folgenden Worten vernehmen: *Die Schröter ist ein Engel –*

Wenn mir doch Gott so ein Weib bescheeren wollte, dass ich Euch konnt in Frieden lassen – doch sie sieht dir nicht ähnlich genug.

Die letzte Bemerkung konnte man angesichts der allseits bewunderten Attraktivität der Schröter unschwer als doppeldeutig auffassen. Charlotte wäre die Letzte gewesen, die das nicht bemerkt hätte. Sie fasste den Brief als eine Demütigung auf. Das war also die Dankbarkeit, die ihr der bourgeoise Emporkömmling dafür entgegenbrachte, dass sie ihn zu einem Heiligen machen wollte. Sie, die erste Hofdame, mit einer gewöhnlichen Schauspielerin zu vergleichen, war mehr als eine Frechheit. Es war eine Herausforderung. Sie würde ihn in seine Schranken weisen, sie würde mit einer weitaus grausameren Waffe zurückschlagen. Sie würde seine Eifersucht auf die Spitze und ihn in die Verzweiflung treiben.

Doch zunächst war Anfang Juli. Weimar schien wie ausgestorben. Die Herrschaften weilten mehrheitlich auf ihren Landsitzen, und Goethe empfing Corona Schröter in seinem Gartenhaus an der Ilm. Sie standen sich auf der Wiese vor dem Haus gegenüber und fanden einander immer noch so prächtig wie im März. Sie verloren keine Zeit. Eine Woche lang kamen sie so gut wie nicht mehr aus dem Gartenhaus heraus.

Draußen plätscherte der Fluss friedlich vor sich hin. Die Sonne ging früh auf. Nachtigall und Lerche wechselten sich zuverlässig ab. Mittagshitze breitete sich früh im Park aus. Erreichte am Nachmittag ihren flirrenden Höhepunkt und wechselte abends in eine milde satte Wärme, die dazu einlud nackt umherzugehen.

Währenddessen gingen die beiden Seelenverwandten im Gartenhaus bei offenen Fenstern und Türen einer einzigen, sie ganz und gar ausfüllenden Tätigkeit nach, mit der sie des Morgens, vom kurzen Schlaf erquickt, begannen und in die sie bis zum Abend vertieft blieben, nur um sie nach kurzer Stärkung auch in der Nacht fortzuführen.

Mit Corona war die Göttin des Sieges in Weimar eingezogen und hatte alles Kleinliche, Verzagte und Verklemmte hinweggefegt. An die Stelle der Kälte war Leidenschaft getreten, die mit jedem Tag größer wurde. Zum ersten Mal empfand er wirklich, was es bedeutet, sich wie ein Gott zu fühlen. Die Reden über die Göttlichkeit des Genies dagegen sanken zu Reklamesprüchen fahrender Händler herab.

Wenn es dunkel wurde, stiegen sie in den Fluss, schwammen ein Stück, kühlten die erhitzten Leiber und legten sich auf die weit vor dem Gartenhaus sich ausbreitenden Wiesen. Später deckte Goethe einen Tisch vor dem Gartenhaus, man speiste, trank und diskutierte über nichts als das Theater, die Poesie und die Liebe.

Die Sommertage im Gartenhaus vergingen wie ein Vorgeschmack auf das Paradies, vor dem nur manchmal der Diener Seidel lautlos und unsichtbar auftauchte, um leichte Speisen, leichte und auch schwerere Weine und frische Bettwäsche abzuliefern. Der in Weimar verbliebene Hofstaat wurde von Goethes Freund Knebel abgelenkt, der verbreitete, Goethe arbeite im Gartenhaus an seinem neuesten Stück, das zweifellos sein bedeutendstes werde, und er dürfe auf keinen Fall gestört werden, ja er wolle bis auf Weiteres keinen einzigen Menschen auch nur im Umkreis des Gartenhauses zu Gesicht bekommen.

Am Ende ihres Aufenthalts war Corona fest entschlossen, ihr Engagement in Leipzig zu kündigen und zu Beginn der neuen Spielzeit im November am Liebhabertheater anzufangen. Er würde ihr die Iphigenie auf den Leib schreiben, sagte der Dichter. Sie lachte auf. Er konnte spüren, wie die Hitze ihres Körpers durch die milde Nachtluft zu ihm hinüberdrang.

Nach einer Woche bestieg Corona eine Kutsche, die Seidel aus Leipzig kommen ließ und die vor dem Gartenhaus wartete. Sie hielt, während die Pferde losliefen, ein blassrosafarbenes Taschentuch so lange heraus, bis sie außer Sichtweite war. Als die Kutsche schon verschwunden war, schien es Goethe, als schwebe das Taschentuch noch immer über die Wiesen an der Ilm. Auch am nächsten Tag noch glaubte er in manchen Augenblicken Coronas blassrosa Taschentuch durch den Park schweben zu sehen.

Am Abend ihrer Abreise erwartete man das herzogliche Paar aus Darmstadt zurück. Und auch Lenz, an den Goethe gar nicht mehr gedacht hatte, war plötzlich wieder da.

Es war für Goethe ein seltsamer Anblick, als nun wieder Lenz statt Corona Schröter im Gartenhaus saß. Lenz hatte sich in den Wochen seiner rätselhaften Abwesenheit einen dichten schwarzen Bart wachsen lassen. Bärte und zumal ein solcher, wie ihn Lenz jetzt trug, waren bei Hof noch nie in Mode gewesen. Sie galten als Kennzeichen von Räubern und Landstreichern, verstießen gegen den guten Geschmack und verhießen nichts Gutes. Alles Glattgeputzte, bemüht Parfümierte und französisch Stilisierte stand in diametraler Opposition zu dem wilden Räuberbart, wie ihn Lenz nun trug. Gegen dieses schwarze Gestrüpp erschien Goethes Zopf wie der Auswuchs femininer Zierlichkeit.

Goethe wusste genau, aus welchem Grund Lenz diesen Bart sich jetzt hatte wachsen lassen. Er demonstrierte damit sein Außenseitertum und einmal mehr seine Selbsteinschätzung als außergewöhnliche Persönlichkeit. Wie sein Vorbild Rousseau mimte Lenz den Naturmenschen, der die Falschheit der höfischen Welt anprangerte.

Allein aus seinem Bart, so erschien es Goethe unmittelbar, zog Lenz nach seinem doppelten Scheitern als Genie bei Hofe und als Hofmeister in Berka wieder neues Selbstbewusstsein.

Diese nach außen hin demonstrierte Stärke hatte auch einen produktiven Grund. Lenz kam nicht mit leeren Händen nach Weimar zurück. Er hatte ein neues Manuskript in der Tasche.

Auf seiner Flucht aus Berka hatte er mitten im Wald die Hütte eines Einsiedlers entdeckt, der sich gerade auf eine längere Abwesenheit vorbereitete, da er endlich seinen Lebenstraum, die Wanderung auf dem Jakobsweg bis nach Santiago de Compostela, Wirklichkeit werden lassen wollte. Der Einsiedler, dessen weißer Bart ihm bis zum Bauchnabel reichte und der Lenz mit dieser beeindruckenden, wenn auch etwas schütteren Demonstration äußerer Unabhängigkeit zum eigenen Bartwuchs inspirierte, nahm den Fliehenden bei sich auf, ohne viel mit ihm zu sprechen. Eines Morgens war er, ohne Abschied genommen zu haben, verschwunden.

Lenz schloss daraus, dass er bleiben und die in der Hütte noch vorhandenen Vorräte verbrauchen dürfe. Zugleich erschien ihm die Idee, in seiner neuen Behausung eine Schrift auszuführen, von der er schon lange träumte. Es wäre nichts weniger als der Gegenentwurf zum *Werther*. Ein Briefroman, mit dem er den

Werther in den Schatten stellen würde. Endlich hatte er eine Möglichkeit gefunden, Goethe zu übertreffen und nun war die Zeit gekommen, es auszuführen.

Täglich setzte er sich mehrere Stunden an einen vor der Hütte stehenden kleinen Tisch und schrieb auf die alten vergilbten Blätter, die er in der Bretterbude fand. Er sah drei Wochen lang keinen einzigen Menschen. Des Nachts lauschte er dem Käuzchen, das sich ihn als Publikum für seine Rufe ausgesucht hatte und auf dessen allabendliche Wiederkehr er sich verlassen konnte.

Die Spätsommernächte im Wald waren wundervoll mild und dufteten himmlisch. Der Mond stand jede Nacht mit einem verschwommen schimmernden Hof über der Einsamkeit des Schreibenden. Die Grillen sangen ihr monotones Lied auf so zarte Weise, dass er manchmal fast geneigt war mitzusummen. Tiere kamen, angelockt von dem Licht seiner Kerze, in seine Nähe und beobachteten ihn, wie er in ihrem schwachen Schein auch nachts noch einmal das Schreiben aufnahm. Wenn er aufblickte, sah er im Gebüsch manchmal ihre roten Augen. Im Widerschein der Flamme leuchteten sie auf und verschwanden.

Er ängstigte sich nicht. Die Kraft seiner Ideen, die Sicherheit seiner Sprache, der Zug seines fortschreitenden Schreibens machten ihn gegen jede Verunsicherung immun. So entstand innerhalb von wenigen Wochen der erste Entwurf des *Waldbruders*.

4.

Der Geschworene sitzt mit seiner großen Familie in der Stube, als Goethe eintritt. Elf Kinder sitzen oder stehen überall im Raum verteilt und schauen ihn aus großen Augen an. Die Frau des Geschworenen ist wieder schwanger. Eigentlich erweckt sie nicht mehr den Eindruck, im gebärfähigen Alter zu sein. Jetzt steht sie umringt von drei Kindern und schneidet Brotscheiben von einem großen Laib herunter. Sie schenkt dem Gast ein gequältes Lächeln. Man hat ihn erwartet. Auf ihn gefreut hat man sich augenscheinlich nicht.

Goethe atmet die schlechte Luft, die im Raum herrscht, und glaubt zu ersticken. Sie ist erfüllt vom Geruch gegarter Kartoffeln und eines unentwegt brennenden Holzofens, dessen altes Blechrohr an einer Stelle undicht ist. So dringt ständig feiner Rauch in die Stube und verpestet die Luft. Das einzige enge Fenster des Raums zu öffnen, kommt niemandem in den Sinn.

»Könnte man vielleicht ein Fenster öffnen?«, fragt er höflich.

Schweigen schlägt ihm entgegen. Die Familie schaut ihn wie einen Fremden an, der unerwartet etwas Entsetzliches gesagt hat.

»Es ist zu spät«, sagt der Geschworene dann unvermittelt.

Goethe stutzt. Warum sollte es zu spät sein, um ein Fenster zu öffnen?

»Man kann immer ein Fenster öffnen. Dazu ist es nie zu spät«, sagt er und hat zugleich das Gefühl, erneut etwas Falsches gesagt zu haben.

Wieder sehen ihn das Ehepaar und die elf Kinder stumm an. Vielleicht, denkt er, empfinden sie es als Beleidigung, dass er bei ihnen eingetreten ist und sogleich etwas verlangt hat. Ganz bestimmt betrachten sie es als eine Beleidigung.

»Es ist schon zu spät für den Berg«, sagt der Geschworene. »Wir machen das morgen früh.«

Er sagt es mit solcher Bestimmtheit, dass Goethe unmöglich widersprechen kann. Der Geschworene erhebt sich und führt Goethe zu seinem Bett.

»Hier können Sie schlafen«, sagt er ohne jede Spur von Gastfreundschaft.

Das sogenannte Bett ist in einer Reihe von aneinandergereihten Pritschen die letzte Pritsche. Alles findet in einem Raum statt, Kochen, Essen, Wohnen, Schlafen. In einer Ecke ist eine Ziege angebunden und blickt stumpf vor sich hin. Sie hat ein Bündel Heu vor sich liegen und zupft manchmal daran herum. Er kann unmöglich hier schlafen, sagt er sich. Mit dreizehn Personen in einem Raum, einer Hochschwangeren, einer Ziege, dazu Kleinkinder, die ständig aufwachen und schreien, bei dieser Luft, die man jetzt schon nicht atmen kann, das scheint ihm nicht zumutbar.

»Gibt es hier eine Herberge?«, fragt er unverblümt.

»Nein«, antwortet der Geschworene.

»Kein Gasthof, in dem man absteigen kann?«

»Nein, nicht in erreichbarer Nähe. Und da wir morgen früh gleich losmüssen, ist es nicht ratsam, zum Schlafen in die Stadt zu gehen.«

Wieder sehen ihn alle an. Dann sagt der Geschworene:

»Hier gibt es normalerweise kaum Gäste. Wenn Sie hier nicht schlafen wollen, wenn es Ihnen hier zu gedrängt erscheint, das verstehen wir. Dann gehen Sie doch hinüber zu Roller-Karl. Der lebt allein.«

»Roller-Karl«, sagt Goethe in einem Ton, als müsse er sich den Namen vorsagen, um zu begreifen, dass man tatsächlich so heißen kann.

»Ja, genau, Roller-Karl.«

»Also Karl Roller?«

»Nein, Roller-Karl. Er züchtet Harzer Roller.«

Goethe denkt an seinen Holzroller aus Kindertagen. Er könnte sich vorstellen, dass man solche Roller herstellt oder baut, aber dass man sie züchtet …

»Kanarienvögel«, sagt der Geschworene ohne eine Miene zu verziehen.

»Aha.«

»Ja, die heißen Harzer Roller.«

»Und die züchtet der Roller-Karl?«

Schweigen. Nach einigen endlos erscheinenden Augenblicken schaut ihn der Geschworene an und sagt:

»Nicht nur er.«

Der Steiger schaut weiter Goethe an, als wolle er noch etwas hinzufügen, das ihm absolut nicht einfallen will. Dann sagt er:

»Er, also der Roller-Karl, beherbergt auch Gäste. Gehen Sie hinüber und fragen Sie ihn. Wir sind Ihnen nicht böse, wenn Sie nicht in unserer Stube übernachten wollen. Es ist wirklich sehr eng. Bisher hat das zwar noch keinen gestört, aber …«

»Also kommen doch manchmal Besucher hierher?«

»Schon, aber die übernachten anstandslos bei uns oder beim Roller-Karl.«

Goethe geht über die Straße. Vor dem Haus von Roller-Karl hört er schon die Kanarienvögel im Innern pfeifen, singen und tirilieren. Er klopft. Ein alter Mann öffnet und blickt ihn feindselig an:

»Was wollen Sie?«, fragt er barsch.

Goethe bekommt die Antwort kaum über die Lippen:

»Ich möchte eventuell bei Ihnen übernachten. Man hat mir gesagt, Sie würden Gäste aufnehmen.«

»Wer hat das gesagt? Und was heißt hier eventuell?«

»Der Geschworene von gegenüber hat Sie empfohlen.«

»Wer sind Sie?«

»Mein Name ist Weber, ich komme aus Darmstadt und habe vom dortigen Hof den Auftrag erhalten, den Schacht von Rammelsberg zu besichtigen. Morgen fahre ich mit dem Geschworenen ein.«

Mit einer knappen Geste bittet der Alte den Besucher herein. Schon im Hausflur ist der Lärm, den die Kanarienvögel veranstalten, ohrenbetäubend. Ein beißender Geruch wie in einem Taubenschlag liegt im Haus. Der Alte öffnet eine Zimmertür und Goethe schaut in ein von drei Talglampen schwach erleuchtetes Zimmer, in dem ein gelbes und orangefarbenes Chaos umherfliegender und aus vollen Kehlen singender Kanarienvögel herrscht.

Roller-Karl geht in das Zimmer hinein, ohne sich um die Vögel zu kümmern. Sie befliegen ihn sofort, setzen sich auf seinen Kopf und seine Schultern und lassen ihren Kot auf ihn fallen. Er winkt Goethe, ihm zu folgen. Goethe hat seit jeher eine Abneigung gegen flatternde Wesen und fliegende Tiere, vor allem, wenn sie in geschlossenen Räumen auftreten. Er tritt in das

Zimmer, hält die Hände vor den anfliegenden Kanarienvögeln vor den Kopf und kehrt sofort wieder um.

Etwa zehn Kanarienvögel haben sich sogleich auf den Eintretenden gestürzt, zwei haben sich auf der breiten Krempe seines Huts niedergelassen und diesen im selben Moment mit ihrem Kot beschmutzt.

»Das ist ja widerlich«, ruft er von draußen durch die geschlossene Tür.

»Kommen Sie herein, ich zeige Ihnen Ihr Bett«, ruft es von innen durch das laute Pfeifen der wie verrückt singenden Kanarienvögel.

Goethe wendet sich, um zu gehen. Lieber wird er im Bett der Familie des Geschworenen übernachten als zwischen diesen irren Vögeln und ihrem verdreckten Züchter.

Er öffnet die Haustür und geht hinaus. Roller-Karl folgt ihm und kommt ebenfalls vors Haus. Der Gestank aus dem Haus folgt ihm.

»Was ist denn mit Ihnen los? Die Vögel sind doch ganz zutraulich. Man gewöhnt sich schnell an sie.«

Goethe sieht den Vogelzüchter an, als sei der nicht ganz bei Sinnen.

»Ich kann auch mit dem Preis etwas heruntergehen, wenn Sie die Roller stören.«

Goethe will etwas antworten, aber zum ersten Mal seit langer Zeit fällt ihm absolut nichts ein. Wie kann dieser Mensch glauben, dass er in seinem Haus Gäste beherbergen kann?

»Hofrat Weber wird auf gar keinen Fall in Ihrem Haus übernachten«, tönt plötzlich mit sonorer Bestimmtheit hinter ihnen eine Stimme aus der Dunkelheit. Goethe und Roller-Karl drehen sich um. Ein groß gewachsener Herr, ganz in Schwarz gekleidet, steht vor ihnen. Er ist wie aus dem Nichts aufgetaucht. Er scheint nicht mehr der Jüngste zu sein, wirkt drahtig und weltläufig und trägt die markanten Gesichtszüge einer alternden Respektsperson, vielleicht die eines Diplomaten oder eines Gelehrten. Goethe glaubt in seiner Rede einen englischen Akzent herauszuhören.

Roller-Karl verbeugt sich sogleich ehrfürchtig vor dem Fremden und sagt:

»Selbstverständlich, Herr. Ganz wie Sie befehlen.«

Dann zieht sich der Vogelzüchter gebückt rückwärtsgehend in sein vom Gesang und dem Gestank der Harzer Roller erfülltes Haus zurück.

»Es stimmt nicht, Hofrat, dass es hier keinen Gasthof gibt. Die Leute wollen nur den Preis für das Logis selber einstreichen. Hier draußen in der Nähe des Bergwerks wohnt man nicht. Sie nutzen die Ortsunkenntnis des Fremden schamlos aus«, sagt der vornehme Herr, dessen englischer Akzent nun deutlich vernehmbar ist.

Goethe fragt sich, wo der Mann plötzlich herkommt und woher er seinen Namen kennt. Am Ende weiß er gar noch, dass es ein falscher Name ist.

»Verzeihen Sie mein unvermitteltes Auftreten. Aber ich musste einschreiten. Ich kenne die Verschlagenheit der Menschen hier nur zu gut. Darf ich mich vorstellen? Ich bin Graf Sigismund zu Storchenau und wie Sie auf der Durchreise.«

»Angenehm, Weber«, gibt Goethe, immer noch verwundert, zurück. »Aber Sie kennen meinen Namen ja bereits.«

»Ihre extravagante Person ist mir schon in Wernigerode aufgefallen, mein Herr. Ich habe die Lehrerin, bei der Sie übernachtet haben, nach Ihrem Namen gefragt.«

»Sie kennen Susanna?«

»Allerdings. Ich bin Mitglied eines Kreises, dem sie auch angehört.«

»Des Klopstockkreises, nehme ich an.«

»Ist denn der Name von Belang? Gewiss, alle seine Mitglieder schwören auf diesen merkwürdigen Kauz. Aber hat sich Klopstock nicht bereits überlebt? Lassen Sie uns nach Goslar hineinreiten. Ich kenne den Weg. Ich selbst übernachte im Gasthof zum Roten Fuchs. Dort ist auch für Sie bestimmt noch ein Zimmer frei.«

Goethe ist erstaunt: Jemand der sich offenbar selbst zum Klopstockkreis rechnet, zugleich aber den Namen Klopstock nicht mehr hören will. Außerdem verwirrt ihn der angelsächsische Tonfall seines neuen Begleiters, der zu seinem sehr deutschen Namen nicht recht passen will. Sigismund von Storchenau scheint Goethe eher der Name eines mittelalterlichen Ritters zu sein als der eines zeitgenössischen Adligen.

Sie reiten durch die ruhige Winternacht nach Goslar. Dabei passieren sie die alte Kaiserpfalz, die gespenstisch am Wegesrand aus dem Dunkel aufragt und deren Mauern Goethe an die unabwendbare Vergänglichkeit aller Dinge denken lassen. Immer wieder wird Goethe von solchen Abgründen heimgesucht.

Goethe und sein neuer Begleiter sprechen zunächst kaum miteinander. Vor allem von Storchenau bleibt seltsam stumm auf seinem Pferd, nachdem er sich anfangs so offen und hilfsbereit gezeigt hat.

»Sie finden tatsächlich, dass sich Klopstock bereits überlebt hat?«, fragt Goethe unvermittelt, nachdem sie die Kaiserpfalz hinter sich gelassen haben und weil er sich über seine düsteren Gedanken über Verfall und Vergessenwerden hinweghelfen möchte.

»In der Tat«, gibt Storchenau nur knapp zurück.

»Wie kommen Sie darauf?«

»Das ist meine persönliche Meinung. Es gibt inzwischen Interessanteres auf dem Gebiet der Literatur als Klopstock.«

»An wen denken Sie dabei?«

»An Goethe etwa. Was halten Sie von ihm?«

Goethe lässt eine kleine Pause entstehen, die ihn durchaus verdächtig machen könnte. Ein leichter Schreck breitet sich blitzschnell in ihm aus. Will ihn der Fremde auf die Probe stellen? Doch dann wird ihm klar, dass er so rasch wie möglich antworten muss, um bei seinem Gegenüber kein Misstrauen hervorzurufen. Daher beeilt er sich zu sagen:

»Nicht besonders viel. Er ist in meinen Augen vor allem ein Blender.«

»Das ist nicht ganz falsch, Hofrat. Aber Goethes Blenderei ist mir noch lieber als die Gefühlssoße, die Klopstock über dem Land ausgießt und die seine Anhänger wie Manna in sich aufnehmen.«

Goethe ist von Storchenaus fortschrittlicher Sicht auf die Literatur beeindruckt. Das hätte er dem konservativ erscheinenden Mann auf den ersten Blick nicht zugetraut. Und doch bleibt ihm ein leiser Verdacht, dass es sich hier auch um eine Täuschung handeln könnte, dass ihm dieser Reisende mit dem englischen Akzent nur etwas vorspielt und dass er, Goethe, die dahinterliegende Absicht noch nicht zu erkennen vermag.

Sie erreichen das Zentrum von Goslar, wo sich gleich mehrere Gasthöfe finden, die Goethe aufnehmen könnten. Er entscheidet sich aber dafür, von Storchenau in den Roten Fuchs zu folgen. Im Mondlicht liest Goethe die Aufschrift auf dem Messingschild, das vor dem Wirtshaus hängt. Er kann sich des Eindrucks nicht erwehren, dass der Schriftzug *Zum toten Fuchs* und nicht *Zum roten Fuchs* heißt. Jedoch ist es zu dunkel, um zweifelsfrei festzustellen, was dort wirklich steht.

Später trinken sie noch ein Glas miteinander. Als sich von Storchenau zu fortgeschrittener Stunde verabschieden will, fragt ihn Goethe dann doch, was er die ganze Zeit von ihm wissen wollte:

»Woher kommt Ihr Akzent, Graf?«

»Ich bin in England aufgewachsen und lebe manchmal noch immer längere Zeit dort. Mein Stammsitz aber ist Schloss Storchenau zu Storchenau, ein ödes Gemäuer am Deister, das schon mein Vorfahr, der Minnesänger Raimund zu Storchenau bewohnt und besungen hat.«

»Raimund zu Storchenau? Ich habe mich mit den alten deutschen Liedern beschäftigt, aber sein Name ist mir nicht begegnet.«

»Das liegt daran, dass Raimunds gesamtes Werk verschollen ist.«

»Das ist traurig.«

»Ach was, halb so schlimm. Er wird ungefähr dasselbe gedichtet haben wie seine damaligen Kollegen. Diese Leute hatten ja keine eigenen Ideen.«

»Also sind Sie nicht wegen Ihres Vorfahren unterwegs?«

»Nein, wo denken Sie hin? Der lebte im 13. Jahrhundert und war ein Wüstling. Was sollte der mich noch interessieren. Sein Porträt hängt in meinem Schloss. Das ist fast schon zu viel der Huldigung.«

»Dann sagen Sie mir doch, Graf, was treibt Sie im tiefsten Winter in den Harz?«

»Verzeihen Sie, darüber darf ich eigentlich nicht reden. Eine geheime Mission, im Prinzip. Aber ich will sie Ihnen anvertrauen, da Sie in gänzlich anderer Absicht hier unterwegs sind und ich auf Ihre Verschwiegenheit bauen kann.«

»Ich bin gespannt.«

Der Graf zögert etwas, dann fährt er fort:

»Ich bin Gesteinsforscher und kenne die Gegend hier sehr gut. Ich werde in den kommenden Tagen mit dem Grafen von Gleichen zusammentreffen und wir werden gemeinsam für das Haus Hannover den Brocken im Harz besteigen. Der Graf von Gleichen ist geradezu besessen von diesem Plan.«

Goethe fährt der Schreck in alle Glieder. Den Brocken im Winter zu besteigen, ist *sein* Plan. *Er* wollte in die Geschichte eingehen als derjenige, der den Brocken als Erster im Winter bezwungen hätte. Ihm wäre nicht im Traum eingefallen, dass gleichzeitig noch jemand anderes auf diese abstruse Idee gekommen sein könnte. Und dann, wer war der Graf von Gleichen? Hat sich nicht dieser eingebildete Schauspieler, den Goethe in Ilfeld kennengelernt hat und der dem Lenz so ähnlich schien, so genannt: von Gleichen?

»Wie, sagten Sie, heißt Ihr Begleiter bei der Besteigung? Ich habe seinen Namen wohl schon einmal gehört?«

Goethe tastet sich an weitere Informationen heran.

»Graf Geisbart von Gleichen. Auch er gehört dem Kreis derer an, die Sie die Mitglieder des Klopstockkreises nennen.«

»Und warum möchte dieser Graf von Gleichen unbedingt im Winter den Brocken besteigen?«

»Das ist seine Privatsache. Er ist wie gesagt besessen davon. Er will etwas dafür tun, dass sein Name in die Geschichte eingeht. Seine Verlobte hat ihn verlassen und darüber ist er rasend geworden. Ich habe mich lediglich bereit erklärt, ihn als Zeugen zu begleiten und die Flagge des Hauses Hannover auf dem Gipfel zu hissen.«

»Das ist sehr nobel von Ihnen.«

»Nicht der Rede wert. Der Aufstieg ist auch im Winter kein Problem. Die Leute lassen sich von wilden Legenden abschrecken. Gewiss, man kann sich im Nebel verlaufen. Aber wozu gibt es Kompassnadeln? Ich persönlich, das darf ich Ihnen sagen, habe nicht den geringsten Ehrgeiz, den Brocken zu besteigen und dabei der Erste zu sein. Mich interessiert einzig das dortige Gestein, vor allem der Granit.«

»Wann soll denn der Aufstieg erfolgen?«

»Ich werde den Grafen von Gleichen morgen treffen. Wir werden nach Harzburg reiten und von dort aus den Aufstieg vorbereiten. Bis Weihnachten sind wir wieder zu Hause. Ich hoffe, auf dem Gipfel einige Granitproben nehmen zu können.«

»Granit? Was interessiert Sie so sehr am Granit?«

»Granit ist der Schlüssel zu allem, Herr Hofrat. Er ist das Höchste und das Tiefste. Diese Gesteinsart bildet die Grundfeste unserer Erde. Auf ihr haben sich alle übrigen Steinarten gebildet und übereinandergeschichtet. Das Ursprüngliche, woraus alles geworden ist, ist der Granit. Wieso sollte ich in die Geschichte als Bergsteiger eingehen wollen, wo ich derjenige sein kann, der den Ursprung aller Dinge entdeckt hat, der ans Licht bringt, was die Welt tatsächlich zusammenhält?«

»Und Sie meinen, es ist der Granit, der die Welt im Innersten zusammenhält?«

»Ganz recht, junger Freund. Wir müssen uns einen

Sinn für die Empirie erarbeiten und diese mit der Metaphysik in Beziehung setzen.«

Goethe denkt über diesen letzten Satz lange nach. Der Graf von Storchenau erscheint ihm als ein äußerst fortschrittlicher Geist, denn solche Ansichten hat Goethe noch nirgendwo gehört oder gelesen. Sie erscheinen ihm ungeheuerlich neu und zugleich vollkommen selbstverständlich.

Sie verabschieden sich voneinander. Goethe dankt für den Hinweis auf den Gasthof, von dem aus er am Morgen problemlos den Schacht von Rammelsberg erreichen kann.

»Wir werden uns wiedersehen«, sagt Storchenau lächelnd und Goethe meint, einen listigen Zug um seine Augen zu entdecken. Er nickt. Am nächsten Morgen erhält Goethe die Auskunft, der Graf habe schon in aller Frühe den Gasthof verlassen und sei in Richtung Harzburg aufgebrochen.

Bevor er zur Grubenbesichtigung im Rammelsberg aufbricht, schreibt er den Entwurf eines Briefes an Corona Schröter, in deren Mittelpunkt er eine Episode stellt, die er in seiner ersten Nacht in Goslar, nachdem er sich von Graf von Storchenau verabschiedet hatte, erlebt hat.

Es sei schon spät gewesen, tief in der Nacht, und er habe wie so oft lange wach im Bett gelegen, als die Haustür des Gasthofs noch einmal aufgeschlossen worden sei und sich Schritte die Treppe hinauf hören ließen, die sich dem Stockwerk und dann dem Flur näherten, in dem sein Zimmer lag. Den Schritten nach zu urteilen habe es sich um zwei Personen gehandelt, die just neben ihm ein Zimmer aufschlossen und darin verschwanden. Sogleich habe er einen kleinen

Tumult gehört, Kichern und Lachen, das von einer männlichen und einer weiblichen Stimme herrührte, und er habe daraus geschlossen, dass hier ein reisendes Ehepaar spät noch ein Zimmer gefunden habe und nun bei guter Stimmung sei und scherzend sich zur Ruhe begebe.

Dann aber habe sich die Szenerie in wenigen Sekunden vollkommen gewandelt. Schlagartig wurde aus dem kleinen Tumult ein Lärm, der ihn habe aufrecht im Bett sitzen lassen. Die Bettgestelle seien in diesem Gasthof wie überall sonst aus Holz und die Betten, auch das seine, recht instabil und wackelig. Jetzt aber schlug im Nebenzimmer das Bettgestell am Kopfende in einem gleichbleibenden harten Rhythmus gegen die Zimmerwand. Ein hämmerndes Geräusch, das nur von einer einzigen Tätigkeit ausgehen konnte, der die beiden ohne jeden Zweifel und überdies ohne jede Hemmung nachgingen. Wie ein beharrlich arbeitender Specht, der die Larven aus dem Holz klopfe, sei das Bettende von nebenan ein ums andere Mal dumpf an die Wand vor Goethes Kopf geschlagen.

Der Rhythmus habe sich stetig gesteigert. Nach zwei, drei Minuten, in denen das Bettgestell in gleichbleibender Stärke gegen die Wand pochte, habe die Frau nebenan mit einem so lauten und hemmungslosen Stöhnen eingesetzt, dass er in seinem Nachthemd ganz blass geworden und ihm, er wisse nicht genau zu sagen, aus welchem Grund der kalte Schweiß auf die Stirn getreten sei. Binnen Kurzem konnte man dieses Stöhnen gar nicht mehr so nennen, es wurde zu einem kehligen Ächzen voller Zustimmungs- und Anfeuerungsrufe, dann zu einem hohen Singen und koloraturartigen Jubilieren und gipfelte schließlich in einem markerschütternden, mehrmals wellenartig wiederkehrenden Schrei, bei dem ihm selbst buchstäblich Hören und Sehen vergangen sei.

Hätte er mit ihr, Corona, nicht im Sommer vor einem Jahr die Woche im Gartenhaus an der Ilm verbracht, er wäre von diesem Erlebnis vollkommen überrascht worden. Nun aber habe er in den lustvollen Kundgebungen der Frau von nebenan einer wunderbaren Erinnerung nachgehangen.

Goethe hat diesen Brief nie zu Ende gebracht, geschweige denn abgeschickt. Zu groß war die Gefahr, er könne dem Herzog in die Hände fallen, der Corona, seit sie ihr Engagement in Weimar angetreten hatte, nicht mehr aus den Augen ließ und umfassende Ansprüche auf sie als seine Maitresse erhob. Doch allein den Brief zu schreiben, brachte ihn der Begehrten und nun schon lange Vermissten ein bisschen näher.

Die Zusammenkünfte zwischen Goethe und Corona waren seltener geworden. Sie beschränkten sich zuweilen auf die Theaterproben, die immer mehr Zeit in Anspruch nahmen, aber nie etwas anderes als das gerade einzuübende Stück zum Inhalt hatten.

Man war vor Spitzeln aus dem Schloss nirgends sicher, auch nicht bei den Proben. Selbst nach Jena auszuweichen, schien nicht ratsam. Auch dort hatte der eifersüchtige Herrscher seine Leute sitzen und jede Abwesenheit Goethes, die nicht unmittelbar mit seinen Amtsgeschäften zu tun hatte, wurde argwöhnisch registriert und verfolgt.

Seit Corona in Weimar war, hatt Carl August mit seinen Eskapaden im Sinne des *droit du seigneur* aufgehört. Er träumte nur noch von Corona. Die jungen Mädchen auf den Dörfern waren jetzt sicher vor ihm, der nichts anderes mehr als die Schauspielerin wollte und den sonst kaum ein anderer Gedanke noch ernsthaft beschäftigte. Er wusste, er hatte einen harten Konkurrenten, einen, den auszustechen ihm höchstwahrscheinlich das persönliche Format fehlte. Also musste er ihn bekämpfen. Nur zu dumm, dass es sich dabei ausgerechnet um seinen besten Freund und Geniepartner handelte.

Louise ließ er nun gänzlich links liegen. Ihre Anwesenheit in der Nähe des Herrschers ereignete sich nur noch zu protokollarischen Anlässen. Und doch kam auch Louise, das zarte, alabasterblasse Bild einer jungen, empfindsamen Fürstin, so gut wie gar nicht mehr in Goethes Gartenhaus. Carl August wollte nicht mehr, dass sie Goethes Geliebte blieb, nicht nur weil sich das herumsprechen und ein katastrophales Licht auf ihn werfen könnte. Er fürchtete auch, der Thronfolger, den Louise ihm gebären sollte, könnte zuletzt gar von Goethe sein. Auch aus diesem Grund knüpfte er das Netz der Spitzel, das in wenigen Wochen immer dichter wurde. Er hatte eigens dazu einen kleinen Stab an Mitarbeitern einberufen, deren Identität geheim blieb. Schließlich wusste niemand mehr, ob der Freund oder Bekannte, mit dem man gerade sprach, zum Spitzelkader des Herzogs gehörte oder nicht.

So groß und bohrend war die Eifersucht des Herzogs, dass er in den harmlosesten und bedeutungslosesten Zusammenkünften oder Verabredungen eine direkte oder indirekte Gefahr für seine exklusive Nähe zur Schröter witterte. Er hatte sie in einem Palais ganz in der Nähe des Schlosses einquartiert, dessen Eingang er von seinen Gemächern aus selbst überwachen konnte. Ihre Bediensteten waren seine Informanten.

Jede Beobachtung rund um den Park an der Ilm, jedes Billett, das ihm zugespielt wurde, jeder Brief, der in die Hände der Zensoren fiel (von denen ebenfalls niemand wusste, wer sie waren), wurde von Carl August auf besessene Art und Weise auf Spuren einer Intrige gegen ihn und seine Leidenschaft für Corona untersucht.

Ganze Nachmittage ging er rastlos die Flure seines Schlosses auf und ab und witterte bösartige Machenschaften. Vor allem wenn Corona bei den Theaterproben war und dort unvermeidlicherweise mit Goethe zusammentreffen musste. Der Herzog war der schönen Aktrice gänzlich verfallen und spürte zugleich, dass sie ihn nicht liebte. Doch damit wollte und konnte er sich nicht abfinden.

Der Herzog, dem Goethe trotz aller Begeisterung immer etwas zwielichtig war, misstraute ihm zunehmend. Der wiederum war fest davon überzeugt, dass es für Corona nur eine einzige Sehnsucht gab, nämlich die Juliwoche aus dem Jahre sechsundsiebzig mit ihm fortzusetzen.

Zwei freie Menschen, die sich aus freien Stücken auf Augenhöhe begegneten. Hatte es das denn schon einmal vor ihnen im Panoptikum der Liebe gegeben?

Die Briefe und Billetts, die sie wechselten, zerstörten sie sofort, sodass Carl Augusts Geheimdienst keine Handhabe gegen sie hatte. Goethe wusste, dass Corona nichts für den Herzog empfand. Er zweifelte nicht an der Aufrichtigkeit ihrer Behauptung, sie lasse ihn nicht an sich heran. Es war für Goethe unzweifelhaft, dass sie das durch Herrscherautorität erzwungene Maitressenwesen als platonische Kunst auslegte.

Im Spätsommer siebenundsiebzig befand sich Goethe in einem Geflecht zwischen drei Frauen. Von ihnen war einzig Charlotte von Stein noch diejenige, der er offen seine Liebe bekennen konnte. Ihr gegenüber war er nichts als ein Minnesänger. Sie wiederum war, in ihrer Rolle als seine lebenspraktische Erzieherin und seine Ausbilderin zu einem Heiligen die ideale Ablenkungsfigur für den Herzog.

Am Abend nach seiner Fahrt in den Rammelsberg sitzt Goethe wieder in Goslar im Gasthof, auf dessen Messingschild tatsächlich, wie er sich nun überzeugen konnte, *Zum roten Fuchs* steht, auch wenn er schwören würde, dass da gestern eine Tafel mit einer anderen Aufschrift gehangen hat. Er hat erneut ein Blatt Papier vor sich liegen und versucht einen weiteren Brief zu schreiben, diesmal an Frau von Stein.

Er sei am Morgen wie geplant mit dem Geschworenen zusammengetroffen. Sie seien in die Silbermine hinuntergestiegen. Abenteuerlich, auf Leitern, die senkrecht am Berg angebracht waren, ging es abwärts. Erschwert wurde der Abstieg durch einen Vogelkäfig, den sie mit sich führen mussten. Jetzt sei ihm klar, wozu hier diese zahllosen Kanarienvögel gezüchtet würden. Den Harzer Roller nehme der Bergmann mit in die Tiefe, um festzustellen, ob noch ausreichend Sauerstoff vorhanden sei. Wenn der Sauerstoff aufgrund schlechter Bewetterung oder bösen Wettern ausbliebe, stürbe zuerst der Vogel und erst viel später der Mensch. Dieser habe dann noch die Zeit, an Höhe zu gewinnen, um wieder in sauerstoffhaltige Regionen zu gelangen. Deshalb müsse jeder Bergmann neben seinem Grubenlicht, einer Kerze oder einer Talglampe, auch so einen singenden Vogel mit hinunternehmen. Man habe daher den Abstieg auf der Leiter mit einer Hand zu bewältigen. In der anderen Hand halte man den kleinen Vogelkäfig, in dem der Roller munter hin und her spränge und unentwegt seine zunächst frohgemuten, dann aber zunehmend nervtötenden Gesänge anstimme.

Gut eine Stunde lang seien sie hinabgestiegen. Der Bergmann, der voranging, habe während dieser Zeit kein Wort gesagt. Die Roller sangen aber auch so laut, dass man das eigene Wort nicht verstehen konnte.

Man müsse sich, schreibt er, bei jedem Schritt auf der Leiter genau konzentrieren. Mache man einen Fehler, gehe es abwärts in eine stockdunkle Tiefe, an deren Grund man nicht lebendig ankomme. Schließlich seien sie fast tausend Meter unter der Erde gewesen. Er habe Fragen gestellt, die der andere mit einem Brummen oder gar nicht beantwortet habe.

Offenbar seien die Menschen in diesem Beruf nicht gewohnt, ausführliche Darstellungen ihrer Tätigkeit zu geben. Er habe daher den Eindruck gewinnen müssen, dass sein Abstieg in die Erde keine besonderen Erkenntnisse erbringen würde. Denn dass es da unten dunkel und der Abstieg schwierig sei, habe er schon vorher gewusst.

Doch dann sei etwas geschehen, das ihn wieder an die besondere Gunst habe glauben lassen, die das Schicksal für ihn bereithalte. Er sei, als sie in der Mine umhergingen, an einer bestimmten Stelle stehen geblieben und habe sich eine mutmaßliche Silberader im Gestein angeschaut, soweit dies bei dem schummrigen Licht überhaupt möglich gewesen sei. Er habe den Geschworenen gefragt, ob das eine Silberader sei, was er hier sehe, der Geschworene sei herangetreten und habe damit seinen Platz eingenommen, um selbst zu sehen, was er gemeint habe. In diesem Augenblick habe sich von der Decke ein Steinbrocken gelöst und sei direkt auf den Hinterkopf und den Rücken des Geschworenen gefallen. Dieser sei zu Boden gegangen und er, der Besucher, der nicht gewusst habe, wie man sich in solch einem Notfall zu verhalten habe, sei hilflos dabeigestanden. Er habe sich zu dem Verletzten oder vielleicht sogar Toten hinuntergebeugt, um zu sehen, was mit ihm sei. Der habe sich nicht mehr gerührt, nur sein Kanarienvogel sei noch immer wie wild im Käfig umhergesprungen, ohne jedoch weiter zu tirilieren, was wie man ihm oben gesagt habe, auch schon ein schlechtes Zeichen hinsichtlich der Sauerstoffversorgung sei.

Er habe nun eingesehen, dass er Hilfe holen müsste. Der Aufstieg dauere jedoch, so habe man gesagt, fast drei Stunden, bis Hilfe unten wäre, verginge mindestens eine weitere Stunde. Was also sollte er tun? Er habe sich entscheiden müssen und zwar möglichst schnell.

Da bemerkte er, dass sich von den beiden Vögeln keiner mehr rührte. Er nahm die Käfige hoch, um nachzusehen und musste zu seinem Entsetzen feststellen, dass beide Kanarienvögel leblos auf dem Boden ihrer Käfige lagen. Noch während er den Schreck spürte, der ihm dabei durch die Glieder fuhr, sah er, wie der Geschworene sich plötzlich erhob und, als sei nichts gewesen, sagte, man müsse so schnell wie möglich nach oben, in wenigen Minuten würden auch sie selbst vom Sauerstoffmangel betroffen sein und müssten für immer unten bleiben.

Man habe also die toten Kanarienvögel stehen lassen und sei so schnell wie möglich die Leiter hinaufgestürmt. Während dieses Kraftakts habe er das Schwinden seiner Atemreserven deutlich gespürt, ein beklemmender Druck habe sich auf seine Lungen gelegt und er sei darüber in Panik verfallen, über die ihm nur das ständige Weitergehen auf der Leiter hinweggeholfen habe. Schließlich habe man an Höhe gewonnen und sei in sauerstoffreichere Lagen gekommen.

Sie, Charlotte, möge nun selbst sagen, ob nicht auch dieses Erlebnis ein Zeichen des Schicksals enthalte, und wenn man genau sei, sogar ein doppeltes Zeichen, ja ob dieses Erlebnis nicht als solches das Siegel seiner eigentlichen Bestimmung zum Glück sei. Denn nicht nur sei er, Goethe, zur Seite getreten, als der Gesteinsbrocken herabgefallen sei und an seiner statt den Geschworenen getroffen habe. Vielmehr sei der ohnmächtige Geschworene auch noch just in dem Augenblick wieder zu sich gekommen, als die Harzer Roller ihr Springen und Tirilieren gegen den Tod eingetauscht hätten, sodass sie beide, der Geschworene und er selbst, gemeinsam die Flucht nach oben hätten antreten können und er, Wolfgang, aus dem Dilemma, entweder bei dem Verletzten zu bleiben oder sich selbst zu retten, entlassen worden sei.

Sie wisse es ja längst, und diese Reise beweise es wieder, dass sein Leben ganz und gar symbolisch sei. Wenn ihm nun noch der Aufstieg auf den Brocken, den unbezwungenen König des Gebirges, gelänge, wäre der endgültige Beweis für diese Annahme erbracht. Dann nämlich wäre ihm etwas gelungen, was noch niemandem zuvor gelungen sei. Und danach, so schreibt er an Charlotte von Stein, würde ihm zweifellos alles gelingen.

Auch diesen Brief schickt er nicht ab.

5.

Anfang August sechsundsiebzig war die Stein wieder aus Bad Pyrmont zurück. Goethe hielt sich zu dieser Zeit mit dem Herzog und seinem Gefolge in Ilmenau auf, um das stillgelegte Bergwerk zu inspizieren.

Auf ihrer Rückreise wollte sie in Ilmenau Station machen, ließ sich dort schon Tage vorher ankündigen, kam dann einen Tag später als angekündigt und gab sich Goethe gegenüber noch kühler als sonst. Sie ging auf seine zärtlichen Billetts nicht im Geringsten ein.

Wenn sie aus der Kur kam, schien es ihrer Weimarer Umgebung, ihre Manieren, ihr Geschmack und ihr Sprechen hätten sich deutlich verändert. Obgleich sie auch sonst auf Akkuratesse in diesen Dingen äußersten Wert legte, erschien sie nach Bad Pyrmont wie erneuert und gestärkt. Alle Ermüdungserscheinungen, die das Leben an einem Provinzhof wie Sachsen-Weimar bei ihr sichtbar werden ließen, schienen verschwunden zu sein.

Die Kur stärkte nicht nur ihr körperliches Wohlbefinden, sondern auch ihre gesellschaftlichen Widerstandskräfte. Das künstliche Lächeln, mit dem man sich bei Hof begegnete, wirkte bei ihr nun nicht mehr gequält, sondern wirklich herablassend. Ihr Tonfall ließ jede Bitterkeit vermissen, erschien voll, höher und fordernd und strahlte zugleich noch immer dieselbe Überheblichkeit aus wie vor der Kur.

Der Umgang mit der Noblesse aller Herren Länder, mit reichen Bürgern und anspruchsvollen Privatiers hob die Hofdame jedes Mal auf eine höhere Stufe gesellschaftlicher Etikette, die erreicht zu haben sie so stolz machte, dass ihrem tadellosen Betragen eine gehörige Portion Hochmut zur Seite trat.

Sie wirkte nun nicht mehr nur streng und fordernd, sondern hochnäsig und unnahbar. Genau dieses zusätzliche Maß an Kälte aber hatte sie sich in Bad Pyrmont diesmal ganz bewusst aneignen wollen. Denn sie brachte einen raffinierten Plan mit ins beschauliche Herzogtum, eine Strategie, mit der sie dem treulosen Goethe einen Schlag versetzen wollte, von dem er sich nicht so schnell erholen würde.

Zunächst zog sie sich auf Gut Großkochberg zurück und empfing keine Gäste. Goethes Geburtstag ging vorbei, ohne dass er ein Billett von ihr erhalten hätte. Er war gekränkt. Hatte sie in Bad Pyrmont etwa einen neuen Liebhaber kennengelernt? Aus ihrer Umgebung verlautete nichts.

Dann lud sie, vermittelt über Goethe, Lenz zu sich ein. Sie wolle ihn, über den so viel zu hören sei, nun endlich kennenlernen. Goethe selbst musste Lenz diesen Wunsch der Baronin überbringen. Lenz sah seine Wertschätzung in Weimar schlagartig in einem neuen Licht. Er grinste triumphierend aus seinem dichten Bart heraus zu Goethe hinauf und kommentierte diese Genugtuung mit keinem Wort. Sie empfing ihn und nicht Goethe! Sie hatte erkannt, dass er es sei, den sie sehen müsse, nicht Goethe. Lenz eilte nach Großkochberg.

Als er bei ihr eintrat, erschrak sie über seine Zierlichkeit und seinen schwarzen Bart. Lenz kam ihr vor wie ein Zwerg aus einem bösen Märchen. Das war nicht der Aufzug, den sie erwartet hatte und in dem man sich zeigte, wenn man eine Oberstallmeisterin besuchte, die gerade aus Bad Pyrmont gekommen war. Und er war eigentlich auch nicht der Mann, mit dem sie Goethe in die Eifersucht treiben konnte.

Dennoch blieb sie Lenz gegenüber freundlich, denn sie brauchte ihn. Ein besserer Erfüllungsgehilfe ihres Plans war nicht in Sicht. An seiner Zwergenhaftigkeit und seinem ungepflegten Äußeren konnte man arbeiten. Lenz war begeistert davon, endlich die legendäre Lady von Angesicht zu Angesicht kennenzulernen und dazu gleich eine Einladung auf ihr Schloss erhalten zu haben. Seine Knie zitterten, als er aus der Ferne das Gut Großkochberg im Dunst des Frühherbstnachmittags auftauchen sah. Vier Stunden war er in Ermangelung eines Pferds querfeldein gegangen. Er wäre noch weitergelaufen, um sie zu sehen und Goethe damit auf die Palme zu bringen.

Lenzens Groll auf Goethe war auf dem Höhepunkt. Vier Wochen nach seiner Rückkehr aus der Einsiedelei hatte der es noch immer nicht für nötig erachtet, den Entwurf des *Waldbruders* auch nur eines Blickes zu würdigen. Lenz hoffte, in Frau von Stein nun eine Leserin zu finden, die sein Werk zu schätzen wüsste.

Die Baronin aber hatte ganz andere Absichten, als die literarischen Fähigkeiten ihres Besuchers wertschätzen zu lernen. Sie wusste, dass Goethe seinen Freund inzwischen als ironisch verzerrtes Abbild seiner selbst betrachtete, eine kranke Imitation seines Genieanspruchs, die er möglichst schnell von sich abstoßen wollte.

Mit Lenz lief in Weimar das Genie, dessen Einzigartigkeit sich Goethe zusprach, als groteskes Zitat noch einmal herum. Nicht dass sie einen Mann zu sich eingeladen hätte, würde Goethe zutiefst treffen, sondern dass es dieser Mann war, dass sie sich dazu entschlossen hätte, die missratene Kopie dem Original vorzuziehen.

Sie habe in Bad Pyrmont wieder illustre Bekanntschaften gemacht, sagte Charlotte, sogar außerordentlich illustre dieses Mal. Vor allem die Engländer seien ja so interessant. Aber nicht jeden von ihnen könne sie ohne Weiteres verstehen. Da sei etwa Lord Lighthouse gewesen, ein exquisiter Gentleman, wie man ihn in Weimar gar nicht finde, ja der in Weimar als Fremdkörper erscheinen müsse und sich dort keine zwei Stunden aufhalten würde, sollte er versehentlich seinen Fuß auf dieses Pflaster setzen. Der Lord habe ausgezeichnet Deutsch gesprochen, fast ohne Akzent. Dagegen habe ein anderer Gentleman, Lord Honeychurch, kein Wort Deutsch gesprochen, was sehr bedauerlich gewesen sei, sei er doch, wie es hieße, als noch weitaus geistvoller einzustufen als Lord Lighthouse, eine Steigerung, die man für ganz und gar unmöglich halten müsse, solange man nur Lord Lighthouse kenne.

Zwar habe sie sich mit Lord Lighthouse lange und ausführlich über die Gesteinsarten Mitteldeutschlands unterhalten. Er, Lenz, müsse wissen, dass Lord Lighthouse fast ausschließlich von geologischen Themen handele, was eine Dame doch zuweilen ermüden könne. Dagegen habe Lord Honeychurch mit ihr wesentlich anregendere Sujets besprechen wollen, etwa, wie Lord Lighthouse übersetzt habe, Burtons Buch über die Schwermut und das Wesen der Melancholie, was aber im Wesentlichen an der Sprachbarriere gescheitert sei, da Lord Lighthouse nicht unentwegt als Übersetzer zur Verfügung gestanden habe. Ständige

Übersetzungen wirkten überdies nur noch störend, wenn man auf eine bestimmte Höhe der Konversation gelange, er, Lenz, verstehe doch.

Lenz folgte ihren Ausführungen mit größter Aufmerksamkeit. Immer wieder stimmte er mit einem Brummen zu, legte nachdenklich den Kopf schief oder stützte das Haupt mit einem Zeigefinger ab und zog aufmerkend die Augenbrauen hoch. Dabei interessierte er sich nicht im Geringsten dafür, welche Themen die Mitglieder der englischen Oberschicht während ihrer Kuraufenthalte in deutschen Badeorten beschäftigten.

Er betrachtete die Baronin genau, während sie sprach und hatte zum ersten Mal das seltsame Gefühl, eine Frau, die Goethe verehrte, nicht auch zugleich selbst zu begehren.

Charlotte von Steins Eiseskälte floss auf ihn über und ließ ihn selbst erkalten. Ihr Hochmut schade ihrer Attraktivität, befand er. Auch sei sie schon zu alt, um sich derart arrogant zu betragen. In ihrem Alter, dachte Lenz, müsse eine Frau schon auf Gnade vonseiten der Männerwelt hoffen, wenn sie angeschaut werden wolle. Er lächelte ihr zu, während er dies dachte.

Dennoch, jetzt war er bei ihr und jetzt musste er diese Chance nutzen, um Goethe in die Raserei zu treiben. Er wusste nur noch nicht, wie er das am besten anstellen sollte. Da kam die Oberstallmeisterin mit einem Angebot auf ihn zu.

Ihr sei zu Ohren gekommen, er, Lenz, spreche perfekt Englisch.

Lenz nickte nachdenklich, so als müsse er diese Zuschreibung erst prüfen.

Dann habe sie auch noch gehört, er sei ein großartiger Hauslehrer. Er nickte wieder und zog zugleich verlegen die Schultern hoch, als wolle er sagen, das könne er nicht einschätzen, das müssten andere beurteilen.

Sie nahm gar keine Notiz von seiner Körpersprache, sondern schaute nach draußen, während sie mit ihm sprach. Sie wolle ihn als Englischlehrer einige Wochen bei sich auf Gut Großkochberg haben, sagte sie darauf ohne Schnörkel. Lenz schluckte. Dann nickte er. Der Mund stand ihm offen. Er hatte Mühe, seine Gesichtszüge zu kontrollieren.

Was er dazu sage, sagte sie mit einem Ton, als interessiere sie die Antwort nur beiläufig. Er räusperte sich und rückte auf dem Sessel hin und her, ohne eine geeignete Sitzhaltung zu finden. Das wäre der Bruch mit Goethe, darüber war er sich sofort im Klaren. Das würde der Bruder nicht zulassen, das würde ihn innerlich auffressen, das könnte er ihm niemals verzeihen.

Lenz stimmte dem Angebot begeistert zu.

Ob er es sich nicht noch überlegen wolle, fragte sie. Sie könne ihm gerne ein paar Tage Bedenkzeit geben. Nein, gab er zurück, keineswegs wolle er sich das überlegen. Schon viel zu lange sei er als Englischlehrer außer Dienst, wo er doch einst der begehrteste Englischlehrer von ganz Straßburg gewesen sei. Geradezu überlaufen seien seine Kurse gewesen, die er regelmäßig angeboten habe. Die Straßburger Damen hätten hernach ein Englisch gesprochen, dessen Klarheit höchstens noch in Westminster zu hören gewesen sei.

Charlotte lächelte fein und blickte dabei haarscharf an Lenz vorbei. In zwei Wochen, sagte sie, vormittags und nachmittags je zwei Stunden und abends beim Tee Lektüre. Er nickte wieder. Die übrige Zeit stehe ihm frei zur Verfügung. Er dürfe aber nicht nach Weimar fahren.

Lenz nickte nochmals. Noch nie hatte er so oft in kurzer Zeit genickt. Er könne sich nun zurückziehen, sagte sie. Man habe in der nahen Zukunft noch genügend Zeit, um sich kennenzulernen. Er verbeugte sich und zog sich mit immer wieder eingestreuten Verbeugungen rückwärts in Richtung Ausgang zurück.

»Ach, noch etwas«, fügte sie fast tonlos und ohne in seine Richtung zu blicken hinzu. Er blieb gebückt und reckte den Kopf nach oben, damit er sie sehen konnte. Sie schlug den zusammengefalteten Fächer auf, den sie die ganze Zeit in der Hand hielt und wedelte sich Luft zu.

»Rasiere er sich zuvor«, sagte sie dann, »und lege er einen standesgemäßen Rock an.«

Er nickte wieder und buckelte hinaus. Bevor er die Tür erreichte, ließ sie ihn wieder anhalten und aufschauen:

»Und zuletzt, mein lieber Lenz. Parfümiere er sich doch, wenn er zu mir in den Unterricht kommt.«

Lenz sprang durch die Wiesen und Felder gen Weimar wie ein übergeschnappter Troubadour. Die Menschen, die ihm unterwegs begegneten, wichen frühzeitig vor ihm zurück, da sie ihn aus der Ferne für einen Landstreicher hielten, der womöglich gerade den Stein der Weisen gefunden oder eine unerwartete Erbschaft gemacht hat. Andere hielten ihn für einen Zwerg aus einem sagenhaften Märchenreich, der durch einen missglückten Zauber aus seiner Welt in diese verbannt worden sei und sich nun wie wild aufführe, weil er nicht mehr zurückfand. Die Bauern stellten die Heugabeln mit den Spitzen nach oben, wenn er vorbeihüpfte. Hunde, die zu den Bauern gehörten, sprangen ihm hinterher und bellten ihm nach. Eine kleine Schar lärmender Kinder wurde zu seinem höhnischen Gefolge, als er ein Dorf passierte. Er lief unbekümmert weiter, indem er gerade erfundene Melodien vor sich hin sang, Genieverse deklamierte und immer wieder sich vorzustellen versuchte, wie Goethe die Neuigkeiten aufnehmen würde.

Die Dunkelheit brach herein, und er sprang auf seinem Weg fort, als führe ihn ein unsichtbarer Kompass genau in die gewünschte Richtung. Spät erreichte er Weimar, es war längst Nacht geworden. Er stürzte in den Park an der Ilm und postierte sich breitbeinig vor Goethes Gartenhaus, dessen Fenster alle dunkel waren.

»Goethe!«, brüllte er.

»Goethe!« Beim zweiten Mal war er noch lauter. Nichts geschah. Er wartete. Nichts. Dann wieder:

»Goeoeoeoethääää!«

Ein Fenster im ersten Stock ging auf.

»Lenz? Ist er's? Was ist denn los?«

Goethe war im Nachthemd.

»Goethe, stell dir vor … stell dir doch bloß vor!«

»Mann, weißt du, wie spät es ist? Was ist denn passiert?«

Lenz lachte und jauchzte, er sprang hin und her und drehte sich um die eigene Achse, er führte verwegene Tanzschritte auf und stieß dazu kehlig glucksende Laute aus. Plötzlich fing er sich, postierte sich wieder breitbeinig vor seinem Zuschauer und rief, indem er triumphierend die Hände ausbreitete:

»Ich werde Englischlehrer.« Er warf mit einem Jubelschrei seinen Hut in die Luft und rannte in den Park davon.

Goethe hatte keineswegs die Absicht, sich von dieser Entwicklung beeindrucken zu lassen. Er verbreitete, es sei seine Idee gewesen, Lenz als Englischlehrer für Frau von Stein nach Kochberg zu schicken.

Der arme Lenz hatte ja keine Anstellung, er sei gewissermaßen arbeitslos, nachdem man ihm in Berka so übel mitgespielt habe. Also habe er, Goethe, sich den Kopf darüber zerbrochen, wie man dem Bruder helfen könne und sei zu dieser alle Seiten zufriedenstellenden Lösung gekommen.

Lenz stolzierte durch die Gassen der Residenzstadt wie ein Pfau. Der Bart war schon am nächsten Tag abrasiert. Den Wertherrock, der sein neuestes Kleidungsstück darstellte, ließ er bei einem Schneider aufmöbeln, sodass er nur noch entfernt an die Selbstmördermode aus dem Vorjahr erinnerte. Bei einem durchreisenden Krämer erstand er ein Parfum, das angeblich aus Paris stamme und das er selbst ziemlich scheußlich fand, aber bei seinen Gängen durch die Stadt probeweise auflegte. Er kaufte sich einen Hut mit einer Pfauenfeder daran, der ihn aussehen ließ wie ein Musketier aus der Zeit Ludwigs des Vierzehnten. So stolzierte er stark parfümiert und prächtig ausstaffiert die Esplanade auf und ab.

Die Halbwüchsigen, die dort abends gern ein wenig herumlungerten, machten sich hinter vorgehaltener Hand über ihn lustig. Die jungen Mädchen standen zusammen und kicherten, wenn er vorbeilief. Mit den Höflingen, die ihm begegneten, sprach er nur noch Englisch. Da kaum einer von ihnen Englisch verstand, hielt man Lenz schnell für einen aufgeblasenen Angeber oder für den Verrückten, den man schon in ihm gesehen hatte, als er noch in der originalen Wertherkluft umherging.

Als der Tag kam, da seine Lehrtätigkeit auf Gut Großkochberg beginnen sollte, es war der 12. September, schickte Goethe seiner Ankunft einen Brief an die Baronin voraus, dessen erster Satz lautete: *Ich schicke Ihnen Lenzen, endlich hab ich's über mich gewonnen. O Sie haben eine Art zu peinigen wie das Schicksaal, man kann sich nicht darüber beklagen, so weh es thut.*

Sie wusste, wie es gemeint war. Hinter Goethes heroischer Entsagungsgeste schwelte die Eifersucht in dicken gelben Schwaden.

Doch Goethe gab den Wohltäter und Therapeuten: *Er soll Sie sehn, und die zerstörte Seele soll in Ihrer Gegenwart die Balsamtropfen einschlürpfen um die ich alles beneide. Er soll mit Ihnen seyn.*

Allein die Länge des Briefs ließ Charlotte eine gewisse Befriedigung empfinden. Dass sich Goethe derart ausführlich mit Lenz' Gang nach Kochberg beschäftigte, zeigte ihr, wie tief der Stachel saß. Schließlich konnte er sich nicht zurückhalten, doch noch eine Spur der Resignation in seinem Schreiben zu hinterlassen: *Er war ganz betroffen als ich ihm sein Glück ankündigte, in Kochberg mit Ihnen seyn, mit Ihnen gehen, Sie lehren, für Sie zeichnen, Sie werden für ihn zeichnen, für ihn seyn …*

Goethe litt wie ein Hund, und sein Brief, den er so souverän begann und der immer deutlicher erkennen ließ, was in ihm vorging, endete schließlich mit einem Verdikt: *Ade, von mir hören Sie nun nichts weiter, ich verbitte mir auch alle Nachricht von Ihnen oder Lenz.*

Wie sich die Verhältnisse für Lenz doch gedreht hatten! War er nicht immer derjenige gewesen, der dem hinterherjagte, was Goethe liegen ließ? Hielt er es nicht für seine ihm vom Schicksal zugewiesene Rolle, den Frauen den Hof zu machen, die Goethe von sich abgestoßen hatte, die dann nur noch in einer Art geistiger Schockstarre lebten und für die Liebe zeitlebens unbrauchbar geworden waren? Und nun, bei der Edelsten von allen, ausgerechnet bei dieser kurz vor dem Verblühen stehenden Schönheit mit dem kalten Teint und der steifen Oberlippe kam er vor Goethe zum Zug! O Herr, rief er in seiner ersten Nacht auf Schloss Kochberg leise aus, Herr, deine Wege sind unergründlich, auf die Du uns führst. Das Unterste kehrst Du zuoberst, die Schwachen erhebst Du und die Mächtigen trittst Du in den Staub.

Die Baronin, so stellte sich heraus, sprach sehr schlecht englisch. Zwar hatte sie Vorfahren, die von der Insel gekommen waren, aber deren Lebenszeit lag schon so weit zurück, dass sich in der Familie keine sprachlichen Spuren mehr davon erhalten hatten. Auch das Englisch, das Lenz sprach, ließ zu wünschen übrig. Er hatte es erst in Straßburg von einem der beiden Barone Kleist, die er aus Litauen an den Rhein begleitete, gelernt. Diesen wiederum wurde es von einem russischen Wanderprediger vermittelt, der vorgegeben hatte, dem englischen König jahrelang die Beichte abgenommen zu haben. Entsprechend war auch Lenzens Englisch von einem russischen Akzent und von der russischen Grammatik bestimmt, was ihm nicht bewusst war und was naturgemäß auch Frau von Stein nicht bemerkte.

Da Lenz aber nach ein paar Lektionen, die ihm erteilt worden waren, gerne englische Versatzstücke in seine Sätze einflocht, hielt ihn seine Umwelt recht bald für einen kompetenten Sprecher. So sagte er etwa zu Beginn seiner Rede gerne nachdenklich *Well*, legte dabei die Stirn in Falten und ließ eine längere Pause folgen. Auch setzte er einen Gedankengang, den er kurz unterbrochen hatte, häufig mit einem lässig eingestreuten *Anyway* fort. Oder er schloss eine Unterhaltung mit *All right*, was manches ahnungslose Gegenüber als eine ausgemachte Expertise in englischer Konversation deutete.

Da man auf Großkochberg kein Lehrbuch des Englischen besaß und nicht im Entferntesten auf den Gedanken verfiel, ein solches anzuschaffen, musste Lenz die Lektionen selbst konzipieren. Dazu gab ihm Frau von Stein drei Tage Zeit. Da auch Lenz über keinerlei Unterlagen verfügte, war er darauf angewiesen, alles aus dem Stegreif zu entwickeln. Nach drei Tagen hatte er lediglich die erste Lektion entworfen, die er zunächst zwei Wochen lang zu wiederholen gedachte. In der Zwischenzeit wollte er Lektion zwei entwickeln.

Nachdem Lenz seinen Dienst bei der Oberstallmeisterin angetreten hatte, legte sich Goethe ein striktes Selbstbefriedigungsverbot auf. Er wollte nicht an Lenz und die Stein denken, was dabei aber seiner Ansicht nach unweigerlich der Fall gewesen wäre. Um dieses Verbot einzuhalten, stieg er jeden Abend in die Ilm, um sich abzukühlen. Auch noch Anfang Oktober, als das Wasser des Flüsschens schon empfindlich kalt geworden war, behielt er diese Praxis bei und sprach Wieland gegenüber davon, er müsse jeden Abend den *Alten Adam der Phantaseyen* ersäufen.

Wieland fand es befremdlich, dass sich die jungen Leute gegenseitig dermaßen quälten. Er schlug Goethe vor zu heiraten, dann müsse er nicht mehr zu so drastischen Maßnahmen greifen und den Alten Adam immer wieder ersäufen. Dann könne er dem ausgehungerten Kerl jeden Tag zu einer üppigen Mahlzeit verhelfen und dabei überdies eine stattliche Kinderschar zusammenbringen.

Wieland ahnte nicht, dass der Sadismus, den Frau von Stein entwickelte, noch weiterreichen würde, als nur Goethe durch die Anwesenheit von Lenz als Englischlehrer in Großkochberg zu quälen. Sie beschloss aufs Ganze zu gehen. Sie wollte Goethe mit gleicher Münze zurückzahlen, was er ihr mit der Schröter gegeben hatte. Und sie hatte keine Skrupel, den armen Lenz dafür zu benutzen.

6.

Förster Degen sitzt im Torfhaus. Sein unruhiger Gast ist nach draußen gegangen und hat vor dem Haus auf einer Holzbank Platz genommen. Trotz der schneidenden Kälte. Jetzt hockt er mit über der Brust verschränkten Armen auf der Bank und starrt in den Nebel. Die Tür ist offen. Der Förster nimmt seinen Morgenschluck zu sich. Goethe hat ein Glas Milch getrunken. Er blickt in die Richtung, in der er den Brocken vermutet. Der Nebel ist so dicht, dass er nicht einmal die Bäume vor dem Torfhaus erkennen kann.

Früh am Morgen ist Goethe aus Altenau hier angekommen. Er hat sich ankündigen lassen. Als einen Reisenden, der den Brocken besteigen will. Im Winter. Bei diesem Wetter. Seit Tagen wechseln sich dichter Nebel und Schneetreiben ab. Hier oben geht beides ineinander. Je näher man dem Brocken kommt, desto schlechter wird die Sicht.

Beim Torfhaus sähe man schon nicht mehr die Hand vor Augen, hieß es in Altenau. Allein Verrückten traute man zu, so einen Plan auch nur zu bedenken. Engländern zum Beispiel. Die seien hier schon ein paarmal aufgetaucht, mitten im Winter. Sagten, sie wollten zum Brocken hoch. Aber er sei doch kein Engländer, oder?

Er schüttelt den Kopf.

Im Winter? Unmöglich. Man verirre sich. Trete

falsch auf und breche sich den Fuß. Bleibe liegen, erfriere oder verhungere. So wie dieser Schotte vor ein paar Jahren. Ein Lord. Den habe man im Sommer dann gefunden. Weitab vom Gipfel sei er gelegen. Man habe ihn an seinen Kleidern erkannt. Schottenrock. Kniestrümpfe. Ein Wahnsinniger. Halb verwest sei der gewesen unter dem Rock. Von den Wölfen angefressen, seine Exzellenz.

Das Haus Hannover beanspruche den Brocken für sich. Deshalb liefen immer wieder diese Engländer hierherum und behaupteten, sie wollten im Winter auf den Brocken. Aber das ist nur ein Vorwand, um sich zu tarnen. Das seien alles Spitzel, ruft der Förster nach draußen, wo Goethe ihn hören kann. Die beiden sind keine fünf Meter voneinander entfernt, sehen sich aber nicht.

Goethe horcht auf.

»Spitzel?«

»Ja, die Engländer, die hier herumtraben, sind alle Spitzel. Geben sich gern als Forschungsreisende aus. Forschen aber nur die Bevölkerung aus, was sie von der Herrschaft denkt. Die schreiben alles auf, was sie zu hören bekommen. Und plötzlich steht die Polizei in der Tür und man wird abgeführt. Landet im Verlies. Auf Nimmerwiedersehen.«

Der Förster in Hemdsärmeln neben dem glühend heißen Ofen macht eine Grimasse des Schauderns. Goethe kauert vermummt vor der Hütte. Nur die Augen schauen noch aus dem schwarzen Tuch heraus.

»Wann gehen wir los?«, fragt der ungeduldige Gast.

»Heute bestimmt nicht mehr. Und morgen nicht sofort. Man sieht keine drei Meter weit«, entgegnet der Förster, der leicht angetrunken ist und den Tag weitgehend aufgegeben hat.

»Wir müssen aber gehen, am besten gleich. Ich muss jemandem zuvorkommen, der den Aufstieg zum Gipfel plant. Einem Engländer übrigens.«

»Zuvorkommen? Wieso das denn?«

»Das verstehen Sie nicht.«

»Kann sein, aber glauben Sie das bloß nicht, Herr. Die Engländer behaupten das nur, um keinen Verdacht zu erwecken. Denken Sie, die Engländer sind so dumm, dass sie im Winter auf den Brocken wollen! Haha! Die wissen ganz genau, dass man das vergessen kann. Und dann kommt einer wie Sie und meint, er muss denen zuvorkommen. Verzeihung, aber das ist mit Verlaub ja noch dümmer, als der Papst erlaubt. Während dieser Engländer, von dem Sie sprechen, jetzt gemütlich in einer Stube hockt und sich genau das vorstellt. Wie Sie verzweifelt auf dem Brocken herumsteigen, um ihm zuvorzukommen und dabei draufgehen.«

»Egal. Wir müssen da hinauf. Mit oder ohne Engländer.«

»Auf jeden Fall ohne mich. Ich habe schon eine halbe Flasche Nordhäuser in der Birne. Bei mir geht nichts mehr.«

»Mann, es ist gerade halb zwölf, noch nicht einmal Mittag und da sind Sie schon besoffen?«

»Was geht Sie das eigentlich an, he? Vielleicht muss ich jemandem zuvorkommen.«

Er lacht bitter.

»Haben Sie keinen Burschen, einen nüchternen, meine ich, der mich begleiten könnte?«

»Sehen Sie hier einen?«

»Dann muss ich alleine losgehen.«

»Bedenken Sie mich aber bitte zuvor in Ihrem Testament.«

Goethe schaut wieder ins weiße Nichts, das unmittelbar vor ihm beginnt. Plötzlich, innerhalb von Sekunden, lichtet sich der Nebel, die Wolkendecke reißt auf und der Gipfel des Brockens kommt zum Vorschein.

»Da, sehen Sie nur«, ruft Goethe begeistert aus, »da ist er! Er ruft!«

Der Förster bewegt sich drinnen nicht von seinem Stuhl weg und kippt noch einen Schnaps.

Tatsächlich scheint der Gipfel des Berges auf einmal zum Greifen nah zu sein. Der Förster schüttelt den Kopf und gießt sich noch einen weiteren Doppelkorn ein.

»Das sind doch nur ein paar Schritte. Das schaffen Sie auch betrunken«, ruft Goethe in die Hütte hinein.

Von dort kommt keine Antwort.

»Dann gehe ich alleine.«

»Bitte. Lassen Sie sich nicht zurückhalten. Wenn Sie jetzt losgehen, kann es sein, dass Sie um ein Uhr oben sind. Im Sommer wäre das jedenfalls wahrscheinlich. Es kann aber auch sein, dass Sie um drei noch nicht wieder da sind und um halb vier wird's dunkel. Dann sucht Sie keiner mehr und bis morgen früh sind Sie erfroren.«

Tags zuvor, in Altenau, war der Maler Weber von einem Boten aufgespürt worden, der ihm einen Brief überbrachte. Goethe dachte zunächst, es sei der Brief, den Bruder Golo alias Gustav versprochen hatte. Doch schon die Anschrift verriet, dass eine Frauenhand dieses Schreiben verfasst haben musste.

Der Brief war nicht von Golo, sondern von Susanna. Sie hatte einen Gemeindeboten der Stadt Wernigerode, dem sie vertraute, mit der Überbringung beauftragt. Denn, so schrieb sie am Schluss, dieser Brief dürfe nicht in die Hände der Geheimpolizei des Hauses Hannover geraten. Was sie zuvor dem Empfänger mitzuteilen hatte, war brisant genug:

Verehrter Hofrat Weber,

ich kann mir Ihr verwundertes Gesicht vorstellen, wenn Sie diesen Brief von meiner Hand erhalten. Schließlich sind wir ja ohne Abschied auseinandergegangen und ich kannte weder Adressen noch die weiteren Aufenthaltsorte auf Ihrer Reise. Nun wurde es aber zu einer Notwendigkeit, dass ich Ihnen schreibe, und Sie werden gleich begreifen, wie dieser Brief Sie im Torfhaus erreichen konnte.

Auf seinem Weg nach Quedlinburg hat Bruder Golo bei mir in Wernigerode Station gemacht. Wir kennen uns aus dem Klopstockkreis. Golo erzählte mir von der Begegnung mit Ihnen und von den Ereignissen in der Einsiedelei. Auch freute sich Golo darauf, Sie demnächst zu besuchen, in Weimar, sagte er, nicht in Gotha, aber da hat er bestimmt etwas verwechselt.

Golo hat bei mir übernachtet. Als er am nächsten Morgen aufbrechen wollte, standen zwei Männer vor der Tür mit weiten schwarzen Umhängen und in Begleitung eines Polizisten, um Bruder Golo festzunehmen. Stellen Sie sich vor, Herr Hofrat, Golo wurde in meinem Haus einfach verhaftet und abgeführt. Ich war schockiert und völlig ratlos, was das sollte, aber allmählich dämmerten mir die Hintergründe.

Schon seit ein paar Tagen war mir die Anwesenheit eines Fremden in der Stadt aufgefallen, der überall herumgeschnüffelt hat und sich alles ganz genau ansehen wollte. Um die Schule ist er herumgeschlichen und auch bei mir draußen habe ich ihn gesehen, wie er vorbeiging und neugierig mein Haus und den Garten inspizierte. Dieser Fremde war nun einer der beiden schwarz gekleideten Männer, die Golo verhaftet haben. Wie ich vom Nachtwächter erfahren habe, handelt es sich um einen englischen Spion, der im Auftrag des Hauses Hannover unterwegs ist und sogenannten verderblichen ideellen Umtrieben auf die Spur kommen soll. Anders gesagt, er soll herausfinden, was im Klopstockkreis so getrieben wird, welche Ideen dort kursieren, welche Personen darin aktiv sind und welche Aktivitäten stattfinden. Der Nachtwächter hat mir das verraten, weil er schon betrunken war und ich ihm eine Flasche Schnaps dafür versprochen habe, wenn er alles erzählt.

Offiziell ist Golo verhaftet worden, weil er ein Säckchen mit Eckzähnen Verstorbener mit sich führte. Das sei streng verboten, denn dabei handle es sich um die menschenverachtende Praxis einer Verbrecherorganisation, welche die zu Pulver gemahlenen Zähne als Aphrodisiakum verkaufe. Doch das war nur ein Vorwand für die Verhaftung. Tatsächlich, so der Nachtwächter, sei man Golo schon länger auf der Fährte gewesen, weil er eine heimliche Beziehung zu einer kürzlich verstorbenen Nonne unterhalten habe, eine Beziehung, die strafrechtlich als Unzucht gewertet wird. Golo wusste, dass die Nonnen von Marienrode ihn auf einen Verdacht hin, den sie geschöpft hatten, verraten würden. Deshalb war er auf der Flucht und wollte sich nach Russland absetzen. Die Eckzähne wollte er unterwegs verkaufen, um damit seine Reise zu bezahlen.

Der gesamte Klopstockkreis steht unter Verdacht, und da die Geheimpolizei nicht genau weiß, wer alles dazugehört, sind jetzt verstärkt die Spione im Land unterwegs. Der Argwohn gegen den Kreis ist immer größer geworden, nachdem sich der Graf von Gleichen, einer der wichtigsten Verbündeten des Hauses Hannover, aus Liebeskummer das Leben genommen hat. Es stellte sich heraus, dass seine Verlobte eine neue Liebe im Klopstockkreis gefunden und dem Grafen verkündet hat, dass sie ihn verlassen werde. Und nun raten Sie, Hofrat, wer diese Verlobte ist. Es ist Saskia. Und wer ist ihre neue Liebe? Das bin ich. Aber das wissen die englischen Spione nicht, sie wissen nichts von Saskia und mir. Und sie wissen vor allem eins nicht, dass Saskia unterwegs ist, um das Herz des Grafen von Gleichen, seinem letzten Willen gemäß, im Klopstockhaus zu bestatten. Im Haus Hannover ahnt niemand, dass auch der Graf von Gleichen dem Klopstockkreis angehörte.

Wenn aber Saskia mit dem Herzen eines Menschen in der Tasche erwischt würde, käme sie in ihrem Leben nicht mehr aus dem Kerker heraus. Zum Glück hat nun Golo in seinen Aussagen, so der Nachtwächter, der bei Golos Verhör Protokoll führen musste, auf einen zwielichtigen Hofmaler Weber gelenkt. Der sei unterwegs nach Goslar und werde dann zum Brocken weiterziehen. Verzeihen Sie, Herr Hofrat, aber das war notwendig, um die Aufmerksamkeit der Spitzel von Saskia abzulenken. Ihnen kann ja nichts vorgeworfen werden. Sie sind auch nicht Mitglied im Klopstockkreis und alles in allem nichts weiter als eine falsche Spur.

Ich wollte nur, dass Sie das wissen. Da Sie einerseits auf einen Brief von Golo warten, der nicht kommen wird. Und da Sie wissen sollen, was es damit auf sich hat, wenn plötzlich ein gewisser Lord Lighthouse Ihre Bekanntschaft zu machen versucht.

Bitte vernichten Sie diesen Brief sofort, nachdem Sie ihn gelesen haben.

Ich hoffe, wir sehen uns einmal wieder. Wir haben noch viel zu wenig über das Zeichnen gesprochen. Und das nächtliche Schlittschuhlaufen auf meinem Weiher müssen wir auch noch nachholen. Ich wünsche Ihnen alles Gute und grüße Sie ergebenst,

Susanna.

Goethe geht ins Torfhaus hinein. Er geht zum Ofen, öffnet die Ofentür, sieht das Feuer darin lodern, zieht den Brief aus der Tasche und wirft ihn ins Feuer.

Der Förster bekommt das nicht mit. Er trinkt weiter. Der Inhalt der Flasche neigt sich dem Ende zu. Goethe tritt an den Tisch des Trinkers und legt einen Geldschein darauf. Die alte Methode. Der Förster blickt müde auf. Er sieht das Geld. Er schaut zu seinem Gast hoch. Der macht eine kurze Geste mit der Hand. Der Förster nimmt den Schein, betrachtet ihn staunend und legt ihn wieder hin.

»Nehmen Sie das Geld«, sagt Goethe.

Der Förster sieht ihn fragend an. Er schwankt auf seinem Stuhl hin und her. Dann erhebt er sich mühsam. Verstaut den Geldschein in einer Schatulle, die er abschließt. Geht zu dem Haken an der Tür, an dem seine dicke Jacke hängt. Er zieht sie an und knöpft sie bis oben hin zu. Nimmt einen Schal und wickelt ihn um den Hals. Zieht seinen Hut auf. Er steht nicht ganz sicher auf seinen Beinen. Sieht mit glasigem Blick zu seinem Gast hinüber.

»Das ist mehr, als ich in einem Jahr hier oben verdiene«, sagt der Förster lallend.

»Gehen wir«, sagt Goethe.

Er nimmt seinen Hut und setzt ihn auf. Sie treten hinaus. Das Schneetreiben und der Nebel bilden jetzt eine dichte Wand, die den Himmel verdunkelt. Man sieht keine fünf Meter weit. Dem Förster scheint das jetzt vollkommen gleichgültig zu sein. Er geht los. Goethe folgt ihm.

Zunächst führt ein Weg abwärts zwischen kleinen, verkrüppelten Fichten hindurch. Sie gehen in eine Senke hinunter, bis zu deren tiefstem Punkt noch eine Art Weg zu erkennen war. Unten hört der Weg auf. Goethe blickt über die nächste Erhebung hinweg auf den Gipfel des Brocken, der aus dem Nebel ragt. Er muss an einen Grabhügel denken. Ein nordisches Hünengrab. Es scheint über den Wolken und dem Nebel zu schweben. Dann wird auch der Gipfel vom Nebel eingehüllt und verschwindet. Der Förster bleibt stehen. Holt aus seinem Rucksack zwei Flaschen Nordhäuser heraus und reicht eine seinem Begleiter.

»Wenn es Ihnen zu kalt wird, trinken Sie«, sagt der Förster, nun schon wieder mit deutlicher Artikulation.

Goethe nickt. Er ist Schnaps nicht gewohnt, erst in Weimar hat er mit dem Weintrinken angefangen. Da waren die ersten Wochen schwierig. Der Herzog hielt das übermäßige Trinken für den Ausweis wahren Genies und verlangte von Goethe, mitzuhalten. Dieser hatte Mühe, seine Rauschzustände zu überspielen. Später gewöhnte er sich an den Wein. Dann ging es ohne Verstellung. Dann hatte er wieder die Kontrolle über sich. Er musste nur das Maß halten, das der Herzog immer wieder in voller Absicht überschritt. Was eine Flasche Korn bewirken würde, kann er sich nicht ausdenken.

Der Förster setzt zum ersten Schluck aus der neu geöffneten Flasche an. Er ist ein kräftiger Mann um die vierzig, der anscheinend einiges vertragen kann.

»Trinken Sie«, fordert er den Reisenden auf.

»Mir ist noch nicht kalt. Ich spare mir das für später auf.«

»Wie Sie meinen.«

Sie gehen weiter. Jetzt bergauf. Der Schnee ist tief, die beiden Männer sinken mit jedem Schritt beinahe bis zu den Knien ein. Goethe fühlt bald schon, wie die Anstrengung ihn ermüdet. Er wird langsamer, der Förster geht aber in stetigem Tempo weiter voran.

Manchmal verschwindet der Förster im dichten Nebel, um dann wieder schemenhaft aufzutauchen. Die Bewaldung wird immer niedriger und dünnt aus. Die Fichten werden kleiner, bis eine Art Tundrabewuchs einsetzt. Niedriges Gestrüpp, das den Boden überzieht und keinen Weg, keine Richtung mehr erkennen lässt. Gleichzeitig wird mit jedem Schritt, den sie nach oben gehen, der Nebel noch dichter und geht in eine dünne Wand aus Eiskristallen über, durch die man sich hindurchkämpfen muss.

Der Förster schreitet weit aus. Goethe hat Mühe zu folgen.

»Baumgrenze«, ruft er aus der milchigen Unsichtbarkeit, »das ist die Baumgrenze. Liegt hier viel tiefer als im Hochgebirge.«

Goethe nickt, obgleich der Förster seine Zustimmung nicht sehen kann. Die beiden Männer müssen etwa zehn Meter auseinander sein, wenn man die Lautstärke des Zurufs in Entfernung umrechnet.

Dann ist der Bergführer ganz verschwunden. Goethe hört nicht einmal mehr seine Schritte im Schnee knirschen. Er ruft nach ihm und fragt, ob er warten könne. Keine Reaktion. Goethe arbeitet sich voran, bei jedem Schritt bis übers Knie im Schnee einsinkend. Er fühlt, wie die Kälte unter seine Kleider kriecht. Wieder ruft er nach dem Förster und bekommt keine Antwort. Er bleibt stehen, blickt sich um. Er kann keine zwei Meter weit sehen. Der Frost steht in der Luft. Unter ihm und um ihn Gestrüpp, das aus dem meterhohen Schnee herausragt. Er dreht sich um die eigene Achse. Einmal, zweimal. Wohin?

Die Eiskristalle legen sich auf die Kleidung, auf die wenigen Stellen freier Haut, auf die Haare, die unter dem Hut herausragen, auf den Zopf. Er holt die Flasche aus dem Rucksack. Öffnet sie und nimmt einen Schluck. Fühlt sich gleich besser. Wärme steigt in ihm auf, der Alkohol gibt ihm sofort Trost und mit dem Trost ein kleines Maß an Hoffnung und den Mut weiterzugehen. Er nimmt einen weiteren, größeren Schluck. Wieder ruft er den Förster bei seinem Namen. Degen, wo sind Sie? Wieder bleibt alles still. Er geht weiter. Er weiß nicht, in welche Richtung er geht, ob er noch zum Brocken hin unterwegs ist oder einen ganz anderen Weg eingeschlagen hat. Er behält die Flasche offen in der Hand und trinkt, während er sich mühsam im tiefen Schnee voránkämpft, in regelmäßigen Schlucken. Plötzlich bemerkt er einen Schemen in der Frostluft. Eine menschliche Gestalt scheint aus dem Nebel aufzutauchen und wenige Meter vor ihm von links nach rechts vorbeizugehen. Es ist nicht der Förster. Eine Frau geht vor ihm vorbei. Er reibt sich die Augen. Jetzt erkennt er es genau. Eine alte Frau mit einer Kiepe.

»Hallo! Hören Sie?«

Sie bleibt stehen und sieht sich nach ihm um. Die Kiepe scheint randvoll mit Gegenständen, über die ein Tuch gelegt ist.

»Mein Name ist Goethe. Ich habe mich wohl verlaufen. Mein Bergführer ist mir verloren gegangen.«

Jetzt steht er vor ihr. Sie ist real, sie ist keine Einbildung, kein Fiebertraum, keine Halluzination. Sie ist alt, schmal und zäh und scheint von der plötzlichen Begegnung im Nebel nicht im Geringsten beunruhigt zu sein.

»Was machen Sie hier?«

»Das ist mein gewöhnlicher Weg. Ich bin Botenfrau. Ich gehe hier immer.«

»Botenfrau?«

»Von uns gibt es viele hier im Harz. Wir sind die Lasttiere, die auch dann noch laufen, wenn die Esel nicht mehr wollen. Wir sind immer unterwegs, bei jedem Wetter.«

»Ich will auf den Brocken. Können Sie mir sagen, ob ich auf dem richtigen Weg bin?«

»Auf den Brocken.«

»Ja.«

»Bei diesem Wetter.«

»Aber ja doch. Ich bin mit dem Förster Degen aufgebrochen. Der ist mir nun abhandengekommen.«

»Wissen Sie denn nicht, dass das lebensgefährlich ist, was Sie hier machen? Zu sagen, Sie wollen auf den Brocken klingt so vernünftig, als würden Sie sagen, Sie wollten heute noch zum Mond fliegen. Das würden Sie auch nicht schaffen.«

»Es ist doch gar nicht mehr weit, vielleicht noch eine Stunde. Leider weiß ich nicht mehr, ob ich in die richtige Richtung gehe. Können Sie mir helfen?«

»Gehen Sie einfach immer geradeaus.«

»Geradeaus also.«

»Ja. Hier entlang.«

Sie zeigt mit dem rechten Arm in den Nebel hinein.

»Niemals nach rechts oder links abbiegen. Immer nur strikt geradeaus.«

Goethe blickt ratlos in die Richtung, in die die Frau zeigt.

»Viel Glück. Denn das können Sie wirklich gebrauchen.«

»Danke. Ach, sagen Sie, hätten Sie zufällig noch eine Flasche Schnaps im Gepäck, die Sie mir verkaufen können?«

Sie nimmt die Kiepe vom Rücken. Kramt darin herum. Sie findet eine schmale Flasche mit einer farblosen durchsichtigen Flüssigkeit, die aussieht wie Wasser. Wäre es Wasser, wäre es allerdings längst gefroren. Sie gibt ihm die Flasche, auf der keine Aufschrift, kein Etikett zu sehen ist. Goethe nimmt sie in seinen Rucksack.

»Was ist das?«, fragt er.

»Holunderschnaps, selbst gebrannt. Eigentlich habe ich den für mich dabei. Aber ich brauche ihn nicht mehr. Ich habe mir das Trinken abgewöhnt.«

»Was bin ich Ihnen schuldig?«, lallt er durch den Nebel zu ihr hinüber, die sich schon wieder die Kiepe aufsetzt und ein paar Schritte weitergegangen ist.

»Nehmen Sie nur. Hauptsache, es hilft Ihnen bei Ihrem wahnwitzigen Unternehmen.«

Dann setzt sie sich wieder in Marsch und verschwindet nach ein paar Schritten im frostigen Nebel.

Er sieht sich um. Welche Richtung hat ihm denn nun das Weib gewiesen? Er nimmt den letzten Schluck Doppelkorn und wirft die Flasche weg. Dann geht er im Schnee weiter. Einen Schritt vor den anderen. Einmal sackt er zur Seite weg, stürzt hin und versinkt mit der einen Körperhälfte im tiefen Schnee. Vom Korn benebelt bleibt er liegen.

Plötzlich kommt es ihm selbst unsinnig vor, diesen Berg im Winter zu besteigen. Wen würde das interessieren? Welche Reaktionen gäbe es, wenn er es in Weimar erzählen würde. Schulterzucken? Kopfschütteln? Später, wenn sie seine Biografie schreiben würden, würden sie es natürlich erwähnen. *Goethe hat am 10. Dezember 1777 den Brocken im Harz bestiegen, als erster Mensch im Winter.*

Dass dieser Eintrag in die Geschichtsbücher erfolgen würde, dafür hat er vorgesorgt. In seinem Rucksack liegt schon der Brief an die Stein, in dem er seine gelungene Brockenbesteigung schildert. Noch in Clausthal hat er den vorab verfasst, sicherheitshalber.

Ich will Ihnen entdecken, dass ich wünschte den Brocken zu besteigen, und nun liebste, bin ich heut oben gewesen, ganz natürlich, ob mir's schon seit 8 Tagen alle Menschen als unmöglich versichern. Aber das Wie, von allem, das Warum soll aufgehoben seyn wenn ich Sie wieder sehe.

Selbst wenn sie ihn tot auffänden, irgendwo hier am Berg zusammengebrochen und erfroren, würden sie in diesem Brief lesen, dass er sein Abenteuer bestanden hätte und dass ihm die Besteigung des Brocken im Winter gelungen sei. Noch auf dem Gipfel hätte er ihn geschrieben, in voller Euphorie über das Gelingen sofort verfasst, bevor er dann beim Abstieg das Opfer seines Erfolgs geworden wäre.

Wohin aber jetzt gehen? Es wäre ja einerlei. Entweder er landet auf dem Brocken oder am Torfhaus. Alles wäre jetzt in Ordnung.

Er beschließt, einfach weiterzugehen. Die Kälte schneidet ihm in die Haut. Am ganzen Körper empfindet er sie schon als Schmerz, der sich über ihn ausgebreitet hat. Er holt die Flasche, die er von der Botenfrau erhalten hat, aus seinem Rucksack, reißt den Korken aus dem Flaschenhals und setzt an.

Was für ein Zeug! Das ist kein Doppelkorn mehr,

das ist Zehnfachkorn. Vielleicht ist es sogar purer Alkohol. Aber es wirkt wie der Treibstoff für seinen Flug zum Mond. Er steht schon wieder auf den Beinen. Sein Schritt beschleunigt sich. Er geht und geht, er stürmt voran, dem Gipfel zu. Seine Beine werden ganz leicht und es scheint ihm, als gewänne er unfassbar schnell an Gelände.

Zugleich beginnt es in ihm zu stürmen, Fanfaren ertönen, eine Schlacht setzt ein, er läuft voran mit der Standarte, niemand würde ihn aufhalten, die Trompete ertönt, alles in seinem Kopf, aber sein Kopf ist überall, Schüsse, Schreie, Gemetzel, alles im Kopf und doch hier, vor ihm, um ihn, tatsächlich, wahrhaftig. Blut. Überall färbt es den Schnee rot. Der Schnee schmilzt unter Strömen von Blut. Er watet durch die Blutpfützen, die zurückbleiben. Tote säumen seinen Weg. Aber er muss weiter, durch den Kugelhagel hindurch, mit gezogenem Degen geht er entschlossen gegen den zahlenmäßig überlegenen Feind vor und beginnt mit dem eingebildeten Degen gegen eingebildete Gegner zu fechten.

In kürzester Zeit bringt er Dutzende von Feinden zur Strecke. Aber die Schlacht geht immer weiter, es kommen immer neue Gegner nach, denen er sich zu stellen hat. Er ist erschöpft. Er hat Durst. Blutdurst. Er nimmt noch einen Schluck, gleich ist es vorbei, gleich steht er als Sieger fest und wird auf einem Schild nach Weimar hineingetragen, wo ihm der Herzog einen Orden für seine Tapferkeit anstecken und Frau von Stein den Lorbeerkranz für seine Dichtkunst aufsetzen und endlich, endlich die Nacht mit ihm verbringen wird. Salutböller würden in die Luft gefeuert, während er mit ihr schliefe, wieder ertönte die Trompete, aber nun begleitete sie seinen Sieg, seinen auf allen Gebieten feststehenden Sieg, Fahnen würden dazu gehisst, die das Haus seines Triumphs schmückten, in dem er mit der Stein läge.

Beim nächsten Schluck bricht er zusammen. Die Schlachtenfantasie ist wie zerstoben. Eis und Schnee umgeben ihn. Frostiger Nebel. Hier also würde er sterben. Wie alle Welt es vorausgesagt hat. Heißt es nicht, wer sich in Gefahr begibt …

Er lässt den Kopf hängen. Noch ein Schluck. Mit jedem Schluck kommt der Tod ein Stück näher. Komm, großer schwarzer Vogel, komm, jetzt ist die Gelegenheit günstig. Wie oft habe ich den Dolch angesetzt und konnte nicht zustechen, aber jetzt und hier ist es so weit, ich bin dir ausgeliefert, liefere mich dir aus und bin bereit. Er schließt die Augen. Der Wind nimmt weiter Fahrt auf. Der Eissturm lässt seine Haut zu Stein werden. Er hört nur das Tosen des Windes. Doch plötzlich. Was ist das? In einiger Entfernung, aber nicht weit, gar nicht weit von hier, ertönen die Laute einer Blaskapelle. Es klingt wie bei einem Volksfest. Lustig spielt die Kapelle auf und zieht weiter, kommt näher, kommt immer näher. Volksmusik. Am Brocken. Blechmusik. Auf dem Gipfel. Tröten, Hörner, Schalmeien. Zuerst sieht er die drei Invaliden als Musikanten vor sich. Dann marschieren ganze Kapellen auf. Orchester mit Trompeten, Hörnern und Tuben. Geigen, Becken und Pauken. Ein ungeheures Werk führen sie auf, eine triumphale Symphonie gipfelt in einem gigantischen Tutti, das kein Ende nehmen will.

»Hier, hier bin ich«, schreit er in den Nebel hinein. Schreit es immer wieder. Da scheint sich die Musik zu entfernen. Als seien die Kapellen vorbeigezogen, lösten sich die Orchester langsam auf. Ihr Klang wird schwächer, verklingt in der frostigen Ferne.

Er blickt diesem Klang der unsichtbaren Musik nach, der plötzlich nicht mehr zu hören ist. Er hat den Blick aufgerichtet, nach oben, als schwebte die Musik in den Himmel davon.

Sie kommen mir wie eine Madonna vor, die gen Himmel fährt, vergebens dass ein Rückbleibender seine Arme nach ihr ausstreckt, vergebens, dass ein scheidender, thränenvoller Blick den ihrigen noch einmal wieder wünscht. Schrieb er an die Stein, als Lenz bei ihr war. Er nimmt noch einen Schluck von diesem Teufelszeug und dann und da, unfassbar, was für ein Schauspiel, erhebt sich der obere Teil des Brocken und schwebt wie eine Insel des Lichts über dem großen Wolkenmeer. Zum Greifen nah. Näher als nah und doch fern. Unerreichbar scheint diese Nähe. Das verschneite Hünengrab. Der Hexenaltar. Die Teufelskanzel. Unter dem blau strahlenden Himmel. Dort hin! Der Berg zeigt sich. Der Nebel lichtet sich immer mehr, die Sonne bricht stellenweise bis zu ihm durch, jetzt treten Gestalten aus dem milchigen Nebel hervor, grausige Wesen, die den Berg bewohnen, alte Frauen, nackt mit langen wirren Haaren, fetten schlappen Bäuchen und schrecklichen Fratzen fliegen auf Besen durch die Lüfte, umschwirren den Gipfel und kommen bis zu ihm herunter. Das also ist die Gefahr, vor der ihn alle gewarnt hatten: das hohe Hexenaufkommen am Gipfel. Aber auch das wird er durchdringen, die Hexen werden fliehen, wenn sie seiner ansichtig würden und der Teufel würde seinen Schwanz einziehen und mit seinem Pferdefuß das Weite suchen. Doch wer kommt ihm nun entgegen, kommt aus dem wilden Hexenverkehr unversehrt auf ihn zu. Eine Erscheinung? Nein, eine wirkliche Gestalt. Ein junger Mann, der vorbeigeht. Den kennt er doch. Den Zarten mit der dunklen Stimme. Der den

Grottenolm erforschte. Der den ausgestopften Fuchs durch die Stube trug. Ist das nicht der junge Assessor aus der Baumannshöhle? Die männliche Madonna. Der Todessüchtige mit den langen braunen Haaren? Er kommt vom Gipfel herab und trägt eine ausgegrabene Blume ganz vorsichtig mit der Wurzel und anhängender Erde vor sich her. Eine große, blau schimmernde Blume trägt er davon, die er nur am Gipfel ausgegraben haben kann und die er nun sicher ins Tal zu bringen versucht. Er geht an ihm vorbei, der Assessor bemerkt ihn nicht einmal, er ruft den jungen Mann an, der hört es nicht, achtet nur auf die Pflanze, die er transportiert, und schwebt anscheinend durch den Nebel nach unten davon. Dann wieder die Hexen, die wie ein Schwarm Hornissen auf ihren alten Besen um ihn herumrasen und dabei einen Heidenlärm veranstalten. Sie verspritzen Gift aus ihren hängenden, runzeligen Brüsten, spucken und pissen nach ihm, aber er weicht allem Unrat aus und kämpft sich weiter voran. Jetzt sieht er vor lauter Hexen den Gipfel gar nicht mehr, er nimmt noch einen Schluck, um der Übermacht dieser grässlichen Gestalten gewachsen zu sein, als die Sonne vollends durch den Nebel bricht und er einen klaren Blick auf die Spitze des Berges hat, wo plötzlich alle Hexen verschwunden sind und überlebensgroß ein Bild erscheint. Es ist das Spiegelbild einer jungen Frau. Sie ist wie die Hexen nackt, aber sie bewegt sich wie eine gerade neugeborene Göttin, wie ein nie eingelöstes Versprechen, wie die ewige Verlockung des Lebens nach sich selbst. Schwer ist es ihm, dieser Verheißung nicht zu folgen. Unmöglich ist es. Wer ist sie? Er kennt diese Frau, er kennt sie so nackt, wie sie erscheint, aber er kann ihre Identität nicht genau bestimmen. Ist es Louise, ist es Lili, Corona oder gar Cornelia? Nein, ganz und gar nicht, keine von diesen, und doch auch alle diese wunderbaren Geliebten zugleich, jetzt, nach einem weiteren Schluck weiß er, wer das ist, weiß er, dass es nur eine sein kann, die alle in sich vereinigt, die eine, einzige Verbindung von allen, – Saskia.

Er stürmt hinauf, auf sie zu, der Schnee trägt hier vollkommen, er sinkt nicht mehr ein, er läuft, rennt gar mit großer Leichtigkeit die letzten Meter hinauf. Doch je näher er dem Gipfel kommt, desto schwächer wird das Bild. Es löst sich auf. Und dann ist er oben. Er ist oben. Aber oben ist kein Bild und keine Frau, sondern eine Fahne. Sie steckt in einer Granitspalte, das Kreuz und die Krone im Zentrum, zwei goldene Löwen auf rotem Grund, ein blauer Löwe umgeben von roten Herzen auf gelbem Grund. Ein weißes Pferd im Sprung auf rotem Grund. Alles das ist auf einer einzigen Fahne. Auf dieser Fahne, die hier oben festgemacht ist und die das Wappen des Hauses Hannover zeigt.

Er sackt in sich zusammen. Bleibt liegen. Noch einmal will er trinken, aber die Flasche ist leer. Er liegt auf dem Rücken, als über ihm ein Mann erscheint. Überlebensgroß steht er vor ihm und beugt sich leicht zu ihm herunter. Sein schwarzer Umhang weht hinter ihm hoch. Er zieht den hohen Hut und schwenkt ihn zum ergebenen Gruß und doch eigentlich wie zum Hohn zur Seite weg. Goethe erkennt ihn sofort. Lord Lighthouse. Er sieht verjüngt, frisch und ausgeruht aus. Er lächelt überlegen. Hinter ihm das kalt strahlende Blau des Winterhimmels.

»Ich grüße Sie, mein lieber Hofrat. Nun sind wir Ihnen doch zuvorgekommen, der Graf und ich. Sie sind zehn Minuten zu spät. Nichts mehr zu machen.

Der Graf von Gleichen wird nun als erster Mensch in die Geschichte eingehen, der den Brocken im Winter bestiegen hat.«

Goethe hebt den Kopf. Er darf jetzt nur nicht ohnmächtig werden, er muss bei Sinnen bleiben, sich zur Wehr setzen gegen diesen infamen Menschen.

»Der Graf von Gleichen ist tot«, sagt er mit letzter Kraft, »er hat sich aus Gram umgebracht, sein Herz wurde ihm aus dem Leib gerissen und wird jetzt gerade, in dieser Minute im Klopstockhaus in Quedlinburg bestattet.«

»Was Sie nicht sagen, Herr Goethe. Das wäre das erste Mal, dass Sie mehr wüssten als wir. Der Graf ist mitsamt seinem stolz schlagenden Herzen auf dem Weg zurück in sein Schloss, im Gepäck das Zertifikat seiner Brockenbesteigung, ausgestellt vom Hause Hannover.«

»Nein«, röchelt Goethe noch. »Das ist eine Lüge!«

Lighthouse grinst mit gespielt mitleidiger Miene zu ihm herab und zuckt mit den Schultern.

»Schuft«, haucht der Düpierte. Er sieht ihn noch davongehen, sieht noch das Wehen seines weiten vornehmen Mantels. Dann schwinden ihm die Sinne.

7.

Lenz musste mit dem Gesinde speisen. Das war der erste Tiefschlag, den ihm die Baronin versetzte. Durfte er nicht davon ausgehen, dass er mit ihr zu Tisch sitzen würde? War nicht anzunehmen, dass diese schon lange nicht mehr mit ihrem griesgrämigen Ehemann essen würde, sondern allein? Und sollte es nicht naheliegen, dass sie endlich wieder Gesellschaft wünschte, anregende Gesellschaft, und wäre er, der neue Englischlehrer, nicht genau das, die denkbar anregenste Gesellschaft für eine Oberstallmeisterin von Format.

Hatte sie nicht seine Gesellschaft der Goethes vorgezogen? War das nicht ein Hinweis darauf, dass sie von ihm mehr Esprit und Contenance erwartete als vom bezopften Musenfreund aus dem Gartenhaus? Aber nein, sie speiste immerzu mit dem Trauerkloß von Gatten, und Lenz hatte sich in der Küche einzufinden, wenn sich die Mägde und Diener zum Mahl setzten.

Dort aber war Lenz eine Unperson. Man wusste ja unter den Bediensteten, dass der kleine Mann sich für etwas Besseres hielt. Für einen Dichter gar. Den musste man erst einmal für die Gesindetafel zurechtstutzen. Wie nach Verabredung vermieden es die Anwesenden, mit dem Hauslehrer zu sprechen. Entstand bei Tisch ein Gespräch, dessen Verlauf die alte Magd

Dorthee streng kontrollierte, so wurde Lenz grundsätzlich nicht einbezogen.

Gern wurde er bei der Essensvergabe übersehen, musste reklamieren, er sei übergangen worden mit der Suppe, dem Brei, den Kartoffeln, worauf man ihn verständnislos ansah, den Kopf schüttelte über so viel unverschämtes Fordern und ihn ein zweites Mal überging. Beim Abräumen ließ man seinen Teller stehen und drückte ihm anschließend schweigend einen Besen in die Hand.

Nur die jüngste der Mägde, Anna, hatte ein Herz mit dem Armen. Lenz hatte den Eindruck, sie empfinde Mitleid mit ihm. Sie gab ihm, was die anderen ihm verweigerten, goss endlich doch die Suppe in seinen Teller, schöpfte schließlich den Brei für ihn ab und servierte ihm zuletzt auch die Kartoffeln. Dabei lächelte sie dem kleinen Lenz zu, der Anna gegenüber sogar ein gewisses Maß an Charme entfaltete.

Da sie nicht von Stand war, vielmehr der untersten Schicht des Volkes angehörte, ein krudes Thüringisch sprach und bei Tisch gerne in der Nase bohrte, machte sich Lenz über das freundliche Mädchen keine weiteren Gedanken. Anna war klein, lustig und kugelrund. Gern ärgerte sie den bierernsten Oberhofmeister Kästner, den Lenz als rechten Besen wahrnahm und der ihn am geflissentlichsten übersah. Für den Hofmeister existierte der Englischlehrer gar nicht, war Luft oder noch nicht einmal das.

Während Lenz mit den ignoranten Mägden Nachsicht hatte und sich sagte, sie könnten eben nichts dafür, dass sie so stumpfsinnig geblieben seien, träumte er davon, den Hofmeister Kästner in einer unbeobachteten Minute brutal zusammenzuschlagen und ihn halbtot liegen zu lassen. Lenz entwickelte die ihn zuweilen selbst beunruhigende, schon beinahe zwanghaft auftretende Vorstellung, dass diese Gewalttat unausweichlich sein würde.

Die pralle Anna mit dem rosigen Teint konnte ihn mit ihrer Fürsorge und ihrem sonnigen Gemüt noch so weit besänftigen, dass es erst einmal nicht dazu kam. Aber immer, wenn Hofmeister Kästner auftauchte und den Hochnäsigkeitsgeruch seines Dünkels verbreitete, entstand in Lenz wieder dieser Furor, der in einer ausgewachsenen Gewaltfantasie gipfelte. Vielleicht könnte er die Ausführung seiner Tat noch gerade so auf den Tag seiner Abreise schieben. Er hoffte das und sehnte diesen Tag bereits auch aus anderen Gründen herbei.

Denn nichts demütigte ihn mehr als der Unterricht, den er der Hausherrin zu geben hatte. Ihr schien es unmöglich zuzugeben, dass sie bestimmte Dinge nicht wusste, dass sie Englisch nicht beherrschte und sich daher in den Rang einer Schülerin zu fügen hatte. Sie wollte Unterricht von ihm und benahm sich wie die Lehrerin, die ihn ständig korrigierte und zurechtwies und ebenso ungnädig wie leicht abschätzig auf ihn herabsah, als wäre er mit Schmutz bedeckt oder als röche er nach Exkrementen.

Der Hass, den Lenz für den Hofmeister empfand, war eigentlich zu großen Teilen der Hass auf die Stein. Er hasste sie, wie er noch nie einen Menschen gehasst hatte. Er wünschte, sie würde während des Unterrichts langsam verfaulen, vor seinen Augen an einer Gräte ersticken oder in einem Moor versinken. Er wäre dabei der dankbarste Zuschauer. Wie war es möglich, dass er plötzlich eine Frau hassen konnte, die Goethe verehrte? Hatten sich denn alle Maßstäbe verschoben? Wie konnte Goethe diese Frau lieben?

Allmählich zweifelte Lenz an der Genialität des Geistesbruders. Womöglich war Goethe gar nicht so unfehlbar, wie alle Welt annahm.

Am Morgen ließ sie ihn zur verabredeten Unterrichtszeit zunächst warten. Dann erschien sie geputzt und zurechtgemacht wie für ein Hofzeremoniell in der Bibliothek und blickte, ohne Lenz auch nur eines Grußes für würdig zu befinden, beleidigt vor sich hin. Lenz hatte das Gefühl, etwas falsch gemacht zu haben, noch bevor der Unterricht überhaupt angefangen hat. Dabei war sie es doch, die den Unterrichtsbeginn regelmäßig um mehr als eine Stunde nach hinten verschob und notorisch zu spät kam.

Schon ihre Aufmachung zeigte ihm, dass es ihr ums Englischlernen eher weniger ging. Während Lenz das Lehrkonzept erläuterte, Vokabeln aufsagte und Beispielsätze vortrug, sah sie aus dem Fenster oder betrachtete sich im Spiegel. Wenn er sie dazu aufforderte, Vokabeln oder Sätze zu wiederholen, wies sie ihn darauf hin, er habe ihr keine Anweisungen zu geben, da er der Lakai sei und nicht sie. Manchmal beendete sie dann indigniert die Stunde und ging hinaus. Lenz blieb ratlos zurück. Was sollte er nun den ganzen Tag auf Schloss Kochberg anfangen? Er hatte strikte Anweisung, das Dorf Großkochberg nicht zu verlassen. Schon gar war es ihm verboten, nach Weimar zu fahren.

Die Oberstallmeisterin dagegen reiste regelmäßig nach Weimar. Wobei sie verbreiten ließ, dass sie sich in der Stadt aufhalte, sodass es auch Goethe mitbekommen musste, Goethe dabei jedoch bewusst aus dem Weg ging. Auch ließ sie im Umkreis des Hofes verlauten, wie ungemein lehrreich das Arbeiten mit Herrn Lenz doch sei, dass sie sich selten so von der Anwesenheit eines Gastes angeregt gefühlt habe und dass sie Lenz auch als Menschen aufs Äußerste schätze.

Lenz wurden diese Informationen wiederum durch Anna zu Ohren getragen, die Frau von Stein manchmal auf ihren Fahrten begleitete und so erfuhr, was in Weimar gesprochen wurde. Sie glaubte, sie täte Lenz einen Gefallen, wenn sie ihn die wertschätzende Meinung, die ihre Herrin in Weimar über ihn äußerte, wissen ließe.

Er aber hatte inzwischen begriffen, wie das alles gemeint war. Seine Hoffnung, in ihrer Nähe zu seiner wahren Bedeutung aufzusteigen, zerfiel in Windeseile. Ihm war nun klar, dass er nicht mehr als ein Werkzeug in den Händen der verhassten Baronin war.

Gleichzeitig spürte er, dass sich Anna immer aufmerksamer um ihn kümmerte und dass aus ihrem Mitleid langsam eine starke Sympathie, vielleicht eine Art Verliebtheit wurde. Er zog daraus aber keine Schlüsse.

Das Schloss war von einem alten Wassergraben umgeben, auf dem ein paar Enten schwammen. Im Spätsommer legte sich an den Nachmittagen zuweilen eine romantische Stimmung über das ganze Terrain und verwandelte das Gut in ein märchenhaftes Wasserschloss. Das sei der berühmte Altweibersommer auf Kochberg, sagte die alte Dorthee einmal beim Essen, als nur noch Lenz am Tisch saß. Den würde sie mit nichts auf der Welt eintauschen wollen. Es war das erste Mal, dass sie überhaupt etwas zu Lenz sagte.

Lenz lächelte und nickte. Ihm schien, die Tröstungen des einfachen Lebens seien nicht mehr für ihn bestimmt. Es war ihm, als habe er sich aus der Sphäre verabschiedet, in der man die Spinnweben im reifen Licht der letzten Sommertage als Geschenk betrachten und dafür dankbar sein konnte. Sein Reich sei nicht von dieser Welt, sei es noch nie gewesen, sagte er sich, wenn er des Abends im schwindenden Licht der letzten Septembertage umherging und sich fragte, wie es ihn eigentlich an diesen merkwürdigen Ort hatte verschlagen können. Er kam sich plötzlich so vernünftig und kalt vor. Jeden Tag aufs Neue zog er ein Fazit seines fünfundzwanzigjährigen Daseins und jedes Mal fiel es katastrophal aus.

Eines Abends Anfang Oktober saß er am Ufer des Grabens und warf Steine ins Wasser. Die Baronin hatte ihn nach kurzem Unterricht wieder sitzen lassen, er hatte daraufhin den ganzen Tag untätig auf dem Gut zugebracht. Stets führte er ein Buch mit sich, in das er beim Gehen, Stehen und Sitzen hineinsah, um als Englischlehrer eine gelehrte Tätigkeit wenigstens vorzuschützen. An diesem Abend hatte er das Buch auf dem Zimmer gelassen. Es interessierte ihn ja gar nicht und es lag ihm nichts mehr daran, als Englischlehrer respektiert zu werden.

Er spuckte im hohen Bogen ins Wasser des Grabens. Eine kleine Gruppe Enten schwamm vorbei. Die Enten schienen ihn nicht zu bemerken. Er überdachte wieder sein Schicksal, und das Gefühl nahm wie jedes Mal, wenn er sich diesen Gedanken überließ, von ihm Besitz, dass er auf der ganzen Linie gescheitert sei.

Er empfand darüber eine Niedergeschlagenheit wie noch nie und beschloss, diesen fürchterlichen Ort und die schreckliche Baronin am nächsten Tag zu verlassen. Da erschien Anna im Halbdunkel der Schlossmauer und sprach ihn an.

Ein schöner Abend, nicht wahr? Ja, sehr schön. Er sei so melancholisch. Was er denn habe. Nichts, sagte er. Das sei ganz unmöglich. Wer so ins Wasser schaue, habe nicht nichts. Das verstehe sie nicht. Woher er das wissen wolle. Was? Dass sie das nicht verstehe? Das wisse er eben. Ach, so einfach sei das also. Ja. Und warum er sie dann nicht mehr ansähe, beim Essen, auf den Fluren des Schlosses, im Garten? Ob das so sei, fragte er zurück. Ja, das sei so, sie spüre es genau. Es täte ihr weh. Sie setzte sich neben ihn. Sie schwiegen. Die Enten kamen wieder vorbei, diesmal in die Gegenrichtung schwimmend. Drei der Enten sahen wie Schiffsreisende, die ungerührt die Uferumgebung betrachten, zu ihnen herüber, während sie gemächlich weiterschwammen.

Sie legte ihren Arm um die Schultern des traurigen Lenz. Sie küsste ihn auf die Wange. Er ging nicht darauf ein. Sie drängte sich näher an ihn heran und küsste ihn auf den Mund. Er wich zurück. Ob er einmal fühlen wolle. Sie nahm seine Hand und schob sie in das Dekolleté ihres Kleides. Ihr Busen war groß und fest. Er empfand nichts bei der Berührung. Es war, als habe er eine künstliche warme Masse in der Hand und als müsse er mit dieser Masse etwas anfangen, ohne eine Idee zu entwickeln, was. Sie küsste ihn wieder, steckte ihre Zunge in seinen Mund. Nachdem er zunächst die Lippen zusammenpresste, ließ er sie eindringen. Die Zunge war lang, heiß und schmeckte fruchtig.

Wahrscheinlich, dachte Lenz, wäre es ihr erstes Mal. Aber sollte sie das mit einem Mann erleben, der nichts mehr empfinden konnte? Sie spürte seine Apathie. Spürte wie ihr Busen in seiner hohlen Hand lag. Sie nahm seine andere Hand und führte sie unter ihren Rock. Lenz tastete sich in das feuchte Milieu vor und schauderte leicht zurück. Konnte er sie denn einfach zurückstoßen? Sie stöhnte kurz und spitz auf.

Die ganze Schwärmerei hatte ihn bisher noch nicht in eine Situation wie diese kommen lassen. Erst auf Annas direkt beschrittenem Weg. Alles andere war Rhetorik gewesen. Sie küsste ihn heftig, leidenschaftlich, während ein Finger seiner linken Hand sich in sie hineinsenkte. Eine Hitze ging von ihr auf ihn über, die er nicht erwartet hatte. In ihm löste sich etwas, als wollte er es nun auch. Er wusste aber nicht, ob er es wirklich wollte. Es war ein Gefühl, als ob er es wollen könnte. Er hatte es sich feierlicher vorgestellt. Als eine Heldentat. Eine Art Sieg. Ein Triumphieren. Nicht als Grundkurs in Körperlehre. Sie griff ihm an die Hose. Er hatte immer eine Gräfin vor sich gesehen, blass, zart und feingliedrig. Eine verschmachtende Schönheit, die beim Beischlaf nahe der Ohnmacht wäre. Keine dicke, geile Dienstmagd, die seine Hosenöffnungen wie beim Gänseausnehmen bearbeitete. Es gelang ihr nicht, die kompliziert geknöpfte Hose zu öffnen. Was er denn für Hosen habe, hauchte sie ihm zu und lachte. Ob er ihr denn helfen könne mit der Hose? Sie lachte wieder. Er sagte nichts, tat nichts, er versteinerte, umfasste ihre Blöße, als wolle er sich daran festhalten. Sie stöhnte wieder. Dann griff sie erneut von außen zu. Er fürchtete, sich nicht mehr im Griff zu haben, wenn das so weiterginge. Sie küsste ihn erneut, nun noch kompromissloser, mit einer wilden gierigen Zunge. Es kam ihm schlagartig, während ihre Hand auf seiner Hose lag. Sie bemerkte es sofort.

Was war er nur für ein Waschlappen, dachte er, noch nicht einmal bei dieser Dienstmagd konnte er an sich halten. Noch nicht einmal bei diesem Naturkind hielt er stand. Sofort empfand er eine vollständige

Gleichgültigkeit gegenüber ihrem Körper, gemischt mit einer sich tief in ihn hineinbohrenden Scham und sank seitwärts zurück ins Gras der Böschung.

Sie wusste, es war vorüber. Sie atmete tief durch. Das sei nicht schlimm, sagte sie. Das passiere eben, es passiere fast jedem einmal und manchen auch öfter. Wenn man sich noch nicht so gut kenne. Wenn man noch Scheu empfinde. Die Nervosität. Die Scham. Das Verbotene daran. Sie seien ja nicht verheiratet. Er sprang auf seine Füße. Die Enten kamen wieder vorbei und sahen ernst und streng zu ihnen herüber. Es sei das Küssen, sagte sie, indem sie sich die Kleider zurechtrückte. Das heftige Küssen löse es aus. Er müsse das üben. Man könnte es zusammen üben. Man müsse es jeden Tag üben, dann gehe es besser. Manche bräuchten zunächst den völligen Abstand. Die Baronin habe darüber einmal mit der Herzogin Louise gesprochen, in Weimar, im Garten, die beiden Damen hätten gar nicht bemerkt, dass sie in der Nähe sei, da habe die Frau Baronin das gesagt. Es gäbe Männer, die man nicht heftig küssen dürfe, denen man das heftige Küssen abgewöhnen müsse, weil dann sofort das Objekt der Liebe dahinschwinde. Ihre Heilkunst, habe die Baronin gesagt, bestehe im vollständigen Liebesentzug, dem körperlichen, verstehe sich. Die Herzogin habe interessiert zugehört und immer wieder Nachfragen gestellt. Ehrlich gesagt, habe sie, Anna, die Herzogin Louise noch nie so neugierig gesehen.

Lenz half ihr auf. Er hatte nun selbst Mitleid mit der Magd, die mehr von ihm erwartet hatte. Er wolle nicht mit ihr üben, sagte er ihr. Bei ihm helfe keine Heilkunst. Er werde bald fort sein. Sein Dienst bei der Baronin neige sich dem Ende zu.

Schade, sagte sie, lächelte gequält und ging davon, in die Dunkelheit, aus der sie gekommen war.

Sein Dienst dauerte noch bis Ende Oktober. Zwischenzeitlich fand die Baronin Gefallen am Englischunterricht, lobte den Lehrer sogar gelegentlich und gab sich insgesamt nicht mehr so ungnädig. Zwar zahlte sie ihm immer noch nichts und kam auch nicht auf den Gedanken, dies zu tun. Doch stellte sie Lenz die weitere Verwendung als Lehrer in Aussicht, vielleicht sogar eine Anstellung bei Hofe, und zwar am Hofe des Erbprinzen Carl Friedrich. Sie selbst sei ja bei Anna Amalia in Diensten und habe einen gewissen Einfluss auf die Personalentscheidungen.

Lenz machte sich indes keine Illusionen mehr. Was sollte er am Hofe des Erbprinzen anstellen? Sollte er einer von zwanzig Hoflakaien werden? War es das, wohin ihn sein Genie führen würde? Nein, er musste zurück in seine Hütte im Wald. Dort, in der vollkommenen Einsamkeit, hatte er zum Schreiben gefunden. Und dort würde er wieder schreiben können. Der Einsiedler wäre noch längst nicht aus Spanien zurück. Es sei überhaupt fraglich, ob er jemals von dort zurückkäme. Er, Lenz, würde die Hütte beziehen. Es wäre von nun an seine Hütte. Wie einst Rousseau werde er, Lenz, in der Einsamkeit des Waldes, fernab von jeder Gesellschaft, zu den Wahrheiten gelangen, die ihm unter den Menschen außer Sicht geraten waren.

Kaufmann sei in Weimar gewesen, erzählte die Baronin eines Tages Mitte Oktober. Der sei ja die Verkörperung des wahren Genies, mit seinen langen gewellten Haaren, der Pelzmütze und dem armenischen Mantel. Ob er, Lenz, den kenne? Ob er das wisse, was das für ein Kerl sei? Ganz und gar wie Rousseau. Nur sehe Kaufmann noch mehr wie Jesus aus. Während Rousseau wie ein Kaufmann ausgesehen habe, sehe Kaufmann wie Jesus aus, sagte die Baronin und lachte über ihren eigenen Scherz. Lenz verzog keine Miene. Ja, fuhr sie, von ihrer eigenen Fantasie begeistert, fort, sie habe noch nie einen Mann gesehen, der Jesus so ähnlich gewesen sei wie Kaufmann. Goethe eingeschlossen. Goethe sei von Jesus meilenweit entfernt, wenn man den Kaufmann gesehen habe. Dass man Jesus so ähnlich sehen könne und zugleich so modern daherreden könne wie Rousseau. Der Kaufmann zeige, dass das möglich sei. Die Wirkung, die er entfalte, sei unglaublich. Goethe habe sich in seinem Gartenhaus verkrochen, solange Kaufmann die Bühne für sich beansprucht habe. Zu Recht. Goethe könne so eine Situation einschätzen. Kaufmann habe alles in seinen Bann geschlagen. Der Herzog sei ihm zu Füßen gelegen. An Kaufmann könne man studieren, was das eigentlich heiße, ein Genie zu sein und dabei wie Jesus auszusehen. Er allein verkörpere das Naturrecht und sei ein Prophet des neuen Menschen.

Lenz hatte Mühe, an sich zu halten. Diesen Kaufmann, den kannte er aus Straßburg. Ein Scharlatan, der die großen Ideen des Zeitalters zurückstutzte auf Weltverbesserungsniveau. Der reiste durch die Lande als Apostel des Geniekults und ließ sich in den Residenzen wie ein Zirkuspferd bestaunen. Er ahmte tatsächlich Rousseau nach, kleidete sich wie dieser in seiner radikalsten Phase, zitierte aus dessen radikalsten Werken und gab sich wie die radikalisierte Wiederkehr des Philosophen.

Wie konnte einem denn eine solche Imitation imponieren? Das Schlimmste an ihm aber war, fand Lenz, dass er kein Künstler war und auch keiner sein wollte, sondern sich als Pädagogen sah. Er hatte den *Émile* von Rousseau gelesen und kannte das Buch wohl in weiten Passagen auswendig. Seit dieser mehrmals wiederholten Lektüre war er der Ansicht, man müsse den Menschen neu erfinden. Das hatte ihm auch Lavater gesagt. Den Menschen neu erfinden, aus dem *Émile* heraus. Lavater und Kaufmann lasen nicht mehr die Bibel, sondern nur noch den *Émile*. Dann lagen sie sich in den Armen und weinten über Rousseau und den *Émile* und über sich selbst.

Kaufmann, so Lenz einmal zu Goethe, mache das Geniewesen endgültig zu einer Angelegenheit der Homöopathie. Einfach leben und vegetarisch essen. Das war es, was er predigte. Das werde sich geben, sagte Goethe. Kaufmann komme nicht weit. Jetzt hatte ihn die Stein entdeckt. Lenz zweifelte daran, dass dieser Wiedergänger des großen Philosophen wirklich Eindruck auf sie gemacht habe.

Aber die Stein wusste ja ganz genau, wie ihre Schwärmerei auf Goethe und ihn wirken würden. War denn wirklich alles an ihr dem Gedanken der Rache untergeordnet? Lenz glaubte dies inzwischen.

Am 31. Oktober 1776 verließ Lenz Gut Großkochberg in Richtung Berka. Niemand verabschiedete ihn. Auch Anna ließ sich nicht blicken und die Stein schon gar nicht. Er suchte nach der Hütte im Wald. Er fand sie immer noch leer vor. Eine Schar Mäuse und ein paar Ratten bewohnten den Raum. Lenz verscheuchte sie, so gut es ging und versuchte sich wieder auf den *Waldbruder* zu konzentrieren. Es wollte ihm nicht gelingen. Über Tage hinweg, während denen es stetig kälter und die Hütte, die man nicht heizen konnte, zu einem feuchten, frostigen Loch wurde, bemühte er sich, die Geschichte von Goethe und ihm, die er in der Erzählung vom Waldbruder aufgearbeitet zu haben glaubte, wieder vor sein geistiges Auge treten zu lassen.

Es erwies sich als unmöglich. Der Stoff sträubte sich, die Bilder, die er noch im Juli vor sich gesehen hatte, stellten sich nicht mehr ein, jeder Satz, jede Formulierung erschien Lenz jetzt schal und fade, die Geschichte schien noch nicht einmal mehr das Interesse ihres Autors wecken zu können.

Unter diesen Bedingungen konnte er die Einsamkeit nicht länger ertragen. Er musste wieder unter Menschen, schon in Kochberg war er im Grunde vollkommen isoliert gewesen.

Krankhafte Geisteszustände hatten sich seiner bemächtigt. So trübsinnig war es ihm geworden, dass er es fast mit einer Dienstmagd getrieben hätte. Jetzt musste er die Anerkennung wiedererlangen, um die er den gesamten Sommer vergeblich gerungen hatte, ein Kampf, der ihm schließlich nichts als Niederlagen und Demütigungen eingetragen hatte, der aber nicht sein letztes Gefecht gewesen sein sollte.

Zurück in Weimar erfuhr Lenz, dass der Herzog gegen Ende des Monats ein kleines Theaterzeremoniell plane. Es würden die neuesten Stücke aus der Feder der in Weimar ansässigen Autoren aufgeführt. Vor allem Goethe hatte ein neues Werk angekündigt, das er in kurzer Zeit einstudieren ließ. Jede neue Produktion aus Goethes Feder wurde vom Publikum ungeduldig erwartet. Aber Goethe sollte den Theaterabend nicht allein bestreiten. Gesucht wurden nicht zuletzt Beiträge, in denen der Hof und seine Mitglieder persifliert würden. Nichts amüsierte den Herrscher so sehr, wie die Parodie seiner Untergebenen. Er konnte über die Verulkung des Hoflebens Tränen lachen, während ihm Trauerspiele und jede Form ernsthafter Bühnenkunst meist nur ein Gähnen abverlangten. Manchmal schätzte er es sogar, selbst mit Spott überzogen zu werden. Allerdings wusste man nie genau, wann der Zeitpunkt dazu günstig war.

Als einziger weiterer Beiträger meldete sich Lenz. Er werde eine so noch nie da gewesene Parodie des Hoflebens liefern, kündigte er an. Man wusste inzwischen, dass man es bei Lenz mit einer unberechenbaren Person zu tun hatte. Doch eine Parodie auf das Hofleben konnte man schon allein im Interesse des Herzogs nicht ablehnen. Außerdem war man froh, außer Goethe noch einen Beiträger gefunden zu haben. Nach Ansicht der Herzoginmutter sollte der Eindruck vermieden werden, als hinge das gesamte Kulturleben Weimars allein von Goethe ab.

Lenzens Groll auf die Baronin war inzwischen auf ihren Liebhaber Goethe übergegangen. Eigentlich hasste Lenz den gesamten Hof, alle seine Mitglieder, die Lebensformen, die dort gepflegt wurden, die Kultur, auf die man sich so viel einbildete und das Geniewesen, mit dem man glaubte, den Zeitgeist in einzigartiger Weise zu verkörpern und auszuleben.

Lenzens Groll war universal geworden. Er befand sich in einem Zustand, in dem er tatsächlich Hilfe gebraucht hätte. Aber wer hätte sie ihm geben sollen? Jeden Tag wuchs sein Bedürfnis nach Rache, und überall sah er Menschen, an denen er sich rächen würde, auch wenn er sie gar nicht kannte. Ganz Weimar wurde ihm zu einem Schauplatz seiner Genugtuung.

Für den Festakt entschied Lenz, eine seiner schon von Straßburg her bekannten Reden über das Theater zu halten und damit das zuvor aufgeführte Goethe-Stück zu kommentieren. Offiziell ankündigen ließ er das dramatisierte Gedicht *Die Liebe auf dem Lande*, in dem, wie er selbst im Programmheft erläuterte, die Ausgeliefertheit des Landvolks angesichts der Rücksichtslosigkeit des Adels zur Darstellung käme.

Niemand in Weimar nahm an dieser Formulierung Anstoß. Lenz schätzte seinen Plan als äußerst raffiniert ein. Die Zuhörer, die ein harmloses Gedicht über eine in Liebesgram dahinvegetierende Pfarrerstochter erwarteten, wären überrascht und erstaunt, dass er aus der literarischen Rolle herausspringen und unmittelbar seine Zuhörer attackieren würde, da seine Rede sich in eine Philippika gegen die höfische Welt und zu einer Anklage des Fürstenknechts Goethe verwandeln würde.

Dieser hatte es vorgezogen, Lenz nach seiner Rückkehr nach Weimar so wenig wie möglich zu sehen. Auch kümmerte er sich nicht darum, wo der Freund wohnen sollte. Durch die Vermittlung des herzensguten Wieland war Lenz bei einem Krämer in der Jakobsvorstadt untergekommen, eine Gegend, die Goethe so gut wie nie betrat.

Goethe wiederum wollte bei dem Empfang beim Herzog, der auf den 26. November festgesetzt wurde, sein neues Stück *Die Geschwister* mit verteilten Stimmen vorlesen lassen. Er hatte das Stück in der Zeit geschrieben, in der sich Lenz auf Gut Großkochberg bei Frau von Stein aufgehalten hatte.

Wieland, der es vorab zu lesen bekam, fand, das merke man dem Stück auch an. Goethe entgegnete, es handelt von etwas vollkommen anderem als etwa von seiner Eifersucht, falls er, Wieland, das meinen sollte. Wieland zog die Schultern hoch. Es sei ihm nicht ganz klar, ob er das gemeint habe, aber wenn er es sich recht überlege …

Sicher habe er das nicht gemeint, ergänzte Goethe. Schließlich stehe die Frage des Inzests im Vordergrund. Bruder und Schwester lebten zusammen und liebten sich. Ein Dritter käme ins Spiel, Fabrice mit Namen, der die Schwester heiraten will. Diese könne aber vom Bruder nicht loskommen.

Wieland schaute ihn unter seiner weißen Schlafmütze treuherzig an. Was für Themen die jungen Leute heute behandeln! Wer hätte sich in seiner Generation um die Frage des Inzests gekümmert! Wer hätte auch nur gewagt, dieses Verbrechen sich vorzustellen, geschweige denn das Wort auszusprechen? Wer solche Schlafmützen trage wie Wieland, sagte Goethe daraufhin, habe ohnehin mit den meisten Fragen abgeschlossen. Wieland nickte nachdenklich. Er fand in allem, was Goethe zu sagen hatte, liege wohl ein wahrer Kern.

»Aber am Ende sind es doch gar keine Geschwister«, rief Wieland dann lachend aus.

»Das ist ja gerade der Effekt«, sagte Goethe, »dass es gar kein Inzest ist, dass die beiden zusammenbleiben können und Fabrice ausgeschlossen wird. Dass der das aber annimmt und akzeptiert und es gut findet, dass die beiden sich lieben.«

»Dass also die ganze Aufregung, die im Publikum einzieht, sich am Ende auflöst und alle zufrieden sind?«

»Genau. Was als Tragödie beginnt, ist in Wahrheit eine Komödie.«

Bevor es zu dem von vielen Mitgliedern des Hofs herbeigesehnten Termin des höfischen Festes kam, traf Corona Schröter aus Leipzig ein. Von nun an würde sie dauerhaft in Weimar auftreten. Der Herzog erwartete diesen Tag wie das einmalige Zusammenfallen von Weihnachten, Ostern und Himmelfahrt. Er hatte das Theaterfest zu Ehren der Schröter ins Leben gerufen. Leider hatten sich nur zwei Autoren dafür gemeldet, was an sich ein bisschen beschämend war und nicht gerade für das rege literarische Leben in Weimar sprach, aber immerhin war einer der Autoren, die sich zu Wort melden würden, Goethe.

Am 16. November 1776 rollte eine schlichte Postkutsche in Weimar ein, welche die größte Kostbarkeit enthielt, die man in dieser Stadt seit Langem gesehen hatte: die Schauspielerin, Sängerin, Rezitatorin und Komponistin Corona Schröter. Sie entstieg dem schaukelnden Gefährt wie eine Überirdische. Von ihrer Gestalt ging ein Glanz aus, der den trüben Nachmittag aufleuchten ließ.

Erst ein beachtenswertes Theater und erstklassige Schauspieler gaben einer Stadt den Ruf, ein Zentrum der Musen zu sein. Allein der Glorienschein der bürgerlichen Kultur könnte den abgeblätterten Ruhm der Höfe wiederherstellen.

Früher hatte man Schauspieler als sozialen Ausschuss behandelt und sie keiner Beachtung außerhalb ihres Spiels für würdig empfunden. Jetzt unterwarf sich der Hof einer Künstlerin, die die totale Freiheit beanspruchte und sie sich kraft ihrer Kunst selber zusprechen konnte. Als Corona an diesem warmen, diesigen Herbstnachmittag aus der Kutsche stieg, roch das frisch auf die Erde gefallene Laub nach Erfüllung und der Sinnzeiger des Zeitalters drehte sich um einhundertachtzig Grad.

Sie würde frei bleiben, niemand konnte sie für sich beanspruchen, auch nicht Goethe.

So lagen die Dinge im November 1776, als sich Lenz daran machte, seinen Vortrag über das Theater zu überdenken und ihn für das Fest bei Hofe umzuarbeiten. Er plante zudem, sich wieder einen Bart wachsen zu lassen, sich einen armenischen Mantel zu besorgen und auf einem Esel auf die Bühne zu reiten. So wie einst Jesus nach Jerusalem auf einem Esel einhergeritten war, würde er in den Sündenpfuhl Weimar auf einem Esel einziehen. Man würde eine erbauliche Rede über das heutige Theater erwarten und bekäme die ultimative Strafpredigt gegen die höfische Welt und ihre bürgerlichen Liebediener.

Kurzfristig wurde entschieden, dass nun doch Lenz vor Goethe auftreten sollte. Lenz protestierte. Das habe doch gar keinen Sinn, da seine Rede über das Theater gehe und da sei es doch sinnvoll, wenn man Goethes Stück zuvor aufführe.

Nein, war die Antwort, die Theaterinspektor Mieding gab, Goethes Stück stelle den Höhepunkt der Feierlichkeiten dar, und er, Lenz, sei dazu eine Art Vorspiel. Gegen Miedings Erlasse war nicht anzukommen. Lenz musste sich damit abfinden.

Am Morgen des 26. November betrachtete sich Lenz im Spiegel und stellte fest, dass sein Bart wieder zur vollen Stärke herangewachsen sei. Von dem Krämer, bei dem er wohnte, bekam er den armenischen Mantel, ein Utensil, das Rousseau in Mode gebracht hatte, das aber wegen seines wüsten Erscheinungsbilds, in der höfischen Welt niemand trug. Dennoch kursierten überall armenische Mäntel. Vor allem die Höflinge waren ganz scharf darauf. Manch ein Höfling und auch mancher Bürger zog sich seinen armenischen Mantel nur in häuslicher Umgebung über, um sich wenigstens dort als Rebell und Vertreter des Naturrechts in Szene zu setzen. Bei Hofe machten sie ihre Kratzfüße und daheim spielten sie den kaukasischen Naturburschen.

Für den kleinwüchsigen Lenz war der armenische Mantel, den er sich lieh, viel zu lang; es war aber kein anderer auf die Schnelle zu bekommen. Zum Mantel gehörte auch noch eine grauschwarze Fellmütze, die wunderbar zu seinem rabenschwarzen Bart passte und die er ebenfalls bei der Aufführung tragen wollte. Dieses Erscheinungsbild würde bei Hofe noch immer für Unruhe, wenn nicht gar Entsetzen sorgen. Dass Lenz mit dem Esel nun auch noch eine Anspielung auf Jesus in seine Darbietung einbauen würde, musste dem Fass den Boden ausschlagen.

Als das Publikum im Liebhabertheater schon versammelt war und der Herzog mit Corona Schröter in der Mitte der ersten Reihe Platz genommen hatte, machte Lenz hinter der Bühne die Bekanntschaft mit dem Esel.

Man sagte ihm, das Tier sei heute leider sehr störrisch. Lenz gab vor, er wisse, wie man mit einem störrischen Esel umzugehen habe. Er versuchte sich auf das Tier zu setzen, was ihm auch problemlos gelang. Der armenische Mantel hing bis zum Boden herunter, sodass man die Beine des Reiters nicht sehen konnte. Er vermittelte vielmehr den Eindruck, als seien seine Beine so kurz, dass sie nicht sichtbar werden könnten oder als habe er gar keine Beine. Mit Bart und Fellmütze sah der Eselsreiter aus wie ein kaukasischer Freiheitskämpfer aus dem elften Jahrhundert oder ein versprengter Mullah aus Persien.

Das Problem bestand nun darin, dass der Esel sich absolut nicht vom Fleck bewegen wollte. Lenz fragte sich, wie Jesus es seinerzeit geschafft hatte, seinen Esel zur Bewegung zu überreden und in flüssigem Trab nach Jerusalem einzureiten. Die Erfahrung mit dem Esel, die er gerade machte, schien ihm die biblische Geschichte ins Reich der Fabel zu verweisen.

»Was kann man denn tun, damit der Esel sich bewegt?«, fragte Lenz den Theatermaler, der sich die Szene amüsiert ansah.

»Sie können ihn schlagen, bis er losläuft. Etwas anderes fällt mir auch nicht ein«, entgegnete der Maler amüsiert, ohne im Geringsten damit zu rechnen, dass Lenz seinem Ratschlag Folge leisten würde.

Lenz aber ließ sich einen Stock geben, setzte sich auf den Esel und schlug auf ihn ein. Der Esel schrie auf und trat aus, bewegte sich aber nicht vom Fleck.

Als Mieding, der im Liebhabertheater für alle Belange zuständig war, seine Einführung in den Theaterabend beendet und zunächst Lenz mit einer Rede über das Theater und dann Goethe mit einer szenischen Lesung seines neuen Stücks *Die Geschwister* angekündigt hatte, ging der Vorhang wieder zu und das Publikum nahm eine gespannte Erwartungshaltung ein.

Lenz saß noch immer auf dem Esel und schlug auf dessen Hinterteil ein. Im Zuschauerraum hörte man die I-A-Rufe des Tiers, das sich, trotz der Schmerzen, die ihm beigebracht wurden, zu keiner Bewegung zwingen ließ. Schließlich verfiel man auf den Gedanken, den Esel zu schieben. Sämtliche hinter der Bühne verfügbaren Personen versammelten sich nun am Hinterteil des Lasttiers und drückten es in Richtung Bühne. Schritt für Schritt wurde der Esel vorgeschoben, der sich mit seiner ganzen Kraft dem Druck entgegenstemmte und eine Sturheit entwickelte, die Lenz zur Weißglut brachte. Er schimpfte lauthals mit den Bühnenarbeitern, beklagte sich bei Mieding, ließ Hasstiraden auf den Esel niedergehen und verwünschte den Dilettantismus des Weimarer Hofes. Man wies ihn an, Ruhe zu bewahren, schließlich könne man im Publikum alles hören, was er hinter der Bühne von sich gebe.

Mieding kam auf die Idee, dem Tier einen Korb mit Heu hinzustellen, auch damit es während des Vortrags ruhig bliebe. Lenz stimmte schließlich dem Vorschlag zu. Er war einfach nur froh, auf dem Esel sitzend, die Bühnenmitte erreicht zu haben. Eigentlich hatte er ja wie Jesus einreiten wollen, aber das war ihm jetzt auch schon egal.

Der Vorhang ging auf. Das Publikum bestaunte, was es zu sehen gab. Ein kleiner Mann mit einem tiefschwarzen Bart, einer schwarzgrauen Fellmütze und einem viel zu langen Mantel saß auf einem zufrieden sein Heu aus einem Korb herausziehenden Esel und blickte so streng ins Publikum, als sei er gekommen, es zu richten. Der Herzog war bei diesem Anblick hellauf begeistert. Er klatschte kräftig und lange und sah dabei immer wieder zu der regungslos neben ihm sitzenden Corona hin. Als man bemerkte, dass der Herzog begeistert klatschte, begann der ganze Saal zu klatschen und aus verschiedenen Ecken hörte man Hurra- und Hochrufe, anerkennende Pfiffe und stellenweise heftiges Trampeln.

Lenz blickte starr und ernst ins Publikum und fing seine Rede an. Er sprach ohne Anrede, ohne den Herrscher, seine hinter ihm sitzende Frau oder die Herzogin Mutter zu bedenken. Ohne Rücksicht auf die Etikette fing er einfach an.

Wir werden geboren, unsere Eltern geben uns Brot und Kleid, unsere Lehrer drücken in unser Hirn Worte, Sprachen, Wissenschaften, irgendein artiges Mädchen drückt in unser Herz den Wunsch, es eigen zu besitzen, vielleicht sogar ein tierisch Bedürfnis mit ihr zu stillen (die Damen seufzten auf), *es entsteht eine Lücke in der Republik, wo wir hineinpassen, wir drehen uns eine Zeit lang in diesem Platz herum wie die anderen Räder, stoßen und treiben, bis wir abgestumpft sind und zuletzt in eine Grube sinken und zu Jauche zerlaufen* (entsetztes Aufstöhnen).

Das ist unsere Biografie, meine Damen und Herren. Kein Wunder, dass die Philosophen so philosophieren, wenn die Menschen so leben. Aber was heißt denn hier überhaupt leben? He? Ha, er muss in was Besserem stecken, der Reiz des Lebens. Oder? Das würdet ihr doch auch sagen, ihr Herrscher und Schranzen. Bei Hof ist das Leben noch lebenswert. Ist es nicht so? Wer bei Hofe ist, hat seine Biografie ja schon weggeworfen, hergeschenkt, vielleicht auch verkauft und sie gegen Buckel und Kratzfüße eingetauscht. Gegen Puder und Parfum. Gegen Fasanen und Menuette. Gegen Gruppenunzucht im Boudoir (ein Aufschrei des Entsetzens.) *Wer nicht bei Hofe gelebt hat, der weiß gar nicht, wie süß das Leben sein kann. Und Sie alle hier wissen es. Sie kennen diese schwüle Atmosphäre der Anpassung, der Lüge und des Hochmuts. Sie schwelgen, Sie baden, Sie aalen sich darin. Diese Wollust* (Oh- und Ah-Rufe, Lachen) *sich selbst herzugeben, sich dem Fürsten zu schenken, damit er machen kann, was er will mit dem höfischen Kadaver.*

Der Esel fraß ungerührt weiter, während das Publikum mit Entsetzen zu dem Redner hinaufschaute und sich fragte, worauf er eigentlich hinauswolle. War er denn wahnsinnig? Oder war das Satire? Wenn ja, dann ging der Redner an die Grenze des Erlaubten oder schon darüber hinaus.

Seligkeit! Seligkeit! Göttergefühl! Das erlebt man bei Hofe. Verzeihen Sie meinen Enthusiasmus! Er ist ja unange-

bracht. Denn sollten wir nicht aus Himmel und Hölle Feuer zusammenraffen, um dieses Elysium abzufackeln? (Gemurmel) *Da steht gleich unser Theaterheld und verseufzt seine letzte Kraft wegen irgendeiner gleichgültigen Liebessache, um einer bis über die Ohren geschminkten Larve zu gefallen. Und die Larve, was macht sie? Sie applaudiert vielleicht, wenn ihr danach ist. Meist aber wird sie unseren Helden schimpfen und seinen Autor noch mehr.* (Buhrufe, Aufhören!)

Der Esel hob den Kopf angesichts der im Publikum entstehenden Unruhe. Der Herzog, zu dem alles hinschielte, schien noch amüsiert und ordnete diese Darbietung offensichtlich den genialischen Aufbrüchen und Ausbrüchen zu, an denen er bis vor Kurzem noch selbst begeistert teilgenommen hatte. Aber Goethe, der in der letzten Reihe saß, vergrub die Hände in sein Gesicht. Er begriff, dass sich hier einer sein eigenes Grab schaufelte. Lenz aber fuhr fort:

Also sei unsere Frage bei jedem neu herauskommenden Stück das große, das göttliche Cui bono? Cui bono schuf Gott das Licht? Dass es leuchte und wärme. Cui bono schuf er die Planeten? Dass sie uns Zeiten und Jahre einrichteten. Cui bono aber schuf er den Adel? Das weiß noch nicht einmal Gott, denn er hat den Adel gar nicht geschaffen. Der Adel hat sich selbst geschaffen, indem er behauptet hat, er sei von Gott geschaffen worden.

Jetzt wurde das Gemurmel laut und lauter. Das Unbehagen im Publikum war mit Händen zu greifen. Immerhin saß die gesamte Fürstenfamilie im Publikum, immerhin handelte es sich um ein höfisches Fest, zu dem praktisch alle Honoratioren des Hofes und der Regierung versammelt waren. Der Herzog rutschte nervös auf seinem Sessel herum, die Schröter hatte das Gesicht hinter einem schwarzen Fächer verborgen und in der vierten oder fünften Reihe kümmerten sich ein paar Herren um eine Dame, die in Ohnmacht gefallen war.

Lenz schwitzte unter seiner Fellmütze und seinem armenischen Mantel. Er sprach weiter, immer weiter, die Worte sprudelten aus ihm heraus, es waren Worte der Bezichtigung, der Anklage, der Verurteilung. Recht bald hatte er das Gefühl, es höre ihm niemand mehr zu. Die Unruhe im Saal war zu groß geworden.

Aber jetzt käme doch erst das Wesentliche, jetzt würde er die ganze Wahrheit sagen und sie alle bloßstellen, und weil er dies unbedingt sagen musste, weil das sein Ziel gewesen sei von Anfang an, redete er weiter; er würde seinen Vortrag bis zum Ende bringen, komme, was da wolle.

Womit er jedoch nicht gerechnet hatte, war der plötzliche Bewegungsdrang des Esels. Der hatte sein Stroh verzehrt und wollte nun anscheinend keine Minute länger auf der Bühne verharren. Er fing an, umherzugehen, zuerst ganz langsam, dann auf einmal schneller, und versuchte schließlich, die Bühne zu verlassen. Doch überall, wo er den Ausgang nehmen wollte, stellten sich ihm Bühnenarbeiter entgegen, sodass er immer wieder ausweichen musste, in einem munteren Zickzackkurs über die Bühne rannte und dabei immer munterer wurde. Er schlug nach vorn und hinten aus, machte richtige Bocksprünge, und Lenz, der sich mit Müh und Not auf seinem Rücken hielt, kam sich vor wie bei einem mexikanischen Rodeo, von dessen wildem Ablauf er bei seinen Recherchen zum Mendoza gelesen hatte.

Der Herzog und seine Entourage fanden den wilden Ritt auf dem Esel über die Bühne nun wieder hinreißend komisch. Man lachte laut auf und applaudierte. Jetzt wurde erkennbar, was der Auftritt von Lenz tatsächlich für ein Ziel hatte. Die Kritiker des Adels, vor denen man sich inzwischen gar nicht mehr retten konnte, diese politischen Verbrecher und zwielichtigen Gestalten wurden von Lenz auf das Übelste persifliert und in ihren schaurigen Reden vom Ende der Aristokratie ad absurdum geführt. Bravo! Und schließlich, als der Esel völlig die Fassung verlor und in wildem Galopp über die Bühne fegte, als der krause Redner in seinem kaukasischen Unsinnskostüm immer weiter deklamierend, auch noch rüde abgeworfen wurde und schreiend und stöhnend liegen blieb, der Esel aber, alle Barrieren durchbrechend, hinter die Bühne sprang, da beglückwünschte man den Lenz zu einer großen Theatertat.

Der Herzog befahl, Lenz solle anschließend an der fürstlichen Tafel speisen. Corona müsse unseren unersetzlichen, unbezahlbaren Lenz kennenlernen, so Carl August. Diese blickte verhangen hinter ihrem Fächer auf. Was auch immer sie sich auf ihre Unabhängigkeit einbilden mochte: Sie war in die Falle gegangen. Wegen Goethe war sie gekommen. Jetzt sollte sie die Maitresse dieses aufgeblasenen Herzogs werden und noch dazu all die Schranzen kennenlernen, die hier die Bühne verunreinigten!

Es half nichts. Dem Willen des Herrschers konnte man sich nicht widersetzen.

Nachdem Goethe sein Drei-Personen-Stück mit verteilten Rollen hatte vorlesen lassen und sich die Versammlung wieder vollkommen beruhigt hatte, ging man zum Bankett über. Niemand sprach über *Die Geschwister*. Dafür aber sprachen alle Anwesenden über Lenzens Eselei.

Nur ausgewählte Mitglieder des Hofes waren zur

Tafel geladen, darunter Goethe und Corona Schröter, Frau von Stein und ihr Ehemann, der Oberstallmeister Josias von Stein, das Fräulein von Göchhausen, das für den Klatsch bei Hofe zuständig war und so etwas wie eine Prominentenreporterin darstellte, sowie Wieland, Knebel, Musäus, Wolzogen und eine offenbar allen unbekannte Marquise von O.

»Wieland, was machen Sie denn hier?«, fragte ihn Goethe verwundert. Er hatte den alten Freund noch nie so spät unterwegs gesehen.

»Ich konnte heute einfach nicht einschlafen. Ich musste an Lenz denken, ich fürchtete, dass er Unsinn machen könnte. Und das hat er dann ja auch gemacht.«

»In der Tat.«

»Der Esel hat ihn gerettet. Gott sei Dank.«

»Meinen Sie wirklich, Wieland?«

Wieland zuckte mit den Schultern, hing sich bei Goethe ein und schlurfte neben ihm in den Speisesaal.

Lenz betrat kurz darauf den Saal. Man erhob sich und spendete dem Komödianten anhaltenden Beifall. Lenz, noch immer im armenischen Mantel, aber ohne Fellmütze, verbeugte sich untertänig. Sofort hatte er die Situation erfasst. Jetzt ließ er sich als Künstler feiern, als Parodist der Stunde und Eselsdompteur.

»Mein lieber Lenz«, erhob sich Carl August vom fürstlichen Stuhl, »so eine Darbietung haben wir hier noch nie gesehen. Da musstet erst Ihr aus dem fernen Litauen kommen. Wir haben Tränen gelacht. Wie habt Ihr das nur geschafft, mit dem Esel derart zu vexieren?«

Lenz verbeugte sich wieder. Er wusste, dass er darauf nicht zu antworten hatte. Er verbeugte sich noch einmal und schielte zu Goethe hinüber. Der war ganz offenbar beleidigt, weil Lenz gerade dabei war, ihm den Rang abzulaufen. Goethe hatte sein Stück *Die Geschwister* vorlesen lassen, um damit ein kaum verschlüsseltes Bild seiner Lebenssituation zu geben, ja sogar mit einem deutlichen Hinweis auf das ungewöhnliche Verhältnis zu seiner Schwester. Doch darüber unterhielt sich nun niemand. Alles lachte weiter über Lenz und seinen Esel. Über die Eselei. Der Ausdruck macht schnell die Runde.

Wie eselmännisch das doch abgelaufen sei, sagte Musäus. Er meine wohl eselmäßig, verbesserte ihn Wieland. Nein, beharrte Musäus, er meine sehr wohl eselmännisch. Wenn er, Wieland, das Wort nicht kenne, tue es ihm leid.

Was so ein Esel nicht doch für ein guter Kerl sei, sagte der Oberstallmeister. Er habe etliche Esel in seinen Ställen, aber so einen für die Bühne talentierten Gesellen habe er noch nicht erlebt.

Man öffnete die Flaschen. Lenz, der zwischen dem Herzog und Corona Schröter saß, trank viel und schnell. Die Schröter beachtete ihn nicht. Sie langweilte sich unmäßig. Wo war sie denn da hingeraten? Sollte das ein Hof sein? Da war sie aus Leipzig aber etwas anderes gewohnt. Die Leipziger konnte man nicht mit einem einfältigen Esel so herzhaft unterhalten wie diese Provinzler hier in Weimar.

Um es zu ertragen, fing auch Corona nach einer Weile zu trinken an. Dabei wurde sie immer lockerer und verulkte die Herrschaften in der Runde.

Eselmännisch, das Wort habe sie auch noch nicht gehört. Es sei ab jetzt fester Bestandteil ihres Wortschatzes, sagte sie zu Musäus.

Wieland sagte darauf, er sei fest überzeugt, das

Wort existiere gar nicht. Worauf Musäus nur abwinkte. Nach zehn Uhr, das sei nicht mehr Wielands Zeit, raunte er noch in die Runde.

Ob er das Wort Eselsadel schon einmal gehört habe, fragte die geheimnisvolle Marquise, die niemand zu fragen wagte, mit welcher Berechtigung sie hier mit von der Partie sei, von der jeder aber am Tisch annahm, sie habe es auf Goethe abgesehen und sich allein aus diesem Grund eingeschleust.

Eselsadel, das sei ihm bekannt, sagte Wieland. Ach ja, entgegnete die Marquise, woher denn? Das falle ihm jetzt gerade nicht ein. Was sie verstünde, sagte die Marquise, da es das Wort gar nicht gäbe. Sie habe es gerade erfunden. Das könne nicht sein, rief Wieland aus. Doch, gerade erst erfunden, so wahr sie hier sitze.

Ein Wort wie Eselsadel könne man doch gar nicht erfinden, sagte darauf Lenz.

Wieso denn nicht, wollte die Marquise wissen.

Weil es zu naheliegend sei, rief Lenz aus und brach in haltloses Lachen aus, in das der gesamte Tisch einstimmte. Der Herzog schüttelte anerkennend den Kopf über so viel hellsichtige Frechheit und umarmte Lenz mit einer Art Ringergriff um den Hals, der ihn unter die Schulter des Herrschers zwang. Lenz blieb augenblicklich die Luft weg, er versuchte aber nach Kräften weiterzulachen.

Frau von Stein fühlte sich an dieser ausgelassenen Tafel sichtlich fehl am Platze. Sie sah mit leerem Blick zu Goethe hinüber und verzog den Mund zu einem konspirativen Lächeln.

Was in diesem Lächeln alles lag. Die Aufforderung zum gemeinsamen Aufbruch. Das Versprechen einer künftigen Intimität. Die Exklusivität ihrer Beziehung.

Und, für Goethe, ein gewisses Maß an Falschheit, das alles andere durchzog. Er sah ernst und ohne eine Regung zu ihr zurück.

Andererseits, wer schätze schon den Esel, rief nun das Fräulein Göchhausen in die Runde. Habe man denn dem Esel jemals eine einzige gute Eigenschaft zugesprochen?

Da habe sie wohl recht, fiel Knebel ein.

»Esel sind bekanntlich dumm, faul, träge, grob und frech«, sagte die Marquise.

»Aber das kann ja wohl nicht alles sein«, rief das Fräulein Göchhausen und reckte den kurzen Oberkörper nach vorn.

»Reicht das denn nicht: dumm, faul, träge, grob, frech«, sagte die Marquise, die immer wieder Anerkennung heischend zu Goethe schielte. Der tat so, als bemerke er sie gar nicht.

»Und geil«, rief der Herzog.

»Ja, Esel gelten auch als besonders geil«, pflichtete ihm der Oberstallmeister von Stein bei.

»Und geil«, wiederholte der Herzog, wobei er das Attribut derart derb und anstößig aussprach, dass es wie goäul klang. Urplötzlich verstummte die Tafel. Man blickte verstört auf das Tischtuch. Wieland war ein einfältiges Lächeln auf dem Gesicht eingefroren. Der Herzog hingegen hatte sein triumphierendes Lächeln aufgesetzt. Er allein, schien er mit dieser Geste zu vermitteln, besitze die Souveränität, derartige Grobheiten in die Runde zu werfen, zumal wenn sie absolut zuträfen und sich kein besserer Ausdruck finden lasse. Aber durfte man dieser Souveränität beipflichten, indem man etwa zustimmend lachte, ohne sich mit ihr zugleich auf eine Stufe zu stellen?

Die nun entstandene Stille beherbergte eine merkwürdige Peinlichkeit. Dieses Wort hier an der Tafel auszusprechen, war undenkbar. Aber es war der Herzog, der es gesagt hatte. Wie wäre nun damit umzugehen? Corona lief ein Schauer des Widerwillens über den Rücken. Goethe schämte sich für den Herzog. Frau von Stein fand ihn einfach nur noch *dégoûtant*.

Die Spannung schien einen Moment lang unerträglich. Doch dann löste sich mit einem Schlag die Verkrampfung und der männliche Anteil der Tafel hob den Blick vom Tischtuch. Man sah in die Runde, sie sahen sich einander entwaffnend an, verzogen einer nach dem anderen die Gesichter zu einer grotesken Miene und brachen unisono in ein zuerst prustendes und dann grölendes Lachen aus. Die Damen schauten weiter stumm und ernst aufs Tischtuch.

»Und geil!«, stieß Lenz hervor und sprang auf seinen Stuhl, wedelte mit einer großen Serviette herum und brüllte mehrmals, indem er die zwei Worte in einen einfältigen Singsang überführte: »Und geil!«

»Hahaha, geil«, amüsierte sich Wieland.

»Ja, geil, geil, geil, der Esel ist geil, das freche Vieh ist auch noch geil«, brüllte Lenz. Er leerte ein Glas Rotwein in einem Zug, sodass ihm die Flüssigkeit rechts und links am Mund vorbei in den Kragen lief, hieb mit der flachen Hand auf den Tisch und brüllte noch einmal: »GEIL!«

Wieder lachte alles, außer den Damen, von denen wenigstens die Marquise ein wenig Amüsiertheit andeutete und hinter ihrem Fächer listig hervorlugte. Der Herzog klopfte Lenz auf die Schulter, als müsse er ihn vorm Ersticken retten. Er brüllte ihm aus kürzester Entfernung laut ins Gesicht, er sei ein rechter Pracht- und Hauptkerl und dass er ihn unverzüglich in den Adelsstand erhebe.

Da stand Goethe auf und brüllte nun seinerseits in die allgemeine Unruhe:

»Es reicht, Lenz!«

Schockartige Stille. Angespanntes Lauern. Was würde jetzt kommen? Lenz erhob sich.

»Was willst du, Bruder?«

»Es reicht. Du hast hier lange genug die Gesellschaft an der Nase herumgeführt.«

»Ach so? Habe ich das?«

Der Herzog versuchte sich einzuschalten:

»Goethe, bitte, nicht jetzt, es ist gerade so …«

Aber Goethe winkte ab, ohne auf den Herrscher zu sehen. Auf einmal zeigte er, wer hier das Sagen hatte und schien sich eine Souveränität anzumaßen, die diejenige des Herzogs weit übertraf.

»Du glaubst wohl, du bist jemand, mit deinem missglückten Eselsauftritt und deinen unflätigen Zoten?«

»Du siehst es ja, die Leute schätzen meine Kunst. Was man von deinem langweiligen Kammerspiel nicht sagen kann.«

»Merkst du denn nicht, dass die Damen am Tisch das überhaupt nicht schätzen? Dass du einfach eine Peinlichkeit für das gesamte Herzogtum bist? Jemand, der hier gar nicht hingehört, der fehl am Platze ist, der sich verlaufen hat? Was willst du denn hier noch erreichen? Willst du jeden Abend irgendetwas geil finden oder einen Esel so lange schlagen, bis er pariert?«

Lenz wurde blass. Das hatte ihm noch gefehlt, dass der neidische, auf seinen Erfolg eifersüchtige Popanz ihn jetzt von dem Podest herunterholen wollte, auf das ihn der Herzog gerade gestellt hatte. Aber so nicht, mein Lieber. Er hatte noch einen Pfeil im Köcher, noch etwas in der Hinterhand, er weiß mehr, als sich der andere vorzustellen vermag.

Er jedenfalls, fing Lenz jetzt an, könne sich in der Gesellschaft von Frauen sicher bewegen und mache darin immer eine gute Figur. Da könne er die Dame neben ihm, die Baronin, fragen. Er, Lenz, sei nicht so sicher, ob Goethe immer so eine ähnlich gute Figur gemacht habe.

Was er damit meine?

Nun, ihm, Lenz, sei zu Ohren gekommen, dass Goethe sich einer Behandlung unterziehe, in der ihm das leidenschaftliche Küssen verboten sei. Das erkläre schon, weshalb er bei dem Wort *geil* die Fassung verliere.

Goethes Kopf lief rot an. Seine Zornesader schwoll. Er ballte die Fäuste und ging auf Lenz los. Ein Hieb verfehlte Lenz knapp am Unterkiefer. Er wich zurück, stürzte über die Möbel, indem er krachend einen Stuhl hinter sich wegtrat. Er verlor das Gleichgewicht und traf mit dem Kopf auf die Tischkante. Gleichzeitig sprangen alle Anwesenden vom Tisch auf. Lenz erhob sich mühsam. Er blutete aus dem Mund. Er spuckte einen Zahn aus und ertastete mit der Zunge, dass es wieder ein Eckzahn war. Wutentbrannt sprang er auf die Füße und ging selbst zum Angriff über. Aber nun warf sich der Herzog zwischen die Streithähne und hielt Lenz zurück. Die Damen hatten bereits fluchtartig den Raum verlassen. Lenz ließ sich auf einen Stuhl fallen und hielt sich den schmerzenden Mund.

Der Herzog ermahnte die Streitenden streng, beklagte das provinzielle Bild, das man gegenüber einer Weltdame wie der Schröter hier vom Weimarer Hof gebe und verwies die Kontrahenten erbost des Speisesaals. Goethe bestellte er für den nächsten Tag zum Rapport.

Am frühen Morgen des 1. Dezember 1776 schlich Lenz in seinen armenischen Mantel gehüllt und mit der Fellmütze auf dem Kopf durch das Stadttor und verließ Weimar für immer. Der Herzog hatte ihn ausgewiesen. Goethe hatte den Herrscher vor ein Ultimatum gestellt. Entweder Lenz werde der Stadt verwiesen oder er, Goethe, würde dem Herzogtum den Rücken kehren.

Lenz kam an Berka und Großkochberg vorbei, ohne noch die geringste Empfindung für die Erlebnisse des Sommers zu spüren. Lenz wusste, er könnte nach Zürich zu Lavater gehen, er könnte auch versuchen, wieder nach Straßburg zu kommen und sein Leben als Theatertheoretiker und Nassauer dort fortzusetzen. Salzmann und Röderer würden ihn wieder bei sich aufnehmen. Aber wie sollte es dann weitergehen?

Langsam und unschlüssig zog er tagelang durch das tief verschneite Land, immer weiter nach Süden zu. In einem Ledersäckchen trug er wie eine Erinnerung an seine intakte Existenz die beiden Eckzähne, die er in Weimar verloren hatte, mit sich herum. Er fühlte sich krank, ausgehungert und total erschöpft. Bei der Frage, wer sich seines prekären Zustands ohne zu fragen annehmen würde, fiel ihm einzig Schlosser in Emmendingen ein.

Er entschied sich schließlich, dorthin zu gehen und traf am 13. Dezember in der badischen Landstadt ein. Schlosser und Cornelia begrüßten ihn herzlich und nahmen ihn bei sich auf. Sie fragten nicht danach, was ihm zugestoßen sei. Sie pflegten ihn gesund. Sie feierten Weihnachten mit ihm. Als hätten sie ein krankes Kind zu Hause.

Cornelia kümmerte sich tagein, tagaus um ihn. Sie war schwanger. Meist fühlte sie sich selber schwach. Aber sie musste dem armen Lenz beistehen. Sie empfand es als ihre Pflicht, nicht zuletzt gegenüber dem Bruder. Auch ihr Mann wollte das. Einem Hilfsbedürftigen muss geholfen werden, das war sein Credo. Und dass Lenz der Hilfe bedurfte, sah man auf den ersten Blick. Lenz genoss die Fürsorge, die ihm im Amtshause zuteilwurde. Nach den Demütigungen des letzten halben Jahres war jedes gut gemeinte Wort, das Cornelia an ihn richtete, Balsam für seine Seele.

Mitte Januar 1777 fühlte sich Lenz so, dass er das Haus der Schlossers wieder einmal verlassen könnte, und brach zu einer kurzen Reise über den Rhein nach Straßburg auf. Dort musste er feststellen, dass sich kaum noch jemand an ihn erinnerte. Er blieb bis in den Sommer bei Cornelias Familie in Emmendingen, unternahm im Frühjahr einige Reisen in die nähere Umgebung und bis in die Schweiz und kehrte zwischendurch immer wieder ins Amtshaus der Schlossers zurück.

Am 10. Mai kam dort das zweite Kind der Familie zur Welt, ein Mädchen. Lenz erfuhr von der Geburt auf einer Wanderung. Sogleich dichtete er ein Willkommensgedicht für die neue Erdenbürgerin, beginnend mit den Versen: »Willkommen kleine Bürgerin / Im bunten Tal der Lügen! / Du gehst dahin, du Lächlerin! / Dich ewig zu betrügen.«

Am 8. Juni siebenundsiebzig starb Cornelia Schlosser im Wochenbett. Ein ganzes Päckchen Briefe an Cornelia, die Lenz geschrieben und nie abgeschickt hat, las er nun wieder durch. Danach notierte er: »Engel, Trost, Beglückung meines Lebens, Kleinod, das der Himmel meinem Herzen zuwarf, Beruhigung und Ziel aller meiner Wünsche, Cornelia. Du große starke Seele, die nur mein Herz, nicht meine Maske verlangt. Mir füllt diese Lücke nichts.«

Goethe erfuhr in Weimar erst am 16. Juni brieflich von Cornelias Ableben. Auf einem Billett an Charlotte von Stein von diesem Tag notierte er: *Um achte war ich in meinem Garten, fand alles gut und wohl und ging mit mir selbst mitunter lesend auf und ab. Um neune kriegt ich Brief, daß meine Schwester todt sey. – Ich kann nun weiter nichts sagen.*

8.

Von Clausthal aus schreibt Goethe am 11. Dezember an Frau von Stein über sein Erlebnis der Brockenbesteigung:

Wie ich gestern zum Torfhause kam sas der Förster bey seinem Morgenschluck in Hemdsermeln, und diskursive redete ich vom Brocken und er versicherte mir die Unmöglichkeit hinauf zu gehen, und wie offt er Sommers droben gewesen wäre und wie leichtfertig es wäre ietzt es zu versuchen. – Die Berge waren im Nebel man sah nichts, und so sagt er ist's auch jetzt oben, nicht drey Schritte vorwärts können Sie sehn. und wer nicht alle Tritte weis ppp. Ich sas mit schwerem Herzen, mit halben Gedancken wie ich zurückkehren wollte. Ich war still und bat die Götter das Herz dieses Menschen zu wenden und das Wetter, und war still. So sagt er zu mir: nun können Sie den Brocken sehn, ich trat ans Fenster und er lag vor mir klar wie mein Gesicht im Spiegel, da ging mir das Herz auf und ich rief: Und ich sollte nicht hinaufkommen! Haben Sie keinen Knecht, niemanden – und er sagte ich will mit Ihnen gehen. – – Ich habe ein Zeichen ins Fenster geschnitten zum Zeugnis meiner Freuden Tränen und wärs nicht an Sie hielt ich's für Sünde es zu schreiben.

Ein Pferdeschlitten gleitet durch die klirrend kalte Nacht. Vorn sitzt ein schwarz gekleideter Kutscher, der die Pferde zur Eile antreibt, hinten ein Mann, in

Decken und Mantelsack eingehüllt, der in höchster Eile wie ein Fürst der Finsternis übers Eis schwebt. Der Mond hat sein großes O über ihm geöffnet und schaut mit seinem klagenden Entsetzensblick dieser Schlittenfahrt durch die verschneite Einsamkeit zu.

Um seine Weiterreise zu beschleunigen, mietete Goethe in Elbingerode, wo der Schnee meterhoch lag, einen Pferdeschlitten samt Kutscher. Nun gleitet er tief vermummt durch die winterliche Mondnacht auf Quedlinburg zu. Er wird niemandem von diesem Umweg erzählen. Er wird keine Notizen machen, keine Zeugnisse hinterlassen. Auch Frau von Stein soll von dieser letzten Station seiner Reise nichts erfahren.

Es ist hell geworden. Kurz vor der Stadt muss der Schlitten anhalten. Die Kufen kratzen über die Erde. Das Gefährt bleibt im trockenen Lehm stecken. Die Pferde halten an.

»Keine geschlossene Schneedecke mehr«, ruft der Kutscher vom Bock herunter. Goethe schaut hinaus, inspiziert den Boden und entdeckt tatsächlich, dass hier der Schnee nur noch wie eine dünne Schicht Puderzucker über den Wegen liegt.

»Das ist der trockenste Ort Deutschlands«, ruft der Kutscher nach hinten, »über dem Brocken regnet oder schneit alles ab, hier kommt kein Tropfen mehr an.«

»Und was nun?«

»Es ist nicht mehr weit bis in die Stadt. Sie könnten zu Fuß gehen. Ich bringe Ihnen das Gepäck nach.«

Goethe steigt aus. Er blickt nach vorn, wo er in nicht allzu weiter Entfernung die beiden Türme einer über der Stadt gelegenen Kirche erblickt. Die Sonne steht wie eine fahle Lampe im dunstigen Himmel.

»Da vorne, das ist die Stiftskirche mit dem Burgberg«, sagt der Kutscher.

»Gut, dann bring er mein Gepäck ins Gasthaus.«
»Darf ich fragen, wo der Herr residiert?«
»Kann er mir etwas empfehlen?«
»Zum Alten Klopstock.«
Ein leichtes Grinsen geht über Goethes Gesicht.
»Gut, dann Zum Alten Klopstock.«
»Eine exzellente Wahl. Das beste Gasthaus in ganz Quedlinburg. Es liegt mitten in der Altstadt. Sie können es gar nicht verfehlen. Fragen Sie einfach danach, wenn Sie auf dem Marktplatz sind. Es ist ganz in der Nähe.«

Goethe geht los. Auf die Stadt zu. Geht den Steinweg entlang, bis zum Kornmarkt. In den Straßen liegt kein Schnee. Alles ist trocken. Aber die Luft ist bitterkalt.

Die Marktstraße hinunter am Rathaus vorbei zum Markt. Der lang gestreckte Marktplatz ist leer. Er bleibt am Rathaus stehen und versucht diesen Augenblick festzuhalten. Als sei es der letzte Augenblick, den er festhalten könnte.

Noch ist alles ruhig. Die Ruhe vor dem Sturm. Er ist nach Quedlinburg gekommen, um sich Gewissheit zu verschaffen. Über das Mögliche und das Unmögliche. Über das Behauptete und das Tatsächliche. Solange er diese Unterscheidung nicht treffen kann, würde das Gefühl, jederzeit den Boden unter den Füßen verlieren zu können, nicht verschwinden. Der Mensch muss wissen, was wirklich ist. Dass man das für sich selbst klarmachen muss. Dass es Maßstäbe, Anhaltspunkte, Grundlagen dafür zu geben hat, was das Wirkliche und was das nur Mögliche, das Tatsächliche und das Eingebildete, die Gewissheit und die Illusion ist.

Es muss zur Tatsache werden, dass er den Brocken bestiegen hat. Ebenso muss es zu einer Tatsache werden, dass der Graf von Gleichen tot ist. Es muss festgestellt werden, dass der Graf ihm auf dem Brocken nicht zuvorgekommen sein kann. Wenn er herausfände, dass das Herz des Grafen im Klopstockhaus aufbewahrt wird, wäre das der Beweis.

Er blickt den leeren Marktplatz hinunter. Es ist noch früh. Die Stadt kommt ihm vor, als läge sie in einem schon Jahrhunderte währenden Schlaf. Und als hätte sie in diesem Schlaf nur auf ihn gewartet. Als wäre sie jetzt, genau zu dieser Stunde bereit, ihre Geheimnisse preiszugeben. Sie ihm als demjenigen, auf den sie gewartet hat, preiszugeben.

Am anderen Ende betritt eine junge Frau den Marktplatz. Sie kommt aus der Richtung des Schlossbergs, auf dem auch das Klopstockhaus liegt. Er kennt sie, erkennt sie sofort an ihrem Gang. Diesem Gang, dem er schon einmal sehnsuchtsvoll hinterhergeblickt hat. Es ist Marie, die Serviererin aus Ilfeld.

Er geht ihr entgegen. Sie trägt einen Korb, der mit einem hellen Tuch bedeckt ist.

»Marie!« Er ruft ihr über den weiten Platz den Namen zu und läuft los. Der Wind verweht sein Rufen. Sie reagiert nicht. Sie geht zur Seite weg. Auf einen Bäckerladen zu.

»Marie!«

Noch einmal ruft er, nun aus der Nähe. Jetzt bleibt sie stehen. Sie sieht ihn verwundert an.

»Herr Weber. Was machen Sie hier?«

»Ich bin auf der Rückreise und habe hier noch etwas zu erledigen. Und Sie? Was hat Sie nun hierherverschlagen?«

»Wir sind weitergezogen. Wir waren vor Kurzem noch in Goslar und spielen nun hier. Wenn Sie wollen, heute Abend gibt es im Alten Klopstock eine Aufführung.«

»Da wohne ich. Was wird denn gezeigt?«

»Eine Tragödie für drei Personen. ›Der Graf von Gleichen‹.«

»Der Graf von Gleichen? Aber heißt nicht der Schauspieler, mit dem Sie unterwegs sind, so, von Gleichen?«

»Das ist ein Künstlername gewesen, den er angenommen hat, solange er an dem Stück arbeitete. Er identifiziert sich immer vollkommen mit seinen Rollen. Kennen Sie die Geschichte nicht? Man erzählt sie sich hier überall.«

»Welche Geschichte?«

»Die vom Grafen von Gleichen. Sie soll sich vor nicht allzu langer Zeit hier in der Gegend tatsächlich ereignet haben.«

»Ich kenne sie nicht.«

»Sie ist einfach, aber auf der Bühne sehr effektvoll. Der Graf hat eine junge Verlobte, die er bald zu heiraten gedenkt. Als er eines Tages durch den Harz reitet, gerät er in einen Hinterhalt. Drei Männer überfallen ihn. Sie wollen ihn ausrauben und töten. Eine Landstreicherin beobachtet das zufällig und feuert in einem günstigen Augenblick eine Pistole, die sie zuvor einem reisenden Mönch gestohlen hat, auf die Räuber ab. Einer wird getroffen und stirbt. Die anderen ergreifen die Flucht. Der Graf von Gleichen ist gerettet. Er nimmt die heimatlose Landstreicherin mit auf sein Schloss und verspricht, ihr Arbeit und Wohnung zu verschaffen. Auf dem Schloss aber lernt sie die schöne Braut des Grafen kennen. Die beiden Frauen verlieben sich ineinander. Sie können zunächst gar nicht begreifen, was mit ihnen vorgeht. Sie wollen es nicht einmal wahrhaben. Aber sie können nichts dagegen tun. Erst als die Retterin des Grafen in einer Stadt im Harz eine Bleibe gefunden hat und dort schließlich sogar als Lehrerin arbeitet, bekennen sich die beiden Frauen zueinander und erklären offen, ein Paar zu sein. Sie planen gemeinsam nach Amerika auszuwandern, wo sie glauben, für ihre Neigung das Verständnis zu finden, das ihnen hier verwehrt wird. Der Graf von Gleichen ist davon so getroffen, dass er nur noch den Tod will und sich schließlich mit einer Pistole vor den Augen der beiden Frauen erschießt.«

»Das klingt ja abenteuerlich. Und das soll sich vor Kurzem erst ereignet haben?«

»Es ist die Geschichte, die hier von Mund zu Mund geht. Und wir bringen sie jetzt auf die Bühne. Sie können sich vorstellen, wie gespannt die Leute auf die Premiere heute Abend sind.«

»Wenn Ihr Begleiter gar nicht von Gleichen heißt, dann heißen Sie wohl auch nicht Marie. Oder täusche ich mich?«

»Nein, mein Name ist Martha. Ich hieß noch nie Marie. Hat er mich Marie genannt? Das sieht ihm ähnlich. Bitte entschuldigen Sie, ich habe es eilig. Kommen Sie heute Abend, Herr Weber? Es wird voll werden. Sie sollten früh da sein.«

Sie verschwindet in der Bäckerei.

Er überquert den Marktplatz und steigt den Burgberg hinauf. Er geht am Schloss und an der Stiftskirche vorbei und steht unvermittelt vor Klopstocks Geburtshaus. So war es ihm beschrieben worden. Zwei Fachwerkgiebel. Zwei schmale Säulen, die das Hauptportal einrahmen. Unwahrscheinlich, dass der Hausherr da ist. Der Besucher klopft. Ein Mann in der Livree eines Dieners öffnet.

»Sie wünschen?«

»Ich suche das Haus Zum Alten Klopstock. Bin ich hier richtig?«

»Nein, mein Herr. Sie stehen hier vor dem Geburtshaus des Dichters. Das Haus Alter Klopstock liegt unten beim Markt.«

»Ist es möglich, dass ich das Geburtshaus des verehrten Dichters des *Messias* besichtige?«

»Heute leider nicht mehr, mein Herr. Aber wenn Sie eine Führung wünschen, dann können Sie sich auf einer Liste eintragen. Sie müssen sich allerdings gedulden. Die Liste ist schon sehr lang.«

»Gut, dann möchte ich mich eintragen. Mein Name ist Weber.«

»Herr Weber aus …?«

»Gotha.«

»Beruf?«

»Zeichner.«

»Ist das ein Beruf?«

Der Diener sieht ihn sich genauer an. Offenbar kann er mit dem Namen nichts anfangen.

»Sind Sie Mitglied im Klopstockkreis?«

»Nein.«

Er sagt nichts dazu, nimmt die Liste vor und trägt den Namen Weber ein.

»Sie sind vorgemerkt. Wo darf ich Sie benachrichtigen lassen?«

»Ich wohne im Haus Zum Alten Klopstock.«

»Ihr Termin ist in etwa einer Woche.«

»So spät erst?«

»Mitglieder des Klopstockkreises haben Vorrang. Es tut mir leid.«

Goethe ist verblüfft. Dann entschließt er sich, seinem eigentlichen Anliegen näherzukommen.

»Noch eine Frage.«

»Ja, bitte?«

»Können Sie mir sagen, ob der Graf von Gleichen vor Kurzem hier war?«

»Der Graf von Gleichen? Einen Herrn dieses Namens kenne ich nicht. Weshalb fragen Sie?«

»Man erzählt sich, der Graf sei tot und sein Herz würde in diesem Hause beigesetzt werden oder liege schon dort.«

Der Diener zuckt mit den Schultern.

»Was für eine bizarre Geschichte. Glauben Sie denn alles, was man Ihnen erzählt? Wenn wir jedes Herz, das aus Unglück aufgehört hat zu schlagen, hier begraben wollten, würde das Klopstockhaus zum größten Friedhof der Welt werden.«

Goethe lächelt gequält. Der Diener nickt als endgültige Geste des Abschieds und verschwindet im Haus. Goethe traut ihm nicht. Hinter der korrekten Fassade ahnt er Abgründe. Wahrscheinlich lügt er. Wie kommt er darauf, dass es sich um ein unglückliches Herz handelt?

Goethe geht wieder zurück zum Markt, nimmt ein ausgiebiges Frühstück in einer Schänke, fragt nach seinem Gasthaus und bezieht sein Zimmer. Es ist Mittag. Goethe liegt angezogen auf seinem Bett. Er ist müde. Die halbe Nacht ist er durch den winterlichen Harz gefahren. Die Erlebnisse der Reise kreisen ungeordnet in seinem Kopf. Die Reise wird ihn verändern. Die Veränderungen haben schon angefangen. Aber er vermag noch nicht zu sagen, welcher Art sie sein werden. Er schläft ein.

Im Keller des Klopstockhauses wacht er auf. Der Diener öffnet eine Tür und lässt einen Mann hereinhuschen. Lord Lighthouse steht mit einem diabolischen Lächeln vor ihm. Er hat den riesigen Schlüssel zu einer weiteren Tür in der Hand. Er steckt ihn in das ebenfalls riesige Schloss und sperrt auf. Die Tür springt mit einem hallenden Geräusch auf, als öffnete sich das Tor zu einer leeren Halle, deren Wände mit Metall ausgeschlagen sind. Er bittet den Gast, ihm zu folgen. Als sei er, der Lord, der wahre Herr des Klopstockhauses. Lighthouse entzündet mit gravitätischer Gestik eine Fackel, um den unterirdischen Raum zu erleuchten. Dem Besucher kommt es vor, als sei jeder Handgriff, den der Lord ausführt, eine heilige Handlung. Sie gehen ins Dunkel hinein. Die Fackel taucht alles in ein rötliches Licht. Was Goethe nun vor sich sieht, erschüttert ihn zutiefst. In einer gläsernen Vitrine, die beinahe den gesamten Raum ausfüllt, liegen unter glockenförmigen Glasgefäßen auf roten Samtkissen zahllose konservierte menschliche Herzen. Sie sind gelblichgrau, die großen Arterien und Venen sind gut zu erkennen. Die nach oben abgehende Aorta ebenso. Die Herzklappen, die sich jahrzehntelang geöffnet und geschlossen haben, liegen nun still. Diese aus den Menschen herausgelösten Herzen erscheinen größer, als man sich ein Herz vorstellt.

»Man stellt sich das menschliche Herz viel kleiner vor, als es ist«, sagt der Lord aus dem Hintergrund.

Es handelt sich um einen rohen, anscheinend extrem belastbaren Muskel. Die Herzen sehen aus wie Blasebalge oder Pumpen, manche wie zusammengepresste Scheuerlappen und halb gefüllte Weinschläuche. Alle scheinen aus einem groben hellen Leder gefertigt.

Neben den Glasglocken sind Namensschilder angebracht. Goethe sucht das Namensschild des Grafen von Gleichen. Es ist nicht darunter.

»Das Herz des Grafen von Gleichen befindet sich hier nicht«, sagt der Lord. Er habe es ihm doch schon am Brocken gesagt. Der Graf sei am Leben und keineswegs tot.

Goethe sieht sich entsetzt um. So viele Herzen liegen hier, aber das eine Herz, das er unbedingt hatte finden müssen, fehlt. Lord Lighthouse verlässt den Raum und lässt ihn im Dunkeln mit den konservierten Organen zurück. Zunächst steht er wie versteinert zwischen den toten Herzen, unschlüssig, was er jetzt unternehmen soll. Plötzlich hat er das Gefühl, ein dumpfes leises Pochen zu hören, ein Pochen, das ganz allmählich lauter wird. Im nächsten Moment wird ihm klar, was das bedeutet. Die Herzen beginnen zu schlagen. Das Pochen wird lauter, der Doppelschlag der Herzen wächst mit jeder Sekunde mehr zu einem klopfenden Chor heran, der von den Metallwänden der Halle zu einem unwirklichen Geräusch gesteigert wird. Goethe erträgt es kaum, er ist versucht, sich die Ohren zuzuhalten, doch dann wieder erscheint ihm dieses Geräusch so unglaublich eindringend, so flehentlich und so hoffnungslos zugleich, dass er einfach hinhören muss. Sie leben, diese amputierten Herzen, leben weiter im Haus des Dichters, der schon zu Lebzeiten ihrer Eigner von den Herzen Besitz ergriffen hat. Sie leben und sind doch tot. Sie wollen zurück ins Leben, sie flehen darum, sie fordern es geradezu, aber es ist unmöglich. Ihnen bleibt nur dieses flehentliche Schlagen, dieses Einlass begehrende Pochen.

Sie schlagen in seinem Rhythmus, im Takt der Klopstockschen Poesie. Sie schlagen lauter und lauter, und sie zeigen Goethe, dass es Klopstock ist, um den sich die Gefühlswelt dreht. Klopstock ist der Fixstern der Herzen, nicht er. Sie alle wollten zu Klopstock, wollten im Hause seiner Geburt liegen, wollten ihr Herz nach ihrem Tode dort wissen, wo es seine Heimstatt schon im Leben gehabt hat.

Es wird lauter und lauter. Er hält dieses Pochen, Schlagen, Hämmern der fünfzig Herzen mit dem metallischen Widerhall nicht mehr aus. Er drückt sich nun doch mit beiden Händen fest die Ohren zu. Doch das Pochen erreicht ihn auch über die Haut und dringt als ständige Vibration in ihn ein. Er sucht den Ausgang. Er findet eine Tür, öffnet sie und stürzt hinaus. Vor der Tür wartet Lord Lighthouse auf ihn, angezogen wie ein Scherenschleifer sitzt er auf seinem Schleifstein und hat seine Instrumente für die Operation bereitgelegt. Goethe ergreift Panik, er will entkommen, aber dieser Raum hat weder eine Tür noch ein Fenster. Wie war er hineingekommen?

Zwei grobschlächtige Kerle packen ihn und werfen ihn auf eine Pritsche. Lighthouse nimmt das Skalpell vom Kissen. Goethe schreit, er brüllt und wehrt sich, aber sein Schreien hallt nur aus dem Nebenraum, wo die Herzen liegen, metallisch wider. Die Kerle binden ihn auf der Pritsche fest und reißen ihm das Hemd auf. Er zappelt mit allen Gliedern, aber die Kerle sind so stark, dass sie ihn mühelos fixieren können. Dann setzt der Lord das Skalpell direkt unter der linken Brustwarze an.

Mit einem Entsetzensschrei fährt er vom Bett hoch. Schweißgebadet springt er auf die Füße. Vor dem Fenster ist es schon dunkel. Er fällt wieder auf sein Bett zurück. Dabei hat er plötzlich das Gefühl, in seinem Zimmer nicht allein zu sein. Etwas regt sich neben ihm. Es ist ein schönes Zimmer, mit einem breiten Bett und einem Bauernschrank, das ein Fenster zur Straße hinaus und eins zum Hof hinunter hat. Aber er ist darin nicht allein. Ein seltsames Gefühl beschleicht ihn.

Jemand liegt neben ihm im Bett. Er wagt nicht hinzusehen. Ein Mensch atmet sehr regelmäßig dicht neben ihm, als würde er schlafen. Es ist eine Frau. Er liegt angezogen auf der Decke, die Frau neben ihm bis über den Kopf zugedeckt darunter. So viel nimmt er aus dem Augenwinkel wahr. Als er seinen Blick vorsichtig hinwendet, sieht er die langen rotblonden Haare auf dem Kissen wie einen angehaltenen Sturm daliegen. Die Decke, unter der sie liegt, hebt und senkt sich regelmäßig.

Als sei sie von seinem Blick geweckt worden, erhebt sich Saskia langsam aus den Kissen und steht auf. Als würde sie schlafwandelnd und von einer fremden Kraft bewegt, steigt sie in einer zügigen Abfolge von Bewegungen aus dem Bett und steht vor ihm. Sie bemerkt ihn nicht, als sei er unsichtbar. Sie ist nackt. Nackt wie Cornelia. Wie Louise. Wie Corona. Jeder dieser drei Frauen gleicht sie. Aber sie ist keine von diesen. Sie ist Saskia. Die Reiterin. Die Amazone. Jetzt nimmt sie seine Anwesenheit wahr. Kein Anzeichen von Scham oder Verlegenheit geht von ihr aus. Sie ist nicht überrascht, dass sie nackt vor einem fremden Mann steht. Sie verhält sich, als sei er gar nicht da.

Jetzt geht sie zu ihrer Satteltasche und bückt sich. Sie holt etwas heraus, das mit einem seidenen Tuch umwickelt ist. Sie hält es ihm hin. Dies sei das Herz des Grafen von Gleichen, sagt sie ernst und blickt auf den Pumpmuskel in ihrer Hand.

Das Organ, das sie ihm zeigt, hat ein großes, gut sichtbares Loch, das es mitten durchquert. Er habe sich erschossen, sagt sie. Sein Herz solle sie im Klopstockhaus konservieren und hinterlegen. Das sei sein

Wille gewesen. Auf einem Zettel habe er das notiert, der neben dem Tisch lag. Auf dem Tisch habe der *Werther* aufgeschlagen gelegen. Hätte es den *Werther* nicht gegeben, hätte er sich niemals erschossen. Nicht wegen ihrer neuen Liebe zu Susanna. Sie hätten sich ganz einfach getrennt. Aber der *Werther* habe ihn zu der Ansicht gebracht, dass man in solch einem Fall keinen anderen Ausweg zu nehmen habe, als sich zu erschießen.

Sie werde nun diesen seinen letzten Willen ausführen. Sie sei Mitglied des Klopstockkreises. Sie werde mit Vorzug behandelt. Jetzt gleich stehe ihr Termin an. Sie müsse fort, zum Klopstockhaus hinüber. Bevor es zu spät sei. Sie habe schon viel zu lange geschlafen.

Sie zieht sich an. Er ruft ihr zu, der Graf von Gleichen habe sich doch vor ihren Augen erschossen, in Anwesenheit von Susanna und ihr, Saskia, und dies keineswegs vor allem deshalb, weil er den *Werther* gelesen habe. Es sei doch infam, den Anlass für diese Tat auf das Buch zu schieben und also seinen Autor damit zu belasten.

Sie reagiert nicht darauf. Hört sie ihn überhaupt? Er ist wütend auf sie und bewundert zugleich ihre Schönheit. Ihm scheint, als gäbe es eine unsichtbare, hauchdünne Wand zwischen ihm und ihr. Als befänden sie sich beide im selben Raum, aber in zwei ganz unterschiedlichen Welten. Er betrachtet sie wie ein Kunstwerk, das in Bewegung gerät. Wie eine lebende Skulptur aus einer Zeit, die es nie gegeben hat und vielleicht niemals geben wird.

Sie nimmt das Herz in eine Hand, wickelt es in das Seidentuch, steckt es in die Satteltasche. Sie schnürt die Schuhe, wirft ihren Mantel um und geht hinaus, ohne sich noch einmal nach ihm umzudrehen.

Er fällt zurück aufs Bett. Wälzt sich hinüber zu der Seite, auf der Saskia gelegen hat und saugt ihren Geruch ein. Er könnte diesen Duft nicht benennen. Nicht ein einziges Wort würde treffen, was dieses betörende Gemisch aus Nähe und Entfernung ausmacht. Diese Droge des Verlangens. Er saugt sie so lange ein, bis er den Geruch nicht mehr wahrnehmen kann. Wie betäubt schläft er wieder ein.

Er will aufstehen, möchte Saskia folgen, aber alles dauert unendlich lange. Bis er aus dem Bett kommt, bis er seine Kleider gefunden hat, bis er ein Kleidungsstück nach dem anderen angelegt hat. Warum dauert das alles so lange? Seine Glieder sind schwer wie Blei, sein Schritt zur Tür plump und schwerfällig, um die Klinke der Tür herunterzudrücken benötigt er Minuten. Doch als er die Tür öffnet, erfasst ihn eine ungeahnte Kraft und setzt ihn in Bewegung.

Etwas trägt ihn aus der Stadt hinaus, transportiert ihn aufs freie Feld. Eine starke Energie trägt ihn, ohne dass er sich selbst bewegen müsste. Sie lässt ihn schweben, jeder seiner Schritte ist ein Raumgewinn von zehn normalen Schritten. Jetzt folgt er Saskia, jetzt hat er ihre Spur aufgenommen. Da ist sie, zu Pferde, sie reitet zur Stadt hinaus, er schwebt ihr nach. Er folgt ihr bis weit vor die Stadt, unauffällig, in gebührendem Abstand. Sie verschwindet in einem Waldstück.

Wie viel Zeit war vergangen, seit sie das Zimmer im Gasthof verlassen hat? Wahrscheinlich hat sie das Herz des Grafen von Gleichen schon im Klopstockhaus beigesetzt, hat es unter einer Glasglocke auf einem purpurnen Samtkissen deponiert und ausgestellt, als er sie östlich der Stadtgrenze am Waldrand, langsam entlangreitend, wieder entdeckt. Was will sie da? Trifft sie sich mit jemandem an diesem verlassenen

Ort, der doch immer noch ganz in der Nähe der Stadt liegt?

Er positioniert sich an einem Punkt, der vom Waldrand aus uneinsehbar ist, von dem aus er jedoch die ganze Szenerie überblicken kann. Aus dem Wald schlängelt sich ein schmaler Weg heraus. Saskia hält dort an, wo der Weg den Wald verlässt. Zwei auffallend kleine Gestalten mit grauen Fellmützen, blutroten Mänteln und giftgrünen Hosen kommen aus dem Weg heraus und treten auf die freie Fläche. Es könnten Kinder sein. Sie tragen etwas, ein Lebewesen, das sie an einem schweren Ast mit dem Kopf nach unten an den Beinen aufgehängt haben. Ein Tier mit einem kaminroten Fell hängt an dieser Stange und wird von den beiden kleinwüchsigen Gestalten transportiert. Fast tragen sie zu schwer an dem Kadaver. Sie unterhalten sich mit Saskia. Bleiben stehen. Behalten dabei den Ast auf den Schultern, der vom Gewicht des Tieres durchgebogen wird. Sie wirken zwar wie Kinder, aber unter ihren Mützen erkennt er ihre tiefschwarzen Bärte.

Er hat noch nie richtige Zwerge gesehen. Er wusste, es müsse sie geben. Tief in den Wäldern mussten sie leben. Aber gesehen hat er noch keinen von ihnen. Sie seien so scheu, sagt man, dass sie sich nur ganz wenigen Menschen zeigten. Uralt würden sie werden, doch könnten sie sich nicht fortpflanzen. Daher hielten sie Abstand zu den Menschen, von denen sie nur Bedrohung und Gefahr zu erwarten hatten. Sie wurden ja immer weniger und mussten sich schützen. Doch wer einmal ihre Sympathie errungen habe, heißt es, dem seien sie stets zu Diensten, der könne sich immerfort auf sie verlassen.

Allem Anschein nach haben sie das Tier erlegt.

Jetzt, da sie ruhig stehen, kann er erkennen, dass es sich um einen toten Fuchs handelt. Die buschige, kraftlose Rute des Fuchses hängt dem hinteren Träger bis auf die Schuhe.

Saskia spricht mit den Zwergen, als habe sie ihnen wichtige Anweisungen zu geben. Diese nicken ergeben, verbeugen sich und fassen sich wie zum Gruß an die Fellmützen. Dann gestikulieren sie untereinander und zeigen in unterschiedliche Richtungen, als wären sie sich uneins, wohin man jetzt gehen soll. Saskia sieht sich das eine Weile an und scheint schließlich mit einem Wort den Zwist zwischen den Zwergen zu beenden. Dann trennen sich die beiden Gestalten von ihr. Saskia reitet in den Wald hinein und verschwindet zwischen den dichten Bäumen. Die Zwerge mit dem Fuchs an der Stange überqueren die freie Fläche und gehen auf der anderen Seite in eine Senke hinunter.

Er sieht ihren roten Mäntelchen noch lange in der frostigen grauschwarzen Landschaft als dem einzigen darin erkennbaren Farbflecken nach.

Die Szene hat sich geleert und mit dieser Leere ist die alte Trägheit in ihn zurückgekehrt. Die Kraft, die ihn durch die Stadt und aufs freie Feld hinaus schweben ließ, ist verschwunden. Doch gerade jetzt muss er sich beeilen. Eine Kirchturmuhr schlägt so oft, dass er nicht mitzählen kann. Es ist schon spät. Das Theaterstück im Alten Klopstock würde jeden Augenblick beginnen. Wie ein uralter Mann, der nach langer Wanderschaft müde und ausgehungert in die Stadt einzieht, kehrt er seine Schritte in Richtung des Gasthofs.

Als er, nach gefühlt einer Stunde, in der er eine lächerlich kleine Strecke zurückgelegt hat, in den Saal kommt, ist das Stück bereits im Gange. Das Publikum setzt sich aus fünf Männern und drei Frauen zusammen, die in dem großen Saal des Gasthofs verstreut im Raum herumstehen. Manche unterhalten sich, während das Ein-Personen-Stück auf der Bühne seinen Lauf nimmt. Der Schauspieler, den Goethe im Gasthof von Ilfeld kennengelernt hat, steht dort oben und spricht Monologe, die aus dem *Werther* sein könnten. Bei genauerem Hinhören erkennt Goethe, dass es tatsächlich originale Stellen aus seinem Roman sind. Gleichzeitig scheint es sich um eine Art Parodie des Wertherstoffes zu handeln.

Der Schauspieler müht sich redlich, er vermag aber die Aufmerksamkeit der Umherstehenden nicht auf sich zu lenken. Diese pfeifen zwischendurch oder rufen unflätige Sprüche zur Bühne hinauf. Der Schauspieler versucht zunächst, die Störungen zu ignorieren und weiterzuspielen. Es ist aber unübersehbar, dass sich das Publikum langweilt, offenbar weil es den Stoff schon zur Genüge kennt.

Man weiß ja, was kommt, wie es ausgeht, und die langen Reden, die davor gehalten werden, vermögen keine Spannung zu erzeugen. Die Leute lassen den Mimen deutlich spüren, dass sein Stück sie bloß noch langweilt.

Man hat ihnen den *Graf von Gleichen* versprochen und geboten bekommen sie wieder einmal den *Werther*. Jetzt fordert einer den Akteur lautstark dazu auf, endlich das Gerede zu beenden, überhaupt die Sache abzukürzen, die Pistole zu ziehen und seinem Leben doch bitte gleich ein Ende zu bereiten. Die Leute wollen zum Ende kommen und draußen ein Bier trinken. Deshalb sind sie doch gekommen. Um hinterher Bier zu trinken. Da wäre es besser, das Stück dauerte nicht allzu lange.

Der Schauspieler hält in seinem Spiel inne. Er hat

gehört, was man ihm zugerufen hat. Er hat es satt, das sieht man ihm an. Hat es satt, jeden Abend mit denselben Rufen zum Aufhören gedrängt zu werden. Er hat es satt, vor immer denselben fünf gelangweilten Subjekten zu spielen. Es ekelt ihn, den Text eines anderen aufzusagen, den niemand hören will. Er verachtet die Zuschauer, verachtet das Theater, verachtet sich selbst.

Als der Schauspieler, der in Goethes Augen jetzt so aussieht, als sei er der gealterte Lenz, an einer Stelle die Pistole nimmt, an der es dramaturgisch noch gar nicht vorgesehen ist, befällt Goethe eine schreckliche Ahnung. Er setzt sich mit plötzlicher Behändigkeit zum Bühnenrand hin in Bewegung. Doch bevor er die Bühne erreicht, hat der Schauspieler schon die geladene Pistole an den Kopf angesetzt und drückt ab. Die Kugel fährt ihm quer durchs Gehirn und tritt an der anderen Schläfenseite wieder aus. Die Zuschauer schreien entsetzt auf, als sie sehen, wie ein Teil des Schädelknochens aus seinem Kopf herausgesprengt wird und eine Blutfontäne aus dem Loch herausschießt. Der Schuss reißt den Körper des Mimen mit sich fort und schleudert ihn mit einem Knall auf die Bühne. Staub wirbelt auf und senkt sich auf die große Blutlache, die sich aus dem klaffenden Loch im Schädel über die Bretter verteilt hat. Nach dem Schuss herrscht im Saal gespenstische Stille.

Die Pistole ist beim Sturz dem Mimen aus der Hand gefallen, von der Bühne heruntergestürzt und direkt vor Goethes Füßen gelandet. In einer rasenden, rauschenden Bewegung schließt sich der Vorhang. Die Vorstellung ist beendet. Aus dem langweiligen Spiel ist entsetzlicher Ernst geworden. Einige Zuschauer starren ungläubig auf den blutroten Vorhang. Manche weinen und schluchzen. Es herrscht ein fürchterliches Entsetzen. Die Leute gehen umher und schlagen die Hände vors Gesicht. Als könne noch niemand fassen, was gerade passiert ist.

Goethe wird schwindelig. Er setzt sich auf den Boden und bleibt dort sitzen. Bis zum Morgen bleibt er sitzen. Bis eine Frau mit einem Eimer Wasser kommt, die den Ort des Geschehens reinigen will. Sie nimmt einen Schrubber und taucht ihn in das sprudelnde Wasser. Dann fängt sie damit an, die Bühne zu schrubben. Das Schrubben beginnt mit einem leisen kratzenden Scheuern und verursacht schnell einen ungeheuren Lärm, der unentwegt anschwillt. Als würden riesige eiserne Ambosse über das Holz gezogen, und dann wieder, als stürmte eine Herde Wildpferde über die Bühne hin und her. Schließlich geht alles in ein Hämmern und Klopfen über. Goethe bleibt sitzen. Er hält sich die Ohren zu. Das Hämmern und Klopfen wird stärker. Unerträglich wird es. Als hätten Tausende, Millionen von Herzen um ihn herum zu schlagen begonnen, um ihn in den Wahnsinn zu treiben.

Er erwacht vom Lärm. Mitten in der Nacht. Der Lärm kommt aus dem Nebenzimmer. Ein Pochen und Hämmern. Die hölzerne Wand des Bettes kracht immer wieder gegen die Wand, die sein Zimmer vom Nebenzimmer trennt. Das hat er vor Kurzem schon einmal erlebt, er erinnert sich genau. In Goslar war das, dieselbe Rhythmik, und auch die Laute einer Frau, die gleich darauf zu hören sind, sind dieselben. Es ist die Frau, die er heute Mittag auf dem Marktplatz getroffen hat. Die ihr angeblicher Verlobter in Ilfeld Marie und die sich heute Martha nannte.

Er lauscht auf die Kirchturmglocken, als sie eine lange Reihe von Schlägen hören lassen. Er zählt mit.

Es ist Mitternacht. So lange hat er geschlafen. Zwölf Stunden. Und dabei die Aufführung des Stücks verpasst. *Der Graf von Gleichen*, vielleicht hätte diese Tragödie ihm Aufklärung gebracht. Oder war es eine Komödie? Er kann sich nicht mehr erinnern, was Marie oder Martha oder wie auch immer sie heißt, gesagt hat. Er hat die Vorstellung komplett verschlafen. Er hat von ihr geträumt. Es war ein Albtraum.

Er hat keine Fragen mehr. Jetzt auf einmal sieht er den Weg, den er gehen muss. Den ganzen Weg sieht er vor sich. Auch die erste Etappe dieses Weges steht ihm vor Augen. Zurück nach Weimar. Ohne weitere Fragen zu stellen. Ohne Antworten zu erwarten.

Er wird seiner Ankunft in Weimar einen weiteren Brief vorausschicken. An Charlotte von Stein wird er ihn richten. Er wird von nun an nur noch einer einzigen Frau schreiben. Nur noch ihr, die ihn dazu auserkoren hat, ein Schicksal zu haben. Er setzt sich an das Schreibpult. Die Kirchturmuhr schlägt wieder. Er schreibt ihr jetzt Briefe, wie man sie der einzigen, wahren Liebe schreibt. Er schreibt ohne Datums- und Ortsangabe. Er schreibt von Irgendwann und Irgendwo. Vom Grund seines Geheimnisses. Er schreibt wieder über seine Brockenbesteigung. Schon glaubt er fest daran, dass es an seiner Pioniertat keinen Zweifel geben kann. Er ist der Erste, der im Winter dort oben war. Das ist von nun an eine Tatsache. Es ist die Realität:

Ich habs nicht geglaubt biss auf der obersten Klippe. Alle Nebel lagen unten, und oben war herrliche Klarheit und heute Nacht bis früh war er im Mondschein sichtbaar und finster auch in der Morgendämmrung da ich aufbrach. Adieu. Morgen geh ich von hier weg. Sie hören nun aus andren Gegenden von mir.

EPILOG

Am 15. Dezember stößt Goethe in Eisenach zum Tross des Herzogs, der mit seinem Gefolge auf der Wartburg lagert. Schon am folgenden Tag geht es geschlossen zurück nach Weimar. Noch in Eisenach und dann während der Fahrt in der Kutsche konzipiert Goethe das Gedicht Harzreise im Winter, *das er bis Ende des Jahres abschließt, aber erst im Laufe des darauffolgenden Jahres seinem Freund Merck als Erstem zu lesen gibt:* Dem Geier gleich, / Der auf schweren Morgenwolken / Mit sanftem Fittich ruhend / Nach Beute schaut, / Schwebe mein Lied.

Angeregt durch die Reflexionen des Engländers zum Granit plant Goethe in den folgenden Jahren einen Roman, der sich mit dem Wesen der Natur beschäftigen soll. Er will ihn Frau von Stein widmen und nennt das Projekt Roman über das Weltall. *Mitte der Achtzigerjahre lässt er es endgültig fallen.*

Seine Beziehung zu Charlotte von Stein wird wieder enger; die Baronin wird zu Goethes einziger intimer Bezugsperson, wenngleich sie weiterhin jegliche körperliche Nähe verweigert.

Erst im Sommer 1786 entschließt sich Goethe dazu, das Band, das ihn mit ihr verbindet, zu durchtrennen, indem er, wiederum heimlich und inkognito, nach Italien aufbricht, wo er zwei Jahre fern von Weimar verweilt. Charlotte von Stein wird diese Flucht ihrem Liebhaber nie verzeihen und die Folgen niemals verkraften. Unmittelbar nach seiner Rückkehr aus Italien Mitte 1788 lernt Goethe seine spätere Ehefrau Christiane Vulpius kennen, die sogleich zu ihm ins Gartenhaus zieht.

Corona Schröter bleibt noch bis 1782 am Weimarer Liebhabertheater. Sie spielt weiterhin in Goethes Stücken, tritt aber vor allem als Sängerin von Kantaten und in Oratorien in Erscheinung. Später komponiert sie eine Reihe eigener Lieder, die in zwei Bänden erscheinen. Die Beziehung zu Goethe muss zumindest noch im Jahre 1778 von einiger Intensität gewesen sein. Ständig wacht jedoch Herzog Carl August darüber, dass Corona ausschließlich seine Muse bleibt. Ein letztes Machtwort muss der Herrscher gegenüber Goethe im Januar 1779 sprechen, worauf sich die Bande zwischen dem Dichter und der Schauspielerin endgültig lockern.

Es ist wenig Konkretes aus ihrem Leben überliefert, da sowohl ihre Briefe als auch eine später angefertigte »Lebensbeschreibung« verloren gegangen sind. Der Sängerin macht zunehmend eine fortschreitende Lungenerkrankung zu schaffen, die sie zwingt, sich nach 1782 mehr und mehr zurückzuziehen. Der Herzog verliert schon bald das Interesse an ihr. Sie stirbt im Jahre 1802, von den Zeitgenossen weitgehend vergessen in Ilmenau. In einem Gedicht zu Gedenken des 1782 verstorbenen Theatermanns Mieding schenkt Goethe der Schauspielerin einen exklusiven Auftritt und würdigt die besondere Rolle, die sie in der Weimarer Theaterwelt gespielt hat. Dort heißt es unter anderem: Es gönnten ihr die Musen jede Gunst, / Und die Natur erschuf in ihr die Kunst. / So häuft sie willig jeden Reiz auf sich, / Und selbst dein Name ziert, Corona, dich.

Lenz fühlt sich nach seiner Ausweisung aus Weimar, wie er an den väterlichen Freund Herder schreibt, ausgestoßen aus dem Himmel als ein Landläuffer, Rebell, Pasquillant.

Tatsächlich bemüht sich Goethe noch einmal um ihn, als er den Herzog an die nachträgliche Auszahlung der versprochenen Pension an Lenz erinnert. Dieser aber erhält kein Geld mehr aus Weimar. Danach fehlt in Goethes Tagebüchern, Briefen und anderen autobiografischen Notizen jeder Bezug auf Lenz. Erst bei der Niederschrift seiner Autobiografie Dichtung und Wahrheit *gedenkt Goethe des einstigen Freundes noch einmal.*

Lenz befindet sich im Jahre 1778 meist auf Wanderschaft, zunächst im Badischen und in der Schweiz, dann in den Vogesen, wo er jenen Pfarrer aufsucht, der seine Stücke gelesen hat. Während des Aufenthalts bei dem Pfarrer soll Lenz versucht haben, ein totes Kind zum Leben zu erwecken und soll dabei fortwährend von Goethes verstorbener Schwester Cornelia gesprochen haben. Sein Geisteszustand verdüstert sich zunehmend. Zwischenzeitlich treten immer wieder Phasen der Besserung ein. Im Jahre 1780 taucht Lenz in Sankt Petersburg auf und versucht dort Fuß zu fassen. Ein Jahr später ist er in Moskau, wo er in wechselnden Unterkünften ein ärmliches Dasein fristet. Schriftstellerisch ist er kaum noch produktiv. Die ehemaligen Mitstreiter in Deutschland und in der Schweiz vergessen ihn nach und nach. Goethe hat er nie wieder getroffen, und er hat nie wieder etwas von ihm gehört. Ende Mai 1792 findet man den Vierzigjährigen tot auf offener Straße in Moskau.

Denn ein Gott hat / Jedem seine Bahn / Vorgezeichnet, / Die der Glückliche / Rasch zum freudigen / Ziele rennt: / Wem aber Unglück / Das Herz zusammenzog / Er sträubt vergebens / Sich gegen die Schranken / Des ehernen Fadens / Den die doch bittre Schere / Nur Einmal löst.

Christoph Martin Wieland stirbt im Januar 1813 hoch betagt im Kreise seiner Lieben.